Gaea

GAEA

會受傷，會流血，會被捕

不後退，不投降，不放棄

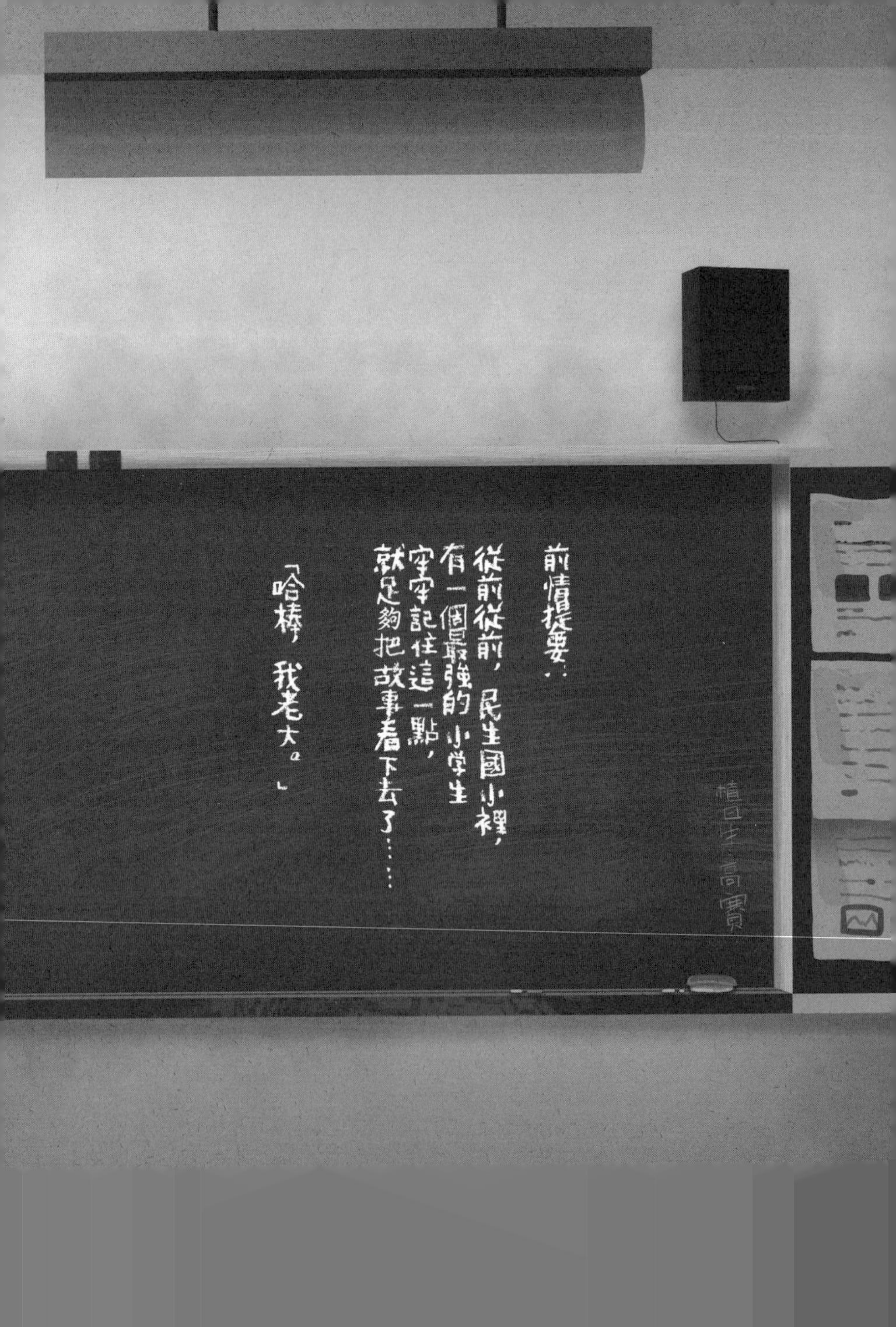
前情提要：
從前從前，民生國小裡，
有一個最強的小學生
牢牢記住這一點，
就足夠把故事看下去了……
「哈棒，我老大。」
植日生：高實

哈棒傳奇之

哈棒不在

Ha Bang, my Boss 3

九把刀——作品 Blaze Wu——插畫

哈棒傳奇之哈棒不在

目錄

星期一

1

哈棒老大升國中了嚇了我們一大跳。

升國中沒什麼，大家都要唸國中，問題是我們都還在唸小學五年級下學期，老大就直接畢業跳級，我們都覺得很不可思議。

「老大！到底是怎麼回事啊！」楊巔峰在哈棒老大的座位旁立正站好。

哈棒老大滿不在乎地吃著林俊宏的早餐，從抽屜裡拿出一張畢業證書。

如假包換，上面寫著……

尊查　民生國小五年四班　哈棒同學，

品學兼優，人中之龍，資質超群，好評不斷，特請快速畢業，以利天下蒼生

校長　馬友青敬上

「老大，你該不會眞的要提早去唸國中了吧？」我不懂，民生國小也很好啊。

老大嘴巴裡都是鮪魚蛋，沒空答我。

「老大……」王國哭了：「沒有你，我國小要怎麼畢業！帶我走！」

「老大！你這一畢業！我們五年四班群龍無首該怎麼辦！」楊巔峰哭喪著臉，用力抓頭。有夠假的，老大不在你最爽了好嗎。

「我們來得及合寫一張卡片給你嗎老大！」謝佳芸開始假哭。

「老大，我剛剛幫你卜卦了一下……你接下來要去的那間學校……」肥婆面露驚恐，拿著一張縐縐的賽魯卡牌大叫：「恐怕是龍潭虎穴！大凶中的大凶之相啊！」

的確是大凶中的大凶，不過那肯定是對那一間可憐的國中而言吧。

當天朝會，全校在操場大合唱驪歌歡送哈棒老大，老大連抽屜都沒收就走了。

楊巔峰看著我，我看著王國，王國看著教室最後面的豪華皮椅。

坐一次收費十五塊的皮椅，空蕩蕩的。

「好不習慣啊，老大就這樣丟下我們，提前畢業了？」我難以置信。

「我開始想老大了。」王國哭了。

楊巔峰噗哧一聲笑了出來：「算了吧，想個屁。大家從一年級就在老大的陰影下長大，沒死成的，就再也死不了了。我楊巔峰，現在才要開始展現我生而為人的實力！」

眞是大逆不道。

不過想想……到底我們要想念老大什麼啊？

不是幫哈棒老大當值日生打板擦倒垃圾、跟所有年級的人收校園保護費、督促老師準備大家都沒聽過的笑話、恐嚇校長交出種種回扣，還得幫他炸蛾養鱷魚養小鬼抓碟仙，每天都過得又賤又累，本來以為這一生的力氣通通都會在民生國小裡花掉了，現在……卻不用再服侍哈棒老大？眞的假的？我們的人生從此以後就會大放光明了嗎？

當天早上，一台黑色加長禮車停在操場正中央，大家都擠在走廊上看。

派頭這麼大，當然是勢力龐大的家長會長王才俊先生，大家私底下都說他是黑道，手上管了好幾間廟，都是全台灣連鎖，光是香油錢就可以一個月買一棟新透天厝，就連警察看到他都要喊一聲王大哥。

王會長一進校，馬上命令校長召開緊急校務會議，全校老師都得參加。

王會長的時間寶貴，聽說校務會議才開了十分鐘就結束，有一半的老師當場就被辭職，理由是長得很醜不要來學校害學生。隨便。

繼續留下來教書的老師也沒多帥，有的也是超醜，走出會議室的時候每個人都臉色蒼白，好像在校務會議看到鬼一樣，完全不敢多說一句，奇怪的是，通通沒有人回到自己原來的班上教書，聽說是王會長拿起剩下來的老師名冊跟班級表，隨便幫大家連連看，就讓他們到新的班級當導師。

我們班的新導師，姓簡，是一個六十多歲的老頭，姑且就叫他簡老頭吧。

簡老頭講話時喉嚨裡永遠卡了一口痰，本來是在教小學一年級的，後來不知道什麼原因被開除，但校長每年中秋節都有收到簡老頭送的月餅，看他可憐，就叫簡老頭去充當側門的警衛，放學時兼當導護老師這樣。

沒想到王會長的連連看，讓簡老頭重新回任，還教到了高年級。

簡老頭來我們班的第一堂課，就是把數學課改成師生見面會。

「那個……咳咳，大家注意一下……咳咳……注意啊……安靜安靜。」簡老頭小心翼翼地把咳出來的痰包在一張衛生紙裡，再放在講台上。

少來，跟他又不熟，大家吵得正開心，憑什麼要我們安靜。

有種就講笑話啊！

「那個……再不安靜的話，就要吃痰咳咳。」簡老頭把剛剛那一張黏黏的衛生紙打開，再吐入新的一口痰：「安靜安靜……」

在說什麼啊？吃痰？

全班都笑到翻過來又翻過去，這個簡老頭的笑話眞不簡單。

簡老頭一邊咳嗽，一邊走到下面，看到正在哈哈大笑的王國，就慢慢地抓住王國的下巴，把剛剛包好的兩口痰塞進他的嘴巴裡。

搞什麼啊？我呆住了。

「嚼一嚼。」簡老頭看著王國張大的眼睛，雙手還抓著王國的下巴兩側。

王國只好象徵性地嚼了嚼嘴裡的濃痰，連肥婆看了都快吐了。

「嚼就好，不要吞下去。」簡老頭乾咳了兩聲。

那種東西誰吞得下去啊！我生氣地看向楊巔峰，要他果斷出手。

楊巔峰搖搖頭，暗示我這個老師很危險，先觀察觀察。

簡老頭彎下腰，捏捏王國的臉頰，慢慢說：「把痰好好含著，咳咳……保管好，等一下傳給下一個不想安靜的同學。」

全班馬上安靜得不得了。

我想起來了！

簡老頭之所以會被踢出低年級的教職，就是因爲他逼不寫作業的學生吃他的痰，少寫一次就吃一次，導致他整天拚命咳嗽。有一次簡老頭感冒了，痰變成又濃又綠又一堆細菌，學生吃了太多痰也開始發高燒，紛紛請假在家裡養病，讓家長也只好請假不工作照顧小孩，大人小孩都很不爽，事情才爆發出來。

現在，這種餵人吃痰的爛老師，竟然在我們班上當導師！

難道哈棒老大一不在，老師就可以在教室裡爲所欲爲了嗎？

王國呆呆地含著痰，有點嚼又不太嚼，眼淚一直流出來。

我憤怒地看向楊巔峰。

他的智商超高，個性又超賤，要不是不幸跟哈棒老大唸同一間小學，這間學校早就被楊巔峰統治了吧。哈棒老大不在了，維護這間教室的責任，就交給……

楊巔峰鐵青著臉，冷汗在他的腋下暈了開來。

反抗就吃痰，果然還是太衝擊了嗎？

簡老頭有點滿意地看著大家，宣布哈棒畢業後的第一個大消息。

「有鑑於……升學競爭激烈啊，國際局勢動盪啊……咳咳……所以本校的家長會，不得不勉爲其難接管實際的校務運作……咳咳咳……不過家長會長王才俊先生，人是很開明的，他主張從小就要訓練大家活得更民主，更自由，更懂得維護自己的基本權益……咳咳咳是吧？所以王會長決定落實眞正的學生自治，由學生管理學生，重新找回民生國小的光榮咳咳咳……大家說！好不好啊！」

說著咳著，簡老頭自己開始鼓掌。

大家沒有跟著鼓掌，因爲沒人聽得懂什麼叫學生自治。

「不鼓掌的就吃痰！」簡老頭用力鼓掌。

大家瘋狂鼓掌，直到雙手都拍到腫起來也不敢停，就這樣鼓掌到下課。

我扶著含了整整兩節課痰的王國，走到廁所吐。

他一邊吐一邊大哭。

「堅強點，你可是從一年級開始就被哈棒老大欺負到現在都沒死的人，這區區一口痰算什麼？」我用力拍拍王國的背，幫他把黏在齒縫裡的痰咳出來。

「老大沒有欺負我……他是打我！罵我！花我的零用錢！吃我的早餐！把我丟到垃圾桶裡面！」王國痛徹心扉地大哭：「但我喜歡跟老大一起養蛾！炸蛾！養小鬼！殺碟仙！我最喜歡跟老大一起上學了！」

我呆住了。

這難道就是傳說中的那個那個……斯德哥……什麼什麼阿摩的症候群嗎？

「但我不想吃老人的痰！」王國崩潰，哭到連鼻涕都噴出。

我的眼眶也濕濕的。

我以爲，脫離哈棒老大統治的民生國小，頂多是回到老師盡情毆打學生的舊年代，我眞是，太天眞了。就在我們嘗試體驗，沒有哈棒老大坐在教室後面監督老師上課講笑話的時候，五年一班，也就是傳統觀念裡的菁英資優班，才十點不到，在短短的上午兩節課裡，就趁著五年二班跟五年三班的導師聯手請假的時候，消滅掉這兩個班級。

消滅的意思，就是消滅。五年二班跟五年三班掛在走廊上的教室門牌，都換成新的，上面寫著

「五年一班之甲」跟「五年一班之乙」。

與其說我覺得誇張，不如說很瞎吧，不知道這樣併班到底有什麼意義。

「在我看，這兩班的導師早上同時請假，擺明了放任自己管的班級被消滅，絕對就是事先安排好的橋段。」楊巔峰皺眉：「五年一班的併班行動，背後一定有惡勢力支持。」

品學兼優的林俊宏在一旁默默聽著。

「大家都是小學生，他們是怎麼消滅五年二班跟三班的啊？」謝佳芸問。

「剛剛上課的時候，你們沒有聽到隔壁班傳來的慘叫聲嗎？」楊巔峰回想。

「我以爲是他們老師講笑話不好笑，他們在狂噓老師，原來是慘叫？」我錯愕。

默默旁聽的林俊宏也露出困惑的表情。

「他們被五年一班的同學打？不可能啦，五年一班是資優班耶，怎麼可能打人啊？」謝佳芸猛搖頭，拒絕相信足智多謀的男朋友。

「除了聽到很多慘叫，連走廊上的地板也一直在震動，我還以爲是地震，現在回想起來，我猜……是隔壁班的學生被打出教室，爬到走廊上呼救。但，大家都沒看到。」楊巔峰迴身一指，指向把窗戶完全遮蔽住的黑色窗簾：「因爲窗簾被簡老頭不動聲色拉起來了，從教室裡面完全看不到走廊。現在才早上十點，陽光的品質恰到好處，憑什麼把窗簾拉起來！還黑色的！」

一股毛骨悚然的涼意，從我的腳底衝上了我的屁眼。

好可怕，眞的好可怕。

到底……剛剛趁我們假裝專心上課的時候，走廊上發生了什麼事？

隔壁班發生了什麼事？隔壁的隔壁班又發生了什麼事？

到底五年一班爲什麼要併掉二班跟三班？接下來就輪到我們班了嗎？

上課鐘聲響了。

過了三分鐘，該進來上社會課的簡老頭還是沒有出現。

我頭皮一陣發麻，看向楊巔峰，楊巔峰若有所思地點點頭。

這一節課，簡老頭是不會進來了。

即將衝進來的，會是……

楊巔峰大剌剌走上台，用力一拍黑板：「注意！我要提出緊急班會！」

還在吵鬧的大家嚇了一跳。

「不想被五年一班衝進來的話，馬上用桌椅把前後門堵起來！」

開玩笑，楊巔峰可是我們班在哈棒老大之外的第一把交椅，一聲令下，桌椅迅速堵住前後門。

大家聚精會神地看著，在講台上主持班會的楊巔峰。

「老大畢業了，從現在開始，我們只能靠自己。」

楊巔峰在黑板上寫下兩個字。

「不想吃老人的痰，不想被五年一班併掉，我們就要火速選出最新一任的……」

哈棒老大遺留在教室最後面的那張牛皮椅，正閃閃發光。

班長。

2

競選班長這麼民主的事，在哈棒老大統治的時期，大家根本想都沒想過。

大家一時之間都不知道怎麼辦，楊巔峰很爽快地主導了大局。

「現在的情況非常凶險，哈棒老大前腳才剛走，家長會馬上就通過了學生自治法，才過一天，不，還不到中午吃飯時間，二班跟三班就被一班併吞了，他們就是我們下午的寫照。如果我們五年四班，不想變成五年一班之丙，就要選出一個強大的新班長，在他的帶領下維持我們五年四班的精神！」

大家的嘴巴都開得好大。

楊巔峰用力一拍桌子，大叫：「我個人認爲！那個人就是——我！」

男子漢就是要有野心，楊巔峰要當新班長，我沒意見。

但林俊宏舉手了。

「幹嘛啦？」楊巔峰皺眉。

「請問，五年四班的精神是什麼？」林俊宏推了推眼鏡。

「當然是自由平等博愛，民主民權民生民有民治民享，還有跟全校每一班收校園管理費啊！」

楊巔峰沒好氣地回答。

「很顯然哈棒……我還須要加上老大兩字嗎？我看是不必了吧。」林俊宏慢慢站了起來，不疾不徐地說：「大家都非常清楚，哈棒在這裡的每一天，五年四班跟自由民主博愛，或是民主民生民權民有民治民享通通都沒有關係，所謂的五年四班精神？沒有！從來就沒有這種東西！」

林俊宏越站越高，踩上了椅子，最後還踏上了桌子。

「最後，請大家想想楊巔峰說的校園管理費。是，沒錯，我們是有收校園管理費，每個人都有自己負責的班級區，我呢？我負責一年五班、六班、七班跟八班的管理費，下課光是收管理費就忙得要死，我也很付出。但收了以後呢？」

大家都在抓頭苦惱，這個問題我們竟然都沒有想過。

「我們只負責收，但錢！通通都進了哈棒的口袋裡！這算什麼！」林俊宏大叫。

大家開始鼓譟，好像很受打擊。

不過，這我就不懂了。

我們認真收錢是很倒楣，又累又沒賺，但維持校園裡的宇宙平衡、嚇阻附近每一間國小國中乃至高中都不敢跨校勒索本校的學生、確保每個老師上課時都會好好講最新的笑話、體育課或班會也不能借給別的科目考試、校長偶爾會把他從廠商那邊收來的回扣拿來請吃仙草冰，通通都是哈棒老大一個人的功勞啊！

那麼，錢進哈棒老大一個人的口袋……到底有什麼不對？

站在小小的桌子上來回踱步，林俊宏大聲呼喊：「五年四班！再也不是哈棒的班級了！從現在開始，我們自己定義五年四班的精神！」

全班同學一陣不分青紅皂白的歡呼，好像有點熱血，連我也忍不住鼓掌了。

王國有點嚇到，抓著我的手：「不可以鼓掌，他在說哈棒老大的壞話啊！」

我有些尷尬地點點頭：「民主的風度就是……就是……就算是一個很機掰的人講了一些機掰的話，我們還是要鼓鼓掌，表示那個那個……我雖然覺得你很機掰，但我還是會鼓掌表示我剛剛有在聽啦！」

王國似懂非懂，也跟著拍了兩下手：「眞的很機掰啊林俊宏……」

站在講台上的楊巔峰，冷冷地看著站在桌子上的林俊宏。

哈棒老大畢業了，得以發揮眞正實力的，不只有楊巔峰一人。

站在桌子上的這個品學兼優的眼鏡男孩，過去五年，天天都幫哈棒老大寫作業，每學期選舉模範生、選舉班長時，都必須苦苦哀求大家不要選他不然他就會被揍死，這個窩囊的林俊宏已經脫胎換骨了，進化成了無須懼怕哈棒淫威的超級林俊宏！

哈棒老大退位，我們終於見證了兩個聰明鬼的頂尖對決。

「你想怎樣？」楊巔峰玩著手中的粉筆。

「我想選班長，帶領大家重新定義五年四班的精神。」林俊宏微笑。

「你知道現在的局勢有多凶險嗎？」楊巔峰冷笑：「你扛得住五年一班的威脅？」

「我扛不住，你就扛得住嗎？」

「我跟著哈棒老大這麼多年，不但沒死，還交了班上最漂亮的謝佳芸當女友，天天喇舌。區區五年一班，有哈棒老大恐怖嗎？我會扛不住？」

「你說你扛得住……我只能說，呵呵。」林俊宏在小小的桌子上走來走去：「我想請問楊巔峰同學，昨天簡老頭在餵王國吃痰的時候，你人在哪？Hello？我沒記錯的話，當時你在教室裡吧？你有做什麼保護朋友之類的……豪情萬丈的俠義之舉嗎？有嗎？」

「……」楊巔峰臉色鐵青，手中的粉筆斷了。

「沒有！」林俊宏用力一踏，桌上的鉛筆馬上被踩碎：「沒有！你什麼都沒做！你眼睜睜看著你的智障朋友吃老人的痰！承認吧，過去你幫著哈棒胡作非為，只是狐假虎威而已，你自己根本沒有實力。現在，你對你的拜把兄弟見死不救，讓他吃痰！這才是鐵一般的事實！」

我好想用力鼓掌啊，但一想到王國剛剛的提醒，我僵硬地忍住了。

沒想到王國突然哭了出來：「我好慘啊！楊巔峰都不幫我！害我吃痰！」

林俊宏嘆了一口氣，轉頭看向王國：「王國，雖然你是個白痴，但你的ＤＮＡ應該還算人類，我會把你當人看。從現在開始，讓我來保護你吧。不，讓我，來保護全班同學吧！」

全班又是一陣超熱烈的掌聲，連我都哭了，非常想被林俊宏保護。

他的成績最好，最努力，最用功，一定可以保護班上所有人。

楊巔峰的表情明顯變了。

林俊宏眼看情勢大好，直接進入主題：「大家過去選班長，都只能選哈棒。模範生？也只能選哈棒。就連作文課寫最好的朋友，也只能寫哈棒。這根本不是真正的民主。是時候覺醒了，現在選班長就是最好的民主實踐，大家一人一票，就連王國也可以算一票，讓我們馬上！馬上！馬上！就把最新的班長推選出來！大家說好不～～～～～～好！」

正當大家又要一陣熱烈掌聲通過林俊宏的提議時，楊巔峰突然大笑起來，硬是打斷了大家鼓掌的第一時間反應。

楊巔峰一邊哈哈大笑，一邊扭曲身體用力鼓掌，好像有人在搔他癢似的。

笑三小啊？

不！楊巔峰不是在笑，他是在拖時間！

他一邊笑，一邊想，好厚臉皮又奇怪的招式……但非常有效！

楊巔峰笑了三分鐘，終於停下，用非常嘲諷的表情看著林俊宏。

「太差勁了吧林俊宏，我們班人才濟濟，想選班長的怎麼可能只有你跟我兩個人？你只是想趁那些優秀的同學一時之間不好意思毛遂自薦，用掌聲突襲班會，就這樣忽然當選班長對吧？」

哇！還有這招！

「不，我品學兼優，怎麼可能突襲班會？我只是有感五年一班併班的行動太過猛烈，隨時都可能衝進來消滅大家，所以才認為大家必須馬上選出……」林俊宏說得臉紅脖子粗：「好！我聽懂了！你是想拖延選舉對吧？」

「拖延？不，我是想藉著這次的機會，讓更多比我們更優秀的同學站出來，一起參選，大家廣泛地提出政見，並且充分討論一個禮拜以後，再一人一票，選出眞正可以帶領五年四班的班長，畢竟民主不是只有投票，而是投票之前大家可以自由自在地討論每一個意見，並且讓候選人在這段期間內，盡情吸收大家提出來的每一個需求。討論政見的過程不用怕被抓，不用怕被打，不用怕操行成績被拉黑畢不了業，這才是完整的民主，OK？」楊巔峰用他的賤嘴咄咄逼人：「還是你認為這個班上只有你最偉大？最厲害？成績最好？所以其他人都沒有競選班長的資格？」

林俊宏臉上都是汗，鼻樑上的眼鏡劇烈震動。

大家先是一愣，然後又是一陣瘋狂鼓掌，還拍得比剛剛還大聲！

「我也要選班長！」肥婆大吼：「我也好優秀啊！我會算命！我好肥！」

「我的政見是上課可以化妝！美勞課要教彩繪指甲！」謝佳芸喜極而泣。

「誰幫我打簡老頭！我就投誰！」王國大哭又大笑。

「牛皮椅是我買的！是哈棒老大搶走的！不管誰當班長我都要拿回來自己坐！」林千富信誓旦旦：「跟我保證！向我發誓！不然我就要自己跳下去選！」

「我希望每個參選人都納入我提出的政見，就是不管是蛔蟲還是蟯蟲，都是好蟲，都可以平等地擔任五年四班的吉祥物。」美華又想起了不愉快的往事，眼眶泛紅：「謝謝大家的支持與鼓勵，我會繼續努力，謝謝，謝謝……」

「美華！我挺妳啦！」小電拍拍胸脯：「選下去！」

「我沒有要選，只是想參選人接納我的意見。」美華臉紅：「如果很多人連署要我選，我也是……可以接受啦。」

大家的參選聲此起彼落，林俊宏的表情僵硬到不行。

就在剛剛，他距離班長的牛皮椅寶座只有一個掌聲那麼近，但楊巔峰一個民主自由到不行的拖延戰術，讓他不得不把臉上的汗擦掉，勉強擠出笑容，對著瞬間冒出的十幾個潛在候選人鼓掌，表示當然歡迎競爭。

一番討論後，楊巔峰在黑板上寫下班長競選的簡單規則。

民生國小五年四班，下半學年度新班長競選規則

◎有意參選班長的同學，必須在兩天後，也就是禮拜三的放學前，將自己的名字寫在黑板上，超過時間就不算，不是自己寫上去的不算，字寫得很醜辨識不清也不算。

◎每天的早自習都是政見發表會，每個人有三分鐘時間，不管是上課還是下課都可以進行選舉活動。

◎禮拜五，在掃地時間結束後的班會時間，以記名舉手的方式，進行最終投票。

◎一人一票，老師沒票。

◎如果有任何規則變動，必須經過緊急班會的臨時動議通過。

下課鐘響，我們把擋在門口的桌椅拿開，把窗簾推開。

走廊上都是五年五班的同學。

他們沒有死，只是表情呆滯地拿著立可白，在彼此制服的班級名稱上塗白，將五年五班塗掉，再用奇異筆寫上……五年一班之丁。

原來，就在我們召開班會的時候，五年五班代替我們班被消滅了。

他們掛在走廊上的班牌也換過了，不是粗魯的塗鴉改掉，而是美輪美奐的商業印刷輸出，大大

的「五年一班之丁」。

這絕對不是臨時起意的班級侵略，這是有計畫的強制併班！

3

中午吃飯時間。

每個班級的值日生都得到中走廊搬營養午餐餐桶，我跟王國故意打翻了一大桶玉米濃湯，中走廊一片混亂，我趁機跟幾個被強制併班的同學偷偷交換情報。

回教室吃午餐的時候，全班都把桌子圍起來，聽我在中間慢慢解釋。

情況大致是這樣的。

五年一班，是備受全校期待的超級數理資優班，腦力極具國際水準，預備代表學校參加遠在美國紐約舉辦的，超級天才快問快答大賽。見識過五年一班實力的老師都說，憑他們的腦力，百分之百會贏得冠軍。依照比賽規則，獲得冠軍的整隊隊伍，將自動取得保送哈佛大學的資格！

「是嗎？我們學校的資優班有那麼強？」小電很驚訝：「你確定沒有聽錯？」

「不是原來就這麼強，是挖角。」我繼續解釋。

現在的五年一班，已經不是以前的那個五年一班了。

在上個禮拜，五年一班才剛剛經過大換血，有十五名原本不是在彰化讀書的國中生，自願降級越區就讀，加入了五年一班。據說，他們身上的刺青比九九乘法表還要複雜。

扯嗎？不只咧！

不只國中生降級抱團了，還有四個天才高中生降級、又跨國就讀民生國小五年一班，每個智商都超過一百六十，不管是哪個科目哪個領域都是無懈可擊，完全就是針對超級天才快問快答比賽所組的菁英隊。

「高中生降級唸小學？還跨國？」美華嚇到把滷蛋摔在地上，然後又拿起來舔。唉，果然還是很想念蟯蟲嗎？

「是，分別來自澳洲、英國、丹麥，還有南非，都是當地有名的天才高中生。」我信誓旦旦，這情報絕沒有錯。

「高賽，這也太不合理了吧？高中生怎麼可能爲了參加那種比賽，還特地降級重讀小學？獎金有很高嗎？」謝佳芸一臉聽我在臭蓋。

「這個比賽我當然研究過了，畢竟我起心動念過要報名。但一間學校只能報名一隊，我要參加，就必須就讀五年一班。當時我擔任哈棒老……哈棒的家庭作業撰寫師，無法轉班，只好作罷。」林俊宏推了推眼鏡，一副什麼都會的樣子：「重點就是……冠軍沒有任何獎金，只有保送哈佛大學的榮譽。」

我看向楊巔峰。

在我說出打聽到的情報之前，希望見識一下他的腦袋。

楊巔峰想了想，慢慢推測道：「能夠把這些高中生請到我們彰化民生國小來重讀，還要去參加那種……冠軍獎品他們自己申請也可以得到的比賽，嘖嘖嘖……這種背後的黑手，不能只是很有錢，還得有惡勢力，但目的是什麼呢？爲什麼一定要贏得早就不算什麼的冠軍呢？」

我看著林俊宏，希望他接力推測下去。

林俊宏感覺到我的視線，清了清喉嚨：「這就是對冠軍的渴望。我猜……是校長，校長想上報紙想瘋了！下重本去挖角……對，一定是這樣！」

「四個外籍天才啊……」楊巔峰喃喃自語，突然問：「超級天才快問快答大賽，一隊有幾個人？」

眞不愧是楊巔峰！

「五個。」我跟林俊宏同時回答。

「那就對了，所有線索都連在一起了。」楊巔峰恍然大悟。

大家手裡的筷子都停住了，聚精會神地看著他。

我彷彿聽見林俊宏咬牙切齒的聲音。

楊巔峰當然沒有錯過絕佳的拉票機會，談笑風生地說：「昨天家長會長來過吧？他兒子還是女兒，肯定唸的是五年一班，他如果想唸哈佛，自己的腦袋卻辦不到，當然就得靠別人吧？這些國際資優生就是家長會長王才俊找來的槍手，陪他兒子還是女兒……」

「是兒子，叫王霸旦。」我插嘴。

「王霸旦是哪門子的爛諧音？」楊巔峰嗤之以鼻：「總之，那些槍手就是陪會長的兒子王霸旦參加比賽，負責用團隊贏得冠軍，然後護送他唸哈佛。」

「非常合理，標準答案。」我點頭加拍手。

「如果是這樣就算了，他唸哈佛關我們屁事。但我猜……不，是我確信！我確信那個姓王的家長會長，就是讓哈棒老大提前畢業的主謀！」楊巔峰自己都鼓起掌來。

我嚇了一跳，這個情報我沒打聽到啊，爲什麼可以這麼推論啊？

楊巔峰看向林俊宏：「嗨品學兼優的好學生，我放水，讓你接下去說啊。」

「……接下去什麼？一切都只是你的猜想，根本沒有證據。」林俊宏滿臉通紅：「我跟你不一樣，我是有一分證據說一分話。」

圍著吃飯的同學有一半點點頭，認同了林俊宏。

「像你這種只會寫考卷的好學生，果然看不穿家長會長的陰謀，這樣要怎麼帶領我們抵抗五年一班的併呑呢？」楊巔峰用充滿同情的表情看著林俊宏：「聽好了，如果哈棒老大還在的話，他知道學校要派隊去美國參加超級天才快問快答大賽，老大會怎麼做？」

王國奮力舉手：「我知道我知道！老大一定會帶我們去！」

我猛點頭，沒錯啊，老大不只會去，還會把我們通通都帶去，五個名額一定是王國、我、楊巔峰跟謝佳芸，哈棒老大就是隊長，五個人剛剛好啊！

「連大腦卡到陰的王國都知道，就你品學兼優不曉得。」楊巔峰笑笑：「這樣一來，王霸旦就無法報隊，也就唸不了哈佛，所以家長會才會串謀校長，快速將哈棒老大畢業……」

肥婆怒道：「是被畢業！老大是被畢業！」

「是，連肥婆這種不學無術的神棍都知道，就你品學兼優看不穿。」楊巔峰繼續笑著：「哈棒老大一走，王霸旦的哈佛之路才算是正式起步。今天一早家長會火速通過的學生自治條例，我們還須要好好研究，看看到底爲什麼哈棒老大障礙排除了，五年一班已經可以去美國比賽了，卻還要一直併呑其他班級，居心何在？」

大家像看著偶像一樣，無限崇拜地看著楊巔峰，連掌聲都忘了給。

謝佳芸好高興地幫楊巔峰搥背，連說：「請支持我男友，請支持！謝謝大家！」

林俊宏的臉色非常難看，唉他眞是生錯了班級。

如果是比學科分數，努力用功苦讀型的林俊宏一定贏，這並不是說楊巔峰考試一定輸，而是楊巔峰從沒打算認眞唸書，因爲小學有很多課程都沒有意義，默寫課文算什麼了不起的學業成就？楊巔峰，早早洞悉了這社會的眞相，每次考默寫一個字都不寫，光是這點就註定林俊宏一路到考大學之前學業都會屌打楊巔峰呵呵，卻也註定了執著每一個學科都要盡善盡美一百分的林俊宏，在不須要死背無聊課文後的現實人生，將一路狂輸給楊巔峰吧。

楊巔峰，眞是可怕的絕頂社會異才。

「我還要繼續補充，要知道打翻整桶的玉米濃湯眞的很可怕。」我不知爲何，也充滿了鬥志：「在混亂中我還問到了更多情報。」

最可憐的是五年二班。

他們根本不知道這個宇宙裡，竟然有「強迫併班」這種事。

今天朝會一結束，五年一班的班長，也就是家長會長的兒子王霸旦，帶了十幾個明顯是國中生身材、但穿著民生國小制服的人走進二班的教室。

他們霸佔講台，宣布走廊這一整排，從最右邊的女生廁所，到最左邊的男生廁所，自民生國小創校以來就是屬於同一個國小，而五年級自然屬於同一個五年級，而五年級最棒的班級是誰？毫無疑問，就是菁英群聚的五年一班。所以教室位在這條走廊上的六個班級，嚴格來講都屬於五年一班，所以從現在開始，五年二班就算了，必須正名成五年一班之甲，從此以後五年一班說什麼他們就做什麼，這樣大家才能團結，萬眾一心。

「聽起來哪裡怪怪的？」美華抓抓頭，吃著不小心掉在地上的咖哩馬鈴薯。

「不是哪裡，是全部都很怪。」楊巔峰示意我繼續說下去。

五年二班不但聽不懂，還超級不服氣，有人鼓譟說不然來投票啊，過半數贊成被併班成五年一班之甲的話就照辦啊。二班的班長是個戴眼鏡的小女生，叫徐逸安，很敢，直接站起來，大聲請這些超齡國中生馬上離開教室，讓他們好好上課。

據說，王霸旦很高興地說：「我就怕你們太快說好，不然我爸豈不是白白花錢？」

王霸旦說完，那些莫名其妙的超齡國小生，馬上把前後門堵住，用噴漆把窗簾噴黑再遮起來，然後就開始打。用拳頭尻，用桌椅摔，有幾個學生還被丟到垃圾桶裡……還把垃圾桶踢到走廊上讓他們滾來滾去。

最恐怖的是，有兩個國中生負責把那個小個頭的女班長徐逸安架起來，讓王霸旦用沾滿粉筆灰的板擦直接朝她的臉一直打一直打一直打，徐逸安一直咳嗽哭著說她有氣喘，王霸旦才勉強停手，改成踹肚子。

不到十分鐘，五年二班的班牌就被摘下來了。

「人好差！」謝佳芸聽到有女生被一直打臉，氣到都哭了。

聽到二班竟然不是成績比輸被併吞，而是直接被打爆，大家都打了一個冷顫。

不過，三班更慘。

4

裝著二班人肉的垃圾桶在走廊上滾來滾去，當然被三班看到了。

他們非常驚恐，眼看老師遲遲還不來上課，三班的班長張俊凱決定自己指揮教室保衛戰。張俊凱是跆拳道黑帶，而且是從小學三年級就黑帶了，戰鬥力至少有五千，他們班上的每一個人都很崇拜他，下課都會圍著他學一點跆拳道的架勢，久了也會兩招。

關鍵時刻，張俊凱很果斷地指揮三班的大家，每個男生都拿起拖把或掃把，然後倒轉，用尖尖的尾端對準門口。

「大家別怕，只要團結，沒人可以欺侮得了我們五年三班！」張俊凱鼓舞。

「班長，平常跟你學的跆拳道，就在今天開花結果啦！」男生們眾志成城。

張俊凱絕對不會重男輕女，他同時命令女生蒐集黑板溝溝裡面的粉筆灰，一人抓兩把，敵人衝進教室就專撒眼睛。

「班長最帥了！我們都相信班長！」每個女生即使全身發抖，依舊緊抓粉筆灰。

這一切班級保衛戰的基礎陣形，竟然只花了短短的五分鐘就布置完畢。

「眞是豪傑！人中呂布！勇敢！熱血！有判斷力！」林俊宏站起來用力鼓掌，還吆喝大家：「來！大家一起爲三班班長鼓掌！來！大家一起來啊！」

想力挽狂瀾的林俊宏，卻沒有得到大家的掌聲支援，大家的臉都很臭。

脾氣一向很好的小電沒好氣地說：「不要打斷好不好，我要聽高賽繼續講。」

那我就繼續了。

決心一戰的三班，並沒有等到五年一班強行破門而入。

王霸旦站在走廊外，笑笑地對三班教室喊話，大言不慚，重複了一遍那套荒謬至極的走廊同屬五年一班論。

五年三班很團結，說放你媽的屁，要打就打，不要機機歪歪。

據轉述，王霸旦也沒有生氣，只是強調五年二班就是太白目，膽敢反抗，所以直接被他的手下碾壓，如果三班好好溝通，雙方禮尚往來，當然就不會打起來，打架畢竟不健康，打贏打輸都傷身，何必呢？

張俊凱本來不想聽下去的，要打就打，黑帶沒在怕的。但張俊凱的後面突然傳出哭泣的聲音，他一轉頭，看見好幾個女生都怕到哭，眼淚會傳染啊，一個哭就兩個哭，兩個哭就十個哭，原來只有武功高強的他不怕打架，其他人都嚇壞了，畢竟站在王霸旦身後的十幾個國中生，每個人都橫眉豎眼，戾氣極重，拳頭上還滴著二班同學的血。

王霸旦聽到教室裡的啜泣聲，也感傷地擦了擦眼角，說他眞的不想打，畢竟大家用的都是注音符號，看的課文都是蔣公看小魚向上游，四年級也都養過蠶寶寶，其實大家都是一模一樣，只要五年三班承認大家同屬一條走廊，同屬五年一班，五年級當然不打五年級。

張俊凱遲疑了，這一場架打下去了，就算勉強守下教室，這些崇拜自己的男同學們難道不會遍體鱗傷嗎？自己習武多年，對戰鬥有深刻理解，但其他同學呢？他們只是拚命地相信自己可以領導大家對抗五年一班，但他們對接下來將發生的血肉橫飛，有一點點覺悟嗎？

因爲善良，因爲想要同學們平平安安，張俊凱動搖了。張俊凱在教室裡大喊，到底是誰想打啊？我們班誰都不想打啊！但你當我白痴啊！你嘴巴說說就算數啊？

王霸旦在走廊上大叫，大家都會寫字，當然是白紙黑字才安心啊。於是王霸旦就拿出一張早就寫好的測驗紙，上面寫著五年一班與五年三班締結永久和平協議之證明書，還用手指沾了印泥蓋滿滿。

張俊凱從窗縫裡伸手接過，仔細確認合約內容後，在滿教室的興奮歡呼聲與五十多雙眼睛的見證下，慎重地將自己的手指蓋了下去。

教室的和平之門緩緩打開。

殺氣騰騰的拖把掃把放下，大家彼此握手道賀，粉筆灰也從張開的掌心裡撒落。

「眞是的，看來是誤會一場。」張俊凱爲了他想保護的大家擠出笑容。

「凡事都可以談，都須要溝通嘛。」王霸旦主動伸出手。

張俊凱握住王霸旦的手，那一瞬間，張俊凱雙膝一軟，跪了下來。

滋滋！滋滋！

「蘇聯最新科技製造，掌心雷，每秒五千伏特，說有多殘酷就有多殘酷。」據說王霸旦一邊笑著解釋，手還是緊緊握著張俊凱的手不放。

強大的電流從王霸旦的掌心裝置裡不斷衝向對方，張俊凱嘴巴張大，全身抽搐。

同一時刻，穿著民生國小制服的國中生衝進去三班教室，又打又踹，揍得大家措手不及，掃把全被折斷，拖把被反過來狂捅所有男生的屁眼，捅得每一顆屁眼都開花結果，教室地板上噴滿了不成形狀的紅色大便。

嚇呆了的女生被命令圍成一圈，互甩巴掌，大家剛剛的手裡還抓著粉筆灰，互甩巴掌了半天，粉灰印在大家的臉上，又腫又過敏。

張俊凱持續被電，牙齒都咬崩了，王霸旦還是笑笑地用右手用力握著張俊凱的手，再用左手摸摸他的頭說：「快起來啊，一直跪著我們怎麼好好溝通，太客氣了吧？」

三班裡有人一邊被捅屁眼一邊高聲慘叫：「你不守信用！」

王霸旦皺眉，一邊狂電著張俊凱：「我哪裡不講信用？這是五年一班跟五年三班締結的永久和平協議書。但看清楚了，你們是五年三班嗎？」

張俊凱充滿電光的眼睛往上一看，不知道什麼時候，三班的班牌已經被換掉了，換成「五年一班之乙」。張俊凱悲憤不已，然後就被電到失禁了。

王霸旦大叫：「看啊！你們的前班長被電到尿尿啦！真好笑啊！練到跆拳道黑帶有個屁用，還不是被我電到尿尿！這麼高，這麼壯，在走廊上尿尿啦真是好笑啊，而且還是跪著尿，跪著尿啊！大家快點笑！」

霸佔五年三班教室的國中生逼著全班同學看著走廊，看著一心一意保護大家的張俊凱笑，不只笑，還要大笑，如果笑得不眞心，沒有笑得前俯後仰，國中生就用拖把重重抽他們的後腳跟，大叫：「不想笑！就哭！」

張俊凱就在全班捧腹大笑中，被電到連大便都噴出來。

五年三班，從此變成走廊上的歷史。

「太可怕了！絕對不能跟一班簽任何協議！」小電咬著拳頭，眼淚都流出來了。

「和平…還須要…簽…協議…就…不是…眞正…的…和平…」家裡開檳榔攤的阿財下了最好的註解。

「幸好我們班把教室堵起來了，才躲過一班的偷襲。」美華的鼻孔又跑出蛔蟲了。

「不，才不是幸好，是楊巔峰及時警覺到的。」我趕緊拍個馬屁，在楊巔峰當選班長後說不定可以撈個副班長做做。

「這都多虧了平常跟在哈棒老大身邊，對危機特別警覺。」楊巔峰感嘆。

「但我們害五班被滅了。」就連心狠手辣的肥婆也不禁黯然：「我有個一起補英文的朋友就讀五班，唉……不知道他的屁眼還好嗎？」

「五班的情況又不太一樣。」我繼續補充說明情報。

就在我們把前後門堵住，召開緊急班會的時候，王霸旦那一群王八蛋索性跳過了我們班，來到五班門口的走廊喊話。

五班一點也不好惹，他們是管樂隊班，負責吹奏朝會的升旗歌跟放學的降旗歌，還常常代表學校參加校際比賽，贏了很多大獎，累積了超多獎金，他們用鉅額的班費買了兩台內建日本原裝壓縮機的大金冷氣裝在教室裡，垃圾桶也是自動感應式的，每個人的桌上都有一台自己的電腦。為了加強英文，他們自己聘了一個英文老師在午間靜息時授課，屌爆了。最誇張的是，五班甚至在教室的後面裝設自己的自動販賣機，還有一台投籃機，投籃機的上面還有哈棒老大的祝賀簽名。

不僅在彰化，五班跟全台灣許多學校的樂隊班都是好朋友，非常出風頭。如果五年五班出事了，保證民生國小校長壓不住，別的學校都會迅速介入關心。

這樣的五班，面對的是他們從未眞正理解過的王霸旦。

王霸旦左手拎著滿臉都是粉筆灰的二班班長，右手拖著屎尿齊出的三班班長，兩手一甩，將兩個榜樣重重摔在五班門口。更勝千言萬語。

「沒用的，我們班很有錢，你也惹不起。」五班教室裡，不知道是誰開口。

「大家都是高級知識分子，讀聖賢書，講英文，How are you? Fine, thank you! 我們之間有很深的誤會，誤會說清楚就好了。」王霸旦笑笑：「但我要跟誰談呢？用英文還是中文？」

「跟誰都好。你進來好好說，我們給你足足一節課。」五班裡又有人開口了。

「但我想一對一私下說話先啊。」王霸旦說著似是而非的提議：「想想，如果我直接站在你們的台上講話，你們在我下面聽講，像不像我高高在上，專程來宣布事情的呢？我看起來有那麼霸道嗎？沒的沒的，一切都是誤會。有些話我先跟你們的代表聊，再由你們的代表慢慢轉述，畢竟你們自己的代表可以用你們熟悉的語言啊方法啊跟你們說明，這樣不是更能溝通嗎？不是更尊重你們嗎？」

五班裡的每個人都面面相覷。

五班從來沒有班長，因為他們什麼事都舉手表決，不需要班長。

「怎辦？雖然他不敢惹我們，但不溝通好像變成是我們不想溝通？」

「先聽聽看他說什麼吧？說不定眞的有誤會？」

「他態度滿好的，態度決定高度，我認爲必須尊重他對我們的尊重。」

「但二班跟三班被打成那樣，這……這不對勁吧？」

「可憐之人必有可恨之處，二班跟三班被打成那樣，自己一定有錯在先。」

「一定是他們不願溝通。」

「我們絕對不能變成不願溝通的那種人，五年五班一向講道理的。」

「和平，理性，賺錢，講理，這就是我們的生存之道。」

於是五班爲了跟王霸旦一對一好好溝通，大家不記名用紙條投票，花了五分鐘就選出了有史以來第一個班長……一個戴著厚重眼鏡的短髮女孩。她不但功課好，長期壟斷班上的第一名，人品也是無可挑剔，舉手投足之間無不散發出慈母的光芒。

「各位同學，就讓我跟五年一班好好談談吧。」

慈母在胸前劃了一個十字。

「阿門。」

「後來呢？」美華的蛔蟲又跑出了她的鼻孔。

後來，有幾個人自告奮勇跟慈母班長一起去一班談判，說是要用肉身保護。

但慈母班長散發著聖光說，如果前方等著她的是陷阱，她一個人犧牲就夠了。如果款待她的是滿滿誠意，她一個人去，更能證明五班對一班的充分信任，在互信與對等下，兩班的談判肯定是加很多分。

慈母班長這一去，過了二十幾分鐘才回來。

平平安安，一點肉都不少。

回到五班的時候慈母班長非常興奮，一上台，就用手機連接投影機，直接在黑板上把王霸旦跟她在五年一班教室裡，聯合發表宣言的影片播了出來。

王霸旦在影片裡笑著說，比起無腦的二班、蠻橫的三班，五班是一個文明高度發展的班級，於情於理，都該給予自治的權利，只要五年五班承認同屬五年一班，並改名成五年一班之丁，在畢業以前就什麼也不會改變，這就是所謂的「一班兩制」。如有違背，王霸旦就改名成王八蛋，絕不食言。

有人舉手：「既然什麼都不會變，那幹嘛還要大費周章改名啊？」

慈母班長比了個讚：「傻孩子，我們都是從小學注音符號的，唸的課文也是蔣公看小魚向上游，四年級時也都養過蠶寶寶，只是改個名，就可以讓五年級整條走廊都更有團結的情感，有什麼不好？不須要計較班級名稱這麼表面的東西。」

好像有點道理，大家都默默咀嚼她說的話。

眼看大家逐漸被說服，慈母越說越興奮：「而且同屬五年一班還有很多好處，王霸旦不但不會打我們，以後他打下每一個班級，我們也與有榮焉，阿門！」

又有人舉手：「我們不需要，也不想打別的班級啊，我們明明就很斯文的。」

「說的很好，我們當然是不喜歡任何暴力行爲，我們還會反過來斥責暴力。但如果我們改名字，融入越來越大的一班以後，我們就可以把我們的文明，我們的教養，我們所有一切的美好，反向傳播給一班，以及那些被一班打下來的可憐班級，這樣大家都會一起變得更文明，更有教養，更美好啊！」慈母班長的眼睛閃閃發亮：「傻孩子們，我們不能自私自利地覺得自己有文明就好了，我們要趁機讓大家都一樣學習文明，一樣好棒棒啊！」

據說，當時大家都不停地點頭，還有人小聲喝采。

但還有人生性多疑，舉手問：「不過我說慈母班長啊，妳剛剛去一班去了二十五分鐘，但影片只有一分鐘，其他二十四分鐘裡，妳都跟王霸旦談了什麼啊？」

慈母班長臉色一變，沉默了整整一分鐘。

當大家開始鼓譟時，慈母班長才很嚴肅地說：「傻孩子，你培養多年的國際禮儀都忘光了嗎？不先閒話家常一番，大人們怎麼聊正事呢？」

氣氛好像有點怪怪的，有人開始試探風向，責怪發出疑問的人不信任慈母班長，畢竟她可是單槍匹馬去一班談判的人，怎麼能夠因爲她的過人勇氣，反過來質疑她呢？

「謝謝慈母班長為我們帶來這麼好的消息。」風紀股長一本正經地說：「反正老師到現在都還沒來，大概是肚子痛吧。我們不妨召開臨時班會，擬訂正式的五年一班之丁基本自治法，中英文各一分，一個月後，再請其他學校跟我們友好的一百個班級一起在走廊上公開見證基本自治法的簽訂，萬一未來跟一班發生爭議，雙方重新談判，好有個法源基礎。」

很有道理，全班馬上鼓掌同意，打算熱熱鬧鬧籌辦這一場併班的美好盛事。

「傻孩子，根本不需要，剛剛那段王霸旦的宣言影片雖然沒有法律效力，但實質上已經大大超越了法律所能保障的範圍。」慈母班長有點不耐煩地說：「大家常常參加校際比賽，都是見多識廣的好孩子，這個影片我已經上傳到網路上了，公開的證據，鐵一般的事實，不是嗎？王霸旦堂堂一個家長會長的兒子，怎麼可能公然反悔，讓自己大大丟臉呢？在發言之前，請用國際常識想一想，好嗎？」

全班陷入正反兩派的討論。

有人認為還是得照規矩來走，一步步樹立法源，對五班最有保障。

有人認為如果不馬上同意併班，慈母班長辛辛苦苦談回來的好條件說不定就不算數了，凡好事，必須快。

站在講台上，慈母班長眼看大家不知道還要討論多久，突然悲憤交集，用指甲在額頭上用力刻啊刻，劃破了皮，刻出了一個血紅十字架，鮮血流了滿臉。

「一起同班了五年，你們難道不相信我嗎？不相信神嗎？」她嘶吼。

雖然很多人並不知道，不相信慈母班長，跟不相信神到底有什麼關係，但慈母班長額頭上的十字架瘋狂飆出血來，很恐怖，好像不相信她的人就很壞，只好來一段掌聲通過。

幾秒後，五年五班掛在門口的班牌，就換成了「五年一班之丁」。

「幸好五班……不，是五年一班之丁很聰明，眞的將影片上傳到網路上了。」林俊宏拿出手機確認，的確看到了王霸旦發布宣言的影片：「這下完全確保了他們的權益。」

「你很會讀書，但對於邪惡，你實在了解太少啦！」我嘆氣。

門牌才剛剛換上，王霸旦跟那一群囂張的國中生打手，就大剌剌地走進他們的教室，由於大家已同屬一班，一班之丁也不好阻止，便任由他們在教室裡東逛西逛。

很快地，王霸旦就開始狂投自動販賣機。

要知道那一台自動販賣機雖然是班費統一購買的，但要喝多少飲料，還是從同學的口袋裡自己拿出來，除了賣給自己班上，同時也接受其他班級進來投飲料，由此可以無限累積班費，循環繁榮，非常聰明。

但王霸旦一夥人拿來投飲料的硬幣，不是大家都用的硬幣，而是上面印著他笑臉的塑膠幣，自動販賣機當然不接受啊。

王霸旦很困惑，一直嚷嚷這台機器是不是壞掉啦？怎麼不接受王幣呢？

有一個人好心解說：「王幣大概是你們班上用的貨幣吧？但我們用的硬幣，常理叫作錢，也就是money，不只在我們班，還有這個星球其他地方都可以用。可你手上的那一片塑膠，只有在你們班上……」

話還沒說完，王霸旦就伸手拍拍好心人的臉，說：「你們？我們？幹你娘就跟你說大家現在是同一班，誰跟你你們班我們班？操你媽的屄就是有你這種班奸，才害得大家無法團結！」

五千伏特的強力電流在好心人的臉上炸裂。

眼鏡破了，牙齒矯正器也碎了，好心人倒在地上的時候整顆頭都在冒煙。

即使哈棒曾在隔壁班就讀，五班也不曾見過這麼暴力的事，全班都嚇傻了。

與其說看著踩著冒煙人頭的王霸旦，大家更是轉頭看向慈母班長。

「同屬一班，本來就該同舟共濟，這個同學也眞是的……」慈母班長在胸前劃了一個十字架，感性地說：「幸好沒死，只是殘廢，請大家一起爲這位班奸祈福。」

全班譁然，這跟講好的完全不一樣啊。

「從在開始，一枚王幣就等於五十塊錢，王幣保證是民生國小裡面最管用的……錢！大家說好不好！」王霸旦高舉雙手：「好！不！好！」

卻沒有任何人附和。

「再怎麼胡扯，自動販賣機也吃不了你的王幣啊。」又一個多事的人小聲說道。

王霸旦笑笑地看著他，預備伸手放電。

「我只是問問！我只是關心一下王幣……到底要怎麼用嘛！」多事的同學趕緊補充：「我也……很想用王幣啊！」

王霸旦拍拍手。

四個傳說中的跨國資優高中生魚貫走進教室，迅速拆下自動販賣機的電路板，幾秒內就做出了全新設定。還花了更多秒，將冷氣裝了投幣付費系統，接著，更換了投籃機的硬幣辨識機制。凡是在「一班之丁」裡出現的機器，一律改由王幣支付。

接下來，王霸旦跟那些惡質國中生就拿出超多的王幣，狂投販賣機，把裡面的飲料全都投出來，裝了好幾箱回五年一班教室。

「這樣自動販賣機裡面就有很多王幣了，眞替你們高興。以後我們也會常常來，記得時時刻刻把飲料補滿啊。」王霸旦拍拍慈母班長的肩膀，溫柔地提醒：「不過爲了大家的福利，販賣機還得更加多元化，妳去買一些夾娃娃機跟扭蛋機擺在走廊上，提醒經過走廊的其他班級同學多多消費啊。」

慈母班長欣喜不已：「謝謝王總班長的提醒，賜給我們更多賺王幣的妙招。」

大家都很生氣地看著慈母班長，如果不是王霸旦的人馬還在，眞想把她圍起來，好好說她一頓。

此時，王霸旦從口袋裡拿出一支溫溫的奇異筆，說：「班牌改了，制服上的班級名稱也得更新氣象。這支Made in Classroom 1的奇異筆，我們班還有很多，都是用很久的，確定沒有斷水才賣給你們，這樣吧，一支賣你們五枚王幣就好，你們快買一買，一人買一支，下課的時候快點把制服上的班級名稱改一改。」

「那不就是一支兩百五十塊？我們自己會去買奇異筆，比較便宜，還是全新，一支頂多十塊，就算是雄獅牌，也不過一支十五。」又有一個多事的同學鼓起勇氣：「而且也不用一人一支，我們可以輪流分享。」

王霸旦只是微笑。

多事的同學轉頭看向慈母班長，咬牙問：「我說的對吧……班、長？」

「傻孩子。」慈母班長憐愛地摸摸他的頭：「便宜沒好貨嘛。」

說完，慈母班長並沒有把她的手移開多事同學的頭，繼續摸啊摸啊。

不管多事同學怎麼把頭移開、挪開、撇開，慈母班長就是不放棄摸他的頭，一直摸一直摸一直摸一直摸一直摸一直摸一直摸一直摸一直摸一直摸一直摸一直摸一直摸一直摸一直摸一直摸……

足足摸了超過三分鐘，都還不停手。

不知道爲什麼，慈母班長摸頭的動作之久，之詭異，已摸到大家心裡發寒。

多事的同學突然哭了出來：「爲什麼我好怕……我好怕妳的手突然放出電！」

大家也跟著哭了出來。

慈母班長愕然：「我……我怎麼可能會用掌心雷，對付自己班上的同學？」

大家還是嗚嗚嗚嗚哭個不停。

眼看大家對她已失去信任，慈母班長依舊狂摸多事同學的頭，卻也哭了。

一激動，慈母班長額頭上的血腥十字架又滲出血。

她舉起另一隻手，難過地說：「明明王霸旦送我的掌心雷，裝的是這一隻手啊！」

大家瞬間崩潰大哭，哭得聲嘶力竭。

一邊哭，一邊從口袋裡掏出錢兌換王幣，一人購買一支快沒水的爛奇異筆。

確認大家都掏錢了，慈母班長這才把手移開多事同學的頭，又哭又笑地抱著他：「相信班長，班長所做的這一切，都是爲了大家更美好的明天啊！」

全班持續原因不明的爆哭。

「太慘了，真的是太慘了。」林俊宏充分表示遺憾：「不過，不管王霸旦在民生國小裡面有多大的惡勢力，五年一班之丁只要重選一次班長，憑他們班的超強實力，加上尋求在民生國小之外其他學校的幫助，馬上就可以組織出對抗王霸旦的實力！」

不只是楊巔峰噗哧一笑。

就連謝佳芸、美華、小電、阿財跟肥婆，甚至是王國都看著林俊宏搖頭。

「……」林俊宏臉色有點尷尬：「我說的，難道不對嗎？」

「天真。」楊巔峰冷笑：「既然號稱整條走廊同屬五年一班，自治就是『被允許』的，既然是『被允許』的，一班兩制就不是真正自由自主。王霸旦，絕對不會『允許』五年一班之丁投票改選他們的班長。絕對，不會。」

「我聽你在放屁！連班長都不能自己選，跟說好的一班兩制也差太遠了吧，那不等於公然毀約嗎！」林俊宏反駁：「王霸旦的宣言影片都在網上，鐵證如山，王霸旦不就要改名成王八蛋，不可能！」

我眞是太同情林俊宏了，品學兼優有個屌用？

不過這也難怪，這些年大家都無差別接受哈棒老大的統治。但哈棒老大說幹就幹，想扁就扁，叫你寫作業就寫，要吃你的早餐就吃，要零用錢花也就直接炸蝦賣你，誰跟你玩換幣，也懶得跟你搞文字陷阱。

大家習慣了哈棒老大的霸氣，很難防得了王霸旦那種陰險步數。

「強制兌幣，搜刮飲料，硬賣爛筆，都還不是王霸旦對一班之丁做出最恐怖的事。」我回歸主題。

「不然呢？」楊巔峰也感到好奇。

「王霸旦在離開一班之丁的教室前，把哈棒老大寫在投籃機上的四個字，滿、好、玩、的，用黑色噴漆亂塗掉了。」我轉述的時候忍不住發抖：「王霸旦用紅色噴漆改噴成自己的名字，不過霸太難寫了，中間就寫注音。」

大家都嚇到嘴巴張大，我明白，我了解，我剛剛聽到的時候也像是頭撞火車。

有沒有搞錯？膽敢塗掉哈棒老大的落款？

王霸旦，絕對是一個恐怖絕倫的大魔王啊！

6

哈棒老大被畢業後，才過了半天。

這條走廊只剩下我們班，以及靠近邊邊廁所的五年六班沒有被一班吃掉。

午間靜息的時候，爲了防止一班竟然放棄午睡，衝進來打人，我們將專門放考卷的鐵櫃推去擋門，黑色的窗簾依舊層層遮住，遮擋外面看向教室的視線。

神經緊繃太久，很多人一趴在桌子上就昏睡過去，由值日生負責警戒。我雖然精神不濟，但有一些同學還聚在講台附近一邊喝養樂多，一邊繼續討論，我也拉了椅子靠過去。

「我覺得王霸旦很肥，一看就很愛睡覺，他一定不會放棄午休的。」肥婆趴在桌上，睏到眼睛只剩下一條線。

「我很瘦，但我也很想睡啊。」謝佳芸支著下巴，打了個呵欠。

「我可以去牛皮椅睡一下嗎？怎麼說都是我買的。」林千富眼神恍惚。

「只有班長才可以坐那張椅子。」我擦擦眼油：「你要坐，就去選。」

阿財從口袋裡拿出一盒檳榔：「要…吃…嗎…提…提神…？」

不了不了，只有阿財一個人吃起了檳榔。

「咳咳……大家注意一下，走廊尾端的五年六班是舞蹈班，全班都是女生，對付起來很簡單。王霸旦想一統走廊版圖，應該會先把她們班拿下來，當暖身，最後才會一口氣針對我們。」林俊宏故意用一種語重心長的口氣說話，節奏特別地慢，這是領導者專屬的語氣：「扣掉午休時間，鐘聲一響，又有下課十分鐘的休息，第五節一開始，一班拿下六班只需要五分鐘，這段期間必須想出合適我們對抗一班的方法。」

但都是廢話。

五年六班被滅掉只是轉眼的事。

武力對衝不可能、班級和平協議不能簽、一班兩制不能信，那還剩下什麼方法？

對方要腦袋，有四顆國際級天才的強迫加盟。要武力，一班有十幾個國中生8＋9的狠勁。比有錢，王霸旦他老爸很有錢，現在加上五班源源不絕的硬幣後盾，我們班只有一個家裡開工廠的林千富，絕對是被各種碾壓。

睡不著的大家都一臉憂心忡忡，不知道五年四班的班牌能不能撐到今天放學。

唯有王國，他的臉上找不到一點害怕。

「我們去找老大啊。」王國稀鬆平常地說：「把老大找出來，一切都解決啦。」

我也不是沒想過。這間教室裡的每一個人，肯定也都想過。

但，第一個問題是……

「有人知道哈棒老大住哪嗎？」我弱弱地問一句。

你看我，我看你，就連楊巔峰也一臉茫然。

眞是糟糕！以前每天放學，大家都會一起走路回家，有時候跟著老大去做一些亂七八糟的事再一哄而散，有時是陸陸續續在中途脫隊。但哈棒老大家住最遠，當我們一個接一個在不同的路口說再見後，老大就獨自走最後一段路，所以根本沒有人看過老大家住哪。

等等……等等！天啊，原來在過去那段一起放學回家的路上，都算是老大逐一送我們回去嗎？哈棒老大……原來也有溫柔的一面！

我假裝若無其事地按掉眼淚時，發現彼此的眼睛都閃爍著淚光。

「我不知道老大住哪。」王國沮喪地說。

「眞是丟臉，直到現在我才意識到這件事。」楊巔峰嘆氣。

「老大眞是……有一點點溫柔呢。」謝佳芸低頭，小聲地問：「肥婆，妳能算出老大住哪嗎？」

肥婆口中唸唸有詞，抽了一張牌，是《七龍珠》裡面的神龍。

「神龍啊……神龍啊……有了！」肥婆集中精神感應：「這個卦象代表，老大總是神龍見首不見尾，唉，老大實在是太神祕了。」

這種簡單的照樣造句誰不會啊！

「等等！我們可以去老大報到的國中去找他啊！」美華突然驚喜不已。

「對！去國中找老大就行啦！」我舉臂歡呼。

「我一定要第一個衝上去抱抱老大！」謝佳芸高興到跳起來。

大家狂喜尖叫，胡亂擊掌，王國還高興到一直用頭去撞桌角。

耶耶耶

「但…老大…唸…哪…一…間…國中…呢…？」阿財吃著檳榔。

大家都愣住了。

哪一間國中？靠，到底是哪一間國中？

「老大有說過嗎？」小電抓抓頭。

「我印象中……沒有。」美華失望。

「老大總是送我們回家，我們卻……不夠關心老大。」謝佳芸哽咽了。

「老大……爲什麼不跟我們說，他要唸哪間國中呢？」王國很沮喪。

「恐怕是我們自己忘了問。」我氣到說出事實：「承認吧，老大說他突然畢業的時候，大家都爽到連問都不想問吧。」

謝佳芸生自己的氣，氣到往楊巔峰的腳上用力一踩，楊巔峰及時躲開。

「沒關係，我們到處打聽，不信問不出來老大唸哪。」楊巔峰頗有自信：「或是仔細看報紙，看看最近有哪一間國中突然出現大量的轉學潮，那間學校肯定就是老大的新據點！」

有道理！大家的眼神重新燃起希望！

「可…就算…找…到了…老大…會…理我們…嗎？」阿財持續吃檳榔。

這個問題，眞的構成一個眞正的問題嗎？

老大，不就是老大，不就是……大家的哈棒老大嗎？

大家交換了一下眼神，發現彼此的表情竟然都充滿了不安。

上帝創造世界花了七天。依照哈棒老大深不可測的霸氣，即使新飼料是國中生，統一全校也不會花超過一個禮拜，很快就會有一群新爪牙……不，不不不，我在說什麼啊，肯定不是什麼爪牙，認爲哈棒老大需要爪牙根本就是極盡污辱！這些年來，我們充其量只是跟班，在搖滾區見證他老人家的一切奇蹟罷了。

只是，當老大擁有嶄新的領土加上全新的嘍囉，他還會看我們一眼嗎？

我有點鼻酸，眞不想繼續往這個可能性想下去。

「我想中斷這麼無聊的討論，我明白告訴大家，哈棒的時代已經過去了。」

剛剛一直沒表態的林俊宏語氣冰冷，眼神更是不帶感情：「充其量，哈棒就是一個整天霸凌大家的校園惡棍，根據最新的英國研究報告，會去欺負別人的人其實內心自卑得要死，不但自卑，人還很差，我眞搞不懂大家對這種小混混抱持期待是什麼邏輯？麻煩稍微有點自尊心行嗎？哈棒走了，畢業了，滾遠了，永遠都不會回來了，要面對王霸旦的併班，就只有靠我們自己ＯＫ？」

充其量？林俊宏竟然用了充其量這種大不敬的形容詞！什麼叫人很差？老大絕對不是人很差，老大是恐怖！是可怕！是黑暗！

還有，自卑？如果老大自卑的話，爲什麼宇宙會繞著老大旋轉！小混混？林俊宏你確定要用這個名詞來形容老大？我光想就差一點尿出來啦！

剛剛一連串針對如何找出老大的討論，倒是讓楊巔峰的表情沉靜下來。

楊巔峰看著教室門外：「大家有沒有想過，爲什麼一班要跳過我們班，直接吞掉五班？」

小電舉手：「因爲我們及時用桌椅把教室門口堵起來了。」

楊巔峰搖搖頭。

我沒好氣地舉手：「好好好，都是因爲你及時提醒大家，所以我們趕快把前後門堵起來，一切都多虧你，對吧？」

楊巔峰點點頭：「雖然我神機妙算，簡直就是大家唯一的依靠，但……」

一陣寒風吹過。

楊巔峰皺眉：「區區桌椅堵得了門，擋得了那些刻意從國中降轉來的惡煞嗎？」

氣氛變得很詭異，好像擋不了，但爲什麼？

林俊宏清了清喉嚨，慷慨激昂地說：「是擋不了，但用鐵櫃桌椅擋門的精神充分說明了我們對抗暴政的準備，更暗示我們已經做好了生死一戰的決心，王霸旦即使最後還是靠源源不絕的優勢兵力攻下了我們班，一樣要付出慘烈的代價，殺敵一千，自損八百，所以……」

我抓抓頭：「可是，他們可以用假和平協議騙我們開門啊？就像對付三班一樣。」

謝佳芸也狐疑地說：「一班也可以像唬爛五班一樣，騙我們自治啊？也不用打。」

林俊宏被我跟謝佳芸聯手打槍，還不放棄：「所以……所以……我們現在應該……」

「所以你坐好，少用那種家裡死人的語氣講話。」楊巔峰翻白眼，切入重點：「因爲我們是哈棒老大待過的班。」

接下來什麼都不必說了，連王國都一臉恍然大悟。

「王霸旦如果不怕哈棒老大，就不必拐彎抹角讓老大被畢業，他當然知道老大有多恐怖。」楊巔峰微笑：「想想，一個跟哈棒老大相處多年的班級，沒有集體爆炸粉碎屍骨無存，每天還正常上下學，在他的眼中我們班一定深不可測。」

「對！他一定以爲我們班之所以能活下來，除了哈棒老大，還有別的宇宙強者！」我大叫：「但我們只是乖乖聽話哈哈哈哈哈！」

「一班一定也會怕我們跟老大告狀，老大會衝回來救我們！」王國很興奮。

「這也是一種可能，不！是非常可能！」楊巔峰讚許地拍拍王國的肩膀：「比品學兼優還有用嘛！王國！」

好學生林俊宏被逼到絕境，這裡沒有人會投他票的。

「難道你可以在放學前把那個小混混找到？然後叫他來？」林俊宏咬牙。

我的天啊林俊宏你這個品學兼優好學生，你竟然完全省過名諱，直接用「那個小混混」稱呼老大，你要模仿用「那個人」取代「佛地魔」的話，至少也要用「那頭窮凶惡極的恐怖怪獸」、「那一座隨時都會爆發的火山」、「那一塊比地球還大的隕石」才撐得住老大的氣場吧！

就在這個時候，午間靜息結束的鐘聲響了。
從現在開始，只有十分鐘的下課時間可以備戰，只能祈禱一班眞的先去打六班。
走廊上沒有像過去一樣剛結束午休的鬧烘烘，而是一片肅殺。
剛剛睡覺的同學都醒了，睡眼惺忪地看著楊巔峰。
「哈棒老大是一定來不及趕到的，但，我們必須假裝老大跟我們還有聯繫，假裝我們知道他讀哪間國中，家裡住哪，甚至隨時可以打手機找到老大。」楊巔峰迅速做出決斷——
「桌椅鐵櫃撤掉！窗簾打開！」

7

是，就跟你想的一樣，我們在模仿諸葛亮的空城計。
教室迅速變成平常的樣子。王國在大家起鬨下，坐上了教室最後面的豪華牛皮椅，營造出他就是現在班長的假象。
「老大的位子耶！我眞的可以坐嗎！」王國欣喜若狂，用力抱著牛皮椅，在上面自體旋轉，再把頭埋進牛皮乾裂的皺摺裡，拚命吸啊吸的：「原來……這就是老大的味道……」
表情僵硬，林俊宏還是裝成熟：「趁現在盡量享受，我很快就會選上班長了。」
「不用抽牌也知道你不會選上。」肥婆嗆他。

「我也不會投你，你只會死讀書。」美華有什麼說什麼。

「給我錢我也不會投你。」林千富哼哼：「因為我比你有錢。」

「你頂多只能當排長負責收作業，班長還是免了吧。」我趕緊落井下石。

林俊宏看起來很生氣，馬上拿出一本筆記本，跟一支原子筆，振筆疾書起來。

我很好奇，探頭過去看他寫了什麼。

只見筆記本上面有個大大的標題寫著「五年四班，班長手冊」，標題底下密密麻麻都是一些很瑣碎的班級規範，比如桌子務必要對齊地上金色的線、椅子則須對齊黑色的線。窗簾嚴格要求仔細等分對摺、邊線沿著窗框收齊。老師一進教室，大家要在班長大喊起立後的一秒內站直問好，音量必須傳到走廊，但不能讓隔壁班感到困擾的程度。指甲不能超過指肉零點零一公分。男生手帕只限藍色，女生手帕限定粉紅與純白。上課駝背超過十秒，經過警告還是不聽勸者，下課罰站不准尿尿。抽屜裡不可以飼養小鬼等危害人類的寵物。下課嚴禁在教室裡跑來跑去，不可以打同學，不可以口出仇恨性言語。上課盡量不要吃火鍋等氣味強烈的食物。

總之，有一大堆的不可以。

而現在，林俊宏卯起來仔細規範起牛皮椅的使用辦法。

「這就是你當班長以後要做的事？」我啞然。

「小問題解決了，就不會有大問題。只要我們做好這些小事，把椅子排好，把桌子對齊，積沙成塔，見微知著，一定可以讓五年四班再度偉大。」林俊宏用哭腔說話，好像他正在說的這些廢句很有感情似的。

算了，對林俊宏我實在沒什麼話好說，反正他也不可能選上班長。

王國四腳朝天，滿足地躺在沙發上：「等一下我要做什麼比較像班長啊？」

楊巔峰想了想，說：「想辦法做一些高深莫測的事，就是……盡量讓自己看起來，很強，很可怕，讓人完全猜不透就對了。」

王國點點頭：「就是模仿老大嗎？」

楊巔峰聳聳肩：「可以這麼說。」

上課鐘響了，我們各就各位，裝出平常剛剛睡醒的樣子。

前後門都完全打開，窗簾也被整個捲好，走廊上的狀況一覽無遺。

我若無其事挖著鼻孔，把鼻屎小心翼翼黏在前面的謝佳芸頭髮上。

謝佳芸如往常拿出圓圓的大鏡子，專注地檢查鼻頭上的黑頭粉刺。

楊巔峰開始點火，在桌子底下烤香腸，煙一開始特別嗆，大家都被熏到。

肥婆拿出水晶球，用黑布蒙起眼睛，試著打開心眼找出哈棒老大的下落。

愛現的林俊宏故意不拿課本，直接把國語課文默寫在黑板上。

林千富光明正大打電動，聲音太大，讓正在玩大富翁的美華跟小電抱怨連連。

阿財在走道裡彎腰走動，不斷問走道兩旁的同學要不要吃一點檳榔，半價優待。

有人在跳繩，有人在吃粉筆，有人在抽屜裡餵蜘蛛，有人把擤過的鼻涕包亂丟。

每個人各做各的事，一切如常。

很快地，王霸旦率領一群國中生從一班教室走出來，大搖大擺地出現在走廊上。他們邊走邊笑，十分輕浮，經過我們班前面時，王霸旦有意無意地放慢腳步，用眼角餘光掃視教室裡面，卻沒有停下來的跡象。

看樣子，一班眞的要先散步去吃掉六班。

啪搭！

漸漸地，偷偷觀察我們班的王霸旦，眉頭緊緊皺了起來。

啪搭！啪搭！

嘿嘿，很奇怪吧？就是要讓你感到奇怪啦！大家正常上課，沒在怕你的！

啪搭！啪搭！啪搭！啪搭！啪搭！到底什麼聲音？

不過王霸旦不僅皺起眉頭，眼神還非常困惑。

我順著王霸旦怪異的視線，看向教室的最後面。教室的最後面，當然是哈棒老大遺留下的寶座。而佔據寶座與王霸旦視線的，正是王國。

王國在幹嘛？

啪搭！啪搭！啪搭！啪搭！啪搭！啪搭！啪搭！啪搭！啪搭！

王國在玩小雞雞！

「靠，這也算是模仿老大嗎？」我太震驚了。

不，等等，王國不是在玩小雞雞，他是露出小雞雞，再用三根手指絞掛橡皮筋當作簡易彈弓，近距離一直彈著小雞雞的小龜頭。

啪搭！啪搭！啪搭！啪搭！啪搭！啪搭！啪搭！啪搭！啪搭！啪搭！啪搭！啪搭！啪搭！

啪搭！啪搭！啪搭！啪搭！啪搭！啪搭！啪搭！啪搭！啪搭！啪搭！啪搭！啪搭！啪搭！

啪搭！啪搭！啪搭！啪搭！啪搭！啪搭！啪搭！啪搭！啪搭！啪搭！啪搭！啪搭！啪搭！

啪搭！啪搭！啪搭！啪搭！啪搭！啪搭！啪搭！啪搭！啪搭！啪搭！啪搭！啪搭！啪搭！

啪搭！啪搭！啪搭！啪搭！啪搭！啪搭！啪搭！啪搭！啪搭！啪搭！啪搭！啪搭！啪搭！

王霸旦的表情，就跟王國的龜頭一樣，腫得莫名其妙。

王國每彈一下，身體就抽揪一下，表情也哆嗦了一下，每一下都彈得很大力，每一次哆嗦都很劇烈，我完全分不清楚他是痛苦還是享受，總之很不正常！

重點是！這也完全不是老大！

萬一老大知道你用橡皮筋彈龜頭是號稱在模仿他，王國你就死定了！

這時，王霸旦被王國奇特的行徑給吸引了，完全停下腳步，在窗邊仔細研究王國。王霸旦邊看邊點頭，這點頭的節拍，完全是王國彈雞雞的啪搭啪搭啪搭頻率。

不僅王霸旦在窗邊看王國彈雞雞，就連那一群囂張的國中生都停下來，好奇王霸旦在看什麼，十幾個人就這樣擠在窗邊，嘖嘖稱奇地看王國表演。

糟糕，王國亂演一通，弄巧成拙了。萬一他們停下來看太久，看出火來，臨時起意要先攻打我們班，一切就完蛋了。

我可以感覺到班上的氣氛有點不對勁，謝佳芸開始擠同一部位的黑頭粉刺，林俊宏寫黑板的喀喀喀板書聲中斷了好幾次，阿財的檳榔不小心掉了滿走道，他滿頭大汗地撿起來吃掉。肥婆開始舔水晶球，而我……我更努力地挖鼻孔，不敢有片刻停下。

突然，王霸旦的視線從王國紅腫的龜頭上移開，在教室裡飄啊飄……

王霸旦的眼神跟我瞬間對撞。

我虎軀一震，不知道他在看三小，還給我一直看一直看。

如果我馬上把眼神移開，好像很心虛，只好茫然地繼續挖著鼻孔。挖著挖著挖著……咦？手指好濕啊？我低頭一看，挖靠，流鼻血了！流好多鼻血！好像已經流很久的樣子！

怎辦？應該要繼續挖嗎？繼續挖應該比較冷靜吧？至少挖到冷靜下來爲止吧？不不不，爲什麼流鼻血了我還要繼續挖？這個時候應該要跟同學借衛生紙才正常吧？跟誰？跟謝佳芸嗎？她忙著擠黑頭粉刺我這樣跟她借衛生紙好嗎？她會因此嚇到打破鏡子嗎？慘了慘了我怎麼還繼續挖呢？爲什麼王霸旦的眼睛還是一直在看我呢？

「嗨！王霸旦！」楊巔峰突然朝窗外大叫。

我怔住，看向神救援的楊巔峰，他一手烤著香腸，一手拿著小電風扇吹煙。

「……」王霸旦打量起楊巔峰：「我記得你，你叫……好像叫一個很好笑的諧音？叫……愛滋病？破傷風？還是淋病……不對，好像是三個字的……」

「靠，到底要不要吃烤香腸？」楊巔峰沒有理會，逕自推銷。

「好啊。」王霸旦爽快地點頭。

「幾條？」

「二十一條。」

「你們只有十八個人耶？」

「我自己要吃三條啊！」

十八個人裡面，王霸旦自己算一個，他吃三條，十七加三，那……不是二十條嗎？究竟是王霸旦的數學很差，還是王霸旦其實是想吃四條？

「一條一百塊，總共是兩千一，算你兩千就好。」楊巔峰也不糾正。

王霸旦從口袋裡掏出兩串塑膠王幣，一串十個，疊放在窗緣上。

「那三小？」楊巔峰假裝不知道。

「王幣，一個王幣等於新台幣五十塊。」王霸旦臉不紅氣不喘。

幹，又算錯，是故意的嗎還是數學真的太爛？

「那種爛塑膠就不要拿出來丟人現眼了，要吃烤香腸，就用新台幣。」楊巔峰嗤之以鼻的語氣，我聽了都好緊張。

王霸旦臉色有點難看，大概是瞬間不想買，但烤香腸的香味實在是太作弊了。

「那買三條就好。」王霸旦拿出三十個十塊錢，疊在窗邊。

「啊不是要買二十一條？」楊巔峰故意裝出一副很困惑的臉。

「他們不用吃，我吃就好了。」王霸旦有點惱怒。

我流著鼻血，幫忙傳遞三十個硬幣跟三串烤香腸，希望王霸旦拿了就快走。

但楊巔峰還不肯停止他的喇賽：「這麼多人不好好上課，一起去尿尿啊？」

王霸旦咬著燙呼呼的烤香腸，滋滋滋：「去友好一下六班。」

楊巔峰呵呵：「不是吧？說得這麼好聽，是去攻打人家吧？」

王霸旦也不否認：「哈哈哈哈哈哈你都知道嘛！知道了還問！」

「不要吧，六班都是女生，你們一群8＋9好意思打女生啊？羞羞臉！」楊巔峰超敢講，我差點嚇到繼續挖鼻孔。

「女生打起來特別過癮嘛，有什麼好羞羞臉的呢？」王霸旦很快就吃起第二根烤香腸：「告訴你，眞正羞羞臉的不是打女生，是打輸。打輸，不管是打誰，就算是跟拳王泰森打，打輸都是羞羞臉。打贏了，就算是踢一隻狗，揍一隻貓，踩碎一隻蝸牛，都不會有人在那邊機機歪歪，絕對沒有羞羞臉的問題啊！」

「不過人家是女生，隨便打幾下屁股就好，不要打臉啊。」楊巔峰友善提醒。

「特別錯啊。」王霸旦嘴裡的烤香腸好像很好吃，又吃了一條，笑呵呵：「女生最怕被打臉了，所以當然要把臉往死裡打啊。先把門踢開，一個個直接踹肚子，把她們亂揍一頓後，是不是有點累啦？累了，就坐在旁邊休息一下，叫她們圍成一圈自己呼對方巴掌，圍一圈，懂？很好玩的！連呼一百下，呼到她媽都不認識，以後就會乖啦！」

「好殘忍啊。」楊巔峰聽起來滿不在乎。

「當然是好殘忍好血腥啊，但她們唉唉叫也有一點點色情喔，你要一起過來看嗎？」王霸旦呵呵地嚼著最後一口烤香腸：「分你打一個屁股加一張臉，收你一千就好。」

「我還要烤香腸咧，不送！」楊巔峰拿小電風扇吹脖子上的汗。

吃完油膩膩的最後一口，王霸旦將三根叉香腸的竹籤隨手亂丟，哼著歌，便帶著那群顯然也很想吃烤香腸的國中生往六班大步前進。

一鬆懈，全班都忍不住發出一聲長長的喔聲，在座位上東倒西歪。

林俊宏整個人跪倒在黑板下，滿身大汗，劇烈喘氣。

我也軟癱在椅子上，全身都沒了勁，連鼻血也沒力氣流了。

太好了，真的太好了……空城計的障眼法總算撐過了第一回，楊巔峰也著實有大將之風，竟然跟王霸旦有來有往，還一直虧他，一定讓王霸旦感覺到我們班疑似還藏有強牌。

「王國，你他媽是不是有病？」楊巔峰向教室後面大喊。

「……」王國還在用橡皮筋彈小雞雞，好像無法停下。

「你這樣亂模仿老大，老大知道了還不揍死你！」我罵道。

「我就是希望老大快點過來揍我……」王國露出痴迷的怪表情。

這時，謝佳芸雙手一按桌面，霍然站起。

我看著她正在發抖的背影，連被雙手按住的桌面都在震動。

「……不行。」謝佳芸的聲音也在顫抖。

怎麼，打算直接蹺課逃回家嗎？

桌面好不容易才停止震動。

謝佳芸轉過頭，看向教室窗外，這時我才注意到她的側臉都是淚水。

「他說要打女生……還要打臉……」謝佳芸一直打顫的牙齒猛咬到舌頭：「踹肚子……再圍成一圈……他說……要女生自己圍成一圈互相呼巴掌……」

楊巔峰嘆氣，遞了一串烤香腸：「吃吧寶貝，吃完了……就不害怕了。」

謝佳芸沒有接過香噴噴的烤香腸。

她雙腳發軟，很努力地扶著走道上經過的每一張桌子，這才勉強走到教室門口。

謝佳芸拿起靠在後門的那根爛掃把。

「女生，一定要幫女生。」

謝佳芸用力握住，大叫：「誰跟我去！」

我呆住了。

班上的每一個人都呆住了。

超愛漂亮又總是超怕被老大踢飛的謝佳芸，竟然說出這麼恐怖的話。

但全班上下當然沒有反應。不敢，也不可能啊。

楊巔峰難以置信地看著他的漂亮女友，一向牙尖嘴利的他，竟無法動彈。比起剛剛王霸旦滯留在走廊上窺探大家的緊張感，此時此刻，全班感受到的壓力竟然更巨大，大到無法呼吸，大到令人莫名其妙想吐。

我也快窒息了，眼睛卻無法不瞪著謝佳芸。

「我！」

肥婆一拍桌子，整團肉蹦出走道。

她手裡抓著水晶球，在全班尷尬的視線下，怒氣沖沖地走到謝佳芸旁邊。

「很好，現在戰鬥力，是剛剛的兩倍了。」謝佳芸點頭。

「我比妳胖兩倍，所以總戰力是三倍。」肥婆掂掂手中沉重的水晶球。

謝佳芸的眼睛掃視了一遍教室裡。

不由自主，所有人都把頭低下來，避開了她的視線。

「……我真是太幸運了。」

丟下了這句話，謝佳芸跟肥婆，加上一根掃把跟一顆水晶球，離開了教室。

8

大家都沒有說話。

想競選班長的林俊宏沒吭一聲，還繼續在黑板默寫無意義的課文。不意外。

另一個候選人楊巔峰鐵青著臉，把一條條的香腸烤成木炭，煙又大又臭。真是一個沒種沒義氣沒肩膀沒卵蛋的男人，空有一張嘴砲有什麼用，竟然不敢陪女友去送死，我對他實在是太失望了嘔嘔嘔……

不多久，走廊末端傳出激烈的各種聲響。

桌椅用力砸在地上，燈管碎在牆上，水桶砸在地板上，地板轟隆隆好像要整個裂開。絕不會少的，當然還有恐怖至極的慘叫聲。

我們教室裡唯一的聲音，就只剩下啪搭趴搭趴搭趴搭趴搭……

「你是要彈多久啦！」楊巔峰怒吼。

嘩——

王國委屈地看著氣氛怪異的大家，不知道自己到底做錯了什麼。

楊巔峰拿著好幾條烤成木炭的黑香腸走過來，臉很臭看著我。

「給你吃，跟我去救謝佳芸。」楊巔峰把徹底黑化的香腸塞過來。

誰要吃啊，拿來當生化武器下毒還差不多。

「她不是你馬子嗎？」我皺眉：「自己的馬子自己救啊。」

「肥婆難道就不是你馬子嗎？」楊巔峰瞪大眼睛。

「不是。」我用兩條黑香腸在胸前比了個叉。

「現在不是，救了以後可能就是了。」楊巔峰已經氣到胡言亂語了。

「本來還有一點點想去的，現在是完全不想。」

「既然決定了就快點走吧。」

「在說啥啊……國語有及格過嗎你？」

「快起來！大家都快點把屁股移開座位！戰鬥啦！」楊巔峰自私自利地暴吼。

但根本沒有人理他。

忽然一陣快速迫近的踏踏踏響，越來越大聲，越來越近。

糟糕！是一班！

「大家準備……撤退！」楊巔峰大叫：「用書包保護頭部，撤退！」

所有人嚇得跳起來，拿起書包，準備逃亡。

我們正要衝出教室，在門口擠成一團時，卻看見一群人正以逃命的速度衝過我們班門口，拚了命地朝走廊的另一端狂奔。

是王霸旦？是王霸旦跟他的國中生走狗！

「這是怎麼回事？」林俊宏卡在門口，雙腳離地，眼鏡都快掉下鼻子了。

只見王霸旦邊跑邊罵：「幹幹幹幹幹幹幹妳們給我記住！我要跟我爸講！」

他罵得含糊不清，嘴巴好像受了重傷，很多血從他摀著嘴的手內滲出來。

我倒是看清楚了。這群來自一班的暴徒身上都掛了彩，除了嘴巴重傷的王霸旦，沒有人的衣服是完整的，每個人都鼻青臉腫，有人單腳跳跳跳，有人連滾帶爬，有人臉上扎了好幾枚釘書針，有人背上扎著密密麻麻的圖釘，有人的頭髮正在熊熊燃燒，有人滿臉泡沫摀著眼睛慘叫他要瞎了他真的要瞎了……

是慘敗！是被徹底擊潰的大慘敗啊！

天啊，六班發生了什麼事？

還沒等一班撤回他們自己的教室，我們班所有人都衝到走廊上，跑向六班。

「發生大事啦！」我有點興奮。

「謝佳芸……妳一定要撐住！」楊巔峰很著急：「我們還有很多壘沒踩啊！」

「哇！」領跑的林俊宏忽然摔倒。

「靠！」我也莫名其妙摔倒。

「停不住！」楊巔峰也摔了個狗吃屎。

「啊…」阿財摔到連嘴巴裡的檳榔都彈出來了。

「耶！」王國高興地滑壘。

六班前面的走廊一片狼藉，地上滑得要命，我們才一抵達就通通摔倒，想必是六班用了無色無味的沐浴乳或洗髮精在地板上設下了陷阱。

教室裡更是慘不忍睹，別說完全沒有一張完整的桌子，就連一根完整的桌腳都沒有，全部被打斷，全都被摔裂。燈管也全爆，窗戶玻璃破光光，被割成破布的窗簾正在燃燒。

五十多個舞蹈班的女生，或躺或坐在教室爛掉的桌椅上。

每個女生的臉上都很精采，假睫毛掉了，牙齒斷了，鼻子歪了，眼睛也黑了好幾圈，就連趕來參戰的謝佳芸與肥婆也都傷痕累累。

謝佳芸手上的掃把只剩下半截，有一把頭髮燒焦了，有一隻眼睛充滿血絲。

肥婆的上衣爆掉，露出巨大的奶罩跟一顆很黑的奶頭，臉上身上都是鞋印，水晶球更是一堆裂痕，上面布滿了超多超恐怖的血手印，感覺從此以後法力倍增。

「發生……發生……」林俊宏爬起來，上氣不接下氣。

想問發生什麼事了？用眼睛看啊！白痴都看得出來，五年六班上下一心，將五年一班狠狠打爆啊！

「用了一點陷阱。」

渾身是傷的六班班長大剌剌坐在洗手台上，手裡拿了一罐只剩下一點點的洗髮精，用她腫起來的嘴巴含糊不清說：「跟一點點詭計，再加上很多很多的勇氣……」

六班班長是一個身材高挑的女生，比我還高半個頭，有個很漂亮的名字，叫石晴羽，她的肉體比名字更漂亮，據說她的夢想就是當國際模特兒，是全校級的風雲人物。雖然石晴羽現在的鵝蛋臉上有幾個黑黑的腳印，嘴角也腫了，但還是非常正。

沒想到她除了超正，還很衝。

石晴羽高高舉起沒用完的洗髮精，高喊：「最後還是靠大家！」

整個六班都沸騰了，歡呼聲不斷，就連臨時參戰的謝佳芸與肥婆都很激動。

「晴羽班長！晴羽班長！晴羽班長！晴羽班長！晴羽班長！」

「謝謝妳，瑩婷。」石晴羽看著一個哭花了臉的可愛女生，說：「沒有妳冒險去二班、三班跟五班蒐集情報，我們也不知道情勢這麼險峻，妳最好了。」

「那我要跟班長自拍！」瑩婷趕緊拿出手機，把臉湊過去跟石晴羽一起自拍。

石晴羽轉頭看向一個短髮的俏麗小女生……應該還算俏麗吧？雖然她的臉有一半是腫的，但沒有腫起來那一半很可愛就是了。

「還有妳，妏莉，感謝妳的犧牲。」石晴羽充滿抱歉的眼神：「要不是妳假裝要親王霸旦，他也不會一時大意。」

「沒關係，反正沒有親到。我也要跟班長自拍！」短髮妏莉靠了過去，好不容易調整好角度，才把那半張腫臉避開，喀嚓！

「傻瓜，把腫臉也拍進去吧，那些傷痕是我們的驕傲。」石晴羽接過手機，跟突然哭出來的妏莉又多拍了一張。大家都好羨慕。

石晴羽轉頭向幾個身材特別火辣的女同學。她們身材雖好，但臉已被打成豬頭。

「江佩甄，呂岱蓉，左允柔，羅宛諭，妳們幾個平常最愛漂亮了，老是湊在一起說一些三八阿花的事，我都罵妳們沒營養。但……如果沒有妳們勇敢地在最前線把裙子掀開，讓那些國中生看內褲，他們也不會忽略掉地上那一大堆洗髮精，跌成狗吃屎。」

這些三八阿花忙著說：「哎呀沒有啦沒有啦～～我們平常就很喜歡露內褲啦～～」

石晴羽語氣堅定地說：「我必須說，妳們爲六班所做的事一點也不可恥，妳們性感的卡通內褲，從今以後就是我們六班的班旗。」

我太震驚了，轉頭看向楊巔峰，楊巔峰也激動到合不攏嘴。

六班班旗就是女生內褲！女生內褲啊！不僅新潮，還無敵熱血啊！

「班長合照合照！」四個被打成豬頭的女生興奮地擠向石晴羽，欣喜同框。

此時，又有三個女生興奮地跑到前面邀功，迫不及待地拿出手機預備。

「劉子寧，黃聖雯，林慈惠。」石晴羽被逗笑了：「平常拿板擦丟來丟去，弄得教室到處都是粉筆灰，嘿嘿，還眞的讓妳們練出百發百中的神技。」

「是的班長！」

「沒想到丟起磚頭，跟丟板擦一樣準，你們眞是太可怕了。」石晴羽比了個讚。

又是一陣很嬉鬧的合照。

石晴羽跳下洗手台，走向十幾個遍體鱗傷、如果背不靠牆恐怕隨時昏倒的女生。

她們的手上還拿著桌腳跟碎燈管，因爲過度緊握，到現在還無法放開，血水從手指縫隙裡一直滴下滴下滴下滴下，可見死都不放棄手中武器的決意。

「游宛甄，陳韻塤，黃伊蓉，趙韻芬，李詠晴，張文馨。」

石晴羽自己也是步履蹣跚，好不容易才走到那些女戰士面前，繼續點名：「還有，林佳靜，郭沛瀅，高苡恩，黃敏興，妳們辛苦了。」

大家很努力，才將緊繃的臉撐開，撐出一個個劫後餘生的笑容。

「妳們這幾個，老是不守規矩，頭髮不剪又亂染，指甲不修還彩繪，裙子太短，襪子太高，天天都偷渡一大堆違禁品，跳舞比賽前又不肯好好練習，還躲在廁所裡抽菸，每一個，都是風紀股長最痛恨的麻煩人物，老師都管妳們叫太妹。身爲班長的我，爲了在老師面前當好孩子，也常常數落妳們。」

石晴羽伸出顫抖的拳頭，輕輕地敲了敲每一個被點名的女孩胸膛。

「但，妳們自願當戰鬥組，在第一線的攻擊氣勢主導了整場戰鬥的風向，一出手就像尾巴著火的瘋狗，打得狠，打得絕，打得不要命，嘿嘿，那些王八蛋一定完全沒想到他們會被一群女生往死裡打。妳們今天，讓我很服氣！」

大家都笑了。

「瘋狗一樣，形容得太好了班長。但我們比瘋狗還兇喔！」

「我本來想繼續揍下去，可惜我的手已經抬不起來了……」

「我不知道是被踢到流血，還是月經來了……呵呵……我帥嗎班長？」

「班長，以後看到違禁品請睜一隻眼閉一隻眼啊……嘻嘻！」

這些被稱爲太妹的女孩雖然肯定在笑，但五官已經模糊到不知道誰是誰了。

石晴羽流著淚，把手機扔給我：「你是四班的吧？幫我們大合照！」

我按下快門的時候，發現自己的手指正在發抖。哇靠眞的好感人啊女力大集合。

這時，石晴羽拖著腳步，一拐一拐走到教室的最角落。

碎開的分類垃圾桶旁邊，蹲了幾個體型壯碩的女生。

當然，她們同樣身受重傷，巨大的身軀上滿滿都是可怕的瘀青，但不同其他女生，她們並沒有因爲慘勝一班而笑，也沒有搶著要跟班長合照，而是靜靜地蹲在角落，連痛都不敢叫出聲。

站在她們面前，石晴羽低下頭。

眼淚，不斷地從她發抖的鵝蛋臉上，滴滴滴滴在一片血污的地板上。

「薛曉麗，賴淑敏，黃湘淳，陳憶惠……許雅……許雅……」

一個特別胖的女生怯生生地舉手：「報告班長，我叫許雅雯。」

「嗯，許雅雯。對不起，從今以後我一定會牢牢記住。」

石晴羽深深吸了一口氣，這才抬起她淚流滿面的臉：「因爲身材差異，妳們平常排不上舞蹈表演的正選，還常常被我們嘲笑……嘲笑妳們好不容易選進了舞蹈班，卻不認眞維持身材，每次自然課分組都排擠妳們，中午偷叫五十嵐或清心……也從來沒約妳們。現在，身爲衝組，妳們卻用強壯的身體，一次次……一次次爲我們撞開了那些惡棍的陣形……」

石晴羽崩潰大哭，重重跪下：「對不起！以前是我們不好，是我們人很差，請妳們原諒我……原諒我們這些愛搞小圈圈的賤貨！對不起！眞的對不起！」

剛剛的戰鬥組女孩、拋擲組女孩、露內褲女孩、假吻女孩，也都跟在石晴羽後面一起跪了下去，大哭向胖胖的衝組女孩道歉。

衝組女孩也哇哇大哭，妳抱我，我抱妳，抱成一團，又哭又笑。

雖然模糊不清，但好像是在說一些很感人的話？好像有聽到一些以後我教妳化妝、我媽做的早餐很好吃會分妳吃、不管是便宜的五十嵐還是貴貴的春水堂都會一起叫、不管是自然課分座位還是未來的畢旅分房間，都不會再排擠誰誰誰了……

不知道為什麼，明明都不認識，我的眼睛卻一直跑出鹹鹹的東西來。我知道是眼淚，但……我的眼睛裡有辦法裝那麼多眼淚嗎？鹹鹹的、疑似眼淚的液體不斷從我的眼睛裡噴出來，噴到我頭都暈了。

哭了好一陣子，石晴羽這才走了過來，向我們這群拿著黑炭香腸的援軍致意。

「我當然不會忘記你們，四班，你們大膽使用空城計困惑了王霸旦，還突發奇想烤香腸給他吃，幫我們爭取到了很多布置陷阱的時間。」石晴羽感激地鞠躬：「沒有你們四班，我們六班絕對守不下來。」

啊？江湖上是這麼傳說的嗎！

楊巔峰義薄雲天地說：「別說這些見外的話，這一切都是我應該做的。」

林俊宏慷慨激昂地說：「在以拖待變的空城計裡，我工整的板書製造出非常懸疑的氣氛，但我是絕對不會居功的。所有一切，是朋友就心照不宣！」

我只好不好意思地說：「我挖鼻孔故意挖到流鼻血這種小事，千萬不要提了。」

沒想到石晴羽無視楊巔峰、林俊宏跟我，慢慢走到王國面前。

「妳好漂亮喔。」王國痴痴地笑著。

天啊，王國的小雞雞整條都掛在拉鍊外，簡直就是……我們四班的奇恥大辱！

只見石晴羽單膝跪下，一隻手捧起王國受寵若驚的小雞雞，另一隻手沾了點小護士軟膏，細心地塗在王國紅腫發炎的龜頭上。

「謝謝你，四班代理班長王國，我們聽聞你忍受屈辱，用橡皮筋拚命虐待自己的龜頭，只爲了幫我們爭取多一秒的準備時間。」石晴羽很靠近，仔細確認藥膏有沒有塗勻，鼻子都快碰到龜頭了。

這三小？這三小啦！

石晴羽嘟起嘴巴，溫柔地朝王國的龜頭吹氣，吹氣，吹氣，藉著溫熱的氣息將藥膏的療效滲透進去……這……這到底……

我猛抓著頭，頭髮都快被我扯下來了，但還是扯不過我眼前所見啊！

楊巔峰直接吐血。

林俊宏再度拿起超廢的班級經營手冊，狂寫筆記，每一筆都用力劃破頁面。

在眾人的圍觀下，石晴羽輕輕捧起王國備受呵護的小雞雞，宣布：「從今天開始，王國先生的龜頭，就是我們六班的吉祥物。立正！」

整個六班的女孩子全體肅立。

「敬禮！」石晴羽對著距離鼻子只有一公分的龜頭，舉手致意。

所有六班的女孩子，用堅定的眼神，一起朝著王國塗滿藥膏的龜頭敬禮。

那一瞬間，石晴羽手中的王國小雞雞膨脹起來。

「禮畢！」

大家稍息時，石晴羽想順勢將王國的小雞雞推回拉鍊裡，卻怎麼推都沒能成功，反而越使勁就越不對勁，越推越難推。

「王國先生，很抱歉，我好像塞不太回去。」石晴羽推得滿頭大汗。

「沒關係，我可以自己慢慢塞。」王國有點靦腆。

「怎麼可能讓恩人自己塞？我來試試！」一個可愛的六班女孩自告奮勇，跪下來幫忙推龜頭。

兩女推了半天，推得汗流浹背，王國的龜頭在四隻手中彈來彈去，頑劣異常。

「妳這樣塞是要塞到什麼時候？讓我來讓我來……」負責假吻的女孩也看不下去了，伸手過去就是硬塞。

「不要硬塞，要喬一個角度好嗎。」一個戰鬥組女孩沒好氣地給予親手指導：「這樣，這樣啦！吼……這樣啦！」

「我覺得比較可能是這樣耶……不要用塞的，用揉的，不要那麼用力。」衝組的胖女孩伸出肉肉的手，溫柔地幫忙：「輕輕的，對……輕輕的……」

就這樣，越來越多女生走過去塞龜頭，妳不行就我來，我不行就換她上，妳推我喬，我塞她揉。但王國笑呵呵的好像很癢，就是無法人龜合一，好好配合。

我已經無法了。

無法描述了，無法將意識繼續鎖定在這個世界上了。

這個世界完全無法理解啊！人物基本設定都蕩然無存啦！

宇宙要毀滅啦！

楊巔峰筆直地走了過去，蹲下，雙手合指，朝王國的屁眼用力一插。

「！」王國張大嘴巴，小雞雞瞬間一軟，馬上就被大家合力塞了進去。

一直塞鳥，大家都累壞了，但石晴羽畢竟是班長，再累都沒有忘記她的責任。

石晴羽走到肥婆面前，將一片沒有燒完的窗簾披在她只剩奶罩的身上。

石晴羽道謝：「肥婆，我們班的女生下課常常跑去找妳算命，我總是不以爲然，覺得妳只是在騙錢。沒想到妳騙她們的錢，她們，卻騙走了妳的友誼。」

肥婆笑了，笑得好難看：「我眞是虧大了。」

石晴羽摸著肥婆嚴重龜裂的水晶球，感受著它砸在國中生身上的硬度：「眞是可怕的凶器，不只算命，還要了別人的命，眞不愧是膽敢窺探妳們家老大命運的超級水晶球。」

六班全體鼓掌敬禮。

石晴羽走到謝佳芸面前，一時之間並沒有開口，而是凝視著她。

謝佳芸的頭髮有四分之一都燒焦了，原本只是布滿血絲的左眼，眼眶邊緣的顏色也開始變深，再過幾分鐘就會正式變成瘀青。她的下嘴唇裂傷，腫了半邊，傷勢完全不輸給石晴羽。

「我們都是民生國小傳說中的四大美女，暗中較勁了好幾年，一直沒有分出高下。」石晴羽恭維的語氣裡帶著一點點傲氣：「就連在女廁門口擦肩而過，也會注意對方的唇色跟眼影是不是比自己的好看。今天，我們總算是正眼瞧上了彼此，妳好，四班的謝佳芸同學。」

「我是滿愛漂亮的，但大家……都在較勁嗎？」謝佳芸一臉迷惘。

「妳沒有嗎？」石晴羽有點吃驚，但表情看起來並不相信。

「我……還好。」謝佳芸有點不知所措地說：「妳試試看跟哈棒老大同班，看還會不會有時間計較那些誰比較漂亮，誰是幾大美女這類的事。」

石晴羽像是慘遭天打雷劈。

先是愣住，然後肩膀一鬆，吐了一口長氣。

「原來如此。」石晴羽這才眞正笑了，挺起了她早熟的奶子：「老實說，對於排名我一直耿耿於懷，大家的美各有支持者，身爲六班班長，我還擁有整個班級沒有底線的擁護。但就因爲妳跟……哈棒老大同班，大家一提到那個哈棒老大，就會順便提到妳，所以妳的知名度無疑是四大美女中的最高，就連將來註定要當上國際模特兒的我也只能默默幹在心裡。」

「妳又高又美，一定可以當上國際模特兒的。」謝佳芸語氣羨慕，深呼吸，挺起了小小的奶子回應。

「我知道，一定的啊。」石晴羽咧開嘴笑了，變本加厲挺起奶子：「但今天，妳，四班的謝佳芸，謝謝妳不計代價衝過來並肩作戰，妳用腳踢斷王霸旦門牙那一下，我看得清清楚楚，能夠跟妳一起並列民生國小校園四大美女，是我的光榮。」

「不，這個光榮是我的。」謝佳芸深呼吸到不行，脖子都快不見了：「我堅持。」

道謝完畢，石晴羽把奶子挺得更高，站上了被破壞殆盡的講台，環顧一片狼藉的教室。沒有一處完好，桌椅盡毀，唯一沒有被燒掉的窗簾，還披在肥婆身上。

勝利是光榮的，但，抵抗絕對很慘烈。

現在，這間教室已經無法再招架任何一次的破壞，更別說是上課了。

「王霸旦很快就會重整旗鼓。」楊巔峰提醒。

所有人都知道他說的是廢話中的廢話。

「在放學鐘響之前，一定還會有一波攻勢。」林俊宏一邊寫筆記，一邊用鬼片裡的怪聲說道：「更大，更恐怖，更多國中生……」

我一開始以爲林俊宏怪腔怪調是在搞笑，而且不好笑，正想揍他的時候，我發現林俊宏全身發抖，眼神怪異。我瞥了他正在寫的筆記本一眼，盡管字跡依舊無比端正，意念卻是滿滿的扭曲：「一班很恐怖眞的很恐怖眞的太恐怖了……」之類重複一百遍的話。身處斷垣殘壁的戰場，果然讓品學兼優的林俊宏內在崩毀了。

一班的威脅並沒有解除，石晴羽當然心中雪亮。

但在講台底下，盡管傷重疲困，六班每一個女生的眼裡都看不到恐懼，熱切地等候班長石晴羽新的命令。但奇蹟不會永遠發生。不管是誰都很清楚，只要石晴羽一說出將六班死守到底的句子，現場的每個女孩都會欣然與她共墜地獄。卻也絕對是，五年六班存在於這個世界上的最後一道命令了。

「我知道大家都想一鼓作氣，幹掉一班，我也是。」

石晴羽溫柔地看著每一雙崇拜她的眼睛，繼續說：「但細心保養，努力打扮，也是美女的天職喔。暫時，只是暫時，我們就姑且饒過那些王八蛋吧。」

大家都怔住了。

石晴羽嫣然一笑：「陪我蹺課，去買最新的眼線筆……好嗎？」

女孩們放聲嘶吼，哈哈大笑：「遵命班長！」

隨即衝到東倒西歪的櫃子裡，興奮地收拾書包。拜託，能跟最棒棒的班長一起逛街打扮，絕對比痛打一班一頓還歡樂啊。

石晴羽將門口的五年六班班牌奮力拔下，擲向謝佳芸。

謝佳芸帥氣接住。

「交給妳保管了。一個月後，我再來跟妳拿。」石晴羽啾咪。

連蹺一個月，這些女生也太狂了吧。

「沒問題，一個月後，妳們再來撿尾刀吧。」楊巔峰沒有放棄插嘴。

謝佳芸看著手中的六班班牌，點點頭，將半截掃把扔向石晴羽。

啪！

石晴羽一把接住。

「對了，我喜歡妳的眼影。」謝佳芸豎起大拇指。

「我喜歡妳臉上的傷。」石晴羽吻了手中的掃把：「還有，它所代表的，勇氣。」

就這樣，石晴羽高舉象徵友情的半截掃把，帶著一大群女孩快樂逛街去了。

留下了民生國小歷史上，最動人的，最可愛的，女孩抗暴傳說。

9

我們帶著複雜的情緒回到班上，一路上都沒有人講話。

說也奇怪，一班的威脅還在，不，因爲太臭屁太輕敵狠狠吃了大虧的一班，將來併班的手段一定更恐怖更凶殘，但……我們似乎毫不在意。

並非不怕，而是沒什麼感覺。取而代之的，是一種怪怪的沮喪。

那些被我們當作花痴的女生，竟然聯手把王霸旦打飛？那些耗費無窮無盡時間在打扮上的女生，毫不猶豫地選擇跟惡棍奮戰到底？而我們咧？我們就只能這樣，乾等老大回歸？

下午第二節課的鐘聲響起。

該來上課的自然科老師還是沒有出現，擺明了是校方高層放水讓學生互鬥，即使抗議也不會有用吧，最新通過的學生自治條例一定新訂了很多莫名其妙的規則，暗助王霸旦的併班陰謀。

走廊的安靜，只是暫時的假象。我們的教室大門依舊敞開，窗簾還是捲起綁好，同學們還是一如往常各做各的鬼混。與其說我們持續秉持空城計的策略，不如說，打從看過六班被打爛、卻依舊屬於她們的教室起，我們就對自己的小心翼翼感到麻木了。

「以前，我們好像太依賴哈棒老大了。」我吃著烤焦的香腸，這是我應得的。

「依…賴…哈…棒…老…大…不…好…嗎…？」阿財罕見地皺眉思考。

「阿財，你結巴歸結巴，但你哈棒老大這幾個字中間最好不要用『…』斷掉，要一口氣講，不然不夠尊敬。」我好意提醒。

第二節課就這麼有驚無險地過了，什麼也沒發生。

下課的時候，班上的氣氛還是很萎靡。

林千富進教室時說，他剛剛去福利社買麵包吃，聽到有人用氣音在聊，他們經過保健室時看到王霸旦一行人在裡面哀爸叫母，整整一節課都在保健室療傷，幾乎用光了裡面的繃帶跟消毒藥水。

「眞…了…了…不…起…」阿財猛點頭。

「如果我們剛剛傾全班之力跟六班聯手，前後夾攻，說不定就可以直接滅掉一班。」我放馬後砲，我眞聰明。

「對啦對啦，說這種無濟於事的話誰不會啊？」楊巔峰正拿著剪刀，仔細幫謝佳芸修剪被燒掉的那些頭髮：「重點是未來，未來該怎麼辦啊？唉，如果我現在就是班長就好了。」

「……」謝佳芸看著鏡子裡的自己，好像對正在成形的新髮型很不滿。

肥婆雖然累壞了，但趁著水晶球上的十幾個血手印最清晰最濃烈，法力大概也是最強吧，她不斷地舔著水晶球，想藉著口水的痕跡推算出哈棒老大的下落。

林俊宏走過來，他眼鏡上的霧氣已退散，看樣子是恢復冷靜了。

「必須和談。」林俊宏推了推眼鏡。

「喔？怎麼談？」楊巔峰沒好氣地捏起謝佳芸一撮焦髮，剪掉：「是沒看過二班跟三班是怎麼被滅掉的嗎？是沒聽過五班是怎麼被騙走的嗎？」

「當然是平等，對等，雙方都在充滿善意的環境下溝通。」林俊宏侃侃而談：「不過防人之心不可無，你我都知，民生國小到處都是王霸旦的勢力範圍，避免被陰，我們必須選擇一個民生國小之外的地方，比如八卦山下的文化中心，或是火車站附近的麥當勞，有冷氣，廁所也不會太遠，花的餐費都可以報公帳，雙方派出一樣數量的代表，對等地進行和平談判，並全程直播。」

我雖然聽不是很懂，但我知道只要是從林俊宏嘴巴說出來的，都是廢話。

「眞要談判，不須要跑那麼遠，我剛剛跟A班還有B班的班長都通了信，有必要的話，就借他們教室跟王霸旦聊就好啦。」楊巔峰輕描淡寫地說，又修掉了謝佳芸耳邊幾根燒焦的雜毛。

「你……爲什麼會認識A班跟B班的人？」林俊宏看起來很吃驚。

「幼稚園打電動認識的。」

連地理位置跟校際地位都超特殊的A班跟B班都有人脈，看樣子楊巔峰不只在見識上屌打，在班際觀上也碾壓林俊宏，班長一位，根本沒有懸念啊。

林俊宏看起來很不服氣，一直想講些什麼扳回一城，卻只能說出……

「和平談判是我先想到的。」林俊宏的眼鏡上又出現霧氣了：「你學我！」

「誰學誰都隨便啦。那我問你，你想從談判裡要到什麼？」楊巔峰的眼睛始終都沒有從謝佳芸的頭髮上移開過。

「和平談判談的當然是和平，能夠讓四班同學安靜讀書，快樂學習，平安上下學的和平。」林俊宏氣急敗壞地說：「這種和平，非常高級！絕對跟你能想到的……每一種和平，都不一樣！」

　　我們都傻眼了。這不是很基本的嗎，不會很難想到啊。但我們也不是一定要安靜讀書，教室裡吵吵鬧鬧也很好啊。快樂學習是不錯啦，但也不見得非得要學習啊，快樂吃午餐跟快樂打躲避球，都比快樂學習更棒啊。最重要的是，一班不要老是一副「如果你不併班，我就要把你打爛」的流氓面目就好啦！

　　「是喔，你要和平，那王霸旦要什麼？」楊巔峰吹掉剪刀上的殘髮。

　　「……啊？」林俊宏有點不明白楊巔峰說的是什麼意思。

　　「談判是雙方的嘛，你要一點，他也要一點，然後你給他一點，他也給你一點，互相交換就是談判啊。」楊巔峰隨隨便便就說出大家都能聽懂的話：「好啊，你要和平，那王霸旦呢？你覺得他要什麼？」

　　「他要……我們對他的尊重。」林俊宏的表情有點僵硬。

　　「你就是個北七，很明顯，王霸旦最不需要的就是你對他的尊重。」楊巔峰放下剪刀，不屑地看著林俊宏：「王霸旦對他想得到的班級，用盡一切辦法，用打的，用騙的，對講好的東西沒在管的，每一個步驟都讓人不屑，你竟然覺得一個不懂得尊重別人班級的人，會需要別人的尊重？」

　　「不……難道！你是說！」林俊宏臉一陣青一陣白：「王霸旦不想要我們對他的尊重嗎！你覺得……有可能嗎！」

　　我們都看著楊巔峰。

　　「事實上就是，王霸旦不需要你的尊重……他用不到。」楊巔峰往前一步，仔細看著林俊宏布滿霧氣的眼鏡：「他只需要所有的班級。」

林俊宏震驚得無法回嘴。他知道，楊巔峰說的是真的。

我沒有想過王霸旦要的是什麼。但看了這麼多慘況，我很確定，王霸旦確實沒有在管別人怎麼看他的，他只要一班全體信仰他，給他到處併班的權力就夠了，不擇手段達成目的才是他的一切。至於「尊重」這麼虛無飄渺的東西，是輸家在用的話語，王霸旦可以把尊重賣成錢的話，他一定會大出清。

此時，下午第三節的上課鐘聲響了。

「還是空城計嗎？」美華將跑出鼻孔的蛔蟲塞了回去。

「我們也只剩下空城計了……」小電看向楊巔峰：「吧？」

楊巔峰不置可否，望向操場。

我跟著看出去，王霸旦一行人從操場另一端的保健室出發，包紮好的身體藏不住濃濃的殺意。到了走廊中央，王霸旦一吹口哨，十幾個還穿著彰安國中制服的壞學生翻牆進來，大剌剌加入一班的陣形。整體的攻擊力，比一節課以前要強大了好幾倍！

「說好的價碼，你可不能耍賴啊。」帶頭的彰安國中頭目，一邊走路一邊抽菸。

他好高啊，肯定超過一百八……直逼一百九十公分吧？雖然不是肌肉糾結的健身房大哥哥那款，肩膀卻很寬很硬，下巴很扁有疤，鼻樑是歪的，感覺是無數街頭實戰打出來的體型。

「當然，彰安國中校長那邊我爸都打理好了，要給你們補記的一百支大功已經變成公文了。」

王霸旦的眼神充滿殺氣：「須不須要叫我爸修改彰安國中的學生自治條例，賞你們這些壞學生到處併班的權力？至於能不能變成彰安國中的總班長，就看你自己了。」

「總班長？我還有點自知之明，那個位子只屬於『中！亞信』。」彰安國中的頭目戴上了手指虎，在閃閃發亮的拳頭上吹了一口煙：「我呢？就把握眼前，把『中！亞信』看不上眼的，都變成我的玩具！」

這抽菸的國中生我好像有一點印象，在哪裡見過啊……

啊啊啊啊啊啊！有了！我想起來了！

「他就是一進彰安國中，就把老師打到住院的……那個那個……」我有點想起來又記不詳細。

「楊信安，一進彰安國中的第一次朝會，因為打瞌睡被導師糾正，當場就把導師打到吐血。中間有一名體育老師介入阻止，被打到顏面骨折，隔天就提出辭呈。」楊巔峰如數家珍地說著：「遭強制停學，在家自我約束一個月，一復學就幹掉彰安國中四大天王裡的北煞，取而代之，從此有了北煞信安之稱。如果加上王霸旦的資源，北煞信安可望超車其他三大天王，在『中！亞信』畢業後以第一順位接班，統治彰安國中。」

「中！亞信」又是哪位？

林俊宏臉色慘白：「他就這樣翻牆來我們學校……連制服都不換，根本……就違反校規！大家別怕，千萬別緊張啊！我們趕緊通知訓導主任，把他轟出去！」

不是沒人在怕，而是沒人有空理你。

當林俊宏慌慌張張寫起預備要寄到訓導處的正式投訴信時，我們緊盯著王霸旦帶著北煞信安一行人走到六班門口。不意外，王霸旦只能看著空無一人的破爛教室大吼大叫，尤其是石晴羽還在黑板上留下「羞羞臉」三個大字，一定很嗨。

突然，我們聽到一聲非常沉重的巨響。

「怎…麼…了…？」阿財嘴裡的檳榔差點掉出來。

王霸旦一行人浩浩蕩蕩從六班走過來，不須要刻意踱步，地板就已隱隱震響。

肯定！百分之百！就是要來我們班啊！

一天之內打下這條走廊上的所有五年級，肯定是王霸旦很想創下的傳說啊。

「怎辦？」我眞的嚇壞了：「還是繼續空城計嗎？」

大家都看向楊巓峰。只見楊巓峰眉頭一皺，看向肥婆：「還沒找到老大嗎？」

肥婆都快將水晶球上的血手印舔光光了，還是只能舔球嘆氣。

竟然連楊巓峰都只能把希望寄託在肥婆的水晶球上？！

楊巓峰卻笑了：「如我所料，不過大家別擔心，我們贏定了。」

什麼？我們竟然贏定了？到底發生了什麼事我沒注意到？有這麼不知不覺嗎？

大家很疑惑，表情卻瞬間放鬆了。

楊巓峰再度烤起了香腸，白煙飄飄，還吹著口哨。雖然沒弄懂爲什麼我們已經贏了，我們也只能回到原來的位子。美華跟小電硬著頭皮再度玩起了大富翁，林千富無奈地玩起電動遊戲機，我試著挖另一邊沒有流血的鼻孔，謝佳芸拿著鏡子不斷檢查造型奇怪的頭髮，阿財跑去講台問正在寫板書的林俊宏要不要吃一口檳榔。

王霸旦跟北煞信安一行人，終於來到我們班教室門前的走廊。

迎接他們的，依舊是我們五年四班的日常。

「烤香腸？嚇過頭了嗎？」北煞信安冷笑，將外套袖子捲起來：「全滅了？有沒有需要特別留下來的……什麼東西？」

「等等。」王霸旦雖然很火大，但日常——是最強大的懸疑。

「等？等什麼？」

「不太對勁，你難道看不出來嗎？」

「我只看到一群被我嚇傻的白痴。」北煞信安朝我們教室裡吐了一口很臭的煙：「雖然我對痛扁一開始就嚇到無力還手的人，一向評價不高。但，打人的基本樂趣還是有的。兄弟們，進去吧！」

說著說著，習慣踹門而入的北煞信安發現無門可踹，只好直接跳上了窗戶。

我的心臟真的快停了。

「我叫你等等！」王霸旦大怒：「你不知道這個班以前是誰在唸的嗎！」

北煞信安整個人已蹲在窗框上，勉強煞車，轉頭：「誰？有差嗎？」

「那個……哈……」王霸旦的臉部神經開始抽搐，咬牙吐出：「棒！」

北煞信安身體震了一下。

「就是這間？」北煞信安的臉色非常難看……是恐懼？還是憤怒？

好像，一口氣聽見了十幾個人同時倒抽一口涼氣的聲音。

走廊上十幾個彰安國中打手，不由自主都往後退了一大步，你看我，我看你。

「那個……傳說中，有史以來……彰化市最強的那個小學生？」北煞信安的五官非常扭曲，原來是怒火中燒啊：「我彰安國中四大天王之北，應該怕一個……小學生？一個連六年級都還不到的……小、學、生？」

我很想舉手，跟他說最好不要加一個彰化市，也不要過分強調不滿六年級，不過算了，我挖鼻孔，我好忙。

「沒什麼好怕的，但就是先好好觀察！」王霸旦兀自嘴硬。

我只敢低頭猛挖鼻孔，但還是感覺得到北煞信安的視線在教室裡掃來掃去的壓迫感。好恐怖的眼力啊，我的屁眼揪了起來，好像停泊在肛門裡的大便被冰凍一樣。

王霸旦在窗戶邊看了一分鐘，都沒能決定要不要率眾衝進來打人。

突然，眞的非常奇妙，不停穿透在我身上的眼壓瞬間消失得無影無蹤。

蹲踞在窗下的北煞信安笑了出來：「哎呀，發現一個美女。」

我抬起頭挖鼻孔，發現北煞信安正對著坐在我前面的謝佳芸笑。

王霸旦暴怒大叫：「我認得妳！妳！」

北煞信安微微不悅：「她？」

王霸旦咧嘴，指著缺了半顆的上門牙：「別以爲把頭髮剪得那麼醜我就認不出來！妳就是把我門牙踢斷的那個臭三八！」

全班都震了一下，正在寫黑板的林俊宏甚至拿了一顆檳榔開始嚼。

直接有個王霸旦的仇人在此，這下眞的萬劫不復了。

謝佳芸霍然站起，瞪著王霸旦。

「沒錯！踢斷你門牙的就是我——」謝佳芸握緊拳頭，怒目相視：「民生國小四大美女排名第二，謝！佳！芸！」

自認排名第二是嗎？怎麼有點溫馨啊……

「謝佳芸是吧？別光瞪他，也瞪瞪我。」北煞信安公然調戲：「妳，我要了。」

幹啊！好霸氣的要求啊！

「妳給我出來！我要把妳每一顆牙齒都打爛！」王霸旦抓狂了。

「打爛她的每一顆牙齒，可以，但剩下的部分全都歸我。」北煞信安提出不知所云的要求，被打爛了也要愛，這應該也算是一種很厲害的大愛吧。

怎辦？怎辦啦？

楊巔峰雖然稀鬆平常地烤著香腸，但他的臉有一半都埋在白煙裡，看不清楚女友被調戲的他有什麼被惹惱的反應。

倒是謝佳芸從書包裡抽出高音笛，吼回去：「進來打我啊！敢打我……我就叫我男朋友揍你！」

啊？我還以爲上一節課才經歷女力爆發的謝佳芸，會狂嗆跟北煞信安單挑，沒想到還是把男朋友搬出來，果然一脫離了女生大團結的氣氛，謝佳芸還是回到謝佳芸本體了嗎？不過楊巔峰！你被點名了……快點表態啊！

「喔？妳有男朋友了？」北煞信安明顯提高了殺氣：「誰？」

楊巔峰還是忙著烤香腸，煙霧瀰漫，無暇理會這個世界。

「你進來啊！」謝佳芸大怒，揮舞著高音笛：「小心我男朋友打死你！」

北煞信安瞇起眼睛，搜尋著此時此刻應該要站起來跟他對嗆的男生。

但沒有。沒有人站起來。

等等……還是楊巔峰跟謝佳芸突然分手了，但還來不及告訴大家啊？

「出來！」謝佳芸的怒吼中，隱隱帶了哭腔。

是喔？所以是還沒分手囉？楊巔峰你也好歹出來說明一下最新的感情狀況嘛！

但沒有。楊巔峰並沒有即時解說他們的愛情最新的變化，應該是香腸正好烤到了一個快熟偏焦的重要環節，忙不過來。

王霸旦在走廊上大吼：「四班班長！交出謝佳芸，我就明天再打你們！」

教室的最後，王國好舒服地閉上眼睛，四肢攤放在牛皮椅上。

「呵呵。」看都不看王霸旦一眼，王國的笑容好迷幻：「……好舒服喔。」

我不得不承認，王國的生命即使在這一秒徹底終結，依舊是人生勝利組中的霸主。

「四班班長！」王霸旦吼到臉紅脖子粗。

「嘻嘻……真的好舒服喔……」王國閉上眼睛，逕自在牛皮椅上旋轉。

不管是對嗆也好，嘗試談判也罷，王霸旦從來沒有被這種自我陶醉的表情對待過。他太震驚了，甚至開始驚極反怕。

北煞信安凝視著王國：「這就是，他們的班長？」

我視力有2.0，不會看錯的，北煞信安的鼻子真的抽動了兩下。

「有野獸的氣味……不，在野獸之上。」

北煞信安遠遠看著王國，耳朵警戒地豎起：「上次有相似的感覺，是南淫跟西姦聯手在福利社門口拿球棒跟鞭炮偷襲我，差點把我打死……不，還在那之上！」

「嘻嘻……哈哈……不要這樣啦……我自己塞就好啦……」迷幻的王國一直胡亂旋轉，最新的狀態是頭下腳上，兩隻腳掛在牛皮椅上方晃啊晃，腦袋整個壓在最下面，古怪的笑臉還歪掉。

雖然沒有再露出雞雞，但王國的褲子確實隆起了，還隆高高，這我不怪他，誰都不能怪他，不管是誰被這麼多可愛女生聯手塞雞雞，都會再三回味一整天。

我懂了，楊巔峰所謂的勝算就是王國！

王國所坐的牛皮椅畢竟是哈棒老大坐過的，光是殘留的王者氣味就足以嚇阻北煞信安，再加上徹底鏘掉的王國，他的怪模怪樣不可能被人類理解，皮椅加上怪異，完美詮釋了哈棒老大霸者傳說的繼承者。

絕對！可以迷惑北煞信安這種正常界的高手！

北煞信安明顯動搖了。這頭原本戾氣騰騰的猛獸，默默地收斂殺意，反躍下了窗戶，回到走廊。王霸旦也不吭聲，大概是在找什麼台階下，讓自己比較不丟臉地撤退吧。

「王國……王國……人家在問你重要的事，你要有禮貌。」

不知道什麼時候，嚼著檳榔的林俊宏，已從黑板前走到牛皮椅旁邊，推了推王國。

我太太太傻眼了。

「代理班長，那個……人家在問你，要不要把謝佳芸交出去？」林俊宏把王國倒轉過來，拍了拍他的臉頰：「人家保證今天就不會把我們打死，你快點回答啊？」

我完全說不出話來。林俊宏這個品學兼優的假模範生，已經害怕到出賣同學了嗎？全班都停下手邊的假動作，看著林俊宏搖醒王國的鬧劇，大家都瞪大眼睛。

王霸旦跟北煞信安一行惡棍原本要離開了，此時又折返，貼近了窗口。

「林俊宏，你在幹嘛啊？」就連一向溫和的美華也忍不住了。

「我問妳了嗎？我在跟妳說話嗎？管好妳的蟯蟲還是蛔蟲，我在問王國。」林俊宏惡狠狠地瞪了美華一眼，非常用力拍打王國的臉頰。

「啊？什麼事啊？」沉醉在美夢中的王國終於被拍醒。

「哈囉，請問你看到走廊上的那些人嗎？如果我們不把謝佳芸交出去，他們就要衝進來打人，代理班長，你是不是應該做出一些，合理，合情，又符合最多數人利益的決定呢？」林俊宏嘴裡的檳榔汁，滲出齒縫，滴到地上。

王霸旦的表情陷入陰暗。在深黑色的陰暗裡，他的眼睛特別地發亮。

「不可以啦，謝佳芸是我們的好朋友啊。」王國一臉剛睡醒的恍惚，腦子卻比林俊宏還要清醒。

「但不交出去，我們通通都會完蛋啊。」林俊宏很有耐心地勸說：「犧牲小我，完成大我，謝佳芸自己也會理解的。代理班長，你只須要……」

「我才不會理解！」謝佳芸氣得滿臉通紅，眼淚早已奪眶而出。

「謝佳芸說她不會理解。」王國抓抓頭：「那就算啦。」

林俊宏轉頭看向站在窗邊的王霸旦，很抱歉地說：「不好意思，我們班的溝通出了一點誤會，最主要是我們的代理班長剛剛睡醒，精神狀況並不是很好，請務必再給我一點時間。」

王霸旦點點頭，用大人不計小人過的語氣說道：「你是？」

林俊宏堆滿笑容地鞠躬，遙遙伸出手：「我叫林俊宏，雙木林，才俊的俊，宏幹的宏，長期以來都是這個班的第二名，但其實我的實力當然是貨眞價實的第一名，不過那都是過去封建時期的事了，舊思維，不掛心上。對了，我也是這個班上最有希望的下屆班長，未來還請王總班長多多指教。」

王霸旦微笑時露出可怕的半截斷牙，遙遙伸出手回應。

「那就麻煩你了。」王霸旦微仰起頭，隔空握手。

「哪的話？一定一定。」林俊宏微低著頭，隔空握手。

我超火大。如果對王霸旦的怒氣是一百分，我想打林俊宏的慾望一定衝破一萬啦！

「各位同學，我想提出緊急投票，以最新的民意取代……舊時代的代理班長制度。」

林俊宏將檳榔汁吐在王國的臉上，小跑步上講台，高聲宣布——

「贊成把謝佳芸送出教室，交給王總班長處置的同學，請舉手！」

10

林俊宏，品學兼優，五年四班學科能力最強者，是個爛人！

我等著看好戲，等著看大家用噓聲把他給轟下台。

「請舉手。」林俊宏在黑板上寫下兩個大大的贊成兩字，跟超小的反對兩字。

只有寥寥幾隻手舉起來。

等等……什麼！竟然眞的有人舉手！有沒有搞錯啊？把肥婆送出去就算了，反正她被打死了很快就會想辦法附身在別人身上回來，但是把謝佳芸送出去？哈囉！她是班上最漂亮的女生，民生國小四大美女的第二名耶！

謝佳芸只有比我更驚訝，她完全無法相信有任何林俊宏以外的人會舉手。

「爲什麼！憑什麼叫我出去！」謝佳芸已經氣到整張臉超紅。

其中一隻手，竟然是剛剛出聲阻止林俊宏的美華。

美華注意到我質疑的眼神，她低著頭，用氣音跟我說：「誰教林俊宏把檳榔汁吐在王國臉上，現在王霸旦他們是不會相信王國可能很強了啦。」

有道理，我看向教室後，根本沒人遞衛生紙給王國擦掉他臉上的檳榔汁，他只能脫掉制服，把髒髒的臉在上面抹，非常狼狽……唉，穿幫了，不會有人這麼對待班上的王者。

王霸旦當然也發現了騙局，可以直接打進來的他，卻老神在在地杵在窗邊，等著觀賞我們班自己分裂的好戲。

看樣子，我好像也應該把手舉起來齁？

不，不不不不……民主制度最重要的就是要站對邊，如果要把手舉起來叫謝佳芸出教室，就一定要有把握她眞的會被遣送出去，萬一舉手當了壞人，最後謝佳芸卻留下來，這個壞人豈不是白白當了，還挨罵、遺臭萬年嗎？

「一二三四五六七八，贊成的有八個人。」林俊宏在贊成兩字後面寫了個八。

我們班上一共有五十個人，只有八個人舉手，表示沒舉手的人有四十二個。

「謝佳芸，我支持妳！」我用氣音鼓勵謝佳芸。

「謝謝你高賽，我一直以為你是見風轉舵的小人，沒想到你……」謝佳芸眼睛都哭紅了：「人也沒那麼差嘛。」

「要實際相處過才會知道一個人好不好啦，我們之間的友誼，心照不宣。」我比了個讚：「同樣被打爆，不如大家一起在教室裡被打爆啦。」

沒想到林俊宏還沒完，朗聲問：「反對將謝佳芸同學遣送出教室的人，請舉腳。」

舉腳？我有聽錯嗎？

「舉腳很不方便，你幹嘛故意提高投票的困難度？」很少發言的林千富抱怨。

「你……這樣……就……是…小人…啦…」阿財啐了一口檳榔汁在鉛筆盒裡：「真…後…悔…請你…這款…小人…吃…檳…榔…」

「你以為舉腳看起來很醜，大家就懶得舉腳了嗎？」我趕緊搭上嗆聲的列車。

林俊宏大言不慚：「贊成的舉手，反對的也舉手，贊成跟反對的都用同一種方式表達意見，用常識想一想就知道有多不合理。如果大家再鬧下去，我就宣布反對的人要在臉上畫烏龜才算一票，請大家尊重民主制度，不要逼人太甚啊！」

我看向楊巔峰，他還是全神貫注地烤香腸。

「數到三，反對把謝佳芸遣送出教室的舉腳！」林俊宏大叫：「三！舉腳！」

我們很多人都匆匆忙忙舉了腳，有人還因此不小心跌下了座位。有的女生不想被看到內褲，舉腳的姿勢非常奇怪。有人只是把腳放在桌子上象徵性搖兩下。

大家東倒西歪舉腳，看得王霸旦哈哈大笑，一直鼓掌：「好啊！好好看啊！原來民主也可以這麼搞笑啊哈哈哈哈哈！幹得好啊！宏幹的宏！」

林俊宏有點受寵若驚地說：「是是是！民主絕對好笑！A lot of fun啊！接下來還有更有趣的喔！」

「快點數！」肥婆舉腳舉得特別辛苦。

「一……二……三……你的腳舉太低了只是在蹺二郎腿吧？不算！還有你，你露出內褲藐視議會，也不算，四……五……六……你！你！跟你！還有你你你你！扮螃蟹嗎？動作太猥褻了通通不算！你！表情充滿嘲諷！你！腳太臭！你！規定該穿黑色皮鞋你穿白色球鞋？都不算！七……好吧！勉勉強強你這也算一票，八！八票！」

雖然林俊宏故意將幾個舉腳姿勢不標準的人不記入反對票，但，用我的肉眼快速心算一遍，剛剛把腳舉起來的人也不到班上的一半！我很驚訝，原來有這麼多人不舉手也不舉腳，沒辦法做決定？

「這樣做票也太明顯了吧？」小電直接說了。

「我品學兼優，難道會騙人嗎！」林俊宏用大言不慚之術直接斷絕大家的思考，用力一拍黑板：「我宣布，第一輪投票平手，恭喜謝佳芸同學進入第二輪民主投票！」

還可以繼續亂搞下去！

「有鑑於第一輪投票的參與度不到一半，我認爲，有很多同學感受到不正常的壓力，無法透過舉手或舉腳的公開投票，來表達自己眞正的意向，所以第二輪投票將採取不記名的方式。」

林俊宏拿出一個大木箱，跟兩盒未開封的粉筆。

「規則很簡單，贊成把謝佳芸遣送出教室換取大家平安放學的，投紅色粉筆。反對把謝佳芸交給一班導致自取滅亡的，投白色粉筆……白包送終的意思啦！為了表示本席的民主，給大家五分鐘時間自由討論，看是要平安喜樂，還是要自作自受，絕對尊重大家的選擇！」

「人權…是…不能…投票…的…」阿財不說還好，每次開口都是金句。

「人權……你跟我講人權……」林俊宏像是很壓抑內心的憤怒：「當哈棒那個小混混逼我寫作業的時候，我的人權在哪裡？你又在哪裡！當哈棒把王國丟到垃圾桶的時候，王國的人權又在哪裡！當哈棒逼老師上課一定要講笑話的時候，那些辛辛苦苦幫我們上課的老師，他們的人權又在哪裡！」

大家都瞠目結舌。

「現在！你跟我說！一班要我們交出謝佳芸不然就要打死我們，你跟我講什麼謝佳芸的人權！」林俊宏吼到眼睛都充血了：「你們口口聲聲說要保障謝佳芸的人權，那你們知道謝佳芸做了什麼嗎？她跑去打王總班長！」

我們當然知道謝佳芸跑去打王霸旦，但現在重新聽到……就好像有一個新的發現，誕生在一個舊的事實裡，有點震撼！

「王總班長有惹她嗎？王總班長打爛那麼多班級，有哪一個環節跑來惹我們班？有嗎？有嗎！」林俊宏火力全開，最後對著全班最溫和的小電大吼：「回答我！有嗎！」

小電戰戰兢兢地說：「沒有，目前……至少是目前，好像沒有。」

「沒有好像！是完全沒有！」林俊宏悲痛地說：「王總班長什麼也沒幹，門牙卻被硬生生打斷，雖然他家很有錢，植牙一下就好了，但有錢人就活該倒楣被打斷牙齒嗎？王總班長才是這個學生鬥毆事件裡最大的！唯一的！受害者！」

站在窗邊的王霸旦，笑嘻嘻地咧開嘴巴，展示他只剩半截的門牙。

同樣身為有錢人，林千富舉手：「可是王霸旦他好像……我是說好像喔，畢竟我沒親眼看到啦，他好像帶人到處攻打很多班，把人家弄得很慘，對吧？好像是這樣吧？他到處打人，謝佳芸就……就打他啊？也沒什麼不對吧？」

林俊宏走下講台，緊握林千富的雙手：「流言傳來傳去，說不停，不知道何時能平息。」

林千富有點不確定，但還是接下去說：「流言轉來轉去，請相信，我的心純真如往昔？」

林俊宏點點頭，說：「不管外面的人怎麼造謠王總班長，眼見為憑還是最重要的。退一萬步來說，對於我們班，王總班長總是訴求和平，對吧？憑良心說，大家至少都有看到，王總班長對我們班總是客客氣氣，連踏進來一步都沒有過吧？」

林千富不得不同意：「好像是這樣沒錯。」

林俊宏接著說：「王總班長從來沒有對我們班施加過任何暴力，但謝佳芸！跟我們一起同班長大五年的謝佳芸同學，卻跑去六班突襲王總班長，這……說得過去嗎？我們四班就像是謝佳芸的家長，自己的小孩犯了錯，能昧著良心袒護到底嗎？是不是該向人家負責呢？」

我感覺到大家的表情都變了，連我自己也開始覺得謝佳芸是不是有點過分啊？就算王霸旦很壞，要打他，至少也要等他先動手了，我們再還手，道理上才站得住腳吧？大人在調解小孩打架時常常說出一句經典名言，內建最高道德法則：「先動手的人就輸了」，就是這個意思。

林俊宏再度走到小電的桌子旁，憂心忡忡地說：「實話告訴妳，我們沒有馬上把謝佳芸丟出教室，還大費周章在搞投票，在做法上已經過度保障謝佳芸的人權！」

怎麼辦，我好像……也覺得林俊宏說的很對耶！謝佳芸眞的有打王霸旦。王霸旦又沒有打我們班。那爲什麼我們不能把打王霸旦的謝佳芸，踢出教室呢？

謝佳芸大哭：「我打王霸旦，因爲他是欺負女生的大壞蛋！哪裡錯了！」

「打人就是不對，暴力就是可恥。」林俊宏非常遺憾地拍拍謝佳芸的肩膀：「暴力是不能解決事情的，暴力……只會帶來更多的暴力，只有發自內心承認自己的錯誤，勇敢接受懲罰，才能帶來眞正的轉變。」

「我爲什麼打王霸旦不重要嗎？原因不重要嗎！爲什麼一定就我錯！」

「暴力就是錯。爲了讓妳心服口服地認錯，所以才要把妳送到一班接受公平公正公開的審判啊。」林俊宏細心安慰，溫柔地拍著謝佳芸的肩膀。

「如果暴力就是錯，那爲什麼我打王霸旦就錯，王霸旦打人就對！」謝佳芸大叫。

「我沒有說王總班長打人就是對，但……問題是，沒有人看到王總班長動手啊。」林俊宏看向窗邊：「王總班長，請問你有打人嗎？」

王總班長一臉正經地說：「五年級不打五年級，我是絕對不會對同爲五年一班的同學動手的。自古以來，我最講究和平，這是民生國小每個人都知道的事。」

林俊宏放大音量說：「那我們班呢？有人看到王總班長打人嗎？親眼！」

肥婆舉手：「我跟謝佳芸在六班都有看到！」

林俊宏朝肥婆丟了一個板擦：「共犯沒資格講話。幸好沒人想浪費時間打妳，給我閉嘴。」板擦沒有命中，反而砸到了阿財的臉。

林俊宏轉頭摸摸謝佳芸，輕聲問候：「那妳呢？妳剛剛承認打了王霸旦了不是嗎？」

謝佳芸用力拍掉林俊宏的手，尖叫：「不要碰我！」

突然煙霧大了起來。

氣味有點嗆，十之八九是楊巔峰一時興起，加了大蒜下去烤香腸。

這時，小電開始用很平穩的聲音唸著：「謝佳芸又不是在我們班上打王霸旦，甚至也不是在王霸旦的班上打王霸旦，是在六班打王霸旦，事件發生點是在六班，只有六班擁有審判謝佳芸的權力，爲什麼我們要把謝佳芸推出去給王霸旦打呢？鬥毆事件發生在六班，眞的要把謝佳芸交出去，也是交給六班處理啊，怎麼會是交給一班呢？如果眞的眞的要交給王霸旦，也是要經過六班的班級會議集體同意，才能交給王霸旦吧。在那之前，謝佳芸現在人也在四班，我們同樣身爲四班成員，應該要盡最大的努力保護謝佳芸，不可以讓她被欺負。」

咦？這是什麼繞口令啊？好像非常有道理又好像只是玩弄文字遊戲，我有聽沒有懂，重點是……這不像是小電能說出來的話！

林俊宏瞪著小電，一時之間竟然不知道怎麼回嘴。

「重點是，重點是，重點是！五年一班的人權紀錄這麼爛，班規寫得再偉大有什麼用，實際上什麼都王霸旦說了算，這才是沒有辦法把謝佳芸交給一班的眞正原因。」小電還是叨叨絮絮唸個不停：「明明知道得不到公正的審判，還故意把謝佳芸送到五年一班，不僅是犧牲她的人權，更葬送了我們五年四班維護班級人權的核心價值……」

我很想鼓掌，但畢竟有點慚愧，維護人權什麼時候變成我們四班的核心價值啊？跟我一樣困惑的同學，恐怕佔了這個班的大多數。

「原來是小抄！」

林俊宏一把搶過了小電手中的紙條，不知道是誰偷偷遞給小電的。

那張小抄散發出一股金蘭烤肉醬的香氣，一點也不意外。我望向那一堆瀰漫的白煙，楊巔峰的身影依舊模糊。

「我還沒唸完……」小電有點慌張。

不讓小電把小抄繼續唸下去，林俊宏索性把小抄撕掉，塞進嘴裡。林俊宏一邊咀嚼紙條，一邊跑上講台，拿起大木箱重重往講桌上一放。

「我宣布！不記名投票開始！」

11

一人兩根粉筆，一支紅，一支白。

紅的，舔一班苟活。白的，護佳芸全滅。

全班同學一起將椅子倒轉，背對講台，讓每個人輪流上台。

林俊宏跟謝佳芸一定會將彼此的票抵銷，所以他們就不必投了，就由他們自己監視大家的投票行爲。

首先，上台的人從口袋將一支粉筆投入放在講桌上的木箱，這時會「叩」一聲。

另一支粉筆在投完票後，便扔進講桌旁邊的金屬垃圾桶裡，這時會「咚」一聲。

投票開始與結束的這兩聲「叩」與「咚」，是確認不會有人同時把兩支粉筆都扔進木箱或同時丟進金屬垃圾桶，確保票票有效。而粉筆在投票進行時，跟投票結束後，都會分別藏在手裡跟口袋裡，並不會被林俊宏或謝佳芸看光光。

我們陸陸續續上台。

叩，咚。

叩，咚。叩，咚。叩，咚。叩，咚。

叩，咚。叩，咚。叩，咚。叩，咚。叩，咚。

一開始，每個人投粉筆的速度都很慢，好像非常難以抉擇，有的人還哭著投票，不知道是在哭自己對不起謝佳芸，還是在哭自己會因為挺謝佳芸而被打爆。

王霸旦在窗邊欣賞著這一場投票，北煞信安倒是面露不耐，一直看錶。

「為什麼不讓我衝進去？最多五分鐘就可以搞定了。」北煞信安情緒躁動。

「耐心點，這可是平常看不到的鬧劇。」王霸旦微笑：「民主鬧劇。」

叩，咚。叩，咚。叩，咚。叩，咚。

叩，咚。叩，咚。叩，咚。叩，咚。叩，咚。

終於輪到我上台投票。

老實說，我眞想把紅色的粉筆扔進木箱，反正也沒人知道我投了什麼。

說句公道話，畢竟謝佳芸眞的打了人，她要爲打人的事負責是天經地義啊，如果她不想被王霸旦揍死，當初就不要幫六班打王霸旦不就好了，自己做過的事，還是不要牽拖到別人比較公平。

但是。

哎呀就是那個千不該萬不該的但是……

但是我看到站在台下的謝佳芸，哭紅了眼睛，兩槓鼻水都流到嘴巴上面，頭髮還被剪得那麼醜，就覺得……自己如果投紅色粉筆的話，實在是非常非常的賤。

「謝佳芸，不要哭了，我挺妳啦。」我大方展示白色粉筆，預備將它丟進木箱。

謝佳芸哭著笑著：「謝謝你高賽！你眞是……」

林俊宏馬上嚴厲打斷：「亮票違規！這一票作廢！到底有沒有民主素養啊！」

我很吃驚，但林俊宏就這樣硬是奪走了我手中的白色粉筆，扔出窗外。

謝佳芸差點就直接罵了出來。

林俊宏看著後面等待投粉筆的同學，大聲說道：「投票前仔細想想，謝佳芸値不値得你們投給她。謝佳芸明明知道自己留在四班，會害死大家，但她做了什麼呢？如果這是一部感人的電影，謝佳芸就會自己走出教室，犧牲小我完成大我，那麼，面對準備犧牲自己的謝佳芸，我們同學又會怎麼做呢？我們一定會死命拉著她，告訴謝佳芸不要那麼傻，大家都會當她的後盾，對吧？如果謝佳芸把大家的命當作一回事，我們也一定會捨命留住她，對吧？我們四班就是這麼重友情！大家說對不對！」

沒有人回答林俊宏。

但所有人的顏面神經都抽動了好幾下。

「但沒有！沒有啊！這位謝佳芸同學，明明可以自己走出教室，卻寧願讓這場該死的投票折磨大家，用五年的同窗情誼，對大家進行情緒勒索！她打人的時候是眞打，哭的時候是假哭，各位同學千萬不要被她騙了！」林俊宏的眼睛竟然流下了淚水，帶著哭腔說：「珍惜手中的粉筆，告訴自己，什麼才是眞正重要的！」

謝佳芸放聲大哭：「我只是想活下去！」

林俊宏哭得更大聲更淒厲：「我們沒有打人！我們……更想活下去！」

還沒投票的同學間騷動起來，氣氛變得超級詭異。

我看向楊巔峰，他竟然還在烤香腸，完全不去排隊投票。

原本迫不及待想衝進來清場的北煞信安，靠在窗邊嘖嘖稱奇：「我本來以爲投票會很無聊的，沒想到……在某方面來說，看這些白痴投票，比直接把他們打爆還有趣！」

王霸旦在窗邊笑得非常開懷：「是吧？今天讓你開開眼界，只要給足夠多的威脅，民主比戰爭更好利用……」

接下來的投票就快上十倍了。

叩，咚。

我不知道快上十倍的速度代表了什麼，但粉筆的叩咚聲讓我心跳加速。

我沒辦法不觀察每個投完粉筆，回到座位的同學臉色。

「喂……喂？」我用很大力的氣音：「小電！」

「我投白色。」小電臉上都是淚痕，小聲地說。

「嗯，女孩還是要支持女生。」美華氣音回應，擦擦眼角的淚水。

「是…正義…是…支持…正…義…」阿財糾正：「要…吃…一顆…壓…壓驚…？」

我跟阿財拿了一顆檳榔含在嘴裡，稍微鬆了一口氣。

最後一根粉筆落入了金屬垃圾桶，咚，投票正式結束。

林俊宏一手拿起木箱，一手拿起金屬垃圾桶，高高舉起：「神聖的投票結束了！」

無人鼓掌。氣氛超差。

「謝佳芸同學，除了我們兩個沒有投票，高賽自爆變成廢票不算，妳男朋友忙著烤香腸故意棄票之外，在我們的共同監視下，全班一共累積了四十六聲叩，加上四十六聲咚，有效粉筆共計四十六支，我沒說錯吧？」林俊宏充滿理性：「須要提出異議嗎？」

「你去死。」謝佳芸低著頭，看不清楚她的表情。

「那就是沒意見了，我們馬上進行唱票。」

林俊宏將垃圾桶放一旁，把木箱放在講台中間：「我會在全班的見證下，公正地拿出每一根神聖的粉筆，做出一個高舉的動作，並用適當的音量爲各位同學朗讀顏色。謝佳芸同學如果對粉筆的顏色判讀有任何意見，也可以採取完全露出腋下的程度高舉她的右手，並以適當音量的兩倍提醒本席，本席將把有爭議的粉筆交給公正的第三人……四班首富，林千富同學進行公開的裁奪。」

林千富愣了一下，隨即備受尊榮地點了點頭。

簡單的唱票動作也可以拆解成這麼多句廢話，到底要不要開票啦！

根本不介意我們聽到，王霸旦在窗邊大言不慚起來：「民主啊，可以投票這學期的模範生是誰，可以投票下個月的營養午餐要訂哪一家，可以投票畢業旅行要去劍湖山還是九族文化村，可以投票園遊會要賣花枝丸還是丟水球，可以投票教室布置的主題是中國風還是漫畫風，可以投票合唱比賽要唱哪一首歌……但是，投票要不要犧牲一個同學換取一整個班的安全？投這種票？哈哈哈哈哈哈我真的是被你們逗樂了！你們四班真的很好玩！非常！好玩！」

我不知道王霸旦對民主的理解有沒有錯，真的不知道啊，畢竟我們班只能投哈棒老大當模範生，老大中午想吃必勝客大家就吃必勝客，老大畢業旅行想去民雄鬼屋大家就一起去民雄鬼屋，園遊會老大想辦話劇收錢那全校都得買票來看，教室布置的主題是老大的照片展，合唱比賽老大說不想去大家就沒人想去了。這就是我們班。我們班一直都是哈棒老大的形狀。

一身檳榔汁的王國，從教室最後面，筆直走到謝佳芸跟林俊宏面前。

「不可以把謝佳芸丟出去啦。」王國天真無邪地說：「謝佳芸是大家的好朋友啊。」

沒有高高在上的大道理，沒有論證環環相扣的辯詞，王國只是說出了心裡想的。

「我都還沒開票，不一定會把謝佳芸丟出去啊！再說，投票不開票，難道是投心酸的？」林俊宏沒好氣地說：「鬧夠了嗎？代、理、班、長？」

「但你每拿出一根紅色粉筆，謝佳芸不就……都會哭一次。」王國抓抓頭：「林俊宏，不要啦。」

「就你最會講。」林俊宏瞪著王國：「那我每拿出一根白色粉筆，謝佳芸不就會哈哈大笑一次？」

「好像……也是喔？」王國一臉茅塞頓開，轉頭看著謝佳芸。

謝佳芸卻用力咬著嘴唇。

林俊宏一把推開王國，王國重心不穩，摔得四腳朝天。

林俊宏將手伸進木箱裡。

大家都一震，王霸旦也揮手命令走廊上的國中生打手安靜下來，專心看開票。

林俊宏鄭重宣布：「生死開票即將開始，敬請期待！」

王霸旦用力拍手：「快點開始吧！眞好看！太好看啦！」

走廊上的國中生打手一起用力鼓掌，熱烈期待這場折磨死人的開票秀。

「鈴……鈴……鈴……」

12

有人的手機響了。

「請大家把手機調整爲靜音！尊重別人也尊重自己好嗎！」林俊宏不悅。

「鈴……鈴……鈴……」

手機鈴聲依舊持續著，大家開始東張西望。

「關機！關機！不然就跟謝佳芸一起遣送出去！」林俊宏生氣地拍桌。

手機鈴聲沒在怕的。

「鈴……鈴……鈴……鈴……鈴……鈴……」

大家的視線，一起射向濃濃的烤香腸煙霧。

煙霧散去。

楊巔峰拿著一條已烤到冒火的黑炭香腸，若無其事地咬了一口。

鈴聲，來自楊巔峰的口袋？

林俊宏瞪著楊巔峰：「你又想幹嘛？」

楊巔峰嚼著黑炭，慢慢從口袋裡拿出一台正在鈴響的手機。

「你該不會是想說，那個小混混正好打電話給你吧？」林俊宏冷笑：「老梗。」

王霸旦震了一下。全班都震了一大下。我全身雞皮疙瘩都起來了……

難道楊巔峰所說的必勝，就是默默神到了老大的聯繫方式？

天啊！原來楊巔峰剛剛不顧一切烤香腸，連女友的生死都不理，就是在神老大！

北煞信安不動聲色點了一根菸，發抖的手指卻洩漏了他的情緒。

「鈴……鈴……鈴……鈴……鈴……鈴……」

手機繼續響。

班上，走廊上，每個人的動作都僵住了。

我用視力2.0的眼睛往手機螢幕一看……來電顯示，是不明人士。

不明……是很符合老大的神祕。

但如果是不明人士，爲什麼楊巔峰有把握是老大？

「自己的電話自己接啊？你快接啊？有種你就接啊？」林俊宏恣意冷笑，顏面神經卻在抽動。

楊巔峰一臉無所謂，也不說話，直接伸出手，把手機遞向林俊宏。

「鈴……鈴……鈴……鈴……鈴……」

我的心跳得好快，撲通撲通。敢把手機拿給林俊宏！電話一定是老大打的！

王霸旦的額頭上出現幾百粒汗珠。北煞信安捏住香菸的那隻手劇震起來。

「我不想接，因爲電話那頭根本就沒有人。」林俊宏表情像是在詮釋哈哈大笑，實際上卻沒有發出任何一點笑聲：「裝神弄鬼，沒想到號稱五年四班第一鬼腦袋的楊巔峰，只能想出這種爛招？」

「鈴……鈴……鈴……鈴……鈴……鈴……鈴……鈴……鈴……」

楊巔峰站起來，用異常穩定的步伐，走到林俊宏面前。

「幹嘛？」林俊宏的表情非常難看。

「……」楊巔峰將手機一伸，碰到林俊宏的鼻尖。

「鈴……鈴……鈴……鈴……鈴……鈴……鈴……鈴……鈴……」

全班上下都無法呼吸。

謝佳芸的嘴唇終於咬破，鮮血滴下。

「鈴……鈴……鈴……鈴……鈴……鈴……鈴……鈴……鈴……」

「你以爲我眞不敢接？」林俊宏表情極度便秘。

楊巔峰吹熄手中黑炭香腸上的火焰，在林俊宏的鼻尖前搖晃著手機。

林俊宏肯定是花了有生以來最大的力氣，伸手抓住手機。按下通話。

全班的集體心跳聲瞬間停止。

「……」林俊宏的表情一片空白：「？？？？」

「？」王霸旦的臉整團都擠在窗戶玻璃上。

林俊宏六神無主地看著楊巔峰。楊巔峰面無表情地看著林俊宏。

林俊宏的眼睛慢慢瞠大，瞠大，瞠大……

「根本就沒人！沒人！」林俊宏狂喜大叫。

全班上下的心跳重新啓動，崩潰炸裂。

鬼吼鬼叫的林俊宏失去重心，撞翻了投票木箱。

木箱摔出，裡面的投票粉筆盡數灑出……紅色的瀑布。

紅色的粉筆。

通通都是紅色的粉筆，貪生怕死背棄夥伴的紅色粉筆，從木箱裡轟轟轟滾出。

謝佳芸呆呆地看著滿地的紅色粉筆，看了看全班同學。

除了亮票作廢的我，沒有人敢與謝佳芸的眼神相會，每個人都把頭垂到最低。

滾滾紅潮裡，滾出了唯一一根白色粉筆。

滾著滾著，滾到了謝佳芸的腳邊。

謝佳芸彎腰，用不斷發抖的手撿起了白色粉筆。

誰？投下了唯一一根白色粉筆？

不重要啊，重要的是有四十五個人投下了謝佳芸的永別票。

王霸旦的臉重新扭曲回原本的霸氣騰騰，大叫：「謝佳芸出來！」

北煞信安直接一握手中香菸，煙火碎在掌心：「我的！沒爛掉的部分都是我的！」

謝佳芸誰也不看，誰也不理，只盯著手中的白色粉筆。

這就是跟她一起同班五年的同學們，唯一留給她的，殘破的好心眼？

林俊宏用瞻仰遺容的表情，遺憾地看著謝佳芸。

「爲什麼我唸的不是六班？」謝佳芸的聲音很小，很小。

很多人都嗚嗚嗚嗚哭了。

好假，眞的好假喔你們這些人，說要投給謝佳芸是假的，現在哭也一定是假的。

大家哭。謝佳芸卻不哭了。她只是握住那支白色粉筆，閉上了眼睛。

「出來！」王霸旦張大嘴巴，口臭直接噴花了窗戶玻璃：「馬上！」

聲音之大，連林俊宏都嚇呆了。

楊巔峰忽然笑了。

爲什麼……楊巔峰笑了？是唬爛過頭被識破，煞不住悲情的一種怪笑嗎？

「你忘記，在跟老大講話前，得先報上自己的名字嗎？」

楊巔峰比了比林俊宏手中的手機，示意他好好聽清楚。

林俊宏瞪著楊巔峰，手中的手機再度抖了起來。

楊巔峰笑笑地看回去。

「不要說我沒給過你機會。」楊巔峰比了比耳朵。

林俊宏臉色鐵青，用一種非常恐怖的眼神瞪著楊巔峰。

楊巔峰面無表情，再次比了比耳朵，手指最後停在自己的胸口正中央。心。

只見林俊宏重新把手機貼回耳朵，一邊講話一邊抖腳假裝很輕鬆。

「你誰啊？我民生國小五年四班品學兼優林俊宏，我鄭重警告你……」

林俊宏的腳突然不抖了。表情一呆。

全班同學的表情也同步一呆。

王霸旦的表情凝結在奇怪的扭曲。

下一秒，像是被閃電打中老二，林俊宏整個人彈高高，差點撞到了燈管。

全班都嚇得屁股離開座位。

彈到教室半空的林俊宏直落跪下，雙膝墜地，對著手機暴吼——

「老大！我好想你啊！」

全班爆炸了！整個五年四班都大爆炸了！

王霸旦嚇到用頭把玻璃撞破！

「是是！報告老大！」林俊宏原地跪妥，以上下座畢恭畢敬地講起手機：「是，是是是，我們一切都好，同學之間相處和樂，士農工商各司其職，是的，您的牛皮座椅還在……是……是的！楊巔峰一樣喜歡在上課烤香腸，王國跟高賽同樣還是邊緣人，是，謝佳芸就那樣，肥婆也就那樣，大家都沒什麼不一樣，但就是非常思念您……至於學校其他方面……」

頭破血流的王霸旦在窗外瘋狂地比手畫腳，完全看不出他在打什麼暗號。

「也沒什麼變化，全校就維持您統治時的模樣，爲了紀念像老大這麼傑出的校友，家長會還考慮在校門口興建一個老大您的銅像……不，不不不當然不是考慮，是已經決定了！」林俊宏畢恭畢敬，滿身大汗。

王霸旦的額頭狂噴血，還是用力舉手、用力點頭、用力跺腳，好像嗑藥嗑過頭了。

北煞信安的臉色雖然有點難看，但也忍不住微微點頭。

「銅像？我剛剛說銅像嗎？不，是黃金，眞人一比一等比例的全身黃金像，對，到時候會矗立在正門口。」林俊宏一邊講手機一邊磕頭：「是，老大您別擔心，本校的家長會很有錢，絕對沒有問題……是！做銅像當然需要一點時間，不知道老大什麼時候回來驗收一下？好的好的……好的好的……」

王霸旦瘋狂比讚，還號召整個走廊的國中生一起在空氣中按讚。

「遵命！謝謝老大關心！」林俊宏說完，便高舉手機。

「老！大！再！見！」全班一起朝手機大吼。

林俊宏終於不支倒地。

全班爆炸性地鼓掌，徹底從被滅班的恐懼裡一口氣解放。有人跳上桌子大叫，有人在講台上倒立唱歌，有人把衣服褲子都脫光在教室裸奔，有人跳進垃圾桶裡表演人肉洗衣機，每個人都鏘掉了。

王國跳上靠窗的桌子，把自己塗滿小護士軟膏的腫雞雞按在窗戶上擠來擠去，近距離向王霸旦等國中生示威，這個猥褻的動作掀起了高潮，很多人都站起來對著走廊比中指大罵一通，叫王霸旦去吃屎喝尿類的罵句佔了最高比例。

王霸旦全身癱軟在窗邊，額頭上的血也從噴泉狀態，弱化成紅色的小便。

楊巔峰從半昏迷的林俊宏手中拿回手機，看著窗外的惡霸大軍。

「最好從今天放學就開始找師傅做黃金人像，才不會來不及。」楊巔峰笑笑。

在北煞信安的攙扶下，王霸旦斜斜地站了起來，半個身體還是歪的。

「你們……別太囂張啊！胡亂歪曲事實是犯法的！」王霸旦怒極反笑：「小心哈棒老大回來，我搶先跟他告狀！」

到底在胡說八道什麼啊？誰跟誰告狀啊眞是！

「黃金像做得不像老大，你的人生就看不到六年級了。」楊巔峰哈哈大笑。

鐘聲響起，放學前的掃地時間到了。

只差一點點就創下單日統一整條走廊紀錄的王霸旦，帶著北煞信安含恨撤軍。

大家原本還在瘋狂叫囂慶祝，卻漸漸發現，謝佳芸從林俊宏接起哈棒老大的來電開始，從頭到尾，都維持著一模一樣的姿勢。

謝佳芸，一直看著手中那一條白色粉筆。

大家漸漸安靜下來。

13

「是誰……」

謝佳芸凝視著白色粉筆：「投下這支粉筆？」

全班四十多人異口同聲說道：「我！」

謝佳芸沒有笑。

因為沒有人在開玩笑，大家都很認眞地自首自己就是白色粉筆的主人。

「我當然投白色粉筆，因為有一次我忘了帶手帕檢查，妳借我一條。」美華承認，鼻孔裡的蛔蟲也探出頭來湊熱鬧：「而且妳常常把掉到地上的東西撿起來給我吃。」

「是我投的，因為妳教我綁辮子。」小電舉手：「跟下跳棋。」

「當然是我投的，別忘了是我跟妳一起去打六班的啊！」肥婆據理力爭。

「妳…不吃…檳榔…我…很…中…意…」阿財竟然也敢承認。

「別說妳相信是我之外的人投的，那樣，我會很傷心。」林千富臉不紅氣不喘地講幹話：「畢竟我們有錢人想的跟妳不一樣啊！」

大家爭先恐後承認「好人限定」的唯一資格，完全把其他人都當成白痴。謝佳芸看著每一雙唬爛至極的眼睛，記牢了，這才將白色粉筆小心翼翼地收進鉛筆盒。

在全班搶著當好人的此時此刻，謝佳芸走向倒在地上一蹶不振的林俊宏。

謝佳芸瞇起右眼，睜大左眼，舉起腳，瞄準，準備一腳重重踩下——踩臉！

「等一下！」

楊巔峰衝過去，用力抱住謝佳芸。

這一抱，簡直就是飛撲，不只把謝佳芸撲倒了，還撞翻了桌椅。謝佳芸完全沒有辦法講狠話，因爲楊巔峰拚命把舌頭插在謝佳芸的嘴巴裡攪啊攪，也沒有辦法對誰拳打腳踢，謝佳芸的手腳都被楊巔峰用很可疑的格鬥技禁錮起來，兩個人在教室地板上滾來滾去，把很多人的桌椅都撞歪了。

「要…做…愛…就…回…家…啦…」阿財看不下去了。

「在這裡也可以啊。」王國蹲在桌子上，看得津津有味。

「小學生不可以在教室做愛啦。」我必須表達國民教育的底線。

掃地時間都沒有人在打掃，大家都在研究這一對班對在地板上約會的激烈動作，我其實看不太出來楊巔峰到底是在色地亂摸謝佳芸，還是隨時都會眞的打起來，只確定兩個人都搞得滿身大汗，沒有一個掙脫得了對方。最後謝佳芸忽然哭了，楊巔峰只好再度冒險把舌頭插進謝佳芸的嘴巴，這次楊巔峰的舌頭被謝佳芸狠狠咬住，痛得他哇哇大叫。

而林俊宏始終躺在地板上，直到謝佳芸雙腳亂踢，不小心……還是終於被她得逞？不知道，反正謝佳芸的腳還是重重踢到了林俊宏的臉，靈魂出竅的林俊宏這才驚醒。

「走了嗎！王霸旦走了嗎！」

林俊宏從地板上彈起來，臉上是一個鞋印，加上一槓鼻血。

沒有人想回答這個叛徒，只有楊巔峰淡淡地向他點頭。

「我們……」林俊宏呆滯的眼神，第二槓鼻血汩汩流出。

楊巔峰撐住膝蓋，喘氣地站起來，走向林俊宏，舉起像綁了鉛塊一樣的手掌。

「我們……」楊巔峰上氣不接下氣。

在全班的目瞪口呆之下，喘著大氣的楊巔峰與林俊宏凝視著彼此——

「成功了！」

兩人擊掌！

根本就是重現櫻木花道與流川楓聯手擊敗山王時，那一瞬間的燦爛啊！

這是什麼狀況！現在是什麼狀況啊給我說清楚！

「就在……剛剛……」林俊宏低頭，說話很小聲：「那個……手機……是……我接到手機的時候……突然間……」

好端端幹嘛學阿財講話啊？不過我好像懂了，是不是林俊宏故意講了一大堆損人的廢話，拖延時間，才讓楊巔峰在烤香腸煙霧的掩護下，及時找到了哈棒老大嗎？

謝佳芸也從地上勉強爬起，不明就裡地看著跟自己男友擊掌的林俊宏。

難道自己誤會了林俊宏？

不知道誰先意識到保密的重要，窗簾再度拉合，前後門也迅速關上。全班同學一起拉著椅子，將楊巔峰與林俊宏圍成一圈。我迫不及待舉手：「我先問！我一定要先知道……老大到底有沒有找到？」

楊巔峰搖搖頭，全班驚訝得說不出話來，一股強烈的低氣壓瀰漫開來。

「是這樣的。」楊巔峰看著王國：「把希望寄託在王國上，的確是當初第一個念頭，但白痴終究是白痴，騙得了一節課，唬不了一整天。」

全班同意。

林俊宏低著頭，看不清楚他的表情。

「所以王霸旦幾乎被王國的新衣唬走的時候，正在黑板嚼檳榔的林俊宏，吃到了我暗中放在檳榔裡給他的紙條。」楊巔峰看向林俊宏，隨口道：「你想接下去說嗎？」

林俊宏還是低著頭，搖了搖，沒打算接下去解密。

「那我繼續囉。」楊巔峰搖頭晃腦：「我在紙條裡寫著，只有林俊宏想辦法扮黑臉，裝作小人，才有辦法爭取到王霸旦的信任。接下來你們都看到了，演小人的確是林俊宏的強項，畢竟他品學兼優，演什麼像什麼，在最短時間內就成為全班公敵，還搞出一個亂七八糟的反人權公投。」

「什麼…時候…你…把…紙條…放在…我…的…檳榔…裡…？」阿財吃驚。

「我當然有我的辦法。」楊巔峰得意地挑眉：「誰教我是民生國小第一鬼腦袋咧！」

「算了算了，然後呢？」肥婆不解。

「然後林俊宏根據我的指示，接起了手機，喔，那是我趁著烤香腸偷偷用鈴聲設定成鬧鐘的響聲，然後把來電顯示是不明人士的畫面截圖起來，把那張截圖設定成手機螢幕畫面，兩個偽裝的要素一加起來，就像是有不明人士真的打電話過來，但其實沒有，手機從來沒有真的來電。」楊巔峰說起很簡單的操作：「林俊宏也根據我的指示，第一次接起手機的時候就當作是假電話，這個時候王霸旦就嗨啦，爽翻天啦，得意忘形啦，總之一定不會有任何懷疑，林俊宏其實是我的臥底。」

大家都聽得嘴巴開開。

林俊宏頭一直垂得很低，完全不居功，真不像他。

楊巔峰看向我：「然後咧？」抖抖眉，示意我接力。

「然後！你馬上唬爛說跟老大講話難道不用自報姓名嗎？空氣再度凝結！這個時候林俊宏將信將疑，只好先自我介紹再聽一次電話，就在那個關鍵時刻，林俊宏演技大爆發！」我邊說邊鼓掌：「徹底嚇瘋王霸旦啦！」

全班都一起鼓掌，但大家的表情其實沒有很高興，畢竟如果電話是假的，就代表哈棒老大持續下落不明，而王霸旦的吞班危機還是無法真正解除。

大家看向垂頭喪氣到不行的林俊宏，總覺得對他很不起。

立下大功的林俊宏的身體卻萎縮到極致，好像一條乾掉的蠶寶寶。

自從哈棒老大被畢業以後，林俊宏就暢秋起來，尤其是王霸旦的吞班行動一開始，他出賣班級的一舉一動就越來越誇張。但，要不是他演活了舔風向的叛徒，激怒了全班所有同學，最後還用一個超機掰的反人權公投徹底分化了大家，否則真難取信王霸旦。

如果王霸旦自己接過那通假手機，大家現在就全躺在地上了。

「那個……」我抓抓頭：「那個林俊宏……」

「關於……這次的事件，我個人是……」美華尷尬到連鼻孔裡的蛔蟲都在扭曲。

「是說……反正……大家都……」林千富看向阿財：「阿財？你不是很會講？」

「嗯…所以…嗯…我…覺得…」阿財的支支吾吾用在這個時候眞是完美。

雖然眞相大白，林俊宏其實是臥底，但他害大家投了一堆紅色粉筆，傷了謝佳芸的心，也讓大家都覺得很丟臉，原來整班都是不好種，現在要說一些謝謝他辛苦扮黑臉之類的話，實在是開不了口啊。

大家面面相覷。倒是謝佳芸走到林俊宏面前，很乾脆地躺在地上。

「原來你是臥底，我錯怪你了。」謝佳芸看著林俊宏的腳：「給你踩回來，但只可以踩一下。」

始終垂著頭的林俊宏，沒有人能看到他的表情，只知道他一直在滴鼻血。他慢慢從位子上站起來，整理皮帶，像平常一樣把制服的下襬仔細塞進褲子裡。

謝佳芸緊張地閉上眼睛。

林俊宏高高抬起腳，但沒有踩謝佳芸的臉，而是跨過去。

他獨自走到教室後面，打開王國最熟悉的垃圾桶跳了下去，從裡面把蓋子闔上。

不知道林俊宏現在是在演三小，這段充滿餘韻的演技含意實在太深了，還躺在地上的謝佳芸雖然覺得莫名其妙，但也因爲不用被踩臉鬆了好大一口氣。

楊巔峰走到垃圾桶前面，用腳尖輕輕踢了踢桶子。

「總之，你就抬頭挺胸吧。」楊巔峰若無其事地說：「明天還有很多事要做呢。」

放學的鐘聲響起。

那天，林俊宏沒有回家。

星期二

14

第二天，整條走廊只剩下我們班的班牌，沒有附加上「五年一班」的頭銜。

早自習的時候，我趁著去走廊洗手台用水桶裝水的時候，觀察了各班情況。

五年二班……喔不，是五年一班之甲，裡面只剩下一半數量的同學。

我蹲在後門，偷偷問他們其他人去了哪。

一個眼睛腫起來的女生說，很多同學一大早就被轉學去五年一班重讀的國中生帶走，說他們很幸運抽中了免費早餐，要去大禮堂領來吃。不去領的人，直接被打到沒胃口吃早餐，扔在廁所裡的掃地工具間。

前身是五年三班的五年一班之乙，也不遑多讓，一半以上都不見了。

剩下的同學勉強擠出笑容跟我說，消失的那一半不是被殺掉，沒那麼恐怖啦，他們只是比較熱心，自告奮勇擔任五年一班的無期限值日生，從早自習開始的每堂下課都去幫一班教室打掃。

爲了徹底清潔，他們把穩潔噴在舌頭上，再伸出舌頭，恭恭敬敬地舔玻璃、舔地板、舔燈管、舔板擦、舔黑板，仔細舔好舔滿然後再擦乾淨。噴在舌頭上的穩潔，除了方便開舔，更有消毒殺菌舌頭的保健功能，而且穩潔的貨源就來自五年一班的銷售部門，負責舔好舔滿的無期限值日生必須自掏腰包購買，以免發生不必要的浪費。

「那個……」提供情報的同學壓低聲音。

「怎樣?」我蹲在地上。

「哈棒老大什麼時候會……回來啊?」他的聲音充滿卑微的期待。

「祕密。」我只能這麼說。

五年五班，也就是現在的五年一班之丁，教室裡不僅沒有少人，還擁擠得多。

五年一班之丁教室裡多了很多台夾娃娃機，機台裡放的都是很無聊的東西，比如說，長得很像皮卡丘但不是皮卡丘的娃娃、酷似米老鼠但絕對不是米老鼠的米老鼠、笑得很尷尬的魯夫因爲它不是魯夫的假魯夫、印了王霸旦笑臉的手機殼、印了王霸旦裸照的塑膠墊板、王霸旦鼻孔造型的抽取式面紙盒，還有超多條令人匪夷所思的號稱本草綱目之王的巨大肉太歲，等等一大堆沒什麼眞正用處的日常用品，爛死了。

各種夾娃娃機台把教室兩旁擠滿，五十張課桌椅只能完全並排，毫無走道空間。同學們分成兩派，成績好的同學就直接在桌子上面行走，成績爛的同學只能小心翼翼地桌子底下鑽來鑽去。

雖然擁擠，但比其他班幸運的是，五班一班之丁的同學都沒人抽中免費早餐，通通被允許留在教室裡。他們看起來很忙，我在窗邊偷瞄一下，原來他們都拚命在寫作業，不只連同一班平常的作業分量一起寫，就連一班累積的超大量罰寫也一併接案，還預寫了五年一班未來一年的寒暑假作業，忙到連上廁所都沒時間，直接包尿布解決。

「喂同學，你在窗邊鬼鬼祟祟什麼?」在講台上巡視眾生的慈母班長發現了我。

「喔，我想說能不能進去投一下夾娃娃機啦。」我隨便講講。

「原來如此，早說嘛。」慈母班長的臉色一亮，綻放出光輝：「我們班很自由開放的，一向很歡迎全校同學進來消費，不過你要先把錢兌換成最流行的王幣，才能使用各種自動販賣機喔。」

幹。爲了摸清底子最厚的五班眞正的狀況，我忍痛把五十塊錢，換成了一枚有夠爛的塑膠王幣，站在夾娃娃機前，假裝考慮要夾哪一個王霸旦周邊商品。我東看西看了很久，實在是不知道要夾哪個垃圾回去。

此時，一位長相可愛的女孩與我不小心四目相接，嗯……看三小。她向我點點頭，便從座位往下鑽，經過許多同學的臭腳跟屁股，終於鑽出了座位區，來到我旁邊。

我有一萬個理由相信，我們的相遇一定不是巧合。完全是我剛剛站在夾娃娃機前，不由自主散發出的躊躇與哀愁，深深吸引了她。

「你好，我叫陳筱婷，我們新設的夾娃娃機裡面有許多王霸旦特色娃娃，這一款，跟這一款，都很推薦喔，尤其是這一款王霸旦的黑頭粉刺鼻頭特寫布娃娃，不管是縫在書包上還是祭拜祖先，都霸氣十足，男子氣概滿滿呢！有什麼不懂的地方盡管問我。」陳筱婷從疲憊的臉上擠出笑容。

慈母班長遠遠向她點了點頭，讚許她自告奮勇的推銷行爲。

陳筱婷也對慈母班長報以尊敬的小鞠躬。

「喔，我叫高賽，很高的高，很帥的賽。」我研判著教室的方位。

「帥？很帥的賽？」陳筱婷愣住。

「帥妳放心裡就好了，不須要一直提醒我。」我盡量迴避外表的話題，太膚淺。

在剛剛無意義的對話中，我悄悄轉換腳步，不知不覺讓陳筱婷的身體擋在我跟慈母班長的中間。這樣，慈母班長就不會看見陳筱婷在跟我偷偷說什麼。

「你是四班的吧？我常常在哈棒老大旁邊看到你。」陳筱婷注視著我的眼神，讓我全身發燙。

「我不否認，哈棒老大旁邊的四大天王之首，就是我。這次趁早自習來到五班，就是想感受一下你們班眞實的情況……」我假裝研究著夾娃娃機裡肉太歲的擺放角度，臉貼近機台的玻璃說話：「看起來，你們已經徹底被五年一班奴役了，尤其有慈母班長當王霸旦的代理人，大家連好好說話都辦不到。」

「聽著。」陳筱婷用氣音說話：「哈棒老大還沒有消息嗎？」

「哈棒老大跟我們祕密保持聯繫，但有很多細節，我暫時還不能說。」我裝出很謹慎的態度，故弄玄虛：「妳知道的，關於哈棒老大的一切都很神祕。但總之，你們五年一班之丁千萬不要……」

「是五年五班。」陳筱婷堅持。

「是，你們五年五班，千萬不要放棄希望。」是我不好。

「放棄希望？喔不，你完全誤會了。」陳筱婷的表情變了。

「喔？」我不懂。

「如果哈棒老大可以抽空回來打倒五年一班的話，的確很完美，但我們班不能把希望都放在一個身影遙遠的哈棒老大身上。我們五年五班每天一定會看見的，是我們班自己，每一張同學的面孔。」陳筱婷雖然用氣音跟我說話，但她的眼神卻充滿了力量：「我們，從來就是我們。」

這種眼神，不像是住在地獄裡能夠發出的神采。

我凝視著陳筱婷的眼睛。

……不！這恰恰就是活在狗屎地獄裡，才有辦法覺悟出來的眼神。

「從昨天開始，我們在桌面上一直很努力幫一班寫各種作業，但在桌子底下，已經串連好了第一波反撲。」陳筱婷略顯激動，氣音都快要不是氣音了：「明天午間靜息，我們會推倒教室裡所有的夾娃娃機當作信號，發動一場罷免慈母班長的大規模抗議，預計在走廊上集合，一路示威遊行，沿途會經過你們班，五年三班，跟五年二班，最後來到五年一班前面，集體靜坐絕食。」

「妳希望我們配合加入嗎？」我抓抓頭。

「……」陳筱婷的眼睛瞬間蓄滿了淚水。

這麼感動啊？糟糕，我只是隨便講講。

「我應該可以命令四大天王排名第二的楊巔峰，叫他說服我們班，一起加入你們的遊行。」不想看到她失望，我說著自己根本無法保證的話。

「不，我們將被擊倒。」

陳筱婷的身體在發抖：「但我們希望，至少可以拚命將遊行的隊伍推到你們班前面的走廊，讓你們透過窗戶，好好看看，五年一班是怎麼血腥鎮壓我們的文明，又如何踐踏粉碎我們的自由。讓我們的屍體倒在你們面前，成為最悲傷的證據，點燃你們班團結一心，對抗五年一班的火焰。」

我將王幣投進夾娃娃機裡。

「陳筱婷同學。」

我平靜地操控三腳鐵爪，夾中了一個王霸旦造型的肉太歲。

「請妳務必活下來。等到六年級的畢業旅行，夜遊鬼屋的時候，我要吻妳。」

醜陋的王霸旦造型肉太歲掉落在取物間。我彎腰，一把抓起。

「那個時候，王霸旦早就已經……」

我用力扯掉肉太歲上王霸旦的頭，一半給我，一半給陳筱婷。

她接過那一半肉太歲的時候，手指碰到了我的手指。

在那一刻，時間到底是暫停了，還是加速前進，我已經失去判斷。

總之，毫無疑問。她的手指，短短的，軟軟的。

有點香。

「高賽同學，你在勃起嗎？」陳筱婷臉紅了。

「是的。」我拒絕否認。

「我就當作是讚美了。」陳筱婷拿了王霸旦的斷頭，轉身鑽回桌底。

我沒看清楚陳筱婷轉身前最後的表情。

我緊緊抓住手上的，破碎的肉太歲身軀。

想像著，期待著。

明天午間靜息時，五年五班在走廊上燃起的燦爛煙火。

15

我將破碎的肉太歲塞進口袋，來到被遺棄的五年六班。

五年六班的班牌已換成了嶄新的「五年一班之戊」，曾用愛與勇氣，寫下女力抗暴歷史的光榮教室，如今整間都是空的，維持在戰後滿地瘡痍的模樣。可怕的是，當初石晴羽寫在黑板上大大的三個字「羞羞臉」從中間裂開了，黑板放射龜裂，其最深處，還差點從五班的教室後布告欄穿出。

我仔細一看，竟然是一個……拳印？

回想起來，昨天一班軍團從六班空手而歸、怒氣騰騰地往我們班走來前，我聽到了一聲可怕的巨響，推敲連結，那聲巨響恐怕是千里迢迢從彰安國中趕來，卻找不到女人可打的北煞信安，轟在黑板上的洩恨一拳吧？

好可怕的力量，即使是哈棒老大，我也沒看過他的拳頭展現過這等雄力！

這就是傳說中的國中生嗎？這就是放棄背元素週期表，忽視正常作息，鄙夷學校營養午餐，把所有精力全都濃縮在「純粹打架」的國中生，所擁有的實力嗎？

我打了個冷顫。

我從沒看過哈棒老大做伏地挺身、仰臥起坐或是深蹲之類的，老大把時間都花在正常上下學，跟養蠶炸蛾養小鬼這種不正常的小事上，連在大熱天操場的朝會都會偶爾去參加一下，體育課的時候也會跟大家猜拳分組，體適能測驗時雖然發生了很多插曲但人也都有到，如此樸實無華的老大，眞的可以對抗這麼愛打架的頂級國中生嗎……

我不敢再想下去。

我回到教室，跟大家說明了我所偷看到的一切，並透露了五年五班壯烈的計畫。

大家都嘆了一口氣，早餐瞬間變得很難吃。

「肥婆，還是沒感應到老大嗎？」楊巔峰咬著蘋果。

「沒有，我很認真舔水晶球，但目前還舔不出來。」肥婆吐出長長的舌頭，舌頭表面都乾裂了，好噁。

「我昨天放學後去老大常常叫大家請他吃的那一家狀元糕攤，站到收攤了，老大還是沒出現。」王國傻傻地摸著肚子：「害我吃好多狀元糕喔，飽到現在呵呵。」

「我去彰化肉圓、北門口肉圓、阿三肉圓、阿璋肉圓都繞過好幾遍了，老大也都沒有出現。」我舉手：「我認爲北門口肉圓炸到皮都脆脆的，可能比阿璋肉圓更好吃。」

「夜市的木瓜牛奶大王跟小木屋冰店、孔廟附近的木瓜牛奶大王，加上彰化戲院店面的剉冰店，通通都沒看到老大。我有問老闆，老闆說最近兩天都沒印象，嗝～～～」林千富打了一個很長的、充滿木瓜味的嗝。

「我家…也…沒…有…看到…老大…來…買…檳榔…」阿財很遺憾。

「哈棒老大以前也沒吃過檳榔吧？」我狐疑。

「我去彰女對面的金石堂跟諾貝爾買參考書跟螢光筆，也都沒有看到老大。」謝佳芸想了想：「文化中心對面的大間諾貝爾也沒有。」

「……妳眞的有打算找到老大嗎？」我更疑惑了：「那三商百貨呢？」

「三商百貨也沒有看到老大，至少髮飾區那邊沒有。」謝佳芸堅定不移的眼神。

「好吧，大家一定要繼續找下去。話說我今天來學校，有看到幾個工人去校門口搞測量，他們應該是王霸旦派去做老大的等身黃金像的。」楊巔峰罕見地憂心忡忡：「暫時還可以騙一下老大隨時都會回來，但再怎麼唬爛，一個禮拜是極限了。對了，林俊宏呢？」

「我喝完豆漿去丟垃圾的時候還有看到。」林千富回想。

「我去丟狗屎的時候也有看到。」我附議。

「狗屎？」楊巔峰皺眉。

「來學校的路上正好看到一條狗屎，就順手撿起來了。」日行一善，維護市容正是我的強項，我不好意思居功：「大概是因爲，我恰好就叫高賽嘛。」

知道林俊宏還在垃圾桶裡就放心了。

早自習結束後的第一堂課是國語，昨天一共消失六節課的簡老頭終於出現。

「咳咳……咳咳咳咳，各位同學注意一下啊。」

簡老頭慢慢吐了一口痰在衛生紙裡，小心翼翼地包妥。

看到簡老頭這個萬分珍惜痰包的動作，每個人都坐挺挺，不敢吭聲。

「民生國小校譽遠播，很多人都想就讀本校，咳咳……大家鼓掌歡迎新同學。」簡老頭清了清喉嚨：「不鼓掌就吃痰。」

大家豁盡全身的力量鼓掌。

停不下來的掌聲中，陸陸續續走進教室的，是十個身材高大的超齡國小生。

十個新同學，頭髮統一走國際化路線，染得金金的，與英美接軌。大概是爲了訓練脖子的肌肉力量，他們的脖子上都掛著好大一條金屬粗項鍊。沒有人穿制服，清一色穿著鬆垮的黑色T恤，上面分別寫著「南無」、「情與義」、「相挺」、「友誼長在」、「江湖再見」、「我行我愛」、「惡之蓮華」、「黑白兒女」、「菩薩道」、「龍之淚」之類的白色書法體大字，煞氣，俗又有力。

很明顯……這十個同學就是超不良的國中生啊！

這幾個國中生一走到講台上，馬上用很誇張的姿勢蹲下，兩腿超開，雙手手肘架在往前突起的膝蓋上，抖啊抖，抖啊抖……東張西望，好像有在看東西，又好像沒在看東西，完全不知道在看三小。

簡老頭點點頭：「抖完腳，就自我介紹吧。」

第一個抖完腳的是穿著「惡之蓮華」的大齡金髮男孩，他一站起來就用力拍拍胸膛，大聲嚷嚷：「我東星阿華啦！有需要幫忙的說一聲，同班的挺你到底啦！」

一個操著外省口音的金髮男孩穿著「友誼長在」，第三個抖完腳：「兄弟間不多說，一個字，感念在心啦！」也不說自己叫什麼，只知道他數學不好。

抖完腳的一個接一個，在台上大聲報出自己的堂口跟諢名。

「我基隆廟口的秋條！整個基隆，全廟口，我最秋！」

基隆很遠耶，你來彰化幹嘛。

「南強的大白就是我！就是不分青紅皂白的那個大白！」

好恐怖，好險不是白痴的白，嚇死我了。

「絕不說再見！對！我絕不說再見！跟我說再見不是你死，就是你全家死！」

好，知道了，但你叫什麼啊？

「老師好，各位同學好，我幹你娘！我機歪仁！」

嗯嗯嗯嗯嗯有點難懂，好像很有禮貌，又好像很沒禮貌，弄得我很混亂啊……

「你一定沒聽過我強恕忠仔，不要緊，我下課就讓你全身都記住！」

好恐怖，我可以假裝如雷貫耳嗎忠仔大哥！

「人不犯我，我犯人。不然爲什麼要混黑的，對不對？我青仔，叫我青哥。」

青哥解說得眞透澈，一句話講解完黑社會。

「不要惹我……眞的不要惹我……哈哈哈我開玩笑的啦！大家好！我阿銘！」

我看還是不要惹你好了，阿銘哥。

「江湖兩個字，一個江，一個湖，我是江湖傳說的暴哥，的小弟，小暴。」

這個好像有聽過……啊啊難道是《等一個人咖啡》裡面的暴哥嗎？暴哥收小弟啦？

十個新同學自我介紹完，便逕自走到教室裡，把十個坐在最前面的同學踢下椅子，簡單把桌上的東西掃到地上後，便一秒趴在桌上就呼呼大睡起來。完全可以理解啦，晚上的事業太輝煌了，白天當然要好好補眠。

那十個座位被搶的同學不敢出聲，但也不知道自己該怎麼辦，只好站在教室走道面面相覷。

「報告老師，他們很明顯是……小學畢業很久了吧？」美華舉手。

「資料上面說，這十個來自五湖四海的新同學，以前唸五年級的時候，有些地方唸不懂，唸不透澈，不想遺憾，決定再唸一次五年級咳咳咳。」簡老頭手拿著剛剛出爐的轉學資料，一邊打開痰包，將剛剛新咳出來的濃痰再加碼進去：「本校有教無類，非常歡迎有心學習的所有人士再讀一次五年級咳咳咳。」

這我相信，他們一定是有很多地方唸不懂。不過他們勤奮好學的時間點也太巧了吧，偏偏在五年一班四處併班的時候一起爆發出求知慾，實在是太可疑了……

16

謝佳芸舉手。

「報告老師，但我們班本來就有五十個人，現在加上十個，不就六十個人，老師不覺得太擠了嗎？」

簡老師面無表情：「有太擠嗎？太擠又怎樣咳咳咳……」

謝佳芸又想舉手的時候，一個橡皮擦飛過了我頭頂，直接命中了她的後腦勺。

謝佳芸跟我同時轉頭，看著楊巔峰。

楊巔峰果然手裡拿著一管漿糊，作勢抹著嘴巴，表情非常嚴肅。

但謝佳芸的手就像裝了彈簧，咚隆，直彈向上。

謝佳芸看著不由自主舉起來的手，想了想，還是忍不住說道：「報告老師，現在六班的教室完全空了，這些新同學可以改去六班上課啊，這樣我們班也不會太擠，原本六班的老師也不會沒事做。再說，他們爲什麼不穿我們學校的制服啊？每個人都穿著很像……很像黑社會去參加幫派頭目喪禮穿的衣服，頭髮又那麼金，這樣造型眞的合適來我們班上課嗎？看起來眞的超怪。」

簡老頭的眉毛揪了一下：「咳咳咳家裡貧窮沒錢買制服，錯了嗎？參加喪禮又錯了嗎？」

謝佳芸有點錯愕：「報告老師，我不是這個意思。」

「頭髮金金的美國人可以讀五年級嗎？金髮法國人可以讀五年級嗎？金髮英國人可以讀五年級嗎？超級賽亞人可以因爲強就不讀小學五年級嗎？」

「報告老師，嗯，對不起我錯了。」謝佳芸連耳根子都紅了。

「黑社會不能一心向學嗎？黑社會不能讀小學五年級嗎？」

「報告老師，可以，但小學五年級不能加入黑社會……吧？」

簡老頭有點不悅：「黑社會可以讀小學五年級，但小學五年級不能是黑社會，謝佳芸，妳是歧視黑道還是歧視小學五年級？」

謝佳芸百口莫辯，連話都說不清楚：「報告老師，我……」

簡老頭還是面無表情：「妳的座位有被踢倒嗎？」

謝佳芸愣了一下：「報告老師，沒有。」

簡老頭面無表情：「沒有就吃痰。」

謝佳芸呆住了，我們也都嚇了一跳，謝佳芸只是問問，爲什麼……

楊巔峰長長嘆了一口氣。

簡老頭捏著沉甸甸的痰包，就像捏著一團小籠包的包尖。

我距離那包痰大概有七個座位那麼遠，依然可以感覺到它的溫度、重量，與濃度。

我快吐了。

王國倒直接在牛皮椅上吐了出來，大概是嘴巴裡面的觸感再度被回憶起。

謝佳芸無法接受：「爲什麼我要吃痰？」

簡老頭：「因爲妳自私自利，用各種狡辯剝奪新同學的受教權，高傲，臭跩。」

謝佳芸還想據理力爭，眼眶卻迅速紅了：「我……我沒有。」

簡老頭看向那十個站在走道上不知所措的舊同學：「你們覺得教室很擠嗎？」

那十個舊同學連忙說：「沒有沒有……」連書包都來不及收，就跑到教室的最後面席地而坐，一副非常滿意新位子的表情。

簡老頭沒放過謝佳芸，瞪著她：「大家都說沒有，就妳一個人自以爲是，過來吃痰。」

別說離開位子走到講台前面吃痰了，現在謝佳芸全身僵硬，連嘴巴都動彈不得。

簡老頭捏著濃痰包，走下講台，來到謝佳芸旁邊。

謝佳芸已經完全石化，簡老頭手中的濃痰包邊緣碰到了她的鼻尖，毛骨悚然。

肥婆拍桌，全身肉塊瞬間從位子上拔起：「老師！你不可以這樣！」

全班都嚇了一大跳，只有十個特別講義氣的新同學還趴在桌上昏睡。

簡老頭愣住：「不可以怎樣？」

肥婆義正辭嚴：「你不可以餵同學吃痰！」

簡老頭指尖搖晃，手中的痰包像小鐘擺一樣，輕輕地撞著謝佳芸的鼻尖。

啪。　啪。　啪。

楊巔峰鐵青著臉，小聲地提醒肥婆：「不要再嗆了，根據……」

這時教室後方的垃圾桶蓋子打開，林俊宏從裡面站了起來。

在一陣陣混雜著狗屎味的酸臭裡，林俊宏手裡拿著一本民生國小學生自治法大全，裡面畫滿了橫七豎八的筆記線，折頁數十，書側滲透出螢光筆獨有的光芒，顯然是徹夜熟讀。

扛著黑眼圈的林俊宏說：「報告老師，根據民生國小學生自治條例第五十二條，學生除以下犯行，老師不得餵食痰包。一，在課堂上公然污辱師長。二，在司令台公開毆打校長。三，桌面收拾不潔且屢勸不聽。四，在走廊上追逐嬉笑。」

簡老頭沒有一點遲疑：「背得很熟，所以你也想吃痰嗎？」

林俊宏：「報告老師，請問謝佳芸同學違反了學生自治法哪一條，被處罰吃痰？」

哇靠，現在劇情是要進入大高潮的法庭戲了嗎？

簡老頭連皺眉也沒有：「當然是，在課堂公然污辱師長這一條咳咳咳。」

林俊宏的臉上還有狗屎的痕跡：「報告老師，謝佳芸只是問您能不能邀請這十位新同學去六班的空教室上課，態度溫和，謙卑有禮，與公然在課堂上污辱老師的行爲相差甚遠，還請老師懸崖勒馬，手下留情。」

在林俊宏變成古人的時候，簡老頭手上的濃痰包持續撞擊謝佳芸的鼻子，痰包隨時破裂，情勢非常緊張。

簡老頭語氣冷淡：「咳咳咳……你在垃圾桶裡面看得還挺清楚的嘛。說到有沒有被公然，現在教室裡面有六十個人，百分之百就是公然，至於有沒有被污辱，當然是以老師我的感受爲主，老師我有感覺到備受污辱的話，罪責自然就成立了。我呢？當然是覺得被徹底污辱了，心中不只非常難受，還心生恐懼。來，嘴巴打開，吃痰。」

痰包不斷撞擊謝佳芸的鼻頭，越撞越大力，濕潤的外皮差點就黏在她的鼻子上。

林俊宏仍不放棄：「報告老師，若此條罰則成立與否，完全依照老師您的個人感受，在實務上是不是有點太過偏頗？依照學生自治法第三條規定，如師生之間對罪責成立與否發生爭議，經過全班過半數同意後，得送交學生會主席逕行裁判，再做出最後公平裁決。」

解除臥底身分的林俊宏，徹底發揮了死讀書的精神，說著沒人聽得懂的怪話。

簡老頭皮不笑，肉也不笑：「咳咳……學生會主席又是誰呢？」

大家都怔住。對啊，從來都沒有聽過學校有什麼學生會，主席又是哪位？

簡老頭語氣瞬間強硬：「前天家長會長在緊急校務會議裡，除了頒布學生自治法，同時任命了第一屆的民生國小學生會會長——王、霸、旦！」

全班遭到重擊！謝佳芸的臉上也同時遭遇重創！

啪。

痰包破了一小口，濃濃地黏在謝佳芸的臉上。

啞口無言的林俊宏跌坐回垃圾桶裡，無力再戰。

「破了還是要吃。」簡老師居高臨下，睥睨著謝佳芸：「嘴巴打開，吃痰。」

謝佳芸嘴巴緊閉，難道是要表演死不吃痰嗎？

濃痰從衛生紙包包裡流出，傾瀉在謝佳芸的臉上，即將流到嘴角。

太噁了，真的太噁了，我很想閉上眼睛，但又不想錯過謝佳芸吃掉臉上濃痰的歷史畫面，只能拚命抓著自己的臉降低嘔吐感，然後用力睜大眼睛。

簡老頭熟練地抓住謝佳芸的下巴，一扣，一轉，扭開了謝佳芸的上下顎。

皺皺的手指伸進嘴裡，使勁上下一撐，撬開了她緊鎖的嘴巴。

謝佳芸眼神死。

「民生國小四大美女之二。」簡老頭眼睛流露出異光：「吃痰。」

此時。

就在此時，一個藍色身影從走廊上飛奔進來。

是一個光頭。是一個奮不顧身衝進教室的光頭。

在無限華麗的慢動作中，藍衣光頭在走道間滑壘，張開紅色大嘴。

嘴巴是紅色的，本來不須要強調。但這張嘴也未免太紅了。

還紅到每一顆牙齒、每一道牙縫、每一條牙溝，都發出赭紅色的光芒。

「……酒氣。」楊巔峰眉頭一皺。

是的。與舌頭，一起從嘴巴裡綻放出來的，是濃郁芬芳的酒氣。

謝佳芸的眼睛瞪大。

清澈瞳孔反射出一條巨大的舌頭，正捲上了她的臉頰。

舔！

謝佳芸臉頰上的濃痰被陌生的舌頭舔起，捲進那張深紅色的巨嘴裡。

全班目瞪口呆。簡老頭瞠目結舌。謝佳芸杏眼圓睜。

時間彷彿停止，又彷彿未曾存在。

深紅色的巨嘴緊緊閉上。

時間重新被意識。

教室裡所有人的心臟怦然巨震。

扶著桌緣，藍衣光頭從地上慢慢站起來，喉頭鼓動。

「有我飲酒郎阿化在，我絕對不會讓班上任何一個同學……」

咕嚕。

藍衣光頭用手指抹去殘留在嘴角的痰液，再吸了吸鹹鹹的指尖。

「吃痰。」

第十一個轉學生，酒氣沸騰，被動登場。

17

把謝佳芸臉上的痰吃掉的，是姍姍來遲的第十一個新同學。

現在是盛夏，滿身大汗的他卻不穿短袖制服，而是穿一件藍色的長袖素襯衫，再把袖子捲高高。大概也是因爲太熱，熱到他的腋下汗水滲出了兩團黑色漬圈，汗流浹背的他不以爲意，索性把頭髮都剃光，乍看之下好像蔣公轉世。

一口氣來了太多新同學，教室已經擠到沒有座位。這位嚴重遲到的新同學像是有先見之明，自帶了一把小凳子，默默在垃圾桶旁邊選了一個小小的空間坐下。

沒有桌子，所以新同學從書包裡拿出來的那瓶藍標威士忌，只好先放在地上。

等等，沒有桌子？

不！重點是那瓶威士忌！而且還只剩一半！

不過，一大早就喝剩一半的威士忌雖然非常可疑，不穿制服也很奇怪，理光頭抗暑也算矯枉過正。但，疑點重重的新同學身上最大的謎團，卻是他極端糙老的外表。

毫無疑問，他至少六十歲！全宇宙有這麼巨齡的小學生嗎！

擁有非凡巨齡的新同學，在同班同學與老師的目光聚焦下，不疾不徐，從書包裡拿出兩個杯子，拿起威士忌倒了滿滿兩杯。站起來，大搖大擺走到簡老頭旁邊。

「報告老師，今天特別特別高興來到貴班，眞是久聞簡老師金口餵痰之大名，如雷貫耳。話不多說，小弟我先乾爲敬！」一大早就渾身酒氣的新同學舉杯，一飲而盡。

這樣的出場實在太奇幻了，就算是經常餵學生吃痰的簡老頭也不敢小覷，只能先接過新同學遞過來的酒，疑神疑鬼地喝了一小口。

「你哪位？」簡老頭狐疑地打開轉學生資料：「上面沒有你的名字。」

「報告老師，你看我高興到忘了自我介紹！小弟我，複姓蔣幹，又名你娘，哈哈，開個無聊的小玩笑，我自己先罰一杯，不好笑不好笑。」巨齡新同學自斟自飲。

大家都有點莫名其妙，我個人是有點失望，如果他沒有開玩笑那該有多好笑啊！

巨齡新同學倒了新酒，繼續嬉皮笑臉說道：「小弟家祖先原本複姓練肖，練習的練，十二生肖的肖，但因祖先非常崇拜三國名將蔣幹，故全家族在清朝末年集體改姓，從此人人複姓蔣幹，小弟自己，單名一字，曰化。老師如不嫌棄，可以直稱我蔣幹化，或是叫小弟飲酒郎阿化，老師怎麼稱呼，都行，重要的不是名字，而是人與人之間的關係，對吧！」

蔣幹化同學又替自己倒了一杯：「老師隨意，我自己再罰一杯！」又是一飲而盡。

「我是在問你，資料上怎麼沒看到你的名字？」簡老頭只好又小飲一口。

「是，報告老師，小弟飲酒郎阿化自小愛打架，就讀小學時都在鬼混，正所謂能混就混，能撈就撈，導致小學竟沒能唸完，卡在五年級，升不了六！這幾十年在社會上歷練，賣酒，喝酒，品酒，醉酒，借酒裝瘋，嘗盡人間冷暖，不敢說小學肄業是人生唯一的遺憾，但午夜夢迴，每每念及當年小學五年級被退學，就覺得食不知味，心想，總有一天！等我有一點小小的成就，一定要回到小學，好好重新學習！」

蔣幹化同學不意外，又自己倒了一杯：「來！老師，學生這杯一定要敬你！」

太狂了，一杯接一杯，整間教室都酒氣騰騰，還一大早！

每次看到教室裡出現驚人的異象，我都會下意識地望向楊巔峰。

只見楊巔峰笑得眼淚都滲出來了，還一直拍手叫好：「好玩！這個好玩！」

原來藍衣光頭是個搞笑人物?於是我也跟著拍手大笑,表示自己好聰明好幽默。

「我是在問!咳咳咳為什麼資料上沒看到你的名字?你跟我拉哩拉雜說這麼多做什麼?」簡老頭雖然努力嚴肅,但伸手不打笑臉人,態度始終保持一定的和氣:「入學手續辦了嗎?四年級同等學歷附加上去了嗎?制服的尺寸去量了嗎?家長都同意你轉學了嗎?」

「是,報告老師,連學生我的入學手續都讓老師如此操心,這酒我實在是……不得不醉了啊!」蔣幹化同學突然拿起酒杯,以自己為圓心,朝教室四面八方轉了一圈,大喝:「好!老師!各位五年四班的同學!大家!好!這杯酒,我敬大家!今後我蔣幹化就是大家的好同學,好朋友,人生苦短,然而學海無涯,英雄氣短,來日方長,人生的旅途我和你,相偎又相依!」

句子說了很長,但資訊量實在有限,翻譯過來就是「大家好」。

大家沒有酒喝,只好拿起自己放在抽屜裡的飲料意思意思一下。

「大家隨意啊,隨意!」蔣幹化喝得興起,又是一杯:「小弟先乾為敬!」

豪氣啊!

少吃了一口痰的謝佳芸只好將桌上的麥香紅茶喝掉,王國快快樂樂吸乾一瓶養樂多,我連忙將阿薩姆奶茶喝光,林千富一邊打嗝一邊將一整瓶黑松沙士喝乾淨,美華拿了一顆雞蛋直接在嘴巴上敲破吃掉,阿財打開一罐伯朗咖啡萬分珍惜地喝光。小電最可憐,她喝的是珍珠奶茶差點沒有噎死,林俊宏從垃圾桶裡拿起一罐還殘留一點分量的芭樂汁吸光光,楊巔峰則拿了鉛筆盒假裝裡面裝了酒做做樣子喝掉。

就連簡老頭也不得不在熱烈的氣氛下,捏著鼻子,把手中的威士忌慢慢喝乾。

蔣幹化將酒杯高高舉起，腋下露出一片濕透的汗漬。

手一轉，酒杯倒置，滴酒未落。杯杯皆乾，眞乃民生國小第一酒國奇男子，好！

「青山綠水！同窗之誼！」蔣幹化豪吼，又是一杯。

「好！」大家也跟著豪邁起來。

就這樣，班上來了十一個新同學。

前十個很明顯是專混堂口的國中生。第十一個則是連國小都沒畢業過的六十多歲嗜酒光頭，共同點都是迷途知返，勤奮好學，値得鼓勵。

只是。

究竟，爲什麼六十巨齡的蔣幹化要一直喝酒？

究竟，爲什麼蔣幹化要舔掉謝佳芸臉上的痰來吃？

究竟，爲什麼有這麼多人當初不好好唸五年級，等到長大了才後悔莫及？

在撲朔迷離的氣氛裡，簡老頭隨便叫値日生唸了一點課文。

下課鐘聲響起。

18

下課大家都捨不得去尿尿，圍著坐在垃圾桶旁邊的蔣幹化問東問西。

「蔣幹化，你這是眞名還是一個笑話啊？」王國第一個搶問。

「誰的人生不是一場笑話？今朝有酒今朝醉，天天有酒天天睡。」蔣幹化自己又斟了一杯酒：「哈哈！我敬你！」

每個人的人生都是一場笑話嗎？眞的嗎？我確定王國的人生是，林俊宏的人生是，肥婆的人生是，但楊巔峰的人生裡有謝佳芸可以一直喇舌，看起來不像個笑話啊？林千富只要國中不要繼續跟我們同班，他們家那麼有錢，他的人生也不會是一場笑話。而且再怎麼說，我們都認識一個人，那個人的人生絕對不是一場笑話。

無論如何，蔣幹化的敬酒姿勢倒是毫無疑問，非常豪邁！

「蔣幹化，你之前都在哪裡工作啊？爲什麼還在讀小學？」小電問。

「哎呀，讓大家看笑話了，來，我自罰一杯！」蔣幹化輕輕敲打自己的光頭，自己又喝了一杯，馬上哈哈一笑，似乎很釋懷：「小弟我之前失學了幾十年，但我花了很多時間沉潛，我不斷思考，沒有止盡地反省，爲什麼，我們每天這麼汲汲營營，卻還是沒辦法小學畢業，不只畢業，連升上六年級都很有困難。所以我決定，重新回到學校，以一種服務的精神，一種特別特別謙卑的姿態，轉心換念，再唸一次五年級。」

講著講著，蔣幹化突然慷慨激昂起來，雙眼閃爍著淚光，舉杯：「這一次，我，飲酒郎阿化！不只要我自己升六年級，我也要，帶領所有有志向學的好同學好朋友們，跟我一起，升上六年級！」

聽起來是滿熱血的，但……不是哪裡怪怪的，是所有地方都怪怪的啊！

我兩手一攤。

「我不知道你是怎樣啦，但我想，當初你沒辦法唸完五年級應該是嚴重酗酒吧，我們正常沒在喝酒的，應該隨隨便便都可以升上六年級。」我說話就是這麼直啊。

但不意外，王國已經被感動到哭了。

「真的嗎？我也可以一起升六年級嗎？」王國哽咽。

「喂喂，你本來就可以好嗎。」我忍不住打斷王國的自暴自棄。

「是嗎？」蔣幹化向我伸出手：「小弟複姓蔣幹，單名一字，曰化。還沒請教？」

「我叫高賽。」我有點不好意思，但也只好握手：「但沒有蔣幹化好笑啦。」

「不不不，我只是蔣幹化，你是高賽，高～～～賽！哈哈哈哈應該是你比較好笑哈哈哈！」

蔣幹化熱情滿滿，手中忽然多了一個杯子：「來來來……讓我蔣幹化敬高賽一杯，兩個名字都搞笑！今天真是特別特別高興，來！」

「我長大以後再喝好了。」我趕緊推辭。

蔣幹化渾身酒氣，好臭。我也一起喝那種東西的話，不就一樣臭嗎？

「高賽，好兄弟，你有讀過六年級嗎？」蔣幹化終於鬆開我的手，但他的手卻轉換陣地，用力摟著我的肩，把我全身晃啊晃啊，好像跟我從小一起長大那麼好。

「還沒。」我得承認。

「不是還沒，是沒有。」蔣幹化爽朗地笑。

「啊？」我真是嚇了一跳。

蔣幹化說話時左顧右盼：「說出來不怕你笑，我以前唸小學四年級的時候，也一直以爲，遲早有一天我一定會讀五年級，你猜怎樣？哈哈，我還眞的升上了五年級！」

我友好地陪笑：「呵呵。」

蔣幹化悠悠說道：「那一次的順利升學讓我開始大意，太過忽略五年級的課本整體而言比四年級還要難上百倍，後來呢？我就遭遇挫折了，卡關！哈哈！眞的，雖然很慚愧，但相逢自是有緣，同班一場，不怕大家笑話，哈哈，後來我陸陸續續花了很多年，在很多很多世界各地的小學都讀過很多次五年級之後，才發現，哎呀，不管我有多努力，在五年級的這條路上一直過不了關。所以這個世界上，有很多事情原本預期很順利的，卻充滿了你當初意想不到的挫折，跟打擊，比悲傷更悲傷，哈哈。但大家別擔心，關於卡關這方面，飲酒郎阿化已經很有經驗了，今天來到貴班，就是想把我挑戰直升六年級的這分熱情，帶到，民生國小，帶到，五年四班，讓全世界，都認識我們五年四班，讓全宇宙，都相信我們五年四班，是一個，値得升上六年級的一個班！一個，好班！」

蔣幹化一口氣說了好大一段，圍著他聽講的大家卻不嫌長，因爲蔣幹化的每一個句子，都搭配簡潔有力的抑揚頓挫，加上意義不明的手勢，整體生動有趣。

滿多人給面子鼓掌的，但也有人跟我一樣充滿疑惑。

因爲明明就不對啊！我不須要轉頭去看林俊宏或楊巓峰的表情確認，也能自己判斷出，這個藍衣光頭的蔣幹化，完全就是在講幹話啊！哪有一點點可能我唸不過五年級？我百分之百，萬分之萬，一定會唸六年級啊！

但伸手不打笑臉人，我沒有當眾戳破蔣幹化的幹話，反正大家都聽得出來吧。

「蔣…幹…化…你…到底…唸…過幾次…五…年級…啊…？」阿財好奇，從口袋裡掏出一盒檳榔：「要…吃…嗎…？」

蔣幹化看到阿財好像很高興，抓了一顆檳榔扔進嘴裡。

「這位來自五湖四海的朋友，小弟複姓蔣幹，單名一字曰化，還沒請教？」蔣幹化嚼了嚼，眼睛一瞪，比了一個很帶勁的讚：「這檳榔，好！」

「阿…財…」阿財也有點高興：「就…那…個…啊…去掉…口字…邊…和氣…生…財…的…財…」

「和氣生財，這眞的是太有學問了，簡單，但特別不容易做到。小弟報告阿財哥，就在半分鐘前，我已經提過了，每一年我都在唸小學五年級，我也的的確確唸過世界各地，從尼泊爾旁邊的阿爾卑斯山一路唸到喜瑪拉雅山山上的小學，通通都是唸五年級……」一邊嚼著檳榔的蔣幹化又開始滔滔不絕之術。

林千富舉手打斷。

「但你剛剛跟高賽說的，和你跟簡老頭說的不一樣啊。你跟簡老頭說你以前小學沒畢業，想了很多年都覺得很遺憾，所以才回來民生國小唸五年級。但你跟高賽說，你是每年都一直卡在小學五年級沒破關，所以每間小學都唸了一遍五年級，等於現在是正好輪到來唸我們民生國小的五年級，這個跟那個，很不一樣耶。」林千富忍不住插嘴。

蔣幹化伸出友誼之手：「小弟複姓蔣幹，單名一字曰化，還沒請教？」

林千富大氣地握手：「喔，我是五年四班的首富啦，叫我林董就可以了。拜託，根本沒人叫你林董。」

「是，首富眞的不容易，容易的話豈不是人人都當首富了嗎？林董辛苦了，日理萬機還特別來到這邊跟大家一起學習，虛懷若谷，眞的很讓人感念。」蔣幹化彎腰，本以爲他要躬身緊握林千富的雙手，沒想到這一彎腰彎過了頭，直接蹲在地上，幫林千富綁鞋帶。

只是林千富的鞋帶本來就繫得好好的，蔣幹化要綁鞋帶，只得先解開，然後再進行重綁……這動作看似非常多餘，我眞不知道蔣幹化在重綁三小，卻見林千富的表情從一開始的很震驚，隨即轉爲一臉尊爵不凡，我瞬間感覺到……嗯嗯嗯嗯……這綁鞋帶的境界很深啊！

「那就讓小弟阿化來報告林董，我想重點不是哪一個版本才是眞的，重點在於態度。俗話說，千里之行始於足下，不管是相隔多年才重讀小學，還是日復一日重複讀小學，都是一種希望人生可以繼續突破！向上！奮發的一種精神！」蔣幹化綁完鞋帶，還蹲在地上跟林千富說話：「任務簡單清楚，但實務上，飲酒郎阿化還有很多不足，希望林董有任何建議，任何指教，都能夠傾囊相授！」

林千富一臉飄飄然，不禁連連點頭：「好，這哪有什麼問題。」

蔣幹化壓著大腿，奮力嘿呦一聲，好不容易才站起來，林千富趕緊過去攙扶。

「蔣幹化，天氣這麼熱，你爲什麼要穿長袖啊？」美華只是隨便問問。

「阿化自幼家貧，事業有成時，又愛仗義疏財，所以至今仍是一介庶民。我們打開天窗說亮話，制服我不是買不起，而是每一分錢都得來不易，取之於民，用之於民，買制服的錢，我可以拿去捐給比我更需要的老百姓，更有意義，更有效率，這就是苦民所苦。」蔣幹化說到眼眶泛紅。

喂喂喂，你就是那一個很需要制服穿的人啊！

而且，爲什麼硬是穿長袖啊你還是沒回答耶！

「喂，酒鬼，你是禿頭還是光頭啊？」連楊巔峰也來湊熱鬧了。

蔣幹化看著楊巔峰，想了想，還是露出一點點笑容。眞的只有一點點。

「據我所知，您是……您就是……」蔣幹化伸出手。

「民生國小創校以來第一鬼腦袋，楊巔峰。」楊巔峰爽快地跟他握手。

「是是是，第一鬼腦袋，眞好，眞聰明，如雷貫耳！智商至少一百五十七以上吧？要是我有您百分之一的鬼靈精怪就好了，一定可以一次！一次就把五年級的課業唸好，升上六年級。」蔣幹化一邊握手一邊彎腰壓低身體，極盡謙卑。

「的確是這樣沒錯，但酒鬼，你到底是禿頭還是光頭啊？」楊巔峰老神在在，沒有要配合彎腰握手的意思。

「楊先生喝過酒嗎？」蔣幹化微笑，但其實沒在笑。

「沒有。」楊巔峰鬆開手：「我都喝飲冰室茶集跟左岸。」

「不是沒有，是還沒。」蔣幹化也鬆開手，語氣惆悵：「等到楊先生經歷更多小老百姓的喜怒哀樂，柴米油鹽後，一定會碰到許許多多須要跟好朋友乾一杯的場合，這是，不可避免的，也可以說是，我們庶民日常生活中，不可或缺的，一種交際，一種好朋友之間的，開開心心。」

蔣幹化又開始左顧右盼，兩隻手像指揮交通一樣，在空氣中比來劃去。

楊巔峰打了一個小呵欠，但蔣幹化看起來一點也不介意。

「當然，我們不鼓勵過量，凡事都要適可而止。認識我的人都知道，我不是一個嗜酒如命的人，當然，也不是所謂的，酒鬼。」蔣幹化語氣有點感傷：「絕對不是。但今天眞的特別開心，來到一所新的學校，一間，特別特別的，一間，非常好的學校……民生國小，看到這麼多有使命感的同學，心中，特別特別地歡喜。眞的，非常想跟每一個同學，都來上一杯！」

說到使命感，我發現周遭的大家都忍不住站直，胸膛也挺起來了。

只有謝佳芸有點怪怪的。

一直都沒有說話的她，好像在發抖，不知道是不是感冒在畏寒。

「喂，妳好像還沒跟蔣幹化說謝謝。」我用氣音提醒謝佳芸。

但她好像身體很不舒服，沒有鳥我。

「三五好友小酌一番，是我的待客之道，也是一般小老百姓的人情世故。眞的，正所謂賓主盡歡。酒一杯又一杯，朋友，一個接一個，我們庶民就是這樣，不需要魚翅！魚翅我們吃不起，魚翅，也不環保，對吧？大魚大肉？我們庶民也沒辦法天天這麼吃，膽固醇高是一回事，但價錢高更是無法忽視的現實。大家要知道，也都認可，整體大環境已經沒有以前那麼好了，我們雖然愛招呼朋友，朋友聚聚，再窮，手頭再拮据，也從不小氣，有什麼就拿什麼，一定是傾盡我們所有，威士忌，紅酒，米酒，啤酒，都無所謂，配點花生米，小魚乾，重點是大家開心。眞的，什麼酒都不要緊，重要的是跟你一起喝酒的人，來！說到這裡又特別特別開心了……」

大家聽得搖頭晃腦，好像迷失在大海裡。

眼看大家就快暈船了，蔣幹化趕緊從書包裡拿出很多小酒杯，依次發給圍著他聽講的每個人，爲大家斟酒。盡管光是聞到從杯中散發出的酒氣，很多人就已經有點茫然想吐了，但蔣幹化彎腰斟酒的盛情難卻，大家也只能繼續拿著酒，不敢偷偷倒掉。

「所以我說心痛，眞的是心痛。」蔣幹化好像有無限感慨：「五年十班不需要分裂，也沒有分裂的本錢，不要在……」

「是四班。」林俊宏舉手，糾正：「五年四班。」

「是，不管是四班，還是十班，重要的不是數字有多少……」蔣幹化微笑，還想繼續講下去：「重要的，是我想傳達給大家的資訊，是一種態度……」

「民生國小的五年級只有一到六班，再加上情況特殊的A跟B，也只有八班，沒到十班啦。」林俊宏最愛現了，逮到機會就一直背資料。

「是，不管我們是五年四班、十班、A，還是B，還是五年級任何一個班級，都沒有分裂的本錢，如果有人總是在背後說一些蔣幹化是酒鬼，或是堅持四班不是十班或ABCDE之類的話，那些耳語，就像小牙籤，戳戳戳，沒意思。眞的，一點意思也沒有。」蔣幹化舉起酒杯，一飲而盡：「大家隨意，小弟，先乾一杯！」

大家尷尬地拿著酒杯，你看我，我看你，也只能試著小喝一口。

好難喝啊，這個世界上怎麼會有那麼難喝的東西啊？爲什麼大人不喝阿薩姆奶茶就好了，喝什麼酒！爲了交際應酬，蔣幹化每分每秒都在喝這麼難喝的東西，眞的是有點偉大。

「隨意啊！大家隨意！」蔣幹化熱絡地握了握每個人的手。

「是是是……」我被握到手的時候，只好逼自己又呑了一口酒，超不隨意。

上課鐘響時，大家已有點微醺。

自然課老師在教什麼，已經沒有人在意，只看見蔣幹化不斷上台跟老師敬酒，大聲談笑，大家也就嘻嘻哈哈地鼓掌，好像不管聽到什麼都好好笑。難道這就是酒的魔力嗎？

下一堂上社會課的時候，有一半的同學都沒有在聽老師說話，而是圍著蔣幹化，你一杯，我一杯，不管是天下國家大事，或是《海賊王》最新的連載進度，只要同學想聊，蔣幹化都能說上兩句，認真傾聽，並用力附和，大家笑聲不絕於耳。

整個上午，就在大家首次體驗酒醉的恍惚中，滴滴答答地結束。

19

中午吃飯的時候，沒有訂營養午餐的蔣幹化，自己帶了一小碟花生，配一支二割三分的純米大吟釀，雖然他一口酒，配一把花生米，還大聲擊桌唱歌，看起來快樂似神仙，但營養明顯非常不均衡。

就連那十個新來的黑幫國中生，都跟楊巔峰買現烤的香腸來吃，雖然香腸含有很多致癌物，但加上含有豐富維他命的烤肉醬之後，肯定比純米大吟釀還要有營養。

蔣幹化連制服都捨不得買，肯定很窮吧，正當大家想分蔣幹化一點飯菜充飢的時候，兩個胖胖的中年人提著好多外送塑膠盒走進教室，氣喘吁吁地放在講台邊，然後走到教室後面跟蔣幹化收錢。咦？

蔣幹化給錢後，拍拍手，吸引大家注意。

「大家，各位五年十班的好朋友，今天特別高興……」蔣幹化高聲嚷嚷。

「是四班。」林俊宏還是在垃圾桶裡舉手。

「沒錯，我剛剛說的就是四班。」蔣幹化不爲所動，繼續談笑風生：「五年四班的大家，各位好朋友，小弟飲酒郎阿化，今天……」

「你剛剛說五年十班，不是說五年四班。」林俊宏不知道在堅持什麼。

蔣幹化點點頭，臉上一樣堅持帶著微笑：「不管我們是四班，十班，還是ABCDEFG班，只要是民生國小的好朋友們……」

「四班就是四班啊。」林俊宏眞是死腦筋。

「……」蔣幹化笑笑，但其實沒在笑：「我們都是好朋友，小弟飲酒郎，今天特別特別感謝大家給小弟一個機會，融入五年……四班，這個溫暖的大家庭，爲了表達我由衷的感謝，今天無論如何一定要讓小弟做個東，在這個盛夏時分，請大家品嚐看看彰化木瓜牛乳大王最富盛名的，紅豆牛奶冰！」

全班歡呼。

「每一碗都加了布丁！還有雙份的煉乳！」蔣幹化舉起雙手，振臂巨吼。

全班都好開心啊，大家放下吃沒幾口的營養午餐，衝到講台搶奪紅豆牛奶冰加布丁，雖然肯定人人有分，但搶來的東西就是比較好吃，就連那十個黑幫國中生也緊急從夢中驚醒，一人搶了一盒剉冰，吃得津津有味。

「幹你娘咧好吃！這學校的營養午餐比我以前混的那間好吃一百倍！」

「塞恁老師咧！熱死人了，午餐吃冰就對了啦！」

「呵呵呵轉學轉對間了啦！幹！布丁哈哈哈哈！」

「好吃！冰好吃！如果吼以前我唸的國小中午餵我吃這個！我就不逃學啦！」

不良少年很高興，我也超高興，不，是特別特別高興，因爲我最喜歡紅豆牛奶加布丁啦！而且我人生要首次吃到加了雙倍煉乳的豪華combo版！天啊！雙份煉乳耶！以前怎麼都沒想過可以這麼加！

「看到大家人手一碗剉冰，眞的，小弟的心中，比自己吃到還要感動，還要，好吃！」蔣幹化目眶泛紅，語氣也忍不住高亢了起來：「一碗小小的紅豆冰，加煉乳，雙份，加布丁，而且不是頂新味全的布丁，良心滿滿，誠意無限，加起來不到五十塊錢，卻能夠讓我們五年十班在這中午時刻，緊緊相依，我們老百姓眞的要的不多，只是……」

「四班。」林俊宏自己也拿了一碗，吃得滿嘴都是：「就跟你說是四班。」

這次不等蔣幹化微笑加自我修正了，大家都對著林俊宏大叫。

「靠背啦！四班十班沒差啦！」

「幹嘛一直打斷別人講話！沒禮貌！」

「十班又怎樣！講錯了會死嗎！」

「重點是態度好不好？態度！態！度！」

「要吃人家請的冰，就不要一直機歪人家！人眞的很差！」

「口誤ＯＫ？口誤！你自己就不會口誤嗎？還品學兼優咧！」

「鑽牛角尖眞的很煩耶你！吃冰啦！」

「品學兼優有什麼了不起！有種學蔣幹化請吃冰啊！」

「四班也好，十班也好！只有一直挑人語病的你不好啦！」

「好好吃你的冰啦！」連我也忍不住開嗆，落井下石我最會。

林俊宏被嗆習慣了，也沒生氣，只是照樣在垃圾桶裡吃他的冰。

蔣幹化沒有一副大獲全勝的屌樣，而是謙卑、謙卑再謙卑地開了一瓶全新的白蘭地，倒了滿滿，站在小凳子上，雙手恭恭敬敬地自乾一杯。

「小弟，先乾爲敬！」

感覺起來，眞的是一個很好的人啊。

很快，教室後面滿滿的都是剉冰吃完的空塑膠碗，營養午餐則剩下了八成。

午間靜息的時候，大家都摸著涼涼的肚子，心滿意足地趴在桌上。

「所以，蔣幹化到底是光頭還是禿頭啊？」躺在牛皮椅上的王國突然問。

「……我覺得是禿頭，然後因爲不想被發現是禿頭，所以乾脆把頭剃光。」

「是喔。」

「我哪知道，是我亂猜的。」我承認。

「不用猜啊，楊巔峰有問他啊。」王國一派天眞。

耶？對喔！都忘了還有這一題齁！

「……我不知道。」我努力回憶蔣幹化的回答，但只能抓抓頭。

實在是想不起來他是怎麼回答楊巔峰這一題的。

「那，蔣幹化以前是做什麼工作的啊？」王國一時睡不著。

「喔，他剛剛有說……他說……」我好像有聽到。

但想了半天還是一片空白，哇靠，他根本沒有回答到這題？

「好想知道他以前是在做什麼的喔，沒關係，等午間靜息結束後我再問他好了。」

「……也好。」

迷迷糊糊的，我好像有點懂了。

不管你問什麼，蔣幹化都不會直接回答是或不是，對或錯，好或不好，他非得繞好大一圈，加上超級多的抑揚頓挫，與各式各樣的比喻加成語來回答你。不管你的問題有多簡短，他的答案永遠很長很長很長很長。

有時候我難免會猜，蔣幹化他是不是都趁著拐彎抹角的時候來想眞正的答案，但後來才發現，眞正的答案是什麼，可能對他一點也不重要。重要的是，他的確講了很多很多個句子來回答，每個句子都很長，長度就是誠意，每一次回答都誠意滿滿，第一時間大家聽到了，都會以爲他肯定已經好好回答了，一時之間聽不懂，或聽到有點恍神，一定是自己昨晚沒睡好的問題，也就不好意思再追問下去。

然後，就沒有然後了。

沒有人會在意然後之後的然後……就連問問題的楊巔峰也不在乎。

除了死腦筋的林俊宏。

只要是林俊宏認為很重要的東西，通常都很不重要，這麼想，我就放心了。

教室後面傳來陣陣酒氣，以及中年男子獨有的深層喉管打呼聲。

蔣幹化是好人，只是常常喝醉，不過那是他自己的事，不是嗎？而且話又說回來，「酒後吐眞言」這句話如果有道理，那蔣幹化隨時都在喝醉，一定隨時都在講眞話，四班或十班，到底唸了幾次小學五年級，都沒有差，一時口誤了眞的沒什麼，重要的是態度。

蔣幹化的態度很好，因為他都請大家吃冰，這個新同學絕對沒辦法更好了。

20

下午的課是作文，帶課的是喉嚨很癢的簡老頭。

簡老頭的手裡拿著一大瓶家庭號的林鳳營鮮乳，邊喝邊走進教室。

其實我也不清楚簡老頭到底是教哪一科，很可能是國語吧，總之他在黑板上寫下今天的作文題目：「五年一班是我的班」，眞的是有夠瞎，誰要寫啊。

「不寫的就零分。」簡老頭面無表情宣布：「嗝～～～～」

零分沒在怕啊。坐在最前面的那十個黑道國中生也沒在怕，連午覺都沒打算醒。

「零分，就吃痰。」簡老頭冷冷地說，喝了一大口林鳳營。

原來如此，為了要製造大量的痰，簡老頭決定喝完一整瓶鮮乳，幫助氣管在短時間內大量生痰，而且還是混著頂新集團氣味的乳白色濃痰，對人格的破壞力更添百倍。

大家開始不安躁動。

「報告老師，根據民生國小學生自治條例第五十二條，學生除以下犯行，老師不得餵食痰包。」林俊宏再度從垃圾桶裡復出，一開口就咄咄逼人：「一，在課堂上公然污辱師長。二，在司令台公開毆打校長。三，桌面收拾不潔且屢勸不聽。四，在走廊上追逐嬉笑。請問老師……」

「大家都不交作文，你覺得身為老師的我是不是會感到備受污辱？」簡老頭看著林俊宏的表情，就像看著低能兒：「還是你又要提出異議，交由學生會會長仲裁？」

雖然簡老頭非常容易就受到污辱，但慣性死讀書的林俊宏也不是簡簡單單就被放倒的角色。

「報告老師，學生並非質疑老師是否比一般人更容易受辱，學生只是想確認一下，根據民生國小學生自治法，第三章作文課管理條例中，第十一條指出，學生如果過半數看不懂作文題目，得要求老師增列至少一項命題。」林俊宏鍥而不捨地翻著學生自治法手冊：「學生認為，可以請大家投票確認，現在的作文題目是不是有很多人都……看不太懂！」

哇！死讀書也死讀出一條奇特的機掰之路啊！

簡老頭微微皺眉：「五年一班是我的班，這麼簡單的題目有誰看不懂？」

全班一起舉手，嚷嚷：「太難了啦根本就不知道在寫什麼！」、「五年一班在哪裡啊我真的不知道啊！」、「我好困惑啊完全不明白五年一班跟我有什麼關係啊！」、「改題目啦！連題目都看不懂是要怎麼寫啊！」「換！換！換！換！換！」

簡老頭也不生氣，在民意的呼喚下，轉身在黑板上寫下第二個待選的作文題目……「在量子力學的架構下，試探討莊子夢蝶的自我物化懷疑論，如何與愛因斯坦廣義相對論發生關係，並聯合推動核融合近二十年的發展。」

我聽到全班嘴巴一起打開，靈魂同時出竅的喔喔喔喔喔喔喔喔喔喔喔聲。

每個字都看得懂，湊在一起就幹你娘。

「尊重大家的選擇。」簡老頭又灌了一大口林鳳營。

林俊宏又舉手站起來了。

林俊宏的眼鏡甚至沒有起半點霧，很有自信地滔滔不絕：「報告老師，雖然這一題對我來說是易如反掌，但又根據民生國小學生自治法第三章第十二條，如果被授課之同學還是看不懂新的作文題目，經過半數表決後，得請求老師斟酌同學智商的現實狀況，摒除艱澀哲學，以最新的社會時事爲核心，命題出絕對符合淺顯易懂定義的第三個題目。這點，還請老師多多包含。」

好像……有點帥啊！要不是正在跟簡老頭作對的，是品學兼優好學生林俊宏，我們一定熱烈鼓掌。但我們只是小學生嘛，當然是對人不對事。

簡老頭點點頭，還是不生氣，在黑板上寫下絕對是超級好理解的一道題……

「四十五根紅色粉筆的悲哀。」

幹！這題果然是時事題！簡單明瞭到不行，但誰有臉答啊！被違反人權的投票重擊過的大家都痛苦死了，甚至不敢面面相覷，怕視線一不小心，就會對到謝佳芸飽受屈辱的目光上。

「可以嗎？夠了嗎？各位同學？」簡老頭又豪飲了一口林鳳營，漱漱口，吞下。

「報告老師……夠了。」林俊宏一陣暈眩，跌坐回垃圾桶裡。

林鳳營在簡老頭的體內迅速起了化學作用，過敏反應滲透了支氣管。

簡老頭又咳了三口痰，吐在三張衛生紙裡，包了包，捏成了痰餃子。

「不寫可以，吃痰。」簡老頭抹抹嘴。

大家乾瞪著桌上遲遲未能打開的作文簿，一種即將吃痰的噁心感襲上喉嚨。

三個題目，三桶滾燙的油鍋。

第一題不能寫。第二題不會寫。第三題不想寫。

這就是傳說中的選擇嗎？明、明、就、沒、有、選、擇。

「寫太少，零分。」簡老頭吐了一口痰。

「文不對題，零分。」簡老頭又吐了一口痰。

「鐘響後才交，零分。」簡老頭吐了一口非常糾葛的痰。

午睡前喝的那些酒，空腹時吃的那一大盒剉冰，加上這一連串的咳痰聲，後座力已經開始讓大家的肚子翻滾起來，卻無人開始動筆。

「盡量發呆，我很期待把這一整盒衛生紙都包完咳咳咳……」

簡老頭抽出一張衛生紙，吐了一口白色的痰進去，像包水餃一樣妥妥地捏好，放在一旁後，馬上又喝了一口林鳳營。清了清喉嚨，隨即又咳出兩份濃痰，分別包了兩沱厚重的水餃。

蔣幹化站了起來：「報告老師！老師眞是辛苦了，大家都知道，這個奶蛋跟小麥，是亞洲人體質最常見的過敏源，林鳳營，又是頂新集團底下的味全公司，最容易低價促銷的王牌商品，爲了鼓勵各位同學認眞作文，老師不惜！以身犯險！壯烈豪飲，認眞咳痰，我想今天眞的是特別特別地高興！」

在這種噁心時刻，蔣幹化也能夠特別高興，眞是一個特別容易特別高興的人。

蔣幹化拿著沒喝完的白蘭地，一邊倒酒一邊走向簡老頭，酒氣散漫了整個走道。

「夠了夠了，上課盡量不要喝太多。」簡老頭難以拒絕這種邀酒，只好以林鳳營代酒，在嘴巴裡倒了一大口。

「報告老師！老師隨意，學生我，失敬失敬，不得不乾一杯！」蔣幹化兩杯都自己乾了，還向四面八方展示空掉的酒杯。

不過大家都沒心情鼓掌，蔣幹化有空跟老師敬酒，不如幫大家寫作文。

「好巧啊。」謝佳芸故意放大音量：「剛剛好有一個題目很適合發揮。」

幹幹幹幹幹幹幹好尷尬啊！如果桌上有洞，大家一定馬上把頭埋進去。

桌上雖沒有洞，倒是有個大抽屜，阿財就這樣把頭插進去抽屜裡吃檳榔，逃避可怕的作文題目。

謝佳芸依舊提高音量，自顧自寫著專爲她設計的考題，大聲嚷嚷：「有個好簡單的題目眞好寫啊，一寫就停不下來了呢！大家眞的不試著寫看看嗎！」

大家連呼吸聲都充滿了痛苦。

有人開始拿三角板的尖尖戳自己的大腿，戳到失去知覺。有人把鉛筆的頭都折斷，然後用沒有筆芯的頭在紙上亂劃，發出可怕的聲音。有人用立可白塗滿十隻指甲，意義不明但好像是一個充滿悔恨的動作。有人脫掉鞋子，把桌子抬起來一支腳，再狠狠壓在腳趾頭上，用劇痛緩解尷尬。更多人在死撐，假裝自己正在努力對付第二個題目。

「那個……莊子我不熟啊！他沒事幹嘛不夢遺，要夢蝶啊！」

「我只是問一下……愛因斯坦是發明愛滋病的那個偉人嗎？」

「不是啦，是留一個爆炸頭，拍照一直吐舌頭那個老人啦！」

「喔喔喔喔喔喔喔就發明燈泡跟吹風機那個！」

「量子力學月考好像沒考過啊？那我還是寫內個內個五年一班什麼的好了？」

「核…融…合…好像…有…點…難…還…還是…來一粒…」

吃痰很可怕，就算再怎麼不喜歡讀書，也不會喜歡吃痰的，那十個坐在講台附近的黑道國中生勉爲其難地醒來，隨便在作文簿上寫幾句……不，是幾個字，就交出去了。

簡老頭接過他們的作文簿，連翻都沒翻，就點點頭：「寫得很好，都一百分。」幹，這樣就一百分。

交出作文以後，他們就再接再厲趴回桌上，睡得很香甜。

「要隨便寫寫就交嗎？」小電握緊鉛筆。

「那老人一直在咳痰，隨便交一定會吃到。」美華咬牙，盡管爲了在體內飼養蛔蟲跟蟯蟲，她超愛吃掉在地上的東西，也不介意吃過期的食物，但老人的痰……老人喝了林鳳營之後再吐出來的痰……還是不能接受吧！

「想也知道他對那些國中生的標準，跟我們絕對不一樣。」我也很氣。

正當大家六神無主的時候，就跟往常一樣，不約而同把希望射向楊巔峰。

說好的班長自薦的提名期限，就在明天。我敢說，如果沒有要選班長這種事，不管是什麼爛題目，楊巔峰一定毫不猶豫寫滿十頁交出去。但今天的情勢，偏偏就是五年一班處心積慮想要吞併我們五年四班，而班長最基本的任務，就是保護我們班平平安安直到畢業。

雖然楊巔峰現在的呼聲最高，但如果楊巔峰太爽快地寫好這個命題狡詐的作文，一定會被大家瞧不起，很可能以高票落選班長。

現在，大家都在等楊巔峰最新的眼神。

「還記得當年作文課的大事件嗎？」楊巔峰淡淡地說。

誰忘得了。那堂經典的作文課上，寫在黑板的命題是：「我最好的朋友」。

不用說，大家都卯起來寫哈棒老大，還寫得驚天地泣鬼神。唯一沒有寫哈棒老大、而是寫林俊宏的轉學生可洛，明明是個很可愛的女生，隔天就沒能來上學了，而倒楣被寫的林俊宏也在洗手台漂浮了好幾節課，絕對不可能有人忘記。

「然後呢？」肥婆皺眉。

「當年大家爲了生存，都那麼認眞寫哈棒老大，錯了嗎？」楊巔峰語氣輕鬆。

大家堅定地搖頭。在哈棒老大的統治下，服從是唯一的選擇，苟延殘喘一向是大家的強項。

「今天的作文題目，很明顯只有一題勉強能寫。爲了不吃痰，只要不零分，作文隨便寫一寫得個兩三分就好，對大家來說應該不算太恥辱吧。」楊巔峰不卑不亢，心平氣和地講解，大家聽了不禁頻頻點頭。

本來就是嘛，寫個作文是能有多恥辱，吃老人的痰才恥辱好嗎？最重要的是，大家心知肚明一切都是爲了生存，這種題目沒人眞的放感情在寫，都在亂蓋，只要彼此別互相看不起，就不會橫生枝節。

這時大家終於敢把頭抬起，打開作文簿。

只剩一個題目能寫，該面對的還是要面對。爲了生存，幹什麼都不可恥，我決定隨便寫一寫交一交就好……但問題是，我跟五年一班完全不熟，是要怎麼寫成是我的班啊？邏輯根本不通啊！難度好高，一時之間完全沒有靈感。你看看我，我看看他，眞的很不知所措。

「鬼扯的技巧就是，先寫一篇〈哈棒老大是我的神〉的作文，寫好以後，就把哈棒老大四個字用橡皮擦擦掉，然後改塡上五年一班，四個字換四個字，剛剛好，然後再把神這個字擦掉，改成班，一個字換一個字，這樣就可以敷衍過去了。」楊巓峰隨意就說出了活命的關鍵。

「等等……這樣寫，只是換名字，讀起來邏輯不會怪怪的嗎？」林千富提出異議。

「就算你寫五年一班是我的班，掰得再好都不會有邏輯的，不通就不通，因爲本來就不會通，重點是，也沒有人會介意通不通。」楊巓峰淡淡地說：「寫得噁心就對了。」

大家聽歪了頭，這什麼繞口令啊。

「還不明白？負責出題的簡老頭滿腦子只想餵大家吃痰，自己都不相信自己出的題目，他也更不可能看得懂大家在寫什麼。簡老頭連自己都騙，我們如果不騙自己，又怎麼能敷衍得過他？」

懂！

楊巓峰一說完，大家馬上靈感大爆發，振筆疾書。

「爲什麼大家一定要寫五年一班是我的班呢？不是就不是！幹嘛花時間自己騙自己？」謝佳芸寫得搖頭晃腦的，越說越大聲。

哇哇哇，這對情侶開始意見分歧了。

「是啊，核融合這種題目我平常就有在鑽研，量子力學也是睡前的讀物，莊子更是老朋友了，大家先玩個跳棋或跳繩，等一下我寫好就借大家傳，記得不要完全抄啊。」林俊宏蹲回垃圾桶，把蓋子從裡面關上，進入閉關。

唉，死讀書就是死讀書，怎麼那麼看不開呢？雖然寫「五年一班是我的班」很可恥，但吃痰更丟臉啊！我們加快速度，對哈棒老大好好歌功頌德一番。

在數學的意義上，我們只有兩天沒看到老大，感覺起來卻像是兩年那麼久，本來作文只是想充充字數就好，但越寫，對老大的思念就越熱烈，不知不覺就眞情流露寫了好幾頁。當我意識到膝蓋很痠的時候，我才發現自己正跪在椅子上，以抄錄佛經的姿勢寫完了整篇作文。

此時，我聽到咚咚咚咚咚咚咚的立體環繞音效充滿了整間教室。

一轉頭，原來大家都不約而同跪在椅子上，恭恭敬敬地對著作文簿磕頭。

「我想到要把哈棒老大擦掉，就覺得好捨不得喔。」美華拭淚。

「雖然哈棒老大總是忽然想到就打我們，但他連不好好講笑話的老師跟校長也一併揍下去。有時候放學，也會遠遠看到哈棒老大在巷子裡教附近的國中生做人。說老大霸道，不如說老大對待宇宙眾生都非常公平，不管是誰，通通一律當成大便踩，我眞是……」小電泣不成聲：「眞不想用橡皮擦把老大的名諱擦掉，感覺會有報應。」

「眞的，看到林俊宏每天都要幫老大寫功課，我難免會疑惑，老大只要跟老師說他不寫作業就好了，老師一定不敢對老大怎樣。」我有點鼻酸，看著教室最後的垃圾桶：「但老大從來！從來沒說不交！只是隨便一句話叫林俊宏幫他寫，連命令都稱不上，如此謙卑的心胸眞是異常偉大。」

「毫無疑問，老大眞的非常謙卑。他要錢，直接叫身爲五年四班首富的我把所有的零用錢轉帳給他就好了，我一定馬上搞定。」林千富感嘆：「但老大宅心仁厚，只是碰巧路過傢俱行，我好死不死就在他旁邊，他看了我一眼，又看了看那張豪華董事長專用按摩牛皮椅一眼，我就主動去買單罷了。一想到這裡，我就很感念老大。」

「說到這個，只要老大想要更多的錢，他可以幫全班同學保險，唯一受益人寫老大自己的名字，然後叫大家手牽手一起跳樓就好了……但老大沒有啊！」肥婆舔著水晶球，說著很恐怖的奇想：「老大他腳踏實地養蠶炸蛾，再花費心思強迫賣給大家吃。雖然大家都不喜歡吃，可哈棒老大這種捨近求遠，一步一腳印地從我們身上榨取血汗零用錢，眞的是非常罕見的高尚人格啊！」

「從小到大，大家都說是我智障、低能兒、白痴、兩百塊、腦殘、傻蛋、呆瓜。」王國呆呆地說：「但老大再怎麼打我揍我扁我把我丟到垃圾桶，都沒叫我滾過。」

大家怔住了。

「跟你們說一個祕密……」王國忽然壓低聲音，語氣神祕。

「啊？」大家都把耳朵豎起來了。

「每一次老大把我丟到垃圾桶的時候，都正好把我丟到有飲料空瓶的那一桶，那裡面啊，常常有一些人沒有把飲料喝完就丟了，有各種口味，我就躺在裡面偷喝，眞好，有時候還可以喝到謝佳芸喝剩一點點的牛奶，間接接吻喔！」

大家都哭了。

王國這麼北七，老大眞的一次都沒叫他滾過！

哈棒老大！我們眞的好想你啊！

21

原本應該很順利就交出去的作文簿，因爲大家一時太過緬懷哈棒老大，遲遲不用橡皮擦把老大的名字給擦掉。距離下課還有一段時間，可能的話，大家都想多磕幾個頭再開始改，肥婆甚至還用很痴迷的眼神在舔老大的名字。

這時，始終在講台上走來走去的簡老頭停下腳步，摸了摸自己飽滿的膀胱，宣布：「喝太多林鳳營了，我要去廁所尿尿，在我回來以前沒有把作文簿放在講台上的，一律零分。」

大家整個驚慌失措地停止對哈棒老大的意淫，拿起橡皮擦狂擦。

大概是看到大家火燒屁股很有趣，捨不得少看一秒，簡老頭乾脆拿起空空如也的家庭號牛奶瓶，走到講桌後面，沉著地拉開拉鍊，直接尿在空牛奶瓶裡。

說好的去廁所尿尿呢！

「尿完的那一瞬間就是截止的期限，遲交等於零分。」簡老頭好舒服的表情跟他的規則一樣賤。

橡皮擦擦掉，鉛筆重寫，眞的是超級忙碌，尤其是一邊聽到簡老頭的尿簌簌簌簌簌簌簌簌簌簌簌簌簌簌簌簌簌簌簌簌地噴發在牛奶瓶裡的聲音，比炸彈的倒數計時還要恐怖。

眞不愧是家庭號林鳳營！尿水眞的好多，但尿水再多也不可能尿一輩子啊！

「我好了！」小電尖叫，拿起作文簿衝向講台。

「偶…也…好…了…」阿財一向慢吞吞，爲了不吃痰竟飛奔講台。

「我好了。」謝佳芸冷靜地從座位站起，眞難爲她寫那種自我毀滅的題目。

「我！我寫好了！」肥婆雙手舉起作文簿在走道上狂奔。

許多人爭先恐後衝向講台，有人還邊跑邊修改，激烈推擠叫罵。

有人作文簿乾脆直接用丟的，丟到同學的後腦。

肥婆在走道上跌倒，瞬間絆倒了五個人，五個人摔倒散開，八張桌子東倒西歪。

「吵三小啦吵！」原本在睡覺的國中生大怒站起，對著推擠的同學就是一拳。

「幹你娘是不用睡覺是不是！是不是！是不是！」一個起床氣發作的國中生拿起桌子就摔，把大家摔得頭破血流。

盡管如此，大家還是不要命地往前推往前踩，務必把作文簿交到講台上。

簡老頭打了第一個哆嗦。

「簌簌簌簌……簌簌簌……簌簌……簌簌簌簌……」

慘了慘了！簡老頭的尿開始斷斷續續的了，時間所剩不多啊！

「我剛好寫完！我好強！」挑戰寫量子力學題的林俊宏從垃圾桶裡噴出，氣勢如虹，用力將作文簿丟向講台——及時命中！

「我出十塊！誰幫我拿去講台！」林千富邊跑邊出價：「二十塊！誰！」

「幹幹幹幹我也寫好啦！」我直接跳上桌子，在桌子上跳啊跳啊跳向講台。

「等我！等我！」王國光著屁股大哭：「我想尿尿！」

簡老頭打了一個很長的哆嗦。他一瞪眼，拉鍊唰的一聲，從講台下方高高舉起一整桶深黃色的林鳳營尿水，宣示性地、用力地砸放在講桌上，咚！

整桶尿，堅定不移地壓住一大堆作文簿。

「截止！」簡老頭喉頭鼓動，在衛生紙上吐了一口鮮濃帶白的痰。

還擠在走道上的人數至少佔了全班一半，大家難以置信地看著彼此，看著手中的作文簿，看著講桌上的滿滿的濃痰水餃包，又看了看時鐘……

我站在距離講台只有一公尺的桌子上，悔恨不已。

「報告老師……說好鐘響是最後交作文的時間，現在距離下課至少還有十分鐘，你臨時把作文繳交期限改成你尿尿尿完就不收了，這不太合理吧？」我手中的作文簿已被不甘心的手汗濕透。

肥婆還趴在地上，轉頭看向林俊宏：「那個什麼學生自治法的，一定有規定……類似的東西吧！」

林俊宏咬牙，額頭上瞬間出現許多冷汗：「依照民生國小學生自治法第三章作文課管理條例，第二十五條，作文簿必須在下課鐘響前繳交，並以恭敬的態度、友善的笑容，井然有序地放置在老師指定的位置上，如發生緊急天然災害如地震火災水災風災等，作文簿得以延長十分鐘繳交。」

簡老頭嗤之以鼻：「選擇性忽略啊？那第二十六條呢？唸出來聽聽？」

林俊宏也只能硬著頭皮唸下去：「第二十六條，如老師想要在課堂結束前批改作文完畢，得要求學生提早繳交，提早時間不得多於十五分鐘。」

慘了，難怪那本學生自治法看起來那麼厚，竟然羅列一大堆莫名其妙的規矩。

「是啊，改作文不用時間？」簡老頭面不改色指了指時鐘：「距離下課只剩十三分鐘，我已經很優待你們了。下次，你們就祈禱我喝更多林鳳營，尿更多尿吧。」

跟我一樣來不及把作文簿交出去的同學，大概有三十幾個人，而王國更是沒有寫完，慘中之慘。大家的表情都想殺人，勝過於想吃痰。

「你們幾個，等一下吃痰。」

我肯定是面如土色，趴在地上被很多人踩過的肥婆也很崩潰，林千富身家千萬，卻聘請不到人幫他緊急快遞作文成功，也一臉深受打擊。王國卻因爲有很多人跟他一樣要吃痰，露出安心的表情。

簡老頭檢查起桌上的作文簿，一一翻閱：「恭敬的態度，友善的笑容，井然有序的放置，是嗎？這些，通通都不跟你們計較……」

我大叫：「幹嘛不計較！這是校規耶！」

林俊宏吼回來：「不是校規！是學生自治法！」

我超級不爽：「要吃痰一起吃啊！林俊宏你用丟的耶！」

林俊宏在垃圾桶裡氣得發抖：「我完全命中！而且我是用恭敬的態度加上友善的笑容，井然有序地命中！」

簡老頭沒有理會我想拖大家下水吃痰的惡意，注意力全放在手中的作文簿上。

「很好，大家都寫得很好，五年一班是我的班，寫得文情並茂，感人肺腑。只有少數的同學寫的有問題，必須給零分。比如說……」

簡老頭拿出林俊宏的長篇大論，說：「故意寫這麼長，你以爲我眞的會看啊？」

林俊宏掛著在短短不到一節課就爆發出的黑眼圈，據理力爭：「報告老師，這篇絕對可以得到高分的，甚至直接投去科展還會得獎，畢竟對於量子力學……」

簡老頭不留情面：「零分，吃痰。」

林俊宏臉紅脖子粗：「爲什麼！我眞的是很認眞寫的！爲什麼零分！至少也有一分！莊子跟我很熟的！愛因斯坦我也略懂！至少一分！一分！」

簡老頭嚴厲地說：「我連我自己在出什麼題目都不知道了，隨便拿幾個名詞瞎湊出題，你還洋洋灑灑臭蓋這麼多字，擺明了污辱你自己。零分，準備吃痰。」

林俊宏全身一鬆，四肢皆軟，一屁股跌坐回垃圾桶裡。

我有點不忍心，但要吃痰，還是越多人一起比較好，以後大家才不會針對我笑。

「還有妳，謝佳芸。」簡老頭拿著謝佳芸的作文，眼睛快速掃視一遍：「四十五根紅色粉筆的悲哀，這麼好發揮，妳寫這什麼東西交上來？整篇都錯了，完全錯了，不僅數字的焦點沒有對，連悲哀也沒有正確表達，妳這種故意遠離主題的亂寫一通，就是標準的譁眾取寵。看樣子上次妳沒好好吃掉我的痰，很遺憾是吧？沒關係，等一下就實現妳的夢想。」

謝佳芸整張臉都紅了，連耳根子也很燙。

有幾個身材比較高大的同學在竊竊私語，我好像聽到一些類似「一起上」、「幹你先啊」、「爲什麼不是你先」、「幹掉老師眞的可以嗎」、「我們是小學生」、「做什麼都會被原諒」、

「打到他無法指認」、「就說是老大突然回來」、「數到三一起」、「數到十啦」、「數到十一票」、「數到十加一」等等內容越來越豐富的氣音討論。

空氣裡的殺氣登時變得很重，連我也跟著緊張起來。

「想反抗的人，千萬不要客氣啊。」

簡老頭吐了兩口純度極高的濃痰在雙手上，握拳，鬆拳，握拳，鬆拳。

濃痰在一緊一鬆的拳頭裡，攪和進老人味特別厚重的手汗，掌心風壓的驟變，令充滿皺紋的拳縫裡的空氣極不流通，手心的苦悶，在極短時間內將濃痰裡富含的頂新集團蛋白質加熱，改變了濃痰的化學結構式後，痰液徹底勾芡化，在溫熱的掌心中產生大量的綿密牽絲，發出古怪的吱吱唧唧聲。

那種濃痰獨有的牽絲怪聲，充滿了邪惡的威嚇。

我聽了，一時之間無法決定要嚇到噴淚、腿軟到漏尿，還是噁到嘔吐。三種截然不同的生理逆境同時拉扯，彷彿就快逼出我身體的第四種逆境——挫賽！

「傳說中的痰膜拳。」肥婆從地上勉強爬起來，靠在桌腳。

「痰膜拳？」小電打了個冷顫。

「據說簡老頭還在帶低年級的時候，除了很熱衷餵痰，還有一次掃地時間，幾個小朋友沒有認眞把水溝裡的落葉撈起來，簡老頭就用手汗加熱過的痰，在手掌上瞬間製造出痰液面膜，一掌抹一個，一抹就昏倒。」肥婆乾嘔了兩下，才有辦法繼續往下說：「昏倒後就正式進入ＶＩＰ的頂級療程，簡老頭用手掌上的痰，幫不乖的小朋友敷臉……整整一節課。」

眞不愧是傳說中的禁忌殺術，痰膜拳！

超噁爛！幹幹幹幹幹！難怪簡老頭會被踢出低年級！

一聽到肥婆的註解，空氣裡的殺氣登時煙消雲散，取而代之的是腸胃的不正常攪動聲。

「隨時，我最享受突襲了。」簡老頭皮笑肉不笑，繼續翻閱作文簿。

還沒完。有老花眼的簡老頭將手中的作文簿拿遠，正看，反看，斜看，罕見地笑了出來。

「不錯不錯，楊巔峰，就知道你不肯端正三觀好好作文，果然把我逗笑。藏頭詩不難寫，難寫的是你不只藏頭，還合了尾，中間兩個交錯的大叉叉也鑲嵌了暗號。像你這種小聰明，就是巴不得別人看不出來你的自以爲是。」

楊巔峰的臉看起來很臭。

「藏頭，幹你娘老機掰簡老頭。合尾，五年一班全宇宙最爛。第一個叉叉是要舔王霸旦的屁眼自己去，第二個叉叉是沒屌可彈只好逼人吃痰。」簡老頭收斂笑容：「眞有才華，簡直就是民生國小五年四班唐伯虎——你也準備吃痰。」

怎辦！全班加起來有超過一半的人都得吃痰！

強硬抵抗的話，就要被痰敷臉……整整一節課！

怎辦！怎辦啦！

就連詭計多端的楊巔峰，都只能臉色鐵青地轉頭，看向垃圾桶深處，希望林俊宏能及時恢復神智，並背出一個隱藏在學生自治法寶典深處的隱藏法條，暫緩大家吃痰。

但沒有。林俊宏持續半昏迷。

簡老頭展示講桌上大大小小的濃痰餃子，近三十多顆，等一下可說是痰如雨下。

林千富舉手。

「報告老師！我可不可以捐錢贊助運動會……換不吃痰？」林千富的聲音顫抖。

「仗著自己有錢，就以爲自己凌駕在學生自治法之上，公然行賄老師，違法亂紀，衣裝不整，罪加一等。」簡老頭絲毫不動不搖：「罰你連吃五包痰。」

光是想像力的衝擊，林千富就直接開始在位子上嘔吐。

簡老頭不知道從哪生出一個盤子，將三十幾沱濃痰餃子移放在上面，走下講台。

這種荒謬的奇景，吸引了霸佔前座的十個國中生醒來，嘖嘖稱奇地轉頭欣賞。

「作文零分的，嘴巴自己打開。」

漫步在走道上，簡老頭用凌厲的目光掃視每一個又驚又怕的大家。

簡老頭用指尖捏起了一個濃痰餃子：「如果嘴巴閉閉，要我親自扭開下顎的，就連吃五包。」

大家只好像金魚一樣，把脖子仰起，張大嘴巴。

眼淚，就這樣從眼角流到耳朵裡。

簡老頭像是餵食金魚飼料，一捏手，就朝一張嘴裡扔下一個濃痰餃子。

濃痰餃子扔進了楊巔峰嘴裡。

濃痰餃子投進了謝佳芸嘴裡。

濃痰餃子彈進了林千富嘴裡。

濃痰餃子空拋進了林俊宏嘴裡。

嗲!!
別吞下去

濃痰餃子一一進了美華、小電、阿財、王國與肥婆等人的嘴，無一倖免。

一下子，也餵到了嘴巴張大的我。

啪答。

濃痰包軟軟地降落在我的舌頭上，靠著還沒破掉的衛生紙摩擦力緩解往下移動的速度，最後卡在喉嚨深處的懸雍垂附近，要下不下。我想放棄思考，用我最擅長的「腦中一片空白之術」把痰一吞了事。

但。

但突然，我有一種「自尊心即將整個粉碎，我這個人也會馬上死掉」的意念，只好緊急煞車。可是濃痰餃子活生生含在嘴裡，也不是辦法，衛生紙材質的餃子皮遲早會被大量分泌的口水完全浸透，最終在口內爆破，釋放出濃痰本人。

這就是傳說中的……進退維谷嗎？這麼艱澀的成語，就在我這一生快終結的時候，總算是用上了！

「報告老師。」

仰著脖子，我用模糊不清的眼角餘光看到的，是在教室最後面舉手的同學。

酒氣。

是酒氣。蔣幹化從小凳子上，搖搖晃晃地站了起來。

又要敬酒了嗎？又特別特別高興了嗎？帶著一身蒸騰的酒氣，蔣幹化走到簡老頭面前，立正站好，向簡老頭深深鞠了一個一百八十度的躬。

簡老頭有點不知所措地點頭回禮。

依舊壓低著頭，蔣幹化畢恭畢敬地說：「學生不敢對老師的教學方式有任何懷疑，一日為師，終身為父，爸！您要餵痰就餵痰，一定有您鐵打不動的理由。只是，學生初來貴班時，兩袖清風，只帶了一張小板凳，跟一瓶二割三分大吟釀，就蒙受大家張開雙手擁抱，像家人一樣對待，所有的一切一切，都讓飲酒郎阿化，心中無限感激，特別特別地高興。時時刻刻，阿化都一直尋思，要怎麼粉身碎骨，表達這一份對五年十班的愛……」

林俊宏含著痰，口齒不清地說：「是……四……」

簡老頭雙手扠腰，皺眉看著蔣幹化：「所以呢？」

蔣幹化結束鞠躬的姿勢，抬起身，已是兩行熱淚：「我想幫各位同學吃痰。」

在大家都不明白蔣幹化是不是在講幹話的時候，他轉過頭，正好站在我身邊。

蔣幹化雙膝跪下，張開雙手，把頭抬起，張大深紅色嘴巴：「來吧，高賽同學，盡管把痰倒吐在我的嘴裡。」

在我意識到自己在做什麼的時候，我已經低頭，朝蔣幹化的紅色大嘴裡吐出那包，快要被我口水溶解掉衛生紙層的濃痰餃子……

蹦！

濃痰餃子肯定在，落入蔣幹化嘴巴裡的那一瞬間，就完全炸裂了。

天啊！我做了什麼！蔣幹化又為我做了什麼！

痰入了嘴，蔣幹化沒有硬吞，反而仔細咀嚼著濃痰。

他沒有閉上眼睛，而是雙眼直視著我，彷彿與我的靈魂對望，將細細咀嚼濃痰的勾芡滋味，透過微微的皺眉，傳達到我心深處。最後才萬分珍惜地吞下。

「蔣幹化……你……」我太感動了：「不！是您……」

「人所能負的責任，我必能負。人所不能負的責任，我亦能負。」蔣幹化微笑。

大概是太震撼了，簡老頭並沒有阻止蔣幹化的義舉，一聲不吭，任憑蔣幹化持續以謙卑的跪姿，移動到每一個剛剛吞下痰包的同學面前，抬起頭，張大嘴，一一轉接住他們嘴巴裡快要爆炸的痰，認真咀嚼後再吞下。

大家無不感激，就連高傲的楊巔峰也在吐痰後，點點頭說了聲謝謝。即使是一直吐槽蔣幹化口誤的林俊宏，蔣幹化也沒有趁機跳過，無私張嘴，吞了令林俊宏靈魂崩潰的痰，換來林俊宏莫可名狀的眼淚。

「十班……跟四班……有時難免會弄錯，最重要是態度！」林俊宏深深反省。

等到蔣幹化在教室裡跪了一圈，終於來到坐在我前面的謝佳芸時，他已經滿身大汗，膝蓋磨破皮，虛弱的身體隨時會倒下，卻還是死命張大嘴，等著謝佳芸吐痰。

「啊啊啊啊啊啊啊啊啊啊啊啊啊啊啊～～～」蔣幹化嘴巴開開。

只見謝佳芸閉上眼睛，全身發抖。眼淚一直從她的睫毛下流落，兩槓鼻涕也奔出。含痰那麼痛苦，卻遲遲不將痰吐到蔣幹化的血盆大口。

這個畫面好有既視感。上一次看到謝佳芸莫名其妙發抖的時候，是在……

「不用。」

簡簡單單「不用」兩個字，從謝佳芸的嘴巴裡說出來的時候，說明了那一口痰已經通過她的咽喉，滑進了食道，深深陷入了胃裡。

我呆住了。

大家都呆住了。

謝佳芸吞了簡老頭的痰。

謝佳芸！吞了簡老頭的痰啊！

22

掃地時間，大家都在教室後面圍著蔣幹化道謝。

謝佳芸在走廊洗手台一邊吐，一邊漱口，不知道是吐的時間多，還是漱口花的時間多，搞了半天都沒辦法離開洗手台。楊巔峰站在旁邊唉聲嘆氣，好像很不懂謝佳芸既然覺得這麼噁，幹嘛不直接把痰吐給蔣幹化吃就好了。

我也想知道，於是假裝有錢掉在地上，蹲在附近偷聽。只聽到楊巔峰一直問一直問，但謝佳芸就是渾身發抖，什麼也不肯說。

教室後面倒是一直很熱鬧。

「不要謝我，真的，不應該謝我，應該是我謝謝大家才對。」蔣幹化拱手向圍繞著他的同學們鞠躬：「謝謝大家給飲酒郎阿化我，一個爲大家服務的機會，正所謂天地可破，熱情不破，如果能爲大家好，爲了五年十班……還是四班？之類的！區區吃幾口痰，又算得了什麼？」

「太謙虛啦！你真的很夠意思！」

「民國以來最棒的轉學生就是你啦！」

「我還以爲幫大家寫罰寫已經很了不起了，沒想到你還會幫大家吃痰！」

「有蔣幹化頂著！我們再也不必怕那個髒老頭！」

「別忘了！蔣幹化不只幫大家吃痰，中午還請大家吃紅豆牛奶冰！」

「還加布丁！」

「再加雙份煉乳！正宗飛鷹牌！」

「你轉學轉得正是時候！明天就是班長登記參選日最後一天，你一定要登記啦！」

「對對對！把名字寫在黑板上就算報名了！不過一定要自己寫喔！」

「支持蔣幹化選班長啦！」

「對！一定要登記！蔣幹化選班長啦！」

「選班長！」

哇！教室後面有好多同學都在拱蔣幹化登記參選班長！氣氛好熱烈，雖然我們都是小朋友，但吵起來一點也不會輸給立法院，連蔣幹化這麼一個六十多歲的老頭不斷推辭的聲音，都完全被淹沒了。

靠在洗手台邊的楊巔峰，看了教室後方一眼，卻沒有一點訝異。

「妳怕的是那個嗎？」楊巔峰不置可否：「蔣幹化會出來選班長？」

謝佳芸很勉強地點點頭，把手指伸到喉嚨深處挖來挖去，又吐出一些。

「妳吐痰給他吃，也不一定要投給他啊。」楊巔峰聳聳肩：「幹嘛搞到自己眞的把痰呑掉，萬一懷孕了怎辦？」

謝佳芸滿臉都是汗水與淚水，把力氣都用在嘔吐的她，只剩下微弱的氣音。

「我一口痰的情，都不想欠他。」

「對啊，我也不想欠他情，所以我跟他說謝謝了。」楊巔峰嘻嘻。

楊巔峰對於「還代呑一口痰的人情」的標準，眞的有夠低，不過這正是他的強項——厚臉皮，狗腿，加小聰明，屌兒郎當天下無敵。

教室裡面，蔣幹化雙手抱拳，誠懇地向鼓譟的大家「反拜託」。

「飲酒郎阿化在這裡，由衷！由衷感謝大家的抬愛，但我們五年十四班，擁有美好的歷史傳承，一向是人才濟濟。有品學兼優、又喜歡糾正別人語病的林俊宏同學，也有擅長隨機應變、能混就混的楊巔峰同志，這兩個人可說是我們五年四十四班的兩大支柱，缺一不可。」蔣幹化高聲讚美，但又好像不像是在讚美。

我資質駑鈍，聽不明白。

「說到女權，我們班有見義勇爲，乃至血氣方剛，跑去別班打人滋事的謝佳芸女士，也有對宗教無比虔誠，接近迷信詐騙……只是接近而已，的肥婆女士，都是我們班女權抬頭的鮮明標誌。談論到人權，王國同學種種匪夷所思的一舉一動，都代表著智能殘缺人士，在我們班上得到多大的保障，這是多難能可貴啊！還有，中立的高賽，總是說著公正、公平、公道的風涼話，也是我們班分析時事，落井下石，絕對不可或缺的一名智將！」

說到我了，我眞高興，原來在蔣幹化的眼中我也是個角色！

「我們五年十四班，上有首富，下有庶民。首富林董！繼承他老爸辛苦打拚的工廠，完美展現了富二代苦幹！實幹的實業精神，雖然不知人間疾苦，雖然高高在上，卻！卻！卻！卻！」蔣幹化越說越激動，高舉酒杯露出濕透的腋下：「大家說對不對！」

好像沒說完，不過大家倒是很捧場地大叫：「對！」

林千富也點點頭，左右微笑揮手，好像很有面子。

「庶民阿財，不只賣檳榔，還吃！這個班上還有誰比阿財哥更懂檳榔，更懂得怎麼把檳榔交出來的庶民呢？哈哈哈哈哈開個玩笑，無傷大雅，我自罰！自罰！」蔣幹化又嘻嘻哈哈喝了起來，大家歡呼聲不斷。

阿財也高興地用力拍拍蔣幹化的肩膀，好像從小一起長大這麼親暱。

「所以大家想想，有這麼多賢人義士，寶地！我們班眞的是潛力無窮的寶地啊！小弟我只是幫大家吃幾十口痰，小小分內之事，怎麼可能輪得到我來當班長呢？有我，沒我，我們五年四十四班都一定蒸蒸日上！成功不必在我，飲酒郎阿化，純粹是要來服務大家的，偶爾大家給個機會，讓小弟做東，吃吃冰，喝喝酒，獨樂樂不如眾樂樂，天下皆朋友，豈不樂乎？對吧哈哈哈！」蔣幹化越說越開心，忍不住又拿出一瓶貴州茅台酒：「我不是個貪酒的人，但今天眞的特別特別高興，大家一定要賞個臉給小弟……」

話還沒說完，蔣幹化忽然劇烈咳嗽起來，一咳就無法停止。大家趕緊把他手中的茅台酒搶走，幫他找個好位子坐下休息。

「一定是幫大家吃了太多痰，唉蔣幹化你也眞是的，有病痛怎麼不說呢？」

「要多休息，多喝水啦！」

「從來沒有人爲我們做到這樣，吃痰……吃大家嘴巴裡的痰！弄得自己多憔悴！」

「難道！這就是傳說中的苦民所苦嗎？」

「蔣幹化才剛剛轉學一天，就這麼爲大家付出，班長一定要選他啦！」

「林俊宏就只知道死讀書，楊巔峰怎麼看都很賊啊，那兩個人不能相信啦！」

「蔣幹化你如果不出來選，我就轉班表示抗議！」

「對，非蔣不投！」

「非蔣不投啦！唯一支持蔣幹化！唯一支持蔣幹化啦！」

「非蔣不投！沒蔣切龜頭！」

「等一下！等一下啦！沒蔣眞的要切龜頭？我不要切龜頭啦！」

「不想切龜頭就唯一支持蔣幹化出來選啊！唯一支持……」

「可是我也不想切龜頭啊！」

「我也不想！」

「我沒有龜頭可切……還是我投別人？」

「不可以投別人！唯一支持蔣幹化！來！大家一起跟我說！唯一支持蔣幹化！」

「唯一支持蔣幹化！」「唯一支持蔣幹化！」「唯一支持蔣幹化！」「唯一支持蔣幹化！」

「唯一支持蔣幹化！」「唯一支持蔣幹化！」「唯一支持蔣幹化！」「唯一支持蔣幹化！」「唯一支持蔣幹化！」「唯一支持蔣幹化！」「唯一支持蔣幹化！」「唯一支持蔣幹化！」「唯一支持蔣幹化！」「唯一支持蔣幹化！」「唯一支持蔣幹化！」「唯一支持蔣幹化！」「唯一支持蔣幹化！」

「好！再來！一二三……唯一支持蔣幹化！非蔣不投！」

「唯一支持蔣幹化！非蔣不投！」「唯一支持蔣幹化！非蔣不投！」「唯一支持蔣幹化！非蔣不投！」「唯一支持蔣幹化！非蔣不投！」「唯一支持蔣幹化！非蔣不投！」「唯一支持蔣幹化！非蔣不投！」「唯一支持蔣幹化！非蔣不投！」「唯一支持蔣幹化！非蔣不投！」「唯一支持蔣幹化！非蔣不投！」「唯一支持蔣幹化！非蔣不投！」「唯一支持蔣幹化！非蔣不投！」「唯一支持蔣幹化！非蔣不投！」「唯一支持蔣幹化！非蔣不投！」「唯一支持蔣幹化！非蔣不投！」「唯一支持蔣幹化！非蔣不投！」「唯一支持蔣幹化！非蔣不投！」「唯一支持蔣幹化！非蔣不投！」

「好！非蔣不投！沒蔣切龜頭！一二三一起！」

「我不要切龜頭啦！」「爲什麼一定要切龜頭啊？」「到底爲什麼一定要押韻啊？」「不要切龜頭可不可以？」「我們是小學生耶這樣的尺度眞的可以嗎？」「我媽一定不會讓我切的啦！」「我爸也不會讓我切。」「就跟你說我沒龜頭可以切啊！」「就算我有龜頭我也不想切。」「我也沒龜頭，那我切奶頭可以嗎？」「對耶大家都有奶頭，爲什麼不切奶頭啊？」「非蔣不投，沒蔣切奶頭，這樣嗎？」「切奶頭感覺滿色情的，應該有犯法吧？」「切龜頭就不色情嗎？」「切龜頭是痛！哪有色情！」「從剛剛開始我就有一種被性騷擾的感覺，小學生的台詞確定要這樣寫？」「不舒服，拒絕再討論下去！」「可以押別的韻嗎？」「好好好，那……非蔣不投，沒蔣香蕉油，這樣會不會比較好？」「香蕉油是啥毀啊！」「乾脆就不要押韻啊！」「非蔣不投，沒蔣踢皮球，怎麼樣怎麼樣？」「爲什麼有龜頭不切要去踢皮球？」「就是因爲有龜頭所以不想切龜頭才要踢皮球啊！」「踢皮球這什麼梗？」「就非蔣不投就好啦！簡潔有力！」「那那那那非蔣不投！沒蔣腳底抹油！是不是很棒！」「不要再給我押韻了！停止！」

正當大家爲了要押什麼韻，吵得臉紅脖子粗的時候，不知不覺，蔣幹化再怎麼超級不想出來選班長，看起來也是不得不選了。

我遠遠看到蔣幹化一副「不要再逼我了我眞的只想好好坐在教室最後面、只想特別特別高興地找人喝酒、也不想選什麼班長」的臉，我不禁感到很同情。大家幹嘛一直逼一個，只想安安分分當庶民的蔣幹化出來蹚渾水呢？

「爲什麼你不怕他？」謝佳芸看著教室後面熱烈的拱人氣氛，忍不住又吐了楊巔峰：「你那麼聰明，難道看不出來，蔣幹化根本恐怖死了嗎！」

楊巔峰笑笑：「是喔，那我就去看看哪裡恐怖喔。」

謝佳芸想阻止：「喂……喂！」

楊巔峰已經走到教室後面，以生活泡沫綠茶代酒，敬了蔣幹化一杯。

蔣幹化顯得有點受寵若驚：「楊大哥！你這是？」

楊巔峰恭敬地說：「唉！蔣幹化你既稱我大哥，我也不好意思再跟你見外了，從今以後我就以哥哥自居，你叫我一聲楊大哥，我就喚你一句蔣老弟！來！今天蔣老弟之於大家，都有吃痰之恩，特別謝謝你了蔣老弟！」

蔣幹化自己先叫人大哥，現在也只好笑笑：「是！是小弟的小小付出而已！」

楊巔峰笑道：「蔣老弟啊，大哥我有一個小小的請求，請蔣老弟務必不能推辭！」

蔣幹化連忙自乾了兩杯，這才鞠躬哈腰說道：「楊大哥是本班兩大棟樑之首，口才之好，腦袋之靈光，一直讓小弟十分感佩，有什麼小弟能夠做的！小弟飲酒郎阿化，一定粉身碎骨！萬死不辭！但話說在先，唯有一件事萬萬不能，那就是選班長，小弟絕對是不夠格的，這件事務必……」

「那就太好了，並不是。」楊巔峰爽朗地打斷蔣幹化的謙卑推辭。

蔣幹化的笑容有點凝結，但馬上用自乾一杯的方式，再度鬆開了臉部神經。

「我的想法是，飲酒郎阿化聽起來太庶民啦，遠遠不夠表達大家對你的感恩，我個人認為，蔣老弟你絕對配得上俠這個字！」楊巔峰舉杯：「大家說是不是！」

許多簇擁著蔣幹化的同學們一起舉起手中的飲料，齊聲喊讚。

「不敢當不敢當！俠字何等鄭重？萬萬不敢當！」蔣幹化再度滿臉堆歡。

「敢當的！一定敢當！」楊巔峰站上椅子，又踏上桌子，在全班最高處雙口捧著生活泡沫綠茶，大聲對著四周同學說道：「從今以後，對大家有恩的蔣幹化蔣老弟，在我們班的新綽號，就叫作——」

大家一起舉杯大喊：「就叫作！」

楊巔峰舉起生活泡沫綠茶，用力一擠，含糖綠茶從吸管裡噴出：「吃痰俠！」

大家想都沒想，直接跟著大喊：「吃痰俠！」

楊巔峰又一高呼：「吃痰俠！」

大家更嗨了，舉杯大喊——「吃痰俠！」

蔣幹化的笑容瞬間變得非常可怕。

不是僵住，不是尷尬，而是非常可怕。蔣幹化還是在笑，但一定有幾條顏面神經默默背叛了原本的排列，笑容在表面看來一模一樣，但給我的感覺已徹底走樣。

「是是是，關於這個吃痰俠……」蔣幹化的笑容還在臉部重新組織，一直詞窮。

「吃痰俠太棒啦！」楊巔峰高呼。

「吃痰俠！讚啦！」大家爽呼。

「吃痰俠好耶！」楊巔峰雙手高舉，興奮狂呼。

「吃痰俠好耶！」大家陷入瘋狂了。

「吃痰俠！」

蔣幹化盛情難卻地被大家拋在半空中，盡管在半空中被拋來拋去的他看起來竭力推辭這個新綽號，但大家只當蔣幹化是在搞謙虛，他越不想要當吃痰俠，大家就越是要他當吃痰俠，一整個事與願違，真滑稽。

楊巔峰跳下桌子，將扁掉的生活泡沫綠茶丟到垃圾桶裡，頭也不回地走出教室，以勝利者的姿態走向還在洗手台嘔吐的謝佳芸。

「看吧，他就那樣。」楊巔峰老神在在，如果小學生可以抽菸的話，他一定正從嘴裡吐出一個大煙圈：「不過是一個標準的三流選棍，格局頂多到里長，白天在騎樓下的雜貨店門口跟街坊泡泡茶，下午去公園跟老人賭象棋，晚上就跟街坊一邊喝酒嗑瓜子，一邊看政論節目罵政府。如果他要選里長，我也會投他。但五年四班的班長？呵呵，要知道那張豪華牛皮椅，可是哈棒老大坐過的位子，他坐不上去的。」

講得好像很篤定，但那張牛皮椅，現在不就是王國坐得穩穩的嗎？

「是啦，班上同學都知道你很聰明，鬼點子很多，絕對不吃虧，又會烤香腸，但不喜歡你的人跟喜歡你的人一樣多，班長選舉，不一定會把票投給你。」謝佳芸吐到眼淚跟鼻涕都滿臉：「你惹毛了蔣幹化那種即使幫大家吃痰也不痛不癢的老人，他一定不會善罷甘休。」

「我知道啊，這種越是愛裝大器的，實際上的度量往往比屁眼還小。」

「那你還故意惹他？你這麼篤定選得贏蔣幹化？」

楊巔峰沒有馬上回答，而是看向遠方，看向即將放學的那團夕陽。

「我喇舌的技術怎麼樣？」楊巔峰竟問了一個如此不相干的問題。

「……滿好的。」謝佳芸對夕陽沒興趣，對著水龍頭喘氣。

「滿好是多好？」楊巔峰竟然鍥而不捨。

「九十分。」謝佳芸不明就裡，卻還是答了。

「有全身酥痲嗎？」

「多多少少吧。」

「有視線模糊，奶頭慢慢尖起來那麼好嗎？」楊巔峰開始自我陶醉。

「……有時候吧。」謝佳芸繼續吐。

楊巔峰抖抖眉毛，得意地說：「那就沒問題了。」

靠……我到底聽了什麼啦！

星期一二三

23

哈棒老大被畢業，已經第三天了。

這一天放學以前，在黑板上出現的任何名字，就是班長參選人。

我來到學校，門口已經用封鎖線圍出了一個禁止出入的範圍，裡面擺了兩隻腳，金金的，大概是黃金，不用猜一定是哈棒老大的腳。很有進度嘛，眞是夠白痴。

早自習的時候，我還是跟昨天一樣，假裝教室前面的洗手台缺水，拿著空空的水桶，藉故在走廊上的教室前晃來晃去。

五年二班的教室……喔不，應該說是五年一班之甲，今天看起來還是只有一半滿，但好像……坐在教室裡面的這一半，跟昨天那一半，應該是完全不一樣吧？難道是抽中免費早餐去大禮堂集合的同學，又換過一批了嗎？

我搖搖晃晃，在窗邊窺探。

教室裡的每一個人，都挺直了身體，兩手手指擺在併攏的膝蓋上，十分標準地端坐，眼睛直直地看著桌上的課本……等等，那是什麼課本，怎麼沒看過？我踮起腳尖，用我視力2.0的火眼一看。

「王總班長小的時候？」

我嚇到了，王霸旦才小學五年級，現在不就是他的小時候嗎？

正當我很訝異的時候，他們忽然用字正腔圓的聲音，大聲朗讀起新課文。

「總班長　王霸旦同學，小的時候就很喜歡打人。他在學校，每天叫人在舌頭上噴穩潔舔地，有時候也會命令不服氣的同學吃痰。國中生手下在打同學，他就在旁邊鼓掌。有一天，他到樓梯間去玩，看見樓梯下有許多低賤的同學跪著向上爬。因爲他一直踢他們，好幾次同學都被他踹下去，但還是被命令向上爬。王總班長看了，心裡想，那些低賤的同學對我有這麼大的害怕，非得爬上來膜拜我，我一定很偉大，爲了報答他們，我一定要變得更偉大。王總班長從小就打人狠，不怕被告，又樂在其中，所以統治五年級，能爲自己爭取許多福利。」

我實在是聽不下去，這種課文比簡老頭的痰還要噁爛。我忍不住敲了敲窗，吸引一個坐在靠窗的同學注意：「喂，喂！……你們在朗讀什麼鬼東西啊？」

「王總班長是我的天，五年一班是我的班啊！」那同學呆呆地回我。

「你們昨天抽中去大禮堂吃早餐，在那裡到底發生什麼事？」我直覺有鬼。

「都很好啊，沒有人打我罵我，我吃得很好，睡得很好，大家還一起唱歌。」

「唱三小啦？」我隨便亂講：「歷史的傷口喔？」

沒想到那個同學直接從椅子上彈起，立正站好，雙眼茫然大唱：「班長　霸旦，你是人類的救星，你是世界的偉人。班長　霸旦，你是獨裁的燈塔，你是民主的盲腸。內除自由，外抗平等，爲爭利而轟轟，圖一班之復興。霸旦！霸旦！霸旦！您不朽的精神，永遠領導我們！併班必勝，呑班必成，併班必勝，呑班必成！」

等一下！等一下等一下等一下給我等一下！

我壓抑著滿腔的不爽之前，得先解決我最大的疑惑……

「什麼叫……爲爭利而轟轟？什麼是轟轟？」

「……」

「都已經唱得那麼熟了！應該知道什麼是轟轟吧？」

他雖然還是一臉茫然，不過瞬間目光一盛，立正站好，重新又大唱一次。

這次全班同學被他傳染，一起站起來，大聲對著窗外的我用力唱……

「班長　霸旦，你是人類的救星，你是世界的偉人。班長　霸旦，你是獨裁的燈塔，你是民主的盲腸。內除自由，外抗平等，爲爭利而轟轟，圖一班之復興。霸旦！霸旦！您不朽的精神，永遠領導我們！併班必勝，呑班必成，併班必勝，呑班必成！」

「班長　霸旦，你是人類的救星，你是世界的偉人。班長　霸旦，你是獨裁的燈塔，你是民主的盲腸。內除自由，外抗平等，爲爭利而轟轟，圖一班之復興。霸旦！霸旦！您不朽的精神，永遠領導我們！併班必勝，呑班必成，併班必勝，呑班必成！」

「班長　霸旦，你是人類的救星，你是世界的偉人。班長　霸旦，你是獨裁的燈塔，你是民主的盲腸。內除自由，外抗平等，爲爭利而轟轟，圖一班之復興。霸旦！霸旦！您不朽的精神，永遠領導我們！併班必勝，呑班必成，併班必勝，呑班必成！」

「班長　霸旦，你是人類的救星，你是世界的偉人。班長　霸旦，你是獨裁的燈塔，你是民主的盲腸。內除自由，外抗平等，爲爭利而轟轟，圖一班之復興。霸旦！霸旦！您不朽的精神，永遠領導我們！併班必勝，呑班必成，併班必勝，呑班必成！」

「班長　霸旦，你是人類的救星，你是世界的偉人。班長　霸旦，你是獨裁的燈塔，你是民主的盲腸。內除自由，外抗平等，爲爭利而轟轟，圖一班之復興。霸旦！霸旦！您不朽的精神，永遠領導我們！併班必勝，呑班必成，併班必勝，呑班必成！」

「班長　霸旦，你是人類的救星，你是世界的偉人。班長　霸旦，你是獨裁的燈塔，你是民主的盲腸。內除自由，外抗平等，爲爭利而轟轟，圖一班之復興。霸旦！霸旦！您不朽的精神，永遠領導我們！併班必勝，呑班必成，併班必勝，呑班必成！」

「班長　霸旦，你是人類的救星，你是世界的偉人。班長　霸旦，你是獨裁的燈塔，你是民主的盲腸。內除自由，外抗平等，爲爭利而轟轟，圖一班之復興。霸旦！霸旦！您不朽的精神，永遠領導我們！併班必勝，呑班必成，併班必勝，呑班必成！」

「班長　霸旦，你是人類的救星，你是世界的偉人。班長　霸旦，你是獨裁的燈塔，你是民主的盲腸。內除自由，外抗平等，爲爭利而轟轟，圖一班之復興。霸旦！霸旦！您不朽的精神，永遠領導我們！併班必勝，呑班必成，併班必勝，呑班必成！」

「班長　霸旦，你是人類的救星，你是世界的偉人。班長　霸旦，你是獨裁的燈塔，你是民主的盲腸。內除自由，外抗平等，爲爭利而轟轟，圖一班之復興。霸旦！霸旦！您不朽的精神，永遠領導我們！併班必勝，呑班必成，併班必勝，呑班必成！」

「班長　霸旦，你是人類的救星，你是世界的偉人。班長　霸旦，你是獨裁的燈塔，你是民主的盲腸。內除自由，外抗平等，爲爭利而轟轟，圖一班之復興。霸旦！霸旦！您不朽的精神，永遠領導我們！併班必勝，吞班必成，併班必勝，吞班必成！」

我不知道這是怎麼回事！但一唱就重複跨兩頁肯定是洗腦的創舉了！

大合唱一旦開始就完全停不下來，再繼續唱下去肯定又要跨更多頁！到底是什麼樣喪心病狂的精神核彈啊！重點是！我還是不知道「爲爭利而轟轟」是三小！

看到這些人邊唱邊流淚，眼神哀淒，臉上卻笑得燦爛無比，我有一股說不來的噁心。不想接近他們，連一公分也不想接近他們！

我摀住耳朵，連滾帶爬，逃出那首王霸旦進行曲……

24

好不容易爬到今天的五年一班之乙……舊名五年三班，我的內褲已經濕透。

我嚼了一顆曼陀珠給我好心情後，重振精神，蹲在牆邊往窗裡偷看。

哇！從早自習開始就來了很多長相糙老的轉學生，幾乎擠滿了半間教室。

我一仔細看，大傻眼，清一色都是橫眉豎目的國中生……而且連自我介紹都省下了，直接選好喜歡的位子就坐，每一個轉學生都坐在稍微有點姿色的女生旁邊，一坐下就拿起人家放桌上的飲料喝，有夠不要臉。

原本的班長張俊凱，被五花大綁在走廊上的特別座，跆拳道黑帶徹底無效。

我遠遠丟了一顆曼陀珠，精準命中到張俊凱的頭。

「喂！你還好嗎？」我小聲問。

「沒問題，挺得住。」張俊凱張大嘴：「能丟準一點嗎？」

我連丟了三顆曼陀珠進去張俊凱的嘴巴，給他三倍的好心情。

「四班的，別擔心，只要我假裝合作，很快就會被放開了。」張俊凱嚼著曼陀珠，露出令人擔心的笑容：「到時候我一拳一個，半節課就討回我們班了。」

「喔，啊不就好棒棒。」我點點頭。

「對了，我只是問一下，真的是忽然想起來而已，就那個……哈棒老大啊，他有沒有考慮要回來度假幾天，之類的？」張俊凱擺出一副滿不在乎的表情，卻一臉都是尷尬的汗珠：「我真的只是隨便問問，你有空再回答我就好了。」

嗯，沒空。我對他遠遠比了個大拇指，然後就繼續偷看教室裡面。

跟了哈棒老大這麼多年，我一點也沒有變強，因為不須要！但我的肉眼已經鍛鍊出比擬耳掛式戰鬥力分析器的功能，只要把我的眼睛瞇成一條線，就可以在三秒內摸清楚周圍十公尺之內，每個人大略的戰鬥力。

現在，教室裡戰鬥力最高的，是一個正在講台邊，大時鐘下面的鏡子前擠青春痘的轉學生，光頭，四肢細細的，脖子卻很粗，兼具了速度與耐打，綜合戰鬥力大約是五百……五百八十？

「喂！四班的！」張俊凱壓低聲音，整個人卻很用力。

「啊？」我仔細研究著光頭轉學生脖子上的刺青，黑黑的……好像有腳。

「有空了嗎？」張俊凱臉紅了：「我只是問問，沒空說一下就行了。」

「現在沒空。」我看清楚了，是一隻黑色蜘蛛。

黑色的蜘蛛裡面，還寫了一個大大的「南」字。

靠，超中二，現在是在模仿旅團嗎？舞告北七！不過中二歸中二，那個光頭轉學生的戰鬥力確實驚人，他專注地擠青春痘，擠到鼻子都噴出血來，這才大剌剌走到黑板前，用紅色粉筆寫下大大的「陳力榮」三字，再加上綠色的粉筆寫著強調專用的胖胖字體「南淫」兩字，是陳力榮的兩倍大。

「我南淫力榮，新班長，了解？」光頭的南淫力榮直接點了根菸。

大家趕緊點頭。

「彰安國中二年級降轉，心情已經夠爛了，了解？」南淫力榮看起來很不爽。

大家加速點頭。

南淫力榮開始漫長的自我介紹，比如說他在彰安國中的戰績，是一百三十三勝一百三十五敗，聽起來沒什麼，甚至還輸多勝少有點遜，但這一百三十五敗都是敗給同一個人，也就是彰安國中的當家老大，從小到大都沒給家長簽過聯絡簿的鄭亞信。

雖然你不想知道，考試也不會考，但鄭亞信就是那個才唸國一，只用了短短一次月考的時間就雄霸整間彰安國中的「中！亞信」。恐怖的「中！亞信」，是彰安國中有史以來最恐怖的存在，也是東狂、西姦、南淫、北煞共同拜服的老大。

傳說中，彰化市學生數最多、綜合實力最強的陽明國中，曾經與彰安國中約戰在八卦山之巔，兩校都派出了所有不會因式分解的不良少年，那一天，陽明國中出動的壞蛋整整是彰安國中的四倍！

不意外，彰安國中在半小時之內就被海宰殆盡……因爲「中！亞信」遲到了！

「中！亞信」記錯了決鬥的地點，白白滅掉了在孔廟前練街舞的彰化高中熱舞社，天啊！雖然是熱舞社，但那些都是高中生啊！等到「中！亞信」氣急敗壞搭計程車趕到八卦山山巓的時候，彰安國中只剩東狂、西姦、南淫、北煞還勉強站著充面子，但陽明國中還有一半的不良少年嗑了藥，拿著球棒在大佛前暴走，情勢危險！

「中！亞信」先是花了一點時間，把丟臉丟到家的彰安國中四大魔神給海扁一頓後，再用吃一個便當的時間，用拳頭，只用拳頭！就只用左手的拳頭！就把陽明國中所有還站著的腳，通通打斷！

那一天，彰化市所有的骨科診所，賺到翻天。也就是從那一天開始，彰化市所有國中的不良少年都有一個共同的默契，絕對，絕對，絕對不要在放學的時候接近彰安國中。

可以跟「中！亞信」打一百三十五次還沒有變成廢人，可見南淫力棨也是一號人物。

啊幹，寫太多了，彰化國中生的不良少年史詩眞的好長，在那些又臭又長的史詩裡，每個不良少年都有一個很囂張的綽號。不知道，哈棒老大現在到了哪一間國中？又被叫了什麼樣的綽號呢？如果哈棒老大持續他的屌樣，遲早會與「中！亞信」不期而遇，展開了一場吞食天地的不良少年之戰吧！

眞希望，由衷地祈禱，我將完全錯過那一場廝殺，以免不小心被波及到。

「喂！四班的！喂喂！」張俊凱有點急。

嗯嗯，不良少年的故事太唬爛，我聽得太入神了。

「那現在呢？有空了嗎？」張俊凱不知道在急什麼。

「就沒空啊。」我要看看停停看看停停，才不會被發現。

「怎麼樣？教室裡面發生什麼事了？」張俊凱終於懂得關心別人了。

「有一個戰鬥力很強的光頭。」我直說：「沒有北煞信安強，但也很可怕。」

「跟我比起來呢？」張俊凱皺眉，運起全身的殺氣。

「……」我仔細詳著突然認眞起來的張俊凱，公正公平地說：「他大概五百八到六百之間，你基礎戰鬥力至少有七百，資質在他之上，但他實戰經驗豐富，眞打起來的戰鬥力增幅說不定會破千，你輸掉的機會大一點。」

張俊凱淡淡地說：「我實戰的對象都是跆拳道館的國高中生師兄們，至少打過一千場，誰的實戰經驗多還不一定。」

好吧，關我屁事。

南淫力榮終於解說完自己在彰安國中的豐功偉業，彈了彈菸，回歸正題。

「從今天開始，長雞雞的，繼續給我去一班舔東舔西，了解？」

大家點頭如搗蒜。

「女生，就留在教室裡幫我們打圍巾，唱唱歌，搥搥背，了解？」

有人點頭，有人哭了出來。

南淫力榮點點頭：「看來是不太了解。」

說完，就南淫力榮走出教室，我趕緊躲到一個大盆栽後面。

只見南淫力榮從走廊上，將張俊凱連人帶椅拖了進來，摔在講台上。

「聽說你是跆拳道黑帶，是大家的偶像？了解，給你一個公平的機會。」南淫力榮給出很不錯的格鬥優惠：「跟我單挑，打贏我，這個班就還你。打輸，男人舔一班，女人就舔我。了解？」

「我接受！」張俊凱整個人斜躺在椅子上，身體雖被綁死，但還是充滿勇氣。

「那就開始吧。」南淫力榮直接一腳踹在張俊凱臉上。

什麼！

張俊凱還沒被鬆綁，單挑就已經開始了，這麼有實戰精神的一對一我真沒看過！

「還手啊！」南淫力榮對著張俊凱的臉又是一腳，又一腳，又一腳！

別說還手了，張俊凱連移動自己的身體都做不到。

大約三十腳過後，張俊凱的臉已經整個都黏在南淫力榮的腳底。我躲在窗戶後偷看，這麼遠，還是覺得好可怕。教室底下的同學們都氣到發抖，卻不敢反抗。南淫力榮連踹三十腳，卻連一滴汗都沒噴，氣也不喘，高手無疑。

「跆拳道黑帶也沒什麼了不起，優待你使用椅子跟繩子當武器，竟然一樣爛。」南淫力榮抖了抖腳，抖好幾下，終於將張俊凱的臉抖了下來：「完全了解。」

原來椅子跟繩子都算是張俊凱的附加武器，我眞是大開眼界了。

張俊凱氣若游絲地倒回地上，紅色的血泡泡從鼻孔冒出：「放開我，我打死你……」

南淫力榮點點頭：「好啊，來個誰幫他鬆綁，我打到他服氣。」

我嘆了一口氣，接下來要發生的事只有一個可能。

張俊凱的人緣很好，馬上就有一個坐離講台最近的女同學跑過去，蹲在張俊凱旁邊，要緊急爲他解繩。

「妳哪位？」南淫力榮走過去，低頭，對著熱心的女同學吐了一口臭煙。

「我……我叫……」女同學被嗆到咳嗽。

「快點幫他鬆綁！」南淫力榮一說完，就一腳重重踹在女同學的頭上。

接下來就是可怕的、超神經質的沒品亂踢頭之術。

「快點！」「幫他！」「鬆綁！」「快啊！」「快點！」「再快點！」「我叫妳快點！」

女同學被連踢了好幾次頭，還是沒有放棄幫張俊凱鬆綁，只是她的手一接近繩子約十公分，頭就被猛踢，踢踢踢，踢了又回來，回來又踢。

張俊凱用頭用力撞地板，大叫：「我認輸了！我認輸！」

女同學還是沒有放棄，頭昏腦脹地晃到張俊凱旁邊，試圖拉住繩子。

全班早已哭成一團。

南淫力榮沒有再踢了，半個人靠在講桌邊，抽著菸。

鼻青臉腫的女同學伸手出去好幾次，都無法準確地摸到繩子，更別提鬆開了。她一邊深呼吸，一邊伸手試探，在模糊的視線裡還是碰不到繩子。

「我說我認輸了！我認輸！」張俊凱持續用頭撞地：「妳走開！走開！滾啊！」

女同學不走開。

張俊凱把自己的頭撞破了，還在咆哮：「他故意的妳看不出來嗎！妳一碰到繩子又會被踢妳不知道嗎！他從一開始就不會給我機會！不會給大家機會！滾！滾啦！」

全班哇哇大哭，躲在窗後的我很難受。
頭被踢出一個凹痕的女同學，卻沒有哭。
「我一開始就知道啊。」女同學很平靜地說。
「知道還過來！妳白痴嗎！妳智障嗎！快滾啦！」張俊凱大吼大叫。
「我只有被踢，才有辦法過來跟你說……」
女同學用手指撐開腫起來的眼皮，近距離看著頭破血流的張俊凱。
「班長，謝謝你。」
我閉上眼睛。
只聽到咚的一聲。然後又咚了第二聲。
等我深呼吸了好幾下，再次睜開眼睛，他們班的男生已在走廊上集合完畢。
像昨天一樣，一個個張開嘴巴，在早已發藍的舌頭上狂噴好幾下穩潔，守秩序地整理好隊伍，出發去一班教室舔東舔西。
女生留在教室裡，低著頭，打著一條條，冬天時不良少年需要的愛心圍巾。
不。
冬天，現在已經是了。

25

我掛念著陳筱婷。

但我待在前兩班的時間太多了，早自習只剩下幾分鐘，我只能用衝刺的速度跑向始終相信自己是五年五班的「五年一班之丁」。

大家看起來一如往常，在被夾娃娃機台霸佔的小小教室裡，埋頭苦幹著各種作業。他們坐得太擁擠了，基本上一個座位至少都有兩個屁股擠在一起，寫字的時候自動鉛筆還會一直撞到隔壁的手，密密麻麻的，人擠人，一時間我竟然找不到陳筱婷坐哪。

「又是你？」慈母班長精得很，一下子就看到我：「又來投夾娃娃機？」

「喔嗨。」我抓抓頭，幹，完全不想浪費錢。

「聽說王幣快漲價了，要不要趁現在多換一點王幣？」慈母班長強力推薦。

「眞是太棒了，讓人好心動啊。」我顧左右而言他。

這時，一個送外賣的大叔氣喘吁吁地推著一推車，上面有一個大紙箱。

「不過，我只是剛好經過想跟妳說啦，有人送外賣。」我趕快亂講。

「一大早，誰叫的外賣？」慈母班長皺眉。

「等等！出來了出來了！」

陳筱婷匆匆忙忙從桌子底下鑽出來，跑出教室簽收。

我這才終於看到了她。我故意挨近聞陳筱婷的髮香，一探頭過去，發現大紙箱裡都是黃色的工地安全帽、以及幾十套玩直排輪的護具，如護膝護肘。更誇張的是，還有幾十把黃色的雨傘。

「叫這麼多奇奇怪怪的東西幹嘛？」慈母班長不解。

「報告班長。」陳筱婷一邊點收一邊解釋：「爲了解決日益嚴重的教室空間不足的問題，我們打算購買更多的夾娃娃機，完全佔滿整個教室，然後我們將座位一律改架在夾娃娃機的上方，這樣一來，遊客就可以在更大的空間盡情消費，我們進貢給五年一班的王幣就能多上十倍。而我們也可以徹底利用教室的上空寫各種作業，我精算過，爬上爬下太花時間了，只要我們一直待在夾娃娃機上面，包好尿布，都不下去，每天的產値至少增加四倍。」

「聽起來very good！」

「爲了節省成本，架設多層次夾娃娃空間的工程我們不外包給廠商，一切都打算自己來，所以我們須要採買一些基本的工程營造用護具，請慈母班長理解。」

「那雨傘呢？買那麼多把雨傘幹嘛？」慈母班長疑惑。

「喔……」陳筱婷的表情有點不自然：「就那個啊……」

「萬一工程挖破管線，水噴得教室到處都是也很常見。」我隨意搭腔。

「對對對，那樣眞的很麻煩。」陳筱婷試了試傘，每一把都是黃色的。

「原來如此。」慈母班長的表情，就是深深覺得一切都很有道理：「但你們不怕坐在夾娃娃機上面，那麼高，頭一抬起來，就會被吸頂的四台電風扇打到嗎？」

「被電扇葉片打到就是自己不小心，活該。」陳筱婷隨意帶過。

「眞的是活該，死了也是剛剛好。」慈母班長嘉許陳筱婷爲五年一班鞠躬盡瘁的精神：「那我就期待大家快點展開工程。」

陳筱婷簽收完畢，抬頭時看了我一眼。

我扮了一個很醜很醜的鬼臉，她的臉馬上就紅了，轉身回教室發傘發工具。

「你還留在這裡幹嘛？想玩就進去啊？」慈母班長堆滿笑臉。

誰要買王霸旦的周邊啊北七。

「喔喔喔好啊，下次下次，等我頭去撞到。」我趕緊衝刺回到自己的教室。

加油啊，陳筱婷。

撐住啊，五年五班。

今天午間靜息的走廊，你們一定要，平平安安。

26

大家都比我早進教室，彼此交換一下眼神，就知道昨天放學，也沒有人找到老大。

我看了一下黑板。有點意外，黑板上的班長參選人名字，目前只有林俊宏一人。

雖然把自己歸類爲垃圾，但林俊宏還是沒有放棄一直以來的夢想。我完全可以想像他五點多……或四點多就進教室搶頭香，要在黑板上第一個寫上名字的「我要衝第一」的執念。

「你擺明了要選，幹嘛不寫名字？」我問楊巔峰。

「要學蔣幹化玩黃袍加身的戲碼嗎？要給走路工錢喔。」肥婆伸手出來要錢。

「你不准學他，那不是厚臉皮，那是噁心。」謝佳芸瞪了楊巔峰一眼。

「天時，地利，人和。最重要就是時機。」楊巔峰一派輕鬆：「只是搶第一把名字寫在黑板上是不夠的。重要的是，把名字寫上去的那個瞬間，一定要選在眾人注視下，才能引發出……『天啊！這個人終於要出手了！』的氣勢。」

聲音恰恰好傳到垃圾桶。

林俊宏馬上掀開蓋子跳出，氣呼呼走到黑板前想把自己的名字擦掉。

「但寫了又擦，擦了又寫，就好像大家一起看A片打手槍，自己本來明明快射了，卻發現隔壁座的阿伯還沒射，隔壁的隔壁的大叔甚至連褲子都沒脫下，自己難免會想，難道這支A片阿伯跟大叔都看過了嗎？你會胡思亂想……他們是不是知道還有更棒的射點？自己提早射了，等一下大家都在普天同嗨的時候，自己不就軟屌了嗎？所以硬是先忍住射精衝動，繼續把A片看下去。」楊巔峰的音量一直很有剛好被聽到的技巧。

「……」林俊宏站在黑板前，豎直了耳朵。

「結果呢？眞相可能是，阿伯本身就軟屌，別說射了，要硬就需要比年輕人更長的時間，而另一個大叔說不定是早洩俠，早早就射在褲子裡。而你，表面上眼睛看著螢幕上的A片，卻把眼角餘光裡別人的世界當作重點，錯過了最自然的射點，一整個又要重新培養情緒，嘖嘖……想射就射，每個人的生理狀況都不一樣，每個人的射點也不一樣，每個人都有適合自己射出的最佳時機，與最佳A片爽點，不必要，也不能要，被別人的最佳射點給動搖。自己的手槍自己打。」

林俊宏拿著板擦，呆站在黑板前，不知進退。

「他本來想擦掉，但一定是覺得聽你的話又不擦掉的話，很丟臉。」我說。

「喔不，我想他是沒打過手槍，所以聽不懂我在比喻什麼。」楊巔峰呵呵。

林俊宏雖然背對我們，但耳根子都紅了，哇靠被說中。

他拿著板擦，不知道要擦還是不擦。

「別擦，寫了就寫了。」楊巔峰只好大聲提醒結論。

林俊宏恨恨不已，將比保齡球還重的板擦緩緩放下，低著頭走回垃圾桶。一秒過後，林俊宏從垃圾桶裡跳出來，氣急敗壞地衝到講台上把名字用力擦掉。完全不懂，也不想知道他急轉彎的內心世界啊！

在放學鐘聲響起之前，到底還會有誰把自己的名字寫上去呢？

等人到的更多，我就跟大家說了我在走廊上蒐集到的情報，被王霸旦呑掉的班級，都活在水深火熱裡，有的輪流被送去大禮堂洗腦，有的強制去舔東舔西，有的被徹底壓榨剝削，曾經的六班更不用再看了，依然只剩一片廢土。

重點是，我告訴大家，就在今天的午間靜息，五年五班的爭自由爭民主大遊行即將在這條走廊上展開。他們可不是開玩笑的，我親眼所見，滿滿一大箱防禦力加成的工地安全帽，加上每人一套勉可與國中生拳打腳踢抗衡的護肘跟護膝。更重要的是，還有可攻擊、可防守，又可高度象徵符號化的黃色雨傘，人手一把，可以靈活地在攻防之間變換陣式。

再過四節課，一吃完飯，他們即將展現給野蠻的五年一班看看，什麼是屬於五年五班文明的驕傲！

「他們有覺悟了吧？」楊巔峰的眉頭，果然充滿了不看好的緊皺。

「是的，他們預計死成一片，盡量把屍體堆到我們班門口。」我情緒有點低迷：「希望可以藉此喚醒我們對抗王霸旦的熱血。」

「比起那樣，我希望他們的遊行最好一開始就四分五裂，連踏出教室都做不到。」楊巔峰竟說出如此刻薄無情的話，卻還沒說完：「如果眞的被五年一班武力鎭壓，我倒是……希望他們盡量死在自己教室就好。」

「你說什麼！」我大怒，掄起拳頭。

「你聽到什麼就是什麼。」楊巔峰雙眼直視著我。

爲了陳筱婷，我幾乎要揮拳打歪他的鼻子，但我才剛剛把拳頭舉起來，就意識到楊巔峰的眼神竟如此冷酷沉靜，極度殘忍，一點也不像是在說風涼話的機掰。

幹，他是在說實話。在這種時候，我最怕聽到實話了。

「A班跟B班，須要盡快聯繫他們嗎？」我悻悻然放下拳頭，轉移話題：「明天我可以更早到學校。」

「按照學生自治法規定，班與班之間正式的交流，必須以班長爲單位。」楊巔峰說：「等我們班選出班長之後，才能組成特使團去對面大樓找A班跟B班。雖然我有認識的人在裡面，但要搞結盟，還是得正式來才算數。」

「那就交給我吧。」從垃圾桶裡發出的聲音：「把票集中投給我，讓我帶領大家。」

沒人想理垃圾桶。

「他們該不會在我們選出班長之前，就被滅了吧？」小電亂入。

「妳白痴嗎？」楊巔峰嗤之以鼻：「完全沒必要啊。」

遠在行政大樓的五年A班跟五年B班，是非常特殊的兩個班級。

緣起是這樣的，有一些外國人碰巧來到彰化玩，有一些外國人碰巧來彰化工作，不管是玩或工作，待的時間夠久，就會打砲。打砲久了，難免生出一些長得不像台灣人的小孩，有的小孩是台灣籍，有的不是，但統稱外籍生啦，他們會說很多國家的語言，超屌，very international，但大家雜七雜八的語言一多，教材變得難選，老師也很難聘，於是校長決定把這些外籍生都集中在同一個班級上課，統一管理，就是A班。

後來呢，「哇靠！民生國小有個班級專收外籍生！」這個風聲流到彰化的大街小巷後，一些家裡很有錢的家長，就決定透過送禮、關說、賄賂的種種方式，把小孩送去A班一起讀，理由當然是從小培養多元外文能力啊！

A班人數本來就很多，一下子多了好幾個本地小孩一起上課後，教室就變得有夠擠，那些外籍生就開始欺負後來才進去的本地小孩啦，說他們屁股大占用桌椅，說他們打板擦打得不夠認眞，說他們憑什麼用功讀書占據班上前幾名，總之就是很不爽，整天上演老鳥欺負菜鳥的戲碼。那怎辦咧？

有五個本地學生很不爽，他們團結一起，在班會裡提出正式抗議，要求分班出去，自己成立全新的一班，不然就要故意把大家的作業寫錯。

你猜怎樣？

A班那些外籍生老鳥巴不得那五個本地學生快點滾出去好嗎！他們一走，馬上會讓出班上考試前五名的空缺，還少了很多自以爲聰明的頂嘴。

於是在校長同意下，那區區五個本地學生就在A班的隔壁，一間特別小間的教室裡成立了五年B班，自己挑選教材，自己聘請老師，自己管理自己上下學的時間。少少的五個人，沒有一個是雜魚，變成了比號稱民生國小資優班的五年一班，腦力還要強大許多倍的超級菁英班「五年B班」。

而留在五年A班裡，還有十幾個本地學生，他們的資質都非常優秀，當初沒有跟著那五個強者一起走，純粹是因爲他們認爲只要不斷付出愛與勇氣，幹還有勤勞，就可以慢慢得到外籍生的尊重，從體制內改變五年A班本身。

不意外，如此天眞幼稚的想法導致了留下的本地生被外籍生狠狠利用，讓他們幫所有的外籍生寫作業、打掃教室，每天還要自掏腰包幫大家的營養午餐加菜，來換取他們可以繼續待在五年A班的小小權利。

重點是，A班跟B班的所在地，都不在任何一棟教學大樓，而是行政大樓，是一個到處都是學校老師抱著公文走來走去的狀態，以五年一班的整體實力，與其說攻打不下來，不如說……幹嘛打？太遠了，眞的太遠了。

「既然A班跟B班感受不到王霸旦的威脅，跟他們結盟有個屁用？」謝佳芸不懂：「他們一定不會理我們。」

楊巔峰沒有正面回應謝佳芸，他只是笑笑，隨即轉了個話題：「大家昨天放學後，有沒有好消息？」

「聽說八卦山有殭屍出沒，我猜老大可能會想養殭屍，所以我去大佛那邊等等看，結果……

唉，老大沒遇到，殭屍也沒遇到。」肥婆看起來很沮喪。

「水…晶…球…呢…？」阿財問。

肥婆露出大大的舌頭，好恐怖！超恐怖！整條舌頭不只嚴重乾裂，還被割出很多條細細的血痕！

「水晶球上面的龜裂越來越嚴重，割傷了我的舌頭。」肥婆搖搖頭。

「我放學的時候偷偷潛入教務處，想找出老大的戶籍資料，或是任何直升國中的特定文件。」

楊巔峰感覺也滿盡力的：「結論，沒有。」

「老…大…還…是…沒…來…買…檳…榔…」阿財斷斷續續地嘆氣。

「永樂夜市好幾間女生成衣店都沒看到老大，我很確定。」謝佳芸態度堅定。

「喔，我去彰基附近的漫畫店看《灌籃高手》也沒遇到老大。」我更篤定。

「員林龍燈夜市繞了好幾圈，逛了好幾攤也都沒看到老大，」林俊宏信誓旦旦。

「你跑員林那麼遠幹嘛？幹嘛不去精誠夜市裡面找？」我翻白眼。

「我爸就正好帶我去員林啊。」林俊宏有點不爽。

「而且昨天沒有精誠夜市好不好？」小電這樣也要插嘴。

「喔，我昨天好像有看到老大的背影。」王國開口。

大家都嚇了一大跳。

「你確定是老大的背影？」美華急忙追問。

「就說好像了嘛。」王國有點緊張。

「是還沒正式登場，就震得所有路人都無法好好走路的那種背影嗎？」小電睜大眼睛：「每一步都吹起無形的風，方圓一公里內的人全部心跳加速那種？」

「不是耶，背影就很隨便。」王國坦承：「頭髮還有點亂。」

「那一定是老大！」我們異口同聲。

「真的只是好像啦，就昨天放學以後，我一樣跑去台灣銀行前面賣狀元糕的攤子等老大，一邊等就一邊吃，真的好好吃喔，芝麻跟花生到底哪一個好吃我真的分不出來呵呵。」王國又開始進入奇怪的世界。

「幹，說重點！」楊巔峰用力巴他的頭。

「好不容易狀元糕終於被我吃光光，老闆推推車要走的時候，我突然看見一個背影很像老大的人，穿著短褲加拖鞋在對面街上閒晃，我一時高興就跪下去磕頭，沒想到磕完頭以後，就發現老大不見了。」

「幹嘛磕頭？」楊巔峰傻眼。

「當然是太高興啦。」王國自知理虧，但也很委屈。

好吧，換作是我可能也會感動得五體投地。

「不過，磕個頭而已，又不是在演電視，應該不會錯過啊。」我不解：「老大幾乎不跑步的，都很隨性地慢慢走。」

「喔，我一感動就忍不住連磕一百下。」王國有點不好意思。

幹。我們對著王國一陣拳打腳踢，打到大家的早餐都無法好好消化，汗流浹背。

王國好像很懷念這種拳打腳踢，舒服地躺在地上，享受著大家對他盡情的發洩。

「算了算了，打得好喘，確定老大沒事就好。」謝佳芸踹到腿軟。
「這種事根本不用確定，老大怎麼可能有事，有事的都是我們。」我也很喘。
「說的……說的也是齁……」肥婆累到一屁股坐在王國臉上，還順便放了個屁。
大家打到筋疲力竭，王國卻一滴鼻血都沒有滲出來。
「什麼……這樣就結束了嗎？」躺在地上的王國有點失望。
也是啦，習慣了老大的拳頭，大家的群毆對他來說連按摩都稱不上。
「好熱……打人眞的好……好熱啊……」楊巔峰熱到解開制服的釦子，扯開衣領搧風，忽然大叫：「對了！你有看到老大的國中制服嗎？」
我們馬上精神一振，就連林俊宏都從垃圾桶裡探出頭來。
王國的臉被肥婆的屁股壓歪了，但還是說：「好像不是制服耶，因為我記得他有露出肩膀。」
楊巔峰狐疑：「老大穿吊嘎啊？是很像老大的風格，但那個時候才剛剛放學不久……老大應該沒有勤勞到，馬上回家換便服啊？短褲……什麼顏色的？」
王國想都沒想：「綠色的。」
垃圾桶裡的林俊宏插嘴：「整個彰化市沒有一間國中，制服的短褲是綠色的。」
謝佳芸舉手：「還是老大根本就沒去唸國中？」
楊巔峰沒有點頭，也沒有搖頭，他意味深長地看向走廊。
好幾個穿著黑色T恤的新國中生，在簡老頭的帶領下，大搖大擺朝我們班走來。
鐘聲響了。

哈棒老大持續缺席的今天，將會很漫長。

27

「大家注意注意咳咳咳……今天又有新同學轉學來我們班，掌聲鼓勵。」

簡老頭邊說邊吐痰，大家當然給予超級熱烈的掌聲。

跟昨天差不多，講台上的轉學生，依舊是十個看起來像國中生的暴徒，頭髮隨性亂染，衣服清一色都是寫上白色標楷體大字的寬大黑T，沒有人揹書包，而是斜揹一個名牌小包包在胸側，是黑社會歷久不衰的十年流行款，配合著天地不容的抖腳，大家輪流自我介紹。

「我彰德皓東，綽號皓呆，敢叫我皓呆我就這一下拐子送你！幹！」

喔喔好，知道了知道了，不敢叫不敢叫。

「我彰德俊穎，皓呆我兄弟，敢叫他皓呆我幫你拍拍手加加油大家來當好朋友！」

是是是，就說不敢叫了，你這個沒梗王。

「花壇國中三年級降轉生，溫漢龍，我屌炸天。我真的屌炸天。去年中秋節發生的事。真的，一把水鴛鴦加一支大龍沖天炮，我的屌真的炸上天，所以我打架不怕你踢我的屌！為什麼！為什麼！大聲點聽不見！」

你～屌～～炸～～～天～～～～！

「我永靖國中二年級扛霸子黃恩岐，黃那個黃，恩惠的恩，岐就你絕對不會寫的那個岐。先聲明，我有在打神魔之塔。在我抽到秦始皇之前，誰玩神魔被我看到，就是故意在給我難看。給我難看，就是在給你自己難看！」

好的好的，不過我抽到秦始皇了。

「我線西國中張茗豪！不是阿豪！沒有縮寫！沒有簡稱！我線西國中張茗豪！我小學四年級以後走路就不走斑馬線了！幹！我有我自己走的路！大家都要走出自己的路！」

不走斑馬線眞的非常壞，馬路老鼠屎就是在說你。

「黃國良，坐公車每一次都裝睡，誰敢叫我讓座……嘿嘿……我就偏不讓座。」

好像很壞，又好像還好。

「各位同學好，我大村逸帆。我先聲明，第一，我不是日本人，所以我不姓大村，第二，我也不是中國人，所以我不姓吳。第三，我姓許，言午許。第四，我自稱大村逸帆，是因爲我來自彰化縣大村鄉的大村國中，但！聽仔細了！第五！我不反對有任何人誤以爲我是日本人。第六，誰叫我逸帆，就是在跟我裝熟，我跟各位，都不熟。第七，請務必叫我，大村逸帆！」

第八，絕對沒有人想跟你變熟的假日本人大村逸帆，你今天好好吃藥了嗎？

「老師，小朋友，各位同學，大家好，我林子皓，從小學六年級踏入黑社會那一天起，我就有一個夢，在我的夢裡，有一把槍，有一把刀，當然還有很多很多兄弟……」

幹這個這個林子皓同學，我們是五年級耶！混黑社會不要走回頭路好嗎！

「我曹崴，從小我就想當一個不良少年，如果我有做得不好的地方，請盡管告訴我，給我持續改進的機會，謝謝大家。」

喂喂喂！曹同學你最後跟大家鞠躬幹嘛！謝謝大家又哪招！

「我郭冠麟，混社頭國中的，九把刀每一本書我都有買，每一本都有簽名，因為刀大每一場簽書會我都有去，大家要看可以跟我借。是說，每一本小說我都有用書套包好，這樣懂我的意思嗎？就是書借你沒關係，但萬一書頁去折到，我就折你的手，保證折斷。謝謝大家。」

幹裡面就你最壞！還每一本都簽名！社頭到底是什麼牛鬼蛇神的地方啊！

「大家想鼓掌就鼓掌，不鼓掌也沒關係咳咳咳咳。」簡老頭吐了一口痰包好。

太有關係了。沒人對這十個新同學的加入有任何異議，全班給予掌聲歡迎。蔣幹化當然沒有錯過特別高興的機會，搖搖晃晃站起來，邊走向講台邊斟酒。

蔣幹化笑呵呵拿出一袋滿滿的紙杯：「有朋自遠方來，不亦樂乎！大家齊聚一堂，不亦醉乎！來來來來！今天特別特別高興，老師一杯，大家有都一杯，我！我連乾……一、二、三、四、五、六、七、八、九、十……加老師十一！小弟飲酒郎阿化！連乾……」

「是吃痰俠！」楊巔峰拍手打斷。

蔣幹化勉強擠出笑容：「是！小弟吃痰俠阿化！連乾十一杯為敬！」

新來的十個新同學很高興一大早就有酒喝，接過紙杯，滿了酒，大家也都乾了，還跟蔣幹化勾肩搭背，在講台上合影留念。

只短短一天，大家已對蔣幹化這類的行徑感受非常自然，而新來的這十位8＋9更因為喝了交情酒，甚至與蔣幹化拉著拘謹的簡老頭一起嘻嘻哈哈划酒拳，教室吵得像ＫＴＶ一樣。

我是沒打算認眞上課啦，但教室吵成這樣，就算是發呆也會被打擾啊。現在到底是怎樣，連續兩天，不算入勤苦好學的巨齡飲酒郎阿化的話，共計有二十名國中生降轉到我們班來，無端端把教室擠爆，昨天已經有十個舊同學在教室後面打地鋪，席地而坐上課了，今天又來十個，就算是白痴也看得出來其中有鬼吧？

我轉身看向坐在牛皮椅上的王國，用誇張的無聲嘴形說：「太扯了吧？」

王國一臉嚴肅，拙劣的手語：「都不穿制服，看起來眞不守秩序。」

我瞪大眼睛，用無聲的誇張嘴形強調：「很明顯好不好！他們是因爲禮拜五的班長選舉來的！不用問楊巔峰也知道，他們一定是王霸旦安排好要擾亂民主的舉手部隊啊！」

王國非常困惑地用氣音嘴形說：「他們是我們班的同學啊，幹嘛聽王霸旦的話？」

我太震驚了，我的氣音都快要不是氣音了：「只有王霸旦那種惡勢力，才有辦法安排這麼無恥的轉學好嗎！」

王國不解：「不過他們只有二十個人，我們班有五十個人啊，不用怕啊。」

我錯了，白痴還是白痴，坐到牛皮椅還是白痴。

我敢打賭，明天，也就是禮拜四一早還是會有十個新同學在講台上抖腳自我介紹，到了禮拜五還是會加進更新的十個轉學生，這樣一來，王霸旦在我們班就有四十張鐵票了，王霸旦要他們投誰，有四十張票就會投誰，情勢非常惡劣啊！

林千富用氣音加入討論：「只要我們班團結起來，五十張票，一張都不跑，就不用怕啦！」

肥婆突然用慌張的氣音加入：「但如果明天一口氣來了三十個轉學生呢？如果後天臨時來了

一百個轉學生呢？」

遠在垃圾裡的林俊宏，忍不住用氣音宣讀學生自治法的細則：「根據學生自治法第十二章，轉學生管理條例之三，每天最多只能允許十名新同學轉進同一個班級。條例之七，如有轉學生年齡超過六十歲，得不在人數限制之內，但一個月以一名爲上限。所以，如果這些轉學生眞的是王霸旦派來的投票部隊，到禮拜五，極限就是四十。」

謝佳芸轉頭，用悅耳的氣音說：「他們只要再拉到十張票，就可以完全控制選舉。大家一定不能被分化。」

林俊宏完全同意：「對，所以把票集中起來投給我，非我不投，一票都不能少。」

你眞的是夠了。

好不容易划酒拳划到嗓子都啞了，那十個新同學才在簡老頭的連番催促下，開始物色自己的新位子。他們在講台上東張西望，發現距離講台最近的座位已經有十個國中生同學趴在桌上呼呼大睡了，他們走下來，略過他們的同類，隨意把幾個坐在教室前半的舊同學踹倒，叫他們滾去別的地方坐。

簡老頭沒說什麼，有了昨天謝佳芸吃痰的前車之鑑，我們也只能裝作沒看見。

但有個人不爽了。

只見蔣幹化神色一變，義正辭嚴地說：「這十位新同學，不管先來後到，大家都是一家親，你們如果不想坐著學習，想躺在走道上睡覺，有我飲……吃痰俠一句話，沒有人敢對你們怎樣！」

是嗎？他們可以躺在走道上睡覺嗎？

「但是！如果你們想找位子坐下，好好學習，就不可以硬搶同學的位子，這是暴力的行爲，一點都沒教養，很沒意思。」蔣幹化義薄雲天地說道：「正所謂，天涼蓋被，以和爲貴，大家如果相信我吃痰俠，就讓我教教你們如何在茫茫人海中，尋找合適自己的座位，同時，又善待原來的同學，來日方長，才能好好相處。」

說的好！實際上應該怎麼做呢？

在大家熱烈期待下，蔣幹化親自示範一遍，他走到一個剛剛位子被踹的女同學旁，將她拉起來，把椅子扶好，讓同學坐端正。接著蔣幹化親切地摟著她的肩膀，然後把自己的屁股塞在同學屁股旁邊，兩個人同時擠在一張椅子上。

蔣幹化笑笑說：「同學不好意思，教室裡的座位十分有限，能不能把位子分一半給我，我們一起分享這個有限的求學空間？雖然擠了一點，但我們彼此靠得更近，上課有不懂的地方可以立即地，更緊密地，彼此交流，共同學習的成果說不定更能事半功倍！妳儂，我儂，妳說，好嗎？」

跟蔣幹化一人坐一半椅子的女同學，跟一個六十歲老酒鬼屁股碰屁股，肩膀挨肩膀，她的表情有點尷尬，更多不知所措，在眾目睽睽之下，也只能……

「喔，隨便。」那個女同學的臉好僵硬。

這一示範，那十個國中生新同學中的好幾個，馬上有樣學樣，把屁股塞在他們看中意的女生旁邊，直接在同一張椅子擠來擠去，妳儂我儂，惡煞情多，感覺學習的效果暴增了一百倍啊！

而謝佳芸這個全校四大美女之二，更是同時吸引了四個國中生的覬覦，他們站在謝佳芸旁邊，捏著吱吱作響的拳頭，預備來場搶位子大戰。

「我大村逸帆要的東西，沒有一樣是要不到手的。讓開！」

「在我林子皓的江湖夢裡，有一個女孩，這個女孩長得跟她一模一樣，髮香聞起來也一模一樣。會解夢的話，就滾遠點！」

「實在是不好意思，我曹崴眞的很想跟她坐同一張椅子，能不能告訴我一個，除了把你們通通打趴以外，更好的溝通辦法？」

「把位子讓給我，我幫你們的小說排隊簽名。我只說一次，滾。」

眼看四個凶神惡煞就要打起來了，謝佳芸不發一語，拿著鉛筆盒站起來，往教室最後面狂奔，直接一個飛撲，把自己撲進了林俊宏旁邊的另一個大垃圾桶裡。

大家都很傻眼，正不知道該發出讚歎的聲音還是哀傷的嘆息時，謝佳芸從垃圾桶裡舉起一根憤怒的中指，讓全班完全閉嘴。

「我女友，恰北北。」楊巔峰笑笑，瞧他得意的咧。

那四個爲謝佳芸爭風吃醋的國中生，眼看沒屁股可挨了，悻悻然地找了四個還過得去的女生一起坐，算是和平地結束了這場搶座位之爭。

「沒想到飲酒郎阿化，輕輕鬆鬆就幫大家找到了分享座位的方法，也省了老師不少麻煩。」簡老頭打了個酒嗝：「我看蔣幹化就當班長好了，大家說好不好啊？」

沒等大家說好還是不好，蔣幹化瞬間變得誠惶誠恐：「不不不！這怎麼行呢？自古以來，我們五年四十四班一向是民主制度，班長這一大位，本來就是選賢與能，座位不足之爭，小弟飲……吃痰俠阿化只是提供一點點建議，實際上還是各位同學共同來達成，老師此番建議，實在是……」

林俊宏馬上打斷蔣幹化的謙卑發言：「反正今天就是講好的星期三，放學以前，誰把名字寫在黑板上，誰就是班長參選人。禮拜五最後一節課投票，誰票多，誰就是班長。」

蔣幹化溫和地看著林俊宏，笑笑的，但總是有那麼一點點奇怪。

那個笑，乍看之下其實不是笑。仔細看，是的，蔣幹化的確是在笑。但更仔細地看，那個笑，卻又絕對不是在笑。層次太多了，比掉在地上的千層蛋糕還要複雜，我區區一個小學五年級生，只能看到這幾層的變化，就已經完全分不清楚蔣幹化臉上的笑，是笑，還是希望被大家解讀成笑的另一種深度笑。

但簡老頭現在臉上出現的笑，就眞的是在笑了。

「同學都坐好了，咳咳咳那就趁現在宣布一個很棒的新消息，學生自治會剛剛公布，下週一朝會，即將舉行五年級資格考，相信咳咳咳大家都沒什麼問題才對。」簡老頭笑著咳痰。

等一下！超級有問題的啊！

「報告老師！請問什麼是五年級資格考？」小電好膽舉手。

「五年級資格考，是一個很棒的發明。」簡老頭一臉崇拜地望向遠方。

幹！不要給我看向遠方！好好給我說清楚！

「報告老師！五年級資格考究竟是個什麼樣的發明？」蔣幹化開心地舉手。

簡老頭依舊眺望遠方，悠悠說道：「現在大學太過氾濫，滿街都是大學生，文憑已經徹底變質了，高學歷不再代表一個人的知識素質。有鑑於此，我們尊敬的王霸旦同學，決定從小學五年級開始改革，在民生國小，只有通過五年級資格考的人，才能保有五年級的職等，維持挑戰升上六年級的資格！否則！」

好爛，好蠢，好智障，全班都嚇了一大跳，就連楊巔峰的頭也歪了一邊。

簡老頭的嘴角抽搐，好像很爲這個新制度感動：「否則，就要從四年級開始讀起。不過別擔心，王霸旦同學很仁慈的，沒有四年級資格考這種東西，四年級隨你吃喝玩樂，只有等你再一次升上五年級，才會面臨到又一次五年級資格考的問題。」

「轉學就好啦。」我直覺地說。

「不行！」簡老頭很激動：「沒有通過五年級資格考，就無法證明自己具備五年級的水準，不管轉學到哪一間小學都是丟王霸旦同學的臉，也是丟所有民生國小校友的臉！在通過五年級資格考之前，所有的轉學申請一律駁回！」

王國瞬間嚎啕大哭：「我就知道我沒辦法升六年級！嗚嗚嗚嗚……」

林俊宏冷笑：「只要是考試，沒在怕的啦。」

不。

不對。我全身豎起來的雞皮疙瘩，告訴我這個五年級資格考……

「我今天早上在五年一班之甲……看到他們在讀王霸旦的小時候故事？」我一邊說，牙齒一邊打顫：「五年級資格考，該不會專考一些王霸旦看低能兒爬樓梯之類的爛故事吧？」

簡老頭嘆了一口氣：「我們敬愛的王霸旦同學，如數家珍，將他自己從母親那陰暗深邃的陰道裡，一步一腳印爬出來，再披荊斬棘解開臍帶開始，一路苦讀到小學五年級的人生轉折，淬鍊成精華，化成一頁頁的文字，一共出了十本人生奮鬥故事，值得大家典藏。當然，也是此次五年級資格考的出題範圍。」

全班崩潰慘叫。最擅長考試的林俊宏更是靈魂出竅，全面崩壞在垃圾桶裡。

「報告老師，請問我們什麼時候可以拿到新的課本？」美華臉色慘白舉手。

「喔，整套《王霸旦傳奇》由五年一班統一發行，只要是五年一班的同學，或是同屬五年一班的五年一班之甲乙丙丁戊班，都有資格購買。」簡老頭聳聳肩，一副事不關己：「但我們班是五年四班，不是光榮的五年一班之丙，眞不幸，眞好笑，我倒楣教到這什麼爛班？看樣子大家都無緣取得五年級資格了。哈哈，咳咳咳……」

我就知道！

我就知道王霸旦的吞班陰謀！絕對不會這麼簡單！

接下來的兩堂自然課，都不知道在上三小，反正不重要，五年級資格考通通不會考。自然科老師直接跟我們嗆，嗆說自然科目的出題範圍就在《王霸旦傳奇》裡的〈王霸旦的身體構造〉篇。幹，憑什麼我們要知道王霸旦的身體構造，有種就讓我們解剖啊幹。

更機歪的是，《王霸旦傳奇》是三小！我們班沒發到這種鬼教材啊幹幹幹幹幹！

第四節是音樂課，音樂老師是一個正常人，叫徐鳳梧，雖然已經生了一個小孩還是很漂亮，是一個在任何嚴苛定義下都會被叫美女的頂級美女，但她是美女關我我們屁事！

我們都叫她水晶老師，因爲水晶老師不會彈鋼琴，也不會吹笛子，甚至也不會五線譜，每次上課，她只會叮叮噹噹地一邊敲水晶一邊唱歌，理由是水晶音樂很有仙氣，很符合她對自己的想像。

重點是，水晶老師除了教我們班，同時也教五年一班之甲跟五年一班之乙的音樂課，她一定知道五年級資格考裡的音樂科的出題範圍！

水晶老師一進教室，我們就開始鼓譟，凹她洩題。

「水晶老師！快點洩題啦！妳人正心又美！跟簡老頭不一樣！」

「做人最好不要太暢秋喔！尤其我們班最近轉來很多長得很恐怖的國中生！」

「幹…整…天…敲…水晶…又不吃…檳榔…還…不…快…洩…個題…幹…」

「快點洩一洩啦！當老師又沒賺多少錢，不要假清高喔會被揍！」

「以前亂上課不跟妳計較！快洩題！大家以後見面還可以說妳好嗎！我很好！」

「妳不洩題我就寫信給教育部告狀！說妳音樂課都在敲水晶，沒一堂認眞！」

「吼呦水晶老師！妳最有氣質了大家都知道啊！拜託洩題啦拜託！拜託啦幹！」

就連品學兼優林俊宏也一反常態，整個人勃然大怒：「從一開學妳就敲敲敲敲！敲敲敲敲敲敲！我忍妳很久了！今天不洩題，我不會讓妳走出這間教室！」

水晶老師被我們凹到沒辦法，只好從包包裡拿出一塊紫色水晶。

「你們也眞是的，爲了一點點小事脾氣就這麼暴躁，爲什麼沒想過敲一下充滿溫柔能量的紫色水晶，平衡一下大家的身心靈呢？」水晶老師敲了一下紫色水晶，叮……叮……叮……叮……

全班沉默了一秒。

「幹妳不要太囂張喔！是沒被打過是不是！是不是啦！」

「機掰！我人生第一次按林俊宏的讚！把前後門給我堵住！」

「洩題啦幹！敲三小叮叮噹噹是不會看人臉色喔！架勢不錯嘛幹！」

「我好好跟妳講道理，妳在敲三小叮噹水晶！敲！三！小！洩題啦！」

「洩題！」 「洩題！」 「洩題！」 「洩題！」 「洩題！」 「洩題！」 「洩題！」 「洩題！」

「洩題！」 「洩題！」 「洩題！」 「洩題！」 「洩題！」 「洩題！」 「洩題！」 「洩題！」

「洩題！」 「洩題！」 「洩題！」 「洩題！」 「洩題！」 「洩題！」 「洩題！」 「洩題！」

「洩題！」 「洩題！」 「洩題！」 「洩題！」 「洩題！」 「洩題！」 「洩題！」 「洩題！」

「洩題！」 「洩題！」 「洩題！」 「洩題！」 「洩題！」 「洩題！」 「洩題！」 「洩題！」

「洩題！」 「洩題！」 「洩題！」 「洩題！」 「洩題！」 「洩題！」 「洩題！」 「洩題！」

水晶老師看起來很無辜，敲了半個學期水晶當教學的她，到底犯了什麼錯讓大家這麼狂噓。只見她從包包裡拿出很多很多很多塊小小的水晶，都是紫色的，每一塊水晶都用塑膠袋包起來，上面還貼了標價。

「水晶老師可以體諒各位同學，大家平常吃太多肉，又還沒到合法打手槍的年紀，壓力太大，所以身心靈都枯萎了，水晶老師今天特別優惠大家，一塊平常要賣一千塊的紫色安神水晶，今天，就只有今天喔，只賣各位同學一百元，使用的方式很簡單，就是拿起你的鉛筆、原子筆，或是圓規啊、尺啊、三角板啊，直接敲在水晶上面，小心不要敲到手指喔，這樣一直敲敲敲敲，紫色安神水晶就會透過靈界的頻率，發出特殊的波長，平衡各位同學的腦神經裡釋出的負能量離子……」

正當大家準備抓起桌子摔向水晶老師之際，楊巔峰揮手示意大家冷靜。

「大家給我閉嘴！」楊巔峰看向林千富：「總務股長，班費還剩多少錢？」

林千富想都沒想：「我哪知道，大概還剩下幾萬塊吧。」

靠，哈棒老大平常壓榨其他年級的秩序維持費，竟然還剩這麼多。

「含轉學生的份，七十塊水晶一共七千，我們買了。」楊巔峰一個眼神。

林千富趕緊送上鈔票，將水晶老師優惠大家的爛水晶，一人一塊發了下去。

水晶老師收了錢，看起來身心靈都平衡了。她看著花板，無可奈何地嘆了一口氣。

「雖然按照規定，我不能越權教你們五年一班的專屬課程，但……」水晶老師挑了一下眉毛，調皮地說：「但我天生就是一個喜歡唱歌的仙女啊！」

說完，水晶老師開始在教室裡翩翩起舞，高歌……

「我們霸旦，首創數學，加法跟減法。推翻了除法，建設了乘法，產生了民生國小。五年一班，甲乙丙丁，霸旦詳加計畫，重新改造大家。加減乘除，不用除法，除法用不到。加法的樸實，減法的謙虛，爲乘法奠下基礎。霸旦精神，永垂不朽，如同爸爸媽媽，好比爺爺奶奶……民生凋敝，六班亂小，四班還在撐，看看那五班，現在多快樂，大家要記得教訓。霸旦名言，不要忘記，忘記你就知道，知道你會完蛋……」

幹！完全沒認眞押韻啊！

還有……憑什麼不用學除法啊！王霸旦自己學不會除法，大家就都不用學除法了是嗎！我們這些早就學會除法的應該怎麼辦！自殺嗎！

等等等等……我要冷靜！大家都要冷靜！水晶老師已經在偷偷洩題了，這可能是我們唯一能掌握到的分數啊！現在最要緊的，是把這首超北七的歌給記熟……會考！這題會考！這首爛歌是必考題啊！

大家恥力全開，跟著水晶老師一遍又一遍地唱著這首「王霸旦之加減乘紀念歌」，務必讓愚蠢的歌詞連同抄襲的旋律黏著在腦袋裡，到時候才能默寫出來……

「我們霸旦，首創數學，加法跟減法。推翻了除法，建設了乘法，產生了民生國小。五年一班，甲乙丙丁，霸旦詳加計畫，重新改造大家。加減乘除，不用除法，除法用不到。加法的樸實，減法的謙虛，爲乘法奠下基礎。霸旦精神，永垂不朽，如同爸爸媽媽，好比爺爺奶奶……民生凋敝，六班亂小，四班還在撐，看看那五班，現在多快樂，大家要記得教訓。霸旦名言，不要忘記，忘記你就知道，知道你會完蛋……」

「我們霸旦，首創數學，加法跟減法。推翻了除法，建設了乘法，產生了民生國小。五年一班，甲乙丙丁，霸旦詳加計畫，重新改造大家。加減乘除，不用除法，除法用不到。加法的樸實，減法的謙虛，爲乘法奠下基礎。霸旦精神，永垂不朽，如同爸爸媽媽，好比爺爺奶奶……民生凋敝，六班亂小，四班還在撐，看看那五班，現在多快樂，大家要記得教訓。霸旦名言，不要忘記，忘記你就知道，知道你會完蛋……」

「我們霸旦，首創數學，加法跟減法。推翻了除法，建設了乘法，產生了民生國小。五年一班，甲乙丙丁，霸旦詳加計畫，重新改造大家。加減乘除，不用除法，除法用不到。加法的樸實，減法的謙虛，爲乘法奠下基礎。霸旦精神，永垂不朽，如同爸爸媽媽，好比爺爺奶奶……民生凋啾，六班亂小，四班還在撐，看看那五班，現在多快樂，大家要記得教訓。霸旦名言，不要忘記，忘記你就知道，知道你會完蛋……」

音樂課下課鐘響的時候，每一個人都瀕臨死亡。

沒有一個人在乎除法是不是眞的不重要，因爲，什麼都不重要了。

「那就預祝大家，五年級資格考音樂科目，衝到滿分囉！」

水晶老師裝可愛地敲了一下手中的紫水晶，口袋能量滿滿地下課。

我們你看我，我看你。只拿下音樂一科的分數，是遠遠不夠的。其他科呢？要怎麼去打聽？去哪裡買？去偷？去騙？還是去搶題庫？

太絕望了。

王國是對的。蔣幹化也是對的。

我不是還沒讀六年級。

是沒有。

我這一生從來沒想過，原來要升上小學六年級，已不是天經地義……

29

中午吃飯的時候，大家都提不起勁。

跟昨天一樣，營養午餐乏善可陳，幸好蔣幹化又請客了，今天請大家吃的是巧克力花生煉乳剉冰加兩顆布丁，非常豪華，這才讓大家勉強吃飽。

我肯定是裡面心情最差的，胃口也差，剉冰只吃了一半，布丁也只吃了一顆。

「不要緊，我媽媽說，人死了可以冥婚。」王國安慰我。

當時王國到底在供三小我還不知道，但被一個低能兒安慰，我也眞是夠低潮的了。倒是蔣幹化心情很好，大中午的開了好幾瓶酒，在教室後面擊掌唱歌，有好多同學都圍著他聊天說話，聽蔣幹化說一些幾十年來周遊各國小學的五年級，通通都無法升上六年級的糗事，大家聽了哈哈大笑。

好像蔣幹化的過去越糗，越混，越胡鬧，就越平易近人，畢竟連一點點努力奮鬥都很缺乏的過程，特別激勵人心，因爲這代表人生不須要特別進行什麼鍛鍊，大家就可以跟他一樣受歡迎，又超會喝酒，眞是太舒適了。

「蔣幹化到底是好人還是壞人啊？」我忍不住咕噥。

此時，正好有一個同學跟蔣幹化敬酒時大聲說到吃痰俠三個字，蔣幹化臉色閃過一滴滴僵硬，隨即若無其事地摟著他吃一大口冰。老實說，比起一直笑個不停的這個蔣幹化，我還比較喜歡聽到吃痰俠臉色就突然垮下來的那個蔣幹化，畢竟吃痰俠有夠難聽，聽到會不爽本來就是很正常啊。

「當然是好人啊，他幫大家吃痰耶。」王國一臉好驚訝我會這麼問他。

「吃痰是不錯，最主要是本性不壞，鞋帶綁得很好。」林千富也是讚許有加。

「他…一…看…就有…在…吃…檳榔…讚…」阿財也很滿意。

同是競爭對手的林俊宏沒有說話，這不意外。

文青的小電跟美華卻也保持沉默，我看著她們，她們並沒有要表示意見的意思。

「總之，蔣幹化不是他希望我們看到的，那一個人。」謝佳芸在垃圾桶裡表示。

「吃飯的時候可以出來啦。」楊巔峰沒好氣地說。

「不要，這裡很安全。」謝佳芸不知道在堅持什麼。

午餐結束，值日生把營養午餐餐桶搬去集中處理時，餐桶重到差點翻掉，很明顯大家都只吃剉冰，不吃正餐，跟昨天一樣。我想，明天也是差不多吧。

午間靜息時，我的心跳得好快。我趴在桌子上，眼睛卻一直瞪著走廊，心中幻想著陳筱婷沒穿衣服……不不不，是沒穿制服的樣子。等等等等等，還是沒穿衣服的版本好了，感覺比較天然。

時間一分一秒地過去，走廊依舊一片和諧安寧，我都萌生睡意了。

突然一記好大的撞擊聲，大聲到連地板都震了一下！

「好吵喔。」王國揉揉眼睛。

是夾娃娃機被推倒的信號！我緊張地握起拳頭，在心中默唸往生咒……喔不，我根本不會往生咒，怎辦？沒有往生咒我的內心戲該怎麼演才合理？簡單唸南無阿彌陀佛就可以了嗎？還是應該把手機拿出來緊急google一下往生咒的全文？

走廊上迅速集結了五年五班的抗議大軍。他們犧牲寶貴的午睡時間，頭頂黃色安全帽，黑色的護肘護膝全上裝備，人人手持鋼骨強化的黃色雨傘，井然有序地開始遊行，正慢慢經過我們班！

「大家快看！五年五班要出發去五年一班抗議啦！」我大叫，吵醒全班。

同學們從昏睡中起來，正好看到五年五班一起將黃色雨傘朝天打開的動作，整齊劃一，絲毫沒有你推我擠。沒有人帶頭，眾人卻齊聲：「我們要重選新班長！」

「重選新班長！」「重選新班長！」「重選新班長！」「重選新班長！」

「重選新班長！」「重選新班長！」「重選新班長！」「重選新班長！」

「重選新班長！」「重選新班長！」「重選新班長！」「重選新班長！」

我看著擠在抗議人群中的陳筱婷，她正舉手，跟著大家喊著：「恢復原來的課本！」

「恢復原來的課本！」「恢復原來的課本！」「恢復原來的課本！」「恢復原來的課本！」

「恢復原來的課本！」「恢復原來的課本！」「恢復原來的課本！」「恢復原來的課本！」

「恢復原來的課本！」「恢復原來的課本！」「恢復原來的課本！」「恢復原來的課本！」

我在教室裡跟著大叫：「恢復原來的課本！」

陳筱婷看向我們教室，與我四目相接。

「廢除五年級資格考！」陳筱婷舉手，跟著遊行人潮一起大喊。

「廢除五年級資格考！」「廢除五年級資格考！」「廢除五年級資格考！」

「廢除五年級資格考！」「廢除五年級資格考！」「廢除五年級資格考！」

「廢除五年級資格考！」「廢除五年級資格考！」「廢除五年級資格考！」

「廢除五年級資格考！」我在教室裡用力贊助喊聲。

她臉紅了，我沒有。

男子漢公然勃起是正常的紳士行爲，不須要假惺惺地臉紅。

「廢除王幣！」抗議人潮氣勢非凡，陳筱婷也喊得不亦樂乎。

「廢除他媽的王幣！」我大笑。

謝佳芸從垃圾桶裡站了起來，揉揉眼睛：「正在對你笑的那個女生，就是你說的陳筱婷喔？」

「對啊，可愛吧。」我與有榮焉：「她說她想在六年級畢業旅行的時候偷親我，我真的是……不好意思拒絕啦，就只能鼓勵她珍惜生命，勇敢活下去啊。」

「她長得滿可愛的耶，是你想親人家吧？」謝佳芸打了一個呵欠。

「我個人是覺得，有兩情相悅的成分啦。」我只好承認。

「拆除夾娃娃機！」抗議人潮大喊，往五年三班的方向慢慢推進。

「拆除夾娃娃機！」「拆除夾娃娃機！」「拆除夾娃娃機！」

「拆除夾娃娃機！」「拆除夾娃娃機！」「拆除夾娃娃機！」

「拆除夾娃娃機！」「拆除夾娃娃機！」「拆除夾娃娃機！」

「恢復哈棒老大的塗鴉！」陳筱婷跟著遊行隊伍一起大喊。

「恢復哈棒老大的塗鴉！」「恢復哈棒老大的塗鴉！」「恢復哈棒老大的塗鴉！」

「恢復哈棒老大的塗鴉！」「恢復哈棒老大的塗鴉！」「恢復哈棒老大的塗鴉！」

「恢復哈棒老大的塗鴉！」「恢復哈棒老大的塗鴉！」「恢復哈棒老大的塗鴉！」

我正要一起大喊的時候，一沱熱熱的深咖啡色砸在陳筱婷的臉上。

啪！

「什麼東西！」視線被黏住的陳筱婷驚慌大叫。

她不該大叫的。下一沱飛擲過來的深咖啡色，直接扔進了她張大的嘴裡。

同一刻，無數沱深咖啡色從走廊另一端不斷暴擲過來，劈里啪啦……

你已經猜到了，是賽！

賽如雨下！

「撐傘！撐五班！」

不知道是誰大喊，黃色的雨傘在走廊上朵朵綻開，將不知道是誰大的便擋住。

「撐傘！撐五班！」「撐傘！撐五班！」「撐傘！撐五班！」

「撐傘！撐五班！」「撐傘！撐五班！」「撐傘！撐五班！」

「撐傘！撐五班！」「撐傘！撐五班！」「撐傘！撐五班！」

我呆呆看著嘴裡含屎的陳筱婷，她爲了跟大家一起大叫撐傘，一時之間不知道該怎辦，竟急中生智把大便吞下去……幹！我很感動！如果五班裡的每個人連屎都敢吞，五年一班絕對不是對手啊！

「橫傘前進！撐！五！班！」

抗議隊伍將傘當作橫向的防護罩，慢慢往前推進。

「橫傘前進！撐！五！班！」「橫傘前進！撐！五！班！」「橫傘前進！撐！五！班！」

「橫傘前進！撐！五！班！」「橫傘前進！撐！五！班！」「橫傘前進！撐！五！班！」

「橫傘前進！撐！五！班！」「橫傘前進！撐！五！班！」「橫傘前進！撐！五！班！」

「橫傘前進!撐!五!班!」「橫傘前進!撐!五!班!」「橫傘前進!撐!五!班!」

「橫傘前進!撐!五!班!」「橫傘前進!撐!五!班!」「橫傘前進!撐!五!班!」

大便像暴雨一樣打在雨傘上，即使擋得住大便的實體，卻攔不了氣味，氣味就是恐懼，只有充滿無畏精神的勇者，以及嚴重鼻塞的人，可以抵抗得了恐懼的味道。

這些人有沒有鼻塞，我不知道。

但五年五班每一個站在走廊上對抗大便雨的人，絕對是勇氣百倍!

「反資格考!反一班暴政!」「五班人!堅持到底!」「死守民主，絕不退讓!」

「拒絕假自治!眞吃痰!」「撐五班!撐五班光榮昨日!」「假慈母!眞賤人!」

「撤回學生自治惡法!反對洗腦課綱!」「王霸旦下台!王霸旦下台!下台!」

「反對一班兩制!反對慈母班長!」「反無腦課本!反智障歌曲!反王霸旦!」

大便越下，雨傘越挺，五班的遊行隊伍意志越堅定，不屈不撓地緩速前進。

那麼吵，又那麼臭，我們班全都被弄醒了，即使是上學只爲了霸占位子睡覺的國中生們，也興致勃勃地杵著下巴，欣賞走廊上的大便雨v.s.雨傘陣的畫面。

大便有盡時，但傘永遠堅。

滿天落下的大便雨漸漸弱了。不管是賽的大小，還是濃稠度，都沒有剛剛兇猛。眼看大便雨幾乎要消失，五班的雨傘陣就要全數通過我們門口的走廊，進入五年一班之乙的走廊範圍時，陣中的陳筱婷感動得哭了:「撐住!堅持下去!好臭……嘔!」

遊行隊伍的最前頭硬是停止了。

隊伍後面的人來不及煞車，硬是撞上前方的陣式，大家擠來擠去十分狼狽。

怎麼忽然停下來咧？

「誰啊……？」隊伍最前頭的人呆呆看著前方。

我實在太好奇了，捏著鼻子，探頭出窗戶。

走廊的另一端，沒有五年一班的軍隊。

只有兩個人。兩個國中生。

兩個，穿著彰安國中制服的國中生，一高一矮，一胖一瘦。

「又高又胖的，是彰安國中的東狂，曾虞竣。」

林俊宏不知道什麼時候也湊到了窗邊，炫耀他的資訊蒐集能力：「本來應該在前年畢業，但因為家裡養了很多牛，牛屎太多清都清不完，導致學業成績太差，連續留級了兩次，東狂一位遲遲無法交接給學弟。」

「喔，那東狂阿竣有什麼特殊的能力呢？」我有點緊張。

「很明顯，他不要臉。」也湊來窗邊的肥婆指出：「他沒穿褲子，手上都是牛大便，自以為這就是狂，其實是——不要臉。」

是的，不要臉，多麼明顯。

東狂阿竣下半身完全沒穿，赤裸裸地站在一推車的大便旁，想必那些用來攻擊五班遊行隊伍的大便不僅是從他家蒐集來的牛屎，裡面也有他身為人類的貢獻。

太髒，太不要臉，太自以為狂！

「另一個更危險，彰安國中西姦，羅天佑。」

林俊宏稍微壓低了頭，好像靠近窗戶眞的很危險：「純粹以肉體來看，他又小又瘦，連我跟他單挑都有勝算。他之所以能當上西姦，靠的就是沒有下限的陰險。西姦邪門的暗器，配合東狂的牛屎戰術，可以直接完爆半間學校。」

沒有下限的陰險？

五班的隊伍雖然停止前進，士氣卻不減反增。

「別怕！他那一推車的牛屎快丟光了！大家把雨傘往前撐！」有同學大叫。

「不要急，不要衝，大家慢慢走過去，把他們踩扁！」另一個同學大呼。

東狂阿竣傻乎乎丟著牛屎：「怎辦？他們說要踩扁我們？」

瘦小的西姦天佑，雙手插在口袋裡，埋怨道：「你又不穿褲子，是不是有病？就算牛屎裡要加人屎，你也可以在家裡先大好啊。」

東狂阿竣有點害羞，從屁眼裡直接擠出一沱大便扔出：「想說這樣比較狂呵呵呵。」

西姦天佑有點惱怒：「你這是不要臉，害我每次跟你聯手都特別生氣。」

面對節節逼近的雨傘鐵陣，東狂西姦一點也沒有讓路的意思。

東狂西姦合體，到底會使出什麼樣的毀滅性招式呢？

遠距離的大便雨即將用完，近距離的戰鬥一觸即發。

慈母班長突然衝出傘陣，全身上下都是腳印的她哭著大叫：「我跟他們沒關係的！我愛王霸旦！我愛五年一班！五年一班是我的班……哎呀！」

踩到牛屎，慈母班長一個叛徒專屬的狗吃屎滑壘，滑到了東狂西姦的眼前。

「無恥叛徒！」傘陣中有人大罵。

「從今以後，五年五班跟妳再沒關係！」陳筱婷補刀。

傘陣依然堅固無比，少了叛徒混在裡面暗中衝康，更加萬無一失。

西姦天佑沒耐性地啐了一口：「不想死就閃到後面。」

一身是屎的慈母班長趕緊抱著頭，鼠竄到了東狂西姦的屁股後。

西姦天佑冷笑：「一直五班五班五班的，都不知道，這個世界上已經沒有五年五班，只有五年一班之丁嗎？我這個人很簡單，全都跪下來，跪著回教室，今天的事我就當沒看到。」

陳筱婷啐了一口大便渣渣出來，大叫：「各位同學！」

五年五班齊聲——

「撐！」「撐！」「撐！」「撐！」「撐！」「撐！」「撐！」「撐！」「撐！」「撐！」

「撐！」「撐！」「撐！」「撐！」「撐！」「撐！」「撐！」「撐！」「撐！」「撐！」

「撐！」「撐！」「撐！」「撐！」「撐！」「撐！」「撐！」「撐！」「撐！」「撐！」

「撐！」「撐！」「撐！」「撐！」「撐！」「撐！」「撐！」「撐！」「撐！」「撐！」

「撐！」「撐！」「撐！」「撐！」「撐！」「撐！」「撐！」「撐！」「撐！」「撐！」

陳筱婷手中的傘開始旋轉起來，高聲呼喊：「如果野蠻的獨裁，是要我們卑躬屈膝，那我們五年五班，就讓王霸旦看見文明的驕傲！撐！」

「撐！」擋在走廊前端的每一把傘都開始旋轉。

「撐！」「撐！」「撐！」「撐！」「撐！」「撐！」「撐！」「撐！」「撐！」「撐！」

「撐！」「撐！」「撐！」「撐！」「撐！」「撐！」「撐！」「撐！」「撐！」「撐！」

「撐！」「撐！」「撐！」「撐！」「撐！」「撐！」「撐！」「撐！」「撐！」「撐！」

「撐！」「撐！」「撐！」「撐！」「撐！」「撐！」「撐！」「撐！」「撐！」「撐！」

「撐！」「撐！」「撐！」「撐！」「撐！」「撐！」「撐！」「撐！」「撐！」「撐！」

太強大了！依照這種高轉速，加上這精美的離心力，絕對可以把潑過來的屎尿通通旋轉破開！

眞不愧是成績超好的五年五班所能想出來的文明戰術！

旋轉的傘面颳起了一陣陣文明的涼風，清爽，涼快，好舒服。

西姦天佑怒吼：「東狂！潑屎！」

東狂阿竣用怪力高高舉起推車，將剩下的五分之一車牛屎整個潑出。

「撐！五！班！」

傘陣團結一心，如銅牆鐵壁——高速旋轉的銅牆鐵壁。

具重量感的牛屎雨，即將迎上極速自轉的傘面。

「撐！五！班！」「撐！五！班！」「撐！五！班！」「撐！五！班！」

「撐！五！班！」「撐！五！班！」「撐！五！班！」「撐！五！班！」

「撐！五！班！」「撐！五！班！」「撐！五！班！」「撐！五！班！」

「撐！五！班！」「撐！五！班！」「撐！五！班！」「撐！五！班！」

「撐！五！班！」「撐！五！班！」「撐！五！班！」「撐！五！班！」

我看清楚了。

西姦天佑雙手從口袋裡抽出的那一瞬間，無數支點燃的水鴛鴦高拋撒出！

「炸——大便！」

水鴛鴦在半空中爆炸，將牛屎爆裂成激射的碎塊，同時在傘面燒出無數破洞。

只一招。

就一爆。

傘陣燒開洞洞，只剩骨架。

牛屎混著人屎，如同腥臭的霰彈，將呆若木雞的五班群眾射垮。

「好好道歉，跪著舔屎，一路舔回教室寫作業的話，就不會發生接下來的遺憾。」

西姦天佑的雙手，又插回了鼓鼓的口袋裡。

天啊，那小小的口袋裡到底藏了有多少水鴛鴦啊！

五年五班的同學們，你看看我，我凝望你，人人渾身是屎。

該怎麼決定呢？

同一此刻，五班的同學們手牽起手，低下頭，閉起眼睛。

視屎如歸。

不。

更多。更強。更堅定。

遠在視屎如歸之上的，是純粹的覺悟。

西姦天佑皺眉，雙手抽出口袋。

「自討噁心。」

無數點燃的水鴛鴦高高拋在走廊上空。

不知道是誰開的口，不知道是哪一首歌……

「今天我，寒夜裡看雪飄過……」

點燃的水鴛鴦落在走廊，將滿地的牛屎地雷重新炸飛。

牛屎。人屎。燃燒的屎。破碎的屎。獨裁者的屎，噴入每個抗議者的眼耳口鼻。

五十多名最優秀的五班同學七孔進屎，在走廊暈眩倒下。

就在我們班的門口。

就在我們自以爲永遠都受到哈棒老大庇蔭的門口。

倒下。

我很激動，也很感動。

雖然傘陣節節抗屎，一度出現短暫的希望之光，我也確實看到了，在漫天屎雨下的黃色傘陣裡，那一張張被彼此的努力所感動的燦爛笑容。太美了，眞的太美了。

陳筱婷的覺悟，五年五班每一個人的覺悟，早已屏棄了不切實際的天眞。

就跟陳筱婷預想的最佳狀況一樣，他們死命將遊行隊伍挺進了我們班門口，讓王霸旦的鎮壓成爲一幅無可抵賴的畫。一幅，烈士抗暴成仁的證據。

「怎辦？」西姦天佑臉色不悅，雙手在口袋裡攪啊攪。

「什麼怎辦？」東狂阿竣不明白。

「我問你！水鴛鴦還有這麼多！怎辦！」西姦天佑大叫，掏出兩大把炸藥。

「帶回去很麻煩啊……萬一在口袋裡炸掉就慘了？」東狂阿竣露出害怕的表情。

我呆住。

西姦天佑像是在撒冥紙，一邊踩著五年五班倒下的同學身體，一邊將點燃的水鴛鴦撒在大家的身上。

撒著。

炸著。

劈里啪啦碰碰炸炸啪啦啪啦啪啦砰砰砰砰砰劈哩劈哩劈哩劈哩劈哩啦啪啦砰砰砰劈哩劈砰砰砰劈哩劈砰砰砰劈哩劈砰砰砰劈哩劈碰碰炸炸啪啦啪啦碰碰炸炸啪啦啪啦劈哩劈劈哩劈劈哩劈劈哩劈劈里啪啦碰碰炸炸啪啦啪啦啪啦砰砰砰砰砰劈哩劈哩劈哩劈哩劈哩啦啪啦砰砰砰劈哩劈砰砰砰劈哩劈砰砰砰劈哩劈砰砰砰劈哩劈碰碰炸炸啪啦啪啦碰碰炸炸啪啦啪啦劈哩劈劈哩劈劈哩劈劈哩劈劈里啪啦碰碰炸炸啪啦啪啦啪啦砰砰砰砰砰劈哩劈哩劈哩劈哩劈哩啦啪啦砰砰砰劈哩劈砰砰砰劈哩劈砰砰砰劈哩劈砰砰砰劈哩劈碰碰炸炸啪啦啪啦碰碰炸炸啪啦啪啦劈哩劈劈哩劈劈哩劈劈哩劈劈里啪啦碰碰炸炸啪啦啪啦啪啦砰砰砰砰砰劈哩劈哩劈哩劈哩劈哩啦啪啦砰砰砰劈哩劈砰砰砰劈哩劈砰

剛剛，是在人的身上炸大便。
現在，是把每個人當大便炸。
沒有哀號。
聽不到了。
五年五班這一生，追求民主愛自由。
這一天終於已跌倒。
但你們沒有放棄理想。
你們的一步之遙，還有我們。
我們，會記住。我們，會憤怒。我們，會爲你們討回公道。
我流著淚轉頭，希望將我們班上，每一張憤怒的臉孔通通刻在眼珠裡。

但……

「陳筱婷，妳錯了。」
幾乎每一張困在五年四班教室裡的臉孔，都充滿了扭曲的恐懼。
每一個人都在發抖。每一個人都喘不過氣。每一個人都不敢發表意見。
我看著楊巔峰。
眞遺憾，楊巔峰對人性的殘酷認識，是對的。

看到五年五班倒下的屍體，並不會團結我們。

我們只會嚇傻，然後被恐懼擺布。

爲了不成爲下一具倒下的屍體，我們這些懦夫，下跪，開舔，什麼都做得出來。爲了不成爲下一具被當大便炸的屍體，我們不敢說話，不敢評論，不敢砲轟五年一班不仁不義，不敢支持五年五班追求民主。什麼，都做不出來。

楊巔峰面無表情地點起火，燒起炭，用竹籤串起香腸，將自己埋入與世隔絕的煙霧裡。

我獨自走出教室。

走到昏迷不醒的陳筱婷旁邊。她滿布血污的臉，還熱熱的。

我撥開黏在她臉上的牛屎與鞭炮屑，小心翼翼摳出跑進她鼻孔與耳朵裡的賽。

用手指輕輕撬開了她的嘴，仔細地挖出裡面的牛屎。

我將它們都塞進嘴裡。

好臭……眞的非常臭……黏黏糊糊的！肯定也有人屎混在裡面！一想到嘴裡有人屎，我就想大吐特吐，眼淚跟鼻涕都給熏出來了。我只好用左手拚命捂住自己的嘴，將剛剛嘔吐出來的穢物給擋住，右手用力掐著我的肚子，將反抗的腸胃扭來扭去。

深呼吸，將酸臭的穢物，連同滿口的牛屎人屎，一起吞下。

這是我唯一能做的。

愛。

30

五年五班已經很倒楣了，在屎塊紛飛中打回成五年一班之丁。

猜猜看誰更倒楣？

午間靜息結束，五年一班之乙的女生將昏迷同學推下樓梯，再由五年一班之乙的男生們，跪在地上，一邊在舌頭上噴穩潔，一邊將一片碎屎的走廊地板舔乾淨。衰爆。

下午連續兩節課都是體育。

飽受驚嚇的我們，花了比平常要多一倍的時間才到操場，沿途垂頭喪氣的，沒有人邊走邊互相踢懶叫，也沒有男生有心情去抓女生的頭髮。

「高賽，你是因爲你叫高賽，所以特別跑去挖屎來吃嗎？」王國好奇。

「哈棒老大叫哈棒，你有看過老大去哈誰的棒嗎？」我嘆氣，我最好的朋友是白痴。

「那你爲什麼要挖那個女生嘴巴裡面的大便吃啊？」王國好奇。

「王國，你說到重點了。」我用雙手捧著口鼻附近，然後呼氣，感受著大便與陳筱婷混在一起的氣味：「明明走廊地上那麼多大便，我爲什麼偏偏要挖陳筱婷嘴巴裡面的大便吃呢？」

「到底爲什麼？」

「錯過了跟她一起的戰鬥，就不想再少吃她吞下的苦。」我說出連自己都想劃螢光筆的金句：「即使是大便，口口都是愛。」

跟以前一樣，除了情況特殊的五年A班跟五年B班擁有自己的室內體育館，所有五年級的體育課都是一起在操場上進行的。不過五年一班之乙還在清理屎堆成山的走廊，五年一班之丁全班都在保健室消毒中，持續昏迷不醒。五年一班之戊，全班逃得一個都不剩，約定好了一個月以後回來，也不知道說眞的說假的。

今天跟我們班一起在操場上課的，只有五年一班之甲，以及……

五年一班本部。

「大家好啊。」王霸旦揮揮手。

五年一班直接跪下。

五年一班之甲是第一個被併呑的班級，連續兩天都去大禮堂吃洗腦早餐，爭先恐後地跪在地上大叫：「班長霸旦！你是人類的救星！你是世界的偉人！」

太浮誇了吧，還是五年一班比較淡定，習慣了臣服，下跪的動作多自然啊。

楊巓峰沒在怕的，直接走過去跟王霸旦打招呼：「嗨王霸旦，你整天被一群白痴叫人類救星，不怕變成大白痴嗎？」

王霸旦也不生氣，呵呵：「嗨嗨嗨烤香腸的，我再怎麼白痴，我都有錢啊，有權啊，有大便，有炸彈，還有一大堆怕死我的人啊，如果我是一個大白痴，也是民生國小裡面最恐怖的大白痴啊哈哈哈哈。」

楊巓峰嘻嘻：「也對！也對！只是最恐怖的大白痴還是什麼？還是大白痴啊！」

王霸旦嘻嘻：「很快！很快！很快你就會跟其他人一起叫我這個恐怖大白痴，人類救星，世界的偉人了哈哈！」

楊巔峰大笑：「真的很快，快到我現在就可以直接叫啊，人類的救星，世界的偉人，王霸旦同學就是你這個恐怖大白痴本人嘛？」

王霸旦大笑：「是是是就是我本人哈哈哈哈！哈哈哈哈我就是我就是我就是哈哈哈！」

楊巔峰拍手：「不知道校門口的哈棒老大黃金真人等高像完成了嗎哈哈哈！」

王霸旦拍手：「哈哈干你屁事啊哈哈哈哈哈哈棒老大我一向很尊敬的哈哈哈哈！」

兩個人哈哈來，哈哈去，完全沒有其他小學生插嘴的份，看得林俊宏很眼紅。

我注意到，楊巔峰絕口不提五年五班剛剛被鎮壓的事，也沒有聊到五年級資格考有多廢，楊巔峰把力氣都花在挖苦王霸旦，不浪費一滴滴時間在所謂的嚴正抗議或強烈反對上，反而有一種「反正我都沒在怕你的啦」的氣勢。

我想了想，覺得楊巔峰是對的。跟王八蛋說話的時候，不能假裝王八蛋聽得懂人話，否則枉費媽媽把自己生得這麼正常，對吧？

「來來來！集合集合！」

體育老師叫廖雲仙，原本是在大學教微積分的，但隨便，反正他現在就是在民生國小帶體育。他既教微積分又教體育，顯然是個通情達理之人，對於大家公然膜拜一個五年級生，雲仙老師也沒什麼意見，只是很羨慕在大太陽底下，王霸旦可以獨享一頂活動式帳棚，以及一碗加了煉乳的仙草冰。

「雖然我懶得點名，但你們班好像少了很多人？」雲仙老師看著代理班長王國。

「喔，他們剛剛從國中轉學過來，太累了在教室睡覺。」王國直言不諱。

「那……那就算了。好好好同學們看過來看過來啊，相信大家都已經知道，下個禮拜一就要五年級資格考試了，多虧了王霸旦同學在新頒定的那個那個……」雲仙老師搖搖晃晃的，好像快中暑了。

「學生自治法。」林俊宏拍拍身上的垃圾灰塵。

「對，學生自治法，裡面對體育課的授課權益保障了很多，所以體育也涵蓋在五年級資格的考試範圍內，考體操，唉……好累。」雲仙老師意興闌珊地說：「那就這樣吧，一班跟一班之甲，你們在樹蔭下練習考試範圍的體操，至於四班，你們就去操場正中間踢毽子，一二三，解散。」

「散！」大家一起跳起來，拍手解散。

我們班在沒有樹蔭的大太陽下踢毽子，有夠爛，好歹也讓我們打打躲避球嘛。

不過即使踢毽子，大家也沒辦法專心踢，畢竟現在在樹蔭下，五年一班跟一班之甲正在跳的，可是下禮拜一要考的體育專科題目……王霸旦進行曲的廣場領袖之舞。

「偷看，記熟，然後回教室大家一起練。」小電假裝有在踢毽子，其實正遠遠偷看那愚蠢到家的廣場舞舞步。

「男生跟女生跳的不一樣，有點複雜啊。」美華也沒在踢毽子。

「等等……這個舞步怎那麼像我在網路上看過的……莊圓大師的佛舞啊？」我愕然：「扭來扭去還拋媚眼，有夠古怪，眞的要考這個嗎？」

「一定是莊圓大師抄王霸旦的啦。」不知道哪個白痴說。

其實，大家都沒在踢毽子。有一半以上的人都在偷看體育考題，嘴巴跟著旋律哼唱，身體不由自主模仿著滑稽的舞步，林俊宏還拿出筆記本開始速寫舞步的拍子跟動作。眞是難爲他了，竟然可以從這種殘肢敗舞中看出拍子。

但廣場領袖舞實在太蠢了，大家又想學又一直罵，有夠矛盾。

「太醜了，比王國他媽還醜。」

「也比你媽還醜。」

「眞的，比我媽還醜，不過沒你媽醜。」

「我媽超醜關你屁事。」

「我眞的不行了，我寧願留級也不想學這種爛舞。」

「新班長不管選誰都要考這種舞，那幹嘛還選新班長？爛死了。」

「哈棒老大在就好了，他一定不可能跳這種東西，直接走過去打爆。」

「不要再說哈棒老大了，幹老大拋棄我們了啦。」

「嗚嗚嗚嗚嗚嗚……」

我看楊巓峰雖然沒認眞踢毽子，但也沒在鳥那廣場舞考題的，他只是走來走去，好像在想什麼事情。於是我也不偷看廣場舞，以免看起來比他遜。

「爲什麼王霸旦可以從彰安國中一直調派打手過來？」肥婆不解，毽子踢得還可以：「彰安國中那麼跩，東狂西姦南淫北煞，加上最恐怖的『中！亞信』，根本不可能理會王霸旦這種白痴啊。」

「王霸旦八成以後就是要唸彰安國中，乾脆提早認識那些地頭蛇啊。」謝佳芸不知道哪偷來的穩潔，朝自己身上一直噴。

「我猜不是。以王霸旦的程度，唸國中實在太辛苦了。」林俊宏推了推眼鏡。

什麼鬼啊！

「等等等等！王霸旦之所以要讓哈棒老大被畢業，不就是爲了讓他自己可以去美國參加那個資優生問答比賽嗎？他找了那麼多洋人槍手，不就是爲了要贏得頭獎去讀哈佛嗎！」我幫大家複習很久都沒有被關心的前情提要。

「那他一定是默默改變主意了。」林俊宏快速推了推眼鏡好幾下，深怕大家錯過了他的分析：「王霸旦原本可能真的想去唸哈佛，所以很單純動用他爸的家長會權力讓哈棒提早被畢業，只是沒想到哈棒一不在，整個學校變得這麼好統治，完全可以讓他爲所欲爲，他的慾望很快就扭曲了。也許，藉由問答大賽去讀什麼哈佛，早就不是王霸旦的人生藍圖。」

「同意喔，王霸旦對人生目標的想像力，受限於他的智商，大概就是永遠稱霸民生國小，統治民生國小裡的一切吧。至於大學學歷，連買都不用買，直接用印表機印一張畢業證書就行了，連博士都沒問題。反正在這裡，沒有人敢問他的眞正學歷。」楊巔峰少見同意林俊宏的推論。

林俊宏有點高興地爲自己鼓掌。

「昨晚我聽到我爸爸跟他那群有錢的朋友在聊天。」林千富說起只有他這種有錢人才聽得到的情報：「他們說，王霸旦他爸爸借了彰安國中很多錢，蓋了一間王霸旦紀念館在他們的操場中間，後來紀念館蓋好了，彰安國中卻沒有錢還他爸，利息一直滾，學校的預算都被壓垮了，到最後，彰安國中的校長只好出面跟校內頂尖的不良少年集團談判，如果東狂西姦南淫北煞，加上『中！亞信』願意幫王霸旦征服民生國小五年級，校長就連記他們一百支大功，消掉他們累積的大過小過跟愛校服務。」

原來如此，王霸旦繞了一大圈，終於在彰化武力最強的國中裡，買到足以讓他稱霸民生國小的一切。只不過，還有一點很可疑啊……

「彰安國中蓋王霸旦紀念館做啥？」謝佳芸不懂。

「全台灣都在蓋一些沒用處的紀念館，區區一間王霸旦紀念館也不稀奇吧。」林俊宏一副看穿世事的老成：「十之八九，就是彰安國中校長收了回扣吧。」

太黑暗了。不管是民生國小，彰安國中還是全台灣，都太黑暗了。

我看著蔣幹化在烈日下，大大方方地看著樹蔭下的廣場領袖舞，大大方方地模仿，大大方方跟著跳，大大方方跟著唱。我真羨慕，蔣幹化這個人真是毫無包袱，連痰都可以幫大家吃，跳跳洗腦舞又算什麼呢？

果然，大家觀察了一陣子，眼看蔣幹化直接站在五年一班旁，大大方方模仿學習考題範圍的舞蹈，並沒有被雲仙老師嚇阻，索性都不假惺惺踢毽子了。大家直接站在蔣幹化旁邊，跟著他一起認真學習起姿勢扭曲、拍子隨性的廣場領袖舞。

不久後罵聲少了，取而代之的是大家嘻嘻笑笑鬧成一片，連愚蠢的洗腦歌詞也唱得很帶勁，好像五年級資格考要考這一題，也不是什麼特別傷害自尊心的事了。

看著蔣幹化跟大家再度打成一片，林俊宏悄悄地站到楊巔峰旁邊。

他們兩個像是刻意跟大家保持距離，來場兩大棟樑之間的高層對話。

我趕緊蹲下來綁鞋帶，偷聽他們在講什麼。

「體育課完就是掃地時間，掃地之後的第七節課，就是最後的參選期限了。」林俊宏先開口，斜眼看我：「高賽，你的偷聽也太明顯了吧？能像個正常人嗎？」

我訕訕地怪笑，管他的，持續把鞋帶拆了又綁。

「所以咧？」楊巔峰隨便踢毽子打發時間，踢了兩下就踢歪。

「我的數學比你強，國語每次考默寫的成績至少是你的兩倍，美術課做的燈籠，我還拿過全市美術競賽的優選。就算是學校沒考的英文也有在補習，自我評估的話，我的英文程度大概是高二。」林俊宏如數家珍地說。

「不只吧，你的自然，社會都比我好，作文成績也比我高。全勤更電爆我。」

楊巔峰踢毽子實在踢得很爛，毽子一直踢空，他只好一直彎下來撿。

「我是五年四班最優秀的人，也是……」林俊宏咬牙：「最想當班長的人！」

「成績好就是最優秀，唉你是白痴嗎？你沒發現你已經把『品學兼優』這四個字，變成一句很爆笑的成語了嗎？算了算了，姑且就算你是全宇宙最想當班長的人好了，然後呢？」楊巔峰不只踢歪了毽子，還踢到跌倒，眞是有夠肢障。

林俊宏壓抑著隨時都會壞掉的自尊心，說：「雖然我眞的超級超級想當班長，但不代表我爲了當班長，就一意孤行，看不清現實……楊巔峰，你也一定看得出來吧！現在，最可能當選班長的人，不是我，不是你，是蔣幹化！」

楊巔峰喘吁吁撿起毽子：「呼呼呼呼是喔，是蔣幹化喔？你以爲他幫大家吃個痰，大家就會投給他啊？覺得欠他，直接跟他說謝謝就好啦。」

是，兩個班上最聰明的人的對話我是沒資格插嘴，但楊巔峰在跩什麼啊？

「從竄起的時間點，以及獲取大家民心的不合理方式來看，蔣幹化很明顯居心不良，他不是王霸旦的臥底，就是一個趁火打劫的小人。就連你，就連林千富，就連王國！是的！就連王國！他當班長都比莫名其妙的蔣幹化還好！但除了你跟我，其他人都沒辦法跟蔣幹化一決雌雄。」林俊宏氣得發抖，不忘曉以大義：「所以，我們兩個五年四班最強棒絕對不能分裂，一分裂，票散掉，蔣幹化就一定會從中得利，選上班長，到時候他一定會把我們班賣給王霸旦！」

「這麼說就不對了。」楊巔峰踢著毽子，這次直接踢到空氣。

「我哪裡說錯？」林俊宏不服氣。

「選舉就是民主，既然是民主，就應該是誰想選就跳下去選啊。」楊巔峰踢毽子超廢，毽子一直踢空，害他花在撿毽子上的時間比踢毽子還多：「不要管其他想選的人是誰，也不要去猜自己跳下去選，會害另一個誰選不上這種莫名其妙的事，因爲，這是廢話中的廢話，你跳下去選，最大的意義就是自己選上，那不就等於害其他人通通落選的意思嗎？」

「是這樣沒錯，但……」

「但如果你跳下去選的目的，只是因爲你幻想原本要投某個人的票會改投給你，最後會害那個人選不上，而讓第三個人收漁翁之利，那就是你非常無聊，不想當選一開始就不要選，參選單純是爲了害人，心胸跟鼻屎一樣小……我自己是這樣覺得啦。」

楊巔峰踢得很喘，如果五年級資格考考踢毽子，楊巔峰就要去唸四年級了。

「又反過來說，如果你認爲誰跳下去選，會害你選不上，呼呼呼……那你應該做的事不是去拜託那個人不要選，而是什麼？」楊巔峰喘到蹲下休息。

「選贏他？」林俊宏舉手。

「對，就是這麼簡單，選舉時唯一應該做的事，就是使出渾身解數，擊敗所有人。」

「！」林俊宏像是恍然大悟，隨即生氣起來：「講得很好聽，但你不能否認現實，如果你！我！還有蔣幹化現在同時出來選，一定是蔣幹化贏吧！」

「我不知道。」楊巔峰不置可否：「大概，也許，可能吧。」

林俊宏看著汗流浹背的楊巔峰，想了想，像是下定決心，從口袋裡拿出一枚毽子。

「那！我們來比踢毽子！誰輸了，誰就不可以選班長！」林俊宏鐵青著臉：「如果你贏了，我就支持你，但我……我至少要當副班長！但如果我贏了，你就當我的副班長，幫我選舉！幫我擊敗蔣幹化！」

楊巔峰皺眉：「踢毽子你贏了我，頂多給你拍拍手，干班長選舉什麼事啊？」

林俊宏神色嚴肅，咄咄逼人：「一句話，要不要？敢不敢？」

「那是兩句話。」楊巔峰站起來，無奈地拍拍屁股：「雖然比踢毽子很怪，但也不是不行。不過，既然踢毽子是你說要比的，規則就應該由我……」

「不，比賽方式是我想的，規則當然也要由我這邊出，才有配套。」林俊宏果然很沒品：「你如果想藉此耍詭計，就省省吧。」

「喂喂喂，沒這種事吧。」楊巔峰不悅。

「聽好了，規則很簡單，數到三，兩個人一起踢，誰的毽子先掉在地上，誰就輸了。」林俊宏嘴角微揚：「怎麼樣？該不會怕了嗎？現在反悔也可以喔。」

「誰說要反悔啊？」楊巔峰冷笑，舒展筋骨：「確定要訂得這麼簡單？」

「越簡單越清楚。」林俊宏也伸展了幾下。

我想想，規則的確是非常簡單，清楚，明白，很公平啊。

林俊宏把自己的毽子遞給楊巔峰：「要檢查嗎？我的毽子不管是尺寸還是重量，都跟平常文具店裡可以買到的一樣，沒有作弊。」

楊巔峰一向對太過謹愼的行為嗤之以鼻，翻了個白眼：「不用了，那你要檢查我的嗎？」

林俊宏原本想裝大器不檢查，但面對詭計多端的楊巔峰，他還是厚著臉皮仔細端詳了一下楊巔峰剛剛不斷踢空的毽子，拋了拋，也自己踢了兩下，嗯嗯沒毛病。

「我隨時。」楊巔峰抖抖腳，拉拉筋。

「我才隨時。」林俊宏一派輕鬆。

我最喜歡什麼事都攪和一下，舉手：「我都偷聽到了，乾脆我來當裁判。」

楊巔峰與林俊宏顯然都沒意見。

我大聲數秒：「兩位選手預備……一……二……」

當我數到二的時候，林俊宏一個大飛躍，遠遠跳離楊巔峰。

楊巔峰怔了一下。

「三！」我照樣喊：「開始！」

一拉開跟楊巔峰的距離，林俊宏一出腳就踢高了毽子，邊踢邊笑。

林俊宏的毽子踢得頗為順暢，得意地說：「民生國小第一鬼腦袋，你以為我猜不到你打的算盤嗎？哈哈哈哈一切都是我設下的雙重陷阱！」

楊巔峰踢得很狼狽，姿勢很怪：「啊？什麼雙重陷阱？」

一邊踢，林俊宏滔滔不絕地演講起來：「我剛剛一直默默看你邊踢毽子邊跟我聊天，發現你踢得超級爛，可是當我要小人，提出要比踢毽子的時候，你卻沒有拒絕我，為什麼？」

「因為我人很好不行嗎？因為我覺得我會踢贏你不行嗎？」楊巔峰踢得很喘。

「一個踢毽子踢很爛的人，卻一秒接受比賽踢毽子，唯一的答案就只有……因為你從一開始就不打算用正常的方式贏！尤其是當你想由你訂定比賽規則的時候，我就更確定了你的企圖。為了讓你不起疑心，我故意扮小人到底，堅持要由我訂定規則，你當時的臉色還很難看，不過呵呵呵……當你聽到我說的規則時，就發現裡面藏著你唯一的勝算，那就是數到三的時候突襲把我踢倒，然後自己再隨便踢兩下交差，因為規則裡面並沒有說不能干擾對手踢毽子。我說的沒錯吧！」

林俊宏邊說話，一邊也沒有影響到他平穩地踢毽子。

「喔……這樣啊。」楊巔峰簡直就是胡亂追著毽子跑，隨時都會踢空。

「但這個隱藏作弊漏洞的規則，其實正是我為了怕你不跟我比踢毽子，故意優惠你的陷阱！楊巔峰，在你這麼輕易就答應我不合理的邀戰時，這幅用突襲我得到勝利的圖像，馬上就浮現在你的腦袋裡吧？哈哈當時你一定在心裡笑我品學兼優死腦筋吧哈哈哈哈！」

楊巔峰沒有回嘴，沒有空回嘴。

他很忙，只要一個分神，毽子隨時都會踢空。

「但！就在高賽數到二的時候，我瞬間跳離你三步遠的那一刻，就註定了你的詭計失敗哈哈哈！」林俊宏即將首次擊潰楊巔峰的爽感，爬滿他的全身：「沒想到會這麼爽啊！你知道你爲什麼會輸嗎！因爲你瞧不起我！你把我當成跟王國一樣的笨蛋！你以爲我只會死讀書！你以爲我不懂變通！但你忽略了一件事！」

「喔……換我說了嗎？」楊巔峰驚險地踢到了快落地的毽子。

「我說！你忽略了一件事！」林俊宏有點生氣了，毽子卻還是踢得很穩。

「好好好，我忽略了什麼？」楊巔峰以差點跌成狗吃屎的姿勢救了毽子。

「你忽略了，我會進化。」林俊宏的氣勢整個不一樣了，自信逼人：「品學兼優絕對不是一句可笑的成語，品學兼優代表了，具備足夠的知識與人品的我，在上了你無數次當，吃了你無數次虧之後，我！林俊宏！會進化！」

楊巔峰舉手，邊踢邊喘：「呼呼呼呼……換我了吧。」

「嗯？」

楊巔峰雙手扠腰：「我答應要跟你比踢毽子，原因只有兩個。」

林俊宏不解：「哪兩個？」

楊巔峰一個彈腳，毽子直衝天際。

毽子落下時，楊巔峰已經用肩膀接住，一抖，毽子彈起，換鼻子頂住，鼻子一頂，楊巔峰已經用腳跟一盤，毽子像跳跳糖一樣在他的身上彈來跳去，各種花式，各種角度，身體各個部位，完全就是……奧運國手等級的身手啊！

林俊宏傻眼了。我也大傻眼了。

「第一個原因就是，我超會踢毽子的，我還可以邊踢毽子邊吃粽子。」楊巔峰想了想，毽子依舊在他的身上跳來跳去：「說不定邊踢毽子邊包粽子也辦得到。」

原來，打從林俊宏默默跟著楊巔峰私人對談開始，楊巔峰就在算計林俊宏！

他假裝跟林俊宏聊天很無聊，一邊踢毽子打發時間，實際上卻是以非常稀鬆平常的節奏「喬裝」出他極度不擅長踢毽子，喬裝久了，久到讓林俊宏發現可以依賴這件事設下陷阱，設下一個……可以讓楊巔峰瞬間想出作弊方式的「假陷阱」，引楊巔峰上鉤。

沒想到，上鉤的人永遠都是林俊宏。

操場上的風，已漸漸大了起來。

林俊宏面如土色，他腳上的毽子，已經被大風吹得軌道不穩。

「第二個原因，就是……讓你知道你到底有多蠢。」楊巔峰直言不諱：「這麼蠢，不管是叫誰不要跳下去選，或叫誰一定要跟你組搭檔，都是……選不贏蔣幹化的。」

下一陣大風吹來前，林俊宏的信心提前崩潰。

資優生的毽子落地了。林俊宏茫然失措地跌坐在地上。

「你是……怎麼有把握，我會上當？」林俊宏兩眼空洞，喃喃自語：「就算我看到你踢毽子踢很爛，我也不一定會說，讓我們用踢毽子決定誰可以選班長啊？為什麼……為什麼……你到底為什麼有把握，我會上當？拜託，你一定要告訴我眞話，告訴我眞話……」

楊巔峰閉上眼睛，毽子還是像小精靈一樣，在他身上彈來跳去。

「我沒有把握啊。」

楊巔峰睜開眼睛，鼻子一頂，把毽子射向林俊宏。

林俊宏呆呆的，沒有接住，任憑毽子砸中他的臉。

「我只是隨時準備好了，戰鬥。」楊巔峰彎腰，看著坐在地上，完全喪失鬥志的林俊宏：「這不就是我們一直待在哈棒老大旁邊，不得不學會的生存技術嗎？」

林俊宏沒有回答。

下課鐘響了。

「好久沒踢毽子踢得這麼開心了，算是託你的福。」

楊巔峰沒有伸手，把徹底被擊潰的林俊宏，從地上拉起來。

楊巔峰把自己的勝利毽子留給了林俊宏，反撿起了林俊宏的毽子，收在口袋裡。

林俊宏還是維持失敗者的姿勢，嘴巴開開，彷彿靈魂出竅般坐在地上。

楊巔峰跟我一起跑回教室前，轉頭丟下一句。

「選班長跟踢毽子還是無關，你想選就選吧！加油啦！」

31

掃地時間，大家都在討論等一下的黑板上，究竟會出現哪些人的名字。

上課鐘聲一響，代理班長王國就走上台。

「呵呵這一節課就是要選班長的人，報名的最後機會啦。」王國主持臨時班會的樣子，眞是無比欠揍：「但現在黑板上都沒有誰寫上自己的名字耶，是不是因爲我當得不錯，所以……要我繼續的意思啊？」

大家很無言，但也習慣了不跟白痴計較，只是把眼睛瞟向得意洋洋的楊巔峰、失魂落魄的林俊宏，以及還在後面跟大家不斷敬酒的蔣幹化。

有人開始喊：「蔣幹化！」

一些人很快就跟著喊：「蔣幹化！」「蔣幹化！」「蔣幹化！」「蔣幹化！」「蔣幹化！」

「蔣幹化！」「蔣幹化！」「蔣幹化！」「蔣幹化！」「蔣幹化！」「蔣幹化！」「蔣幹化！」

「蔣幹化！」「蔣幹化！」「蔣幹化！」「蔣幹化！」「蔣幹化！」「蔣幹化！」「蔣幹化！」

「蔣幹化！」「蔣幹化！」「蔣幹化！」「蔣幹化！」「蔣幹化！」「蔣幹化！」「蔣幹化！」

大約半個教室的人都在喊蔣幹化。

至於那二十個國中生新同學根本懶得理會，持續趴在桌上睡覺。我知道，許多人也都知道，他們整天睡覺，可一旦禮拜五的選舉到了，他們通通都會醒來。

蔣幹化起身，拱手向大家鞠躬：「說過很多次了，謝謝大家，非常感謝！眞的，由衷感謝！小弟飲……吃痰俠，爲大家吃痰，不是爲了謀求班長大位，而是純粹想爲大家服務，區區吃痰一事，不足掛齒，大家千萬不要再提起，讓有心人借題發揮，造謠小弟是抱著爭名奪利的陰謀吞下這麼多噁心黏稠的痰包，不是，眞的不是，差之甚遠，小弟愛班的心非常單純，可昭日月。再來，天天中午請大家吃冰，是因爲地球暖化，天氣太熱，大家求學特別辛苦，小弟自掏腰包，請大家吃吃冰，消消暑，大家快樂，小弟也特別特別高興……」

蔣幹化說得口沫橫飛，許多同學也在底下聽得如痴如醉。

我覺得眞是奇怪。不管是誰都看得出來，蔣幹化就是非常想選班長。

不管是誰都看得明白，蔣幹化不管有多想選班長，他都得先說一大堆他有多不想選班長的假話。眞的，他就是在說假話，公然地亂講假話，大家也完全心知肚明。

但不管是誰，都不會跟蔣幹化計較他等一下就會找個冠冕堂皇的理由，推翻他現在說的每一句假話，滿臉委屈地走去黑板寫下自己的名字。因爲，現在蔣幹化說得一口謙遜，姿態擺得之低，只是大人世界裡的「必要過程」。

這個推辭來推辭去的「必要過程」，看起來超假，實際上妙處無窮。

在大人的世界裡，第一時間直接站出來說選我選我選我，就等於驕傲自大。

再三懇辭，幾經思考，諮詢各方賢達意見，百感交集天人交戰後，終於決定勇敢承擔責任出來參選，才符合大家心中的「姿態謙卑」，才是一個「正常的大人」。

正常的大人統治了我們的社會。

現在，正常的大人要統治我們這一班。

「我說了一萬遍了，現階段我是絕對不考慮選班長的，爲什麼呢？因爲不需要！瞧瞧我們五年四十七班，臥虎藏龍，人才濟濟，個個強棒都堪稱一時之選，然而，在這五年級資格考新制度的衝擊下，危機重重，眞的，前所未有的危機，集體降級唸四年級的可能性非常地大，但，我們一定能夠選出一個合適的班長，帶領……」

「對，我們班人才濟濟，輪不到你選。」

硬是打斷蔣幹化的幹話的，是林俊宏。

林俊宏從垃圾桶裡起身，用手指直接抹去眼鏡上的霧氣，走上講台。

他拿起粉筆，工整地寫下自己的名字，轉身大聲說道：「林俊宏，就是大家一直都認識的品學兼優林俊宏，除了哈棒老大，每一年，每學期，每一個科目都是這個班上分數最高的學生，就算是我最不擅長的體育，我也可以在仔細研究考試規則後拿到全班最高分，毫無疑問，我林俊宏不僅聰明，還很努力，帶領大家綽綽有餘，現在，我正式宣布參選民生國小五年四班的班長。」

大家沒有任何反應，對林俊宏的參選一點也不意外，也完全不嗨，無人鼓掌。

覺得意外的人大概就只有我吧，幾分鐘前我才親眼目睹林俊宏被全面擊潰，我以爲他會一蹶不振到明年，沒想到他還有信心要選到底？

唉，林俊宏眞的是……很內個內個，說他聰明，他又眞的比誰都笨。

沒有掌聲，沒有歡呼，沒有熱情的視線。

站在講台上的林俊宏，看起來卻一點也不氣餒：「如果沒有其他同學要出來選，就請代理班長王國同學，根據學生自治法第一章，班長選舉條例第一條第一點，條文如下……如一個班級由單一候選人參選班長，無其他競爭者，得不經由投票程序，直接由班會主席逕行宣布其擔任下一屆班長，任期一個學期，任何人都不得異議。」

大家都看向楊巓峰，又看看蔣幹化。

楊巓峰聳聳肩，並沒有反對。蔣幹化則是笑容尷尬。

「王國？」林俊宏提醒。

「啊？」王國有些不知所措。

「請你馬上依照規定宣布，由我擔任本學期的班長。」林俊宏很堅定。

「可是……沒有選舉就不好玩了啊。」王國好像很捨不得。

全班開始鼓譟起來，有人要林俊宏不要鬧了，有人叫楊巓峰不要假了要選快選，甚至有人拿紙團丟林千富要他身爲五年四班首富幹嘛不出來選一下。更多人焦急地呼喊著蔣幹化出來選，不要放任林俊宏利用法條得逞。

林俊宏絲毫沒有一點退讓：「主席王國，你想公然違反學生自治法嗎？你想知道主席違反學生自治法會受到哪一條罰則的處分嗎？」

王國慌慌張張地說：「好啦好啦，啊不然我現在就宣布……」

「等！」蔣幹化舉手。

大家充滿期待地看著向蔣幹化。

蔣幹化的表情有點侷促，有點窘迫，拱手連說：「等等等等一下！」

林俊宏也沒生氣，只是淡淡地說：「突然想選班長了對吧？」

蔣幹化嘆了一口氣，像是心事重重，自己倒了一杯酒乾掉。

蔣幹化娓娓道來：「林兄，做小弟的我一想到五年級資格考的步步逼近，就食不知味，睡不得眠，今天，對於五年四十一班班長選舉這件事，小弟認爲……」

林俊宏打斷：「你一邊扯遠一邊在想要怎麼唬爛吧？反正，你就是想選班長對吧？」

蔣幹化臉有點紅，但還是在一個呼吸間便穩住了節奏：「不是不是不是，這裡有三個不是，第一個不是，是我眞的不是這個意思。第二個不是，就意義深遠了。小弟我覺得班長選舉一事，在五年級資格考的影響下，牽涉層面太多，茲事體大，牽一髮而動全身……」

林俊宏馬上又打斷：「所以你沒有要選班長吧？」

蔣幹化連忙說：「沒有沒有沒有，我只是……」

林俊宏看著王國，大聲說道：「沒有就好！請主席王國同學馬上宣布我當選！」

王國趕緊站好：「各位同學，各位老師……啊？沒有老師？」

林俊宏厲聲：「主席！」

王國都快被嚇哭了，馬上大喊：「身爲主席，我在此宣布下一任的班長就由──」

全班的心臟都揪起來了。

「等！等等！」

蔣幹化馬上從小凳子上跳了起來：「等等等等等等！主席切勿著急！同學也稍安勿躁！所謂忙中有錯，狗急尚且跳牆，更何況是人呢？這急！人有三急啊！五年四十四班的急又是什麼呢？今天，五年一班勢力越來越大，情勢越來越危急，然而，越是颳起颶風的大海，越是需要冷靜的舵手……」

林俊宏冷冷打斷：「說了這麼多，就是要選班長吧？」

蔣幹化立馬撇清，搭配「你千萬別誣賴我」的華麗手勢：「這眞的是誤會，小弟我不管是吃痰喝酒還是請大家吃冰，都是一本初心，對於班長這個吃力不討好的職位……」

林俊宏沒有一點脾氣地打斷：「所以你要選班長？有？沒有？說有跟沒有之外的句子，就是油嘴滑舌，就是愛牽拖，就是不誠懇。」

全班超級安靜。

蔣幹化滿臉通紅：「……沒有。」

林俊宏迅速結論：「沒有就好，王國同學，該你宣布了。」

王國看了一下蔣幹化，又無法不看一下林俊宏，不知所措像個無頭蒼蠅。

誰都知道，只要王國一開口，就會被蔣幹化毫無節制的「等一下之術」凍結時間。

林俊宏不疾不徐地說：「沒關係，不爲難你，反正根據學生自治法第十章班會秩序守則第十三條規定，如果班會主席連續三次故意不執行應盡之責任，則主席一職，自動轉交給主動向主席提出行使職權之糾正的同學，也就是我，我算過了，剛剛我已經提醒了王國四次，每一次，主席王國都不執行他的職權，嚴重損害應屬於我身爲班長參選人的權益。所以從現在開始，本次班會的主席就由我來擔任。我以班會主席的身分，正式宣布——」

蔣幹化爆氣大吼：「YES！I DO！」

啊？DO？DO三小？

「I DO！I DO！我要選班長！」

他氣急敗壞衝上講台，拿起粉筆用力在黑板上寫下大大的「蔣幹化」三個大字，用力之大，寫到腋下都濕了，連粉筆都斷掉了七次，才斷斷續續把自己的名字寫完。

台下很多同學看到了嚴重失態的蔣幹化，都很傻眼。

原本支持蔣幹化，甚至從一開始就打算包容他假惺惺推辭來謙卑去的欲拒還迎，最後上演黃袍加身戲碼的那些腦粉，此時看著蔣幹化的眼神也有一點點走樣了。

蔣幹化氣喘吁吁站在講台上。

平常幹話連篇的他，一時之間竟也不知道該說什麼圓自己的窘。

楊巔峰大笑，用力鼓掌，滿意地看著林俊宏。

「這才是進化嘛。」楊巔峰讚不絕口。

「……」林俊宏的眼神變得很清澈，語氣也很爽朗：「學生自治法裡並沒有主席資格轉換的這一條規定，我亂講的。」

從剛剛到現在，林俊宏眼鏡上都沒有出現過霧氣。

一點都不緊張，一點都不慌張，跟平常的林俊宏截然不同，短短幾分鐘內，到底他的身上發生了什麼事？竟然進化得如此神速，簡直是突變啊！

蔣幹化大怒：「沒有法條怎麼可以瞎掰！這是藐視班會！應該要好好處罰！」

林俊宏也不生氣，推推眼鏡反問：「是的，不過蔣幹化同學，請問我瞎掰法條，違反了學生自治法哪一章哪一條規定？又該怎麼罰？」

蔣幹化雖然鎮定，但語氣有點飄了：「林俊宏同學，你不要過度執著於法條問題，從頭到尾這都不是關於你違反哪一個法條的問題，這是……」

全班都安靜地看蔣幹化第一次陷入苦戰。

林俊宏點點頭：「這是態度問題對吧？你每次被吐槽，總是愛扯態度問題，實際上你就是個草包。其實草包不要緊，眞的，這個世界上的草包太多了，草包沒有罪，草包也不壞，草包也可以很可愛。你看看王國，王國比草包的等級更低，他是個白痴，不是用來罵人白痴的那個白痴，是智商數據意義上的眞正白痴。」

王國指著自己的鼻子，困惑：「我是白痴？」

我點點頭，豎起大拇指：「是，你是白痴。」

王國看到我的大拇指就放心了，鬆了一大口氣。

林俊宏在台上說得振振有詞：「但白痴的王國，至少不會不懂裝懂，至少在我教導他之後，他會願意謙虛地，眞正地去打開學生自治法手冊，告訴大家我是違反了第十章班會秩序守則第六條，在班會殿堂，隨便瞎編法條以獲取不當利益者，應處以一邊自掌嘴五十，一邊交互蹲跳一百之刑。」

蔣幹化臉一陣青一陣白，指著林俊宏，深呼吸後放緩語氣：「我當然知道這一條，小弟飲酒郎只是認爲……」

林俊宏打斷：「是吃痰俠。」

蔣幹化大吼：「我剛剛就是說吃痰俠！我很喜歡吃痰俠！我就愛吃痰俠！大家千萬不要忘記了我幫大家吃痰這個事實！」

大家都嚇到了。

蔣幹化察覺自己中了被激之計，隨即順著激動的語氣，抽動三下鼻孔，讓鼻子一酸，眼睛裡蓄滿淚水：「講到這裡眞是無比激動，畢竟吃痰是小事！班級法治……是大事！這牽涉到大是大非啊！小弟吃痰俠斗膽認爲！一個班這麼大，人數都破七十個人了，要有效管理，我們就需重視各股長間的職權分配問題，關於學生自治相關的法條，關於罰則，應該統一由風紀股長代爲回答……」

蔣幹化一開始被激到失態，但一開始認眞唬爛，沒唬幾句就沉穩下來。

他開始左顧右盼，在語氣頓挫之際，隨意增加手勢，以爭取時間。但不是爭取時間思考下一句怎麼說會比較好，而是爭取時間多說一句廢話，多說兩句廢話，多說十句廢話，好讓底下的聽眾多一點恍神的機會。當他唬爛完畢時，聽眾就只會記得他侃侃而談時的從容不迫，記得他的態度，完全忘記他到底說了什麼內容。

眞是一個可怕的正常大人。

蔣幹化已經恢復平常的穩定，開始有說有笑：「所以小弟我，即使對整本學生自治法都很熟悉，眞的，每一頁都熟讀再三，這是我當兵時所受的嚴格軍事訓練，所累積下幾十年的閱讀習慣，睡前，一定會好好閱讀這本學生自治法，做好服務各位同學的準備，哈哈我不能總是幫大家吃痰而已對吧，我雖然沒辦法升上六年級，但這幾十年我讀了很多書，比你們大家想得還要有料，哈哈……但言歸正傳！法治就是法治，制度就是制度，我們還是該尊重風紀股長的職權，是的，這是尊重問題，也是一種我們必須從上而下，虛心建立的法治態度，凡是法條相關，必須由風紀股長……」

楊巔峰捧腹大笑：「哈哈哈哈哈但還是沒有那條啦哈哈哈！」

蔣幹化愣住。

全班同學沒一個看過法條，只能又望向林俊宏。

林俊宏推推眼鏡，學柯南一樣微笑：「是的，從頭到尾，也沒有這條罰則。我想是因為當初編寫學生自治法手冊的人沒有想到，眞的會有人在班會時瞎掰法條吧。」

蔣幹化雖然臉色如屎，但他的嘴唇又在顫抖了。

天啊……他又要開始唬爛了！好想知道他要怎麼靠唬爛逆轉啊！

林俊宏沒有給他這個機會，直接一刀：「你啊你，蔣幹化啊蔣幹化，你眞的只會亂講空話，一天到晚在那邊特別特別高興，答不出來就一直說尊重尊重。被砲轟，被指責，被糾正的時候，你永遠都扯是態度問題，永遠都是別人心眼小在背後戳你、卡你、見不得你好，永遠都是你理由最多，永遠都不肯承認——你錯了。」

蔣幹化憤怒地看著林俊宏，嘴唇顫抖，卻無法打開。

班上的氣氛太尷尬了，但我竟然想用力鼓掌，為林俊宏用力鼓掌一次！

林俊宏嘆氣，看著黑板上自己的名字。

「一到六年級，我的夢想，就是當班長。但我的腦袋，也是第一次這麼清楚。」

林俊宏幽幽說道：「要說原因的話，就只有一個。」

快說！

林俊宏拿起板擦，將自己寫在黑板上的名字擦掉。

全班每一個人都太傻眼了，太太太太傻眼了，這是什麼超級大逆轉啊！

就連蔣幹化的嘴巴都無法打開。

「不選的人最大。」

林俊宏從黑板的溝槽裡，挑選了一支粉筆：「沒有慾望，就沒有魔鬼。打從我將自己的名字寫在黑板上的那一刻開始，我的心裡就只有一個念頭，那就是，在十分鐘之內讓蔣幹化原形畢露，醜態百出，出盡洋相。」

我彷彿聽見蔣幹化那一口深紅色的檳榔嘴裡，牙齒憤怒的咬磨聲。

林俊宏沒有笑，而是微微搖頭：「但，還不夠。不管蔣幹化有多爛，會投他的人就是會投他，這就是我們班選民的素質。這是班長選舉最大的問題，我的程度，極限就是打到這裡，我突破不了選民素質這個關卡。我，品學兼優林俊宏，沒招了。」

我有點想哭。

天啊林俊宏，我眞的好想哭啊。

林俊宏走下講台，走到楊巔峰旁邊，將手中精挑細選的那支粉筆遞了出去：「不管你那套強者選舉論有多熱血，現實就是，同爲五年四班的支柱，我們絕對沒有分裂的本錢。突破糟糕的選民素質，擊敗蔣幹化的任務，就交給你了。」

楊巔峰認眞地看著林俊宏手中的粉筆。

這根粉筆，意味著林俊宏的洗心革面，意味著超乎尋常的責任。

「總算，看到你的車尾燈了吧？」林俊宏笑了。

有點得意，有點跩，但完全可接受。

至少，把我的眼淚都逼出來了，還逼了滿臉，眞是萬萬沒想到。

「在我接過粉筆之前，我想問你，如果你當了班長，你想做什麼？」楊巔峰給了一個肯定的眼神：「你這麼想當班長，政策跟班規一定都想好了。」

林俊宏點點頭，非常有自信地說：「就當作你會參考我的治班意見吧！我品學兼優了五年，悟出一個道理，小學生只有分兩種，一種是成績好，一種是成績不好，但不管是成績好或不好，都應該爲班上的整齊清潔一起努力。首先大家的桌子務必要對齊地上金色的線、椅子則需對齊黑色的線。至於窗簾的部分……」

「那是選生活股長要講的。」楊巔峰打斷他的老毛病：「選班長，你只要回答兩個問題。第一，請問面對五年級資格考，你的態度是什麼？第二，你要怎麼處理你跟五年一班之間的關係？」

在林俊宏棄選的時候問？難道他回答得好棒棒，楊巔峰就會改支持他嗎？

大家都聚精會神地聽著，林俊宏第一次感受到大家對自己的答案非常感興趣，有點緊張，眼鏡上又漸漸出現了薄薄的霧氣。但此刻的他戰鬥力已不可同日而語，一個深呼吸，霧氣一閃而逝。

「我當班長的話，面對五年級資格考，該怎麼辦就怎麼辦。對的事就做，不對的事就不要做。那什麼是對的事呢？跟五年一班締結友好關係，至少要好到可以取得五年級資格考考題範圍的教材，既然要考，就要考好，不能逃避。大家一起研讀教材，有不懂的，我可以教大家。不對的事情當然就是，爲了維護所謂的尊嚴，放棄考五年級資格考，導致大家通通都降級四年級，這徹底違反了大家就讀小學的本意——我們不只要升上六年級，我們還得畢業！」

「至於跟五年一班的關係，雖然不致於去認同五年一班是我的班，但爲了和平相處，也不用把精力花在公開拒絕承認五年一班是我的班上面，畢竟五年一班是不是我們的班，我們自己知道就好了，不須要刻意挑釁王霸旦，給他攻打我們班的理由。所以他講他的，不要理他就好了。至少你看看，自從哈棒……老大畢業之後，王霸旦只是打下二班跟三班，跟一班兩制化五班，六班集體逃跑是因爲那些女生眞的跟王霸旦打起來，然後呢？然後五年一班也沒有眞的攻打我們班，基本上他們也跟我們和平相處，沒事誰想發動戰爭呢？依照我的見解，就是保持友好，沒事別挑釁，走廊就擺在我們教室門口，大家每天都要經過，這是事實。」

享受著大家專注的眼神，林俊宏繼續用加強的語氣補上：「結論就是，所謂上兵伐謀，當班長，必須避戰。很多關於五年一班到底是誰的班，是他們自己的班，還是也是我們的班的問題，不回答就是最好的回答，我慢慢發現這道理。」

大家一陣由衷的掌聲，給了林俊宏莫大的鼓勵。

盡管同學的反應很好，林俊宏手中的粉筆並沒有收回，也沒有顫抖，他倒是沒有反悔的意思，可見楊巔峰一路屌虐他的記憶已成爲清晰的印象，久了，大概已轉變成連林俊宏自己都沒察覺到的崇拜。

楊巔峰接過粉筆。

林俊宏沒有回到垃圾桶，而是原本的位子上。吹掉桌面的灰塵，自信坐下。

「可以爲你鼓掌一百次啦，一千次也行。但看到車尾燈這件事……」

楊巔峰將粉筆用力握在掌心，微笑。

「並沒有喔。」

32

我不懂。林俊宏不懂。沒有一個人猜到楊巔峰在胡說什麼。

楊巔峰緊握粉筆，一個箭步踏上椅子，踩上桌子。

居高臨下，氣勢不凡，有夠機掰。

「如果我要競選班長的話，我的政見大概也會是……維持現狀。」

什麼！跟林俊宏一樣？

「但我的維持現狀，跟林俊宏的維持現狀不太一樣。」

大家洗耳恭聽，就連林俊宏也乖乖坐好，雙手放在膝蓋上。

「大家用腦，這裡，腦子在這裡。」楊巔峰用手指敲敲腦袋：「我們以前升六年級須要考什麼狗屁五年級資格考嗎？不用，所以一參加五年級資格考，就不算是維持現狀，而是非常大幅度地改變了現狀。大家想想，五年級資格考的遊戲規則是誰定的？是五年一班。五年級資格考是一個陷阱，你一旦決定參加，就等於承認了五年級資格考的合法性，就等於承認五年一班就是我們的班，以後五年一班怎麼改變五年級資格考的遊戲規則，我們就得跟著調整，爲了得到題庫，我們要犧牲多少東西去巴結？去拜託？去哀求？去跪？去舔？想到就硬！」

大家不停地點頭，能不考試就升六年級，當然就不要考啊。

問題是，怎麼做可以不考呢？

「爲了眞正的維持現狀，最重要就是將我們班排除在五年級資格考的範圍外，怎麼做到呢？唯一的可能性就是，想盡辦法，提出最好的交易條件，去取得一開始就不受王霸旦定下的民生國小學生自治法約束的，擁有特殊外籍生的，五年A班與五年B班的政治承認。」

大家一片譁然。

楊巔峰把粉筆當麥克風，優雅地站在桌子上演講：「也就是，加入五年A班跟五年B班的特殊班級聯盟，將我們班的教室，轉移到他們那一棟行政大樓裡。雖然搬教室很累，收抽屜很累，跟這條走廊多多少少也有感情了，但相信我，一切都會很值得。只要不跟五年一班繼續共處同一條走廊，就不會在地緣上受到軍事威脅，即使必須將班牌換成五年C班，依然不失爲最棒的做法。這就是維持現狀，這就是，生存。」

「但如果行政大樓，沒有多餘的教室可以讓我們搬呢？」美華舉手。

楊巔峰點點頭：「我有研究過，行政大樓還有兩間空教室，雖然小，但是是完全空的。OK，如果妳說的疑慮眞的發生，比如說邪惡的家長會向校長施壓，空的教室突然被拿去做別的使用，拿去當教具儲藏間或是改成廁所，那就退而求其次。」

大家聽得很專注。

楊巔峰肯定完全都想過了一遍，直接說：「我們還是可以與五年A班跟五年B班討論，用很好的條件，例如坐在漂亮女生旁邊，或是營養午餐免費，或是永遠都不用當值日生，或是體育課同學代爲點名之類的，邀請他們其中幾名特別有家世背景的同學轉班到我們班，然後一樣，藉此跟五年A班B班締結成特殊班與班關係的聯盟，把班牌改成五年四班之C，讓王霸旦投鼠忌器。如此一來，就能以最低程度維持現狀，不受五年級資格考的惡法威脅，順利升上六年級。」

站在桌子上，讓楊巔峰原本就有條有理的分析，氣勢更強，姿勢更帥。

「至於不管王霸旦說什麼，我們都不用鳥他，這點我算是贊同林俊宏。對，也就是從小到大父母最喜歡傳授給我們的老智慧——顧好我們自己就好了之術！在這個前提下，我們必須對五年二班跟三班跟五班跟六班發生的事，假裝看不到。沒辦法，這是班際現實，他們很倒楣，碰上了拳頭又大又硬又覺得自己通通都對的王霸旦，還有彰安國中的東狂西姦南淫北煞，或許還有尚未出動的『中！亞信』作爲潛在的威脅，誰都不想跟王霸旦衝突。」

大家的臉應該都跟我一樣，開始熱了起來。

拜託不要再明說下去了，有些丟臉的想法，不說出來就沒事了。

沒事就是好事。多一事，不如少一事。

「你會問，那我們五年四班的良心在哪？我的想法是，我們也不說一些五年一班鎮壓得好啊！和平協議簽得好啊！洗腦洗得好啊！一班兩制眞的好棒棒啊……這種讓自己反胃想吐的話，就是我們做人的底線，這就是心存善念。微丟臉，但又不太丟臉，微沒品，卻不會太沒品，微不道德，可又不算眞的很沒道德。這是我能認同的人性平衡。」

林俊宏頻頻點頭：「很棒啊，就應該這麼做。」

大家讚歎不已，掌聲連連，就等楊巔峰把他的名字寫在黑板上了。

蔣幹化兀自僵硬地站在講台上，面色如屎，特別特別無法動彈。

「但，我有一個問題。」

楊巔峰的眼睛瞬間往下，往後，看著蹲在垃圾桶裡的謝佳芸。

「請問謝佳芸同學，如果是妳擔任班長的話，妳會怎麼做？」

「如果……我當班長？」謝佳芸嚇呆了。

不只是謝佳芸嚇呆了，大家也嚇呆了，簡直就是嚇到臉都歪掉了。

「是啊，如果是妳當班長，妳想幹嘛？」楊巔峰蹲在桌子上。

「……」謝佳芸啞口無言。

一句話，不，連一個字都說不出來。

楊巔峰微笑，跳下桌子，慢慢走到教室尾巴的垃圾桶前。

伸手托著謝佳芸的下巴，彎腰，低頭，輕輕地往下一吻。

不。不是輕輕。是喇舌。

謝佳芸的嘴邊肉，都被楊巔峰的舌頭戳到鼓來鼓去。

大家連大吼大叫都忘了，只能眼睜睜地瞪著楊巔峰喇舌謝佳芸。

大家都很痛苦。大家都好難受。大家都很想大哭。

過了好幾百年，終於，楊巔峰的嘴唇戀戀不捨地離開肆虐的範圍，還牽絲。

他溫柔地摸摸謝佳芸的頭。

「幾分？」楊巔峰竟然在光天化日之下問。

「九十……九。」謝佳芸竟然在光天化日下回。

「有全身酥麻嗎？」

「多多少少吧。」

「有視線模糊，奶頭慢慢尖起來那麼好嗎？」楊巔峰的語氣像棉花糖。

「……有一點點尖啦。」謝佳芸的眼神極度痴迷。

天啊天啊殺死我吧！來顆隕石墜毀在民生國小吧！

這什麼對話啊！人類的語言裡沒有這麼噁心的構造啊！

「妳當班長，最想做什麼？」楊巔峰回到了最初的起點。

「我在想……我只是在想……五年二班很可憐，每天都要輪流去大禮堂洗腦。五年三班也很慘，整天舔東舔西，班長張俊凱沒事就被綁起來揍。五年五班不只被剝削到快要沒地方坐了，上走廊抗議還被炸大便。五年六班的教室被五年一班整個毀了，大家乾脆逃走不上課了。每一班，都有夠慘……」

「超慘，姑且可以當作是我們的借鏡吧。」楊巔峰語氣溫和：「跟五年一班對抗的結果，就跟他們一樣慘慘慘。有了這麼慘的前車之鑑，妳認爲我們該怎麼做呢？」

「在逃學之前，六班那些女孩子把班牌交給我保管，我跟她們約好了，都約好了……一個月以後，她們一定會回來。如果到時候我們搬教室了，或是只顧自己維持現狀，她們就完了，她們回來的那一天，一定會被王霸旦欺負得很慘。比二班、三班跟五班，加起來都更慘。」

「所以呢？」楊巔峰的眼神很溫柔。

「所以……」謝佳芸低下頭。

楊巔峰將手中緊握的粉筆當成麥克風，放在謝佳芸的唇邊。

「謝佳芸，妳當班長，最想做什麼？」

謝佳芸眼中的痴迷瞬間退散，清亮無比。

「我要打敗王霸旦。」

全班鴉雀無聲。

全班暴動鼓掌。

楊巔峰攤開掌心，將熱熱的粉筆放在謝佳芸的手上。

「我願意爲妳一戰，謝佳芸班長。」

五
班
長
四

星期四

33

今天是禮拜四。早自習的黑板上，留著昨天放學前寫上去的兩個名字。

蔣幹化。謝佳芸。

明天禮拜五的最後一堂課就要投票表決班長，每一分鐘都很珍貴，大家還陸陸續續走進教室的時候，謝佳芸小小的身體靠著講台，一邊吃燒餅加蛋配豆漿，一邊緊張兮兮地唸著事先寫好在紙上的政見，大家也就邊吃早餐邊聽看看。

比如說，以最快速爲前提，與五年A班跟五年B班進行正式談判，提出結盟申請。我們可以提供的每一個結盟條件，都必須經過班會表決，清楚明定範圍，不得由談判代表自行黑箱作業。

比如說，如果暫時無法取得五年A班與五年B班的結盟同意書，班長得動用學生自治法第十三章緊急戒嚴法之第六條，對營養午餐的品質提出營養不均衡之最高異議，並汰換現任廠商，在出現新廠商之前，處於營養不均衡的該班，應停止一切考試，以避免考試不公之結果，直到新廠商被所有同學認可，方能進行集體補考。註，此條雖不免犧牲廠商，但作爲合法抵制五年級資格考之法律救濟，可以提供更多時間與五年A班B班談判結盟，還請各位同學納入考慮。

比如說每天的早自習跟午休時間，都要一起看影片練習格鬥技，體格好的就練摔角跟柔道，速度快的就練泰拳跟拳擊，體格不好又沒速度的人就練空手道的直拳突刺，對，就只練一招，不需要速度也不需要體重，專心磨好蹲好馬步的一拳即可。每天放學後一起跑操場十圈，再回家。

比如說，動用哈棒老大遺留下的鉅額班費，購買球棒、N95口罩、高強度壓克力透明護目鏡、全套防摔護具、各式各樣的沖天炮，以及跌打損傷的藥膏。

比如說每天增加四倍數量的值日生，每節下課都派人去打掃五年六班的教室，恢復她們的課桌椅，把裂開的黑板補好，黏好斷掉的掃把與拖把。如果還有多餘的經費，噴一點香水也是滿好的。

比如說派遣和平特使，進入五年五班進行人道慰問，並且在全校朝會公開譴責五年一班並未遵守五年五班的一班兩制協議，支持五年五班罷免現任班長慈母，並全面進行民主改選。

比如說邀請五年A班與五年B班，也就是公正的第三方，派遣專員去大禮堂蒐證五年一班之甲在裡面被五年一班有系統洗腦的慘況證據，認證大禮堂就是五年一班的附隨組織，集中營無誤，必須徹底清空。

比如說，全面檢驗五年一班與五年一班之乙簽訂的和平協議內容，在朝會時向全校提出抗議，禁止五年一班對五年一班之乙進行任何形式的奴役或剝削，並釋放五年一班之乙的班長張俊凱，永遠不能再用任何理由將他綁在椅子上。

比如說，基於人權保障，拆除本班教室多餘擺設，書包一律放抽屜不掛走道，清出每一吋空間，好接受來自五年一班之甲、五年一班之乙、五年五班的難民同學，發給他們合法居留本班的證明文件。

比如說，每個禮拜只能有一天中午吃冰，避免營養嚴重失衡。

比如說，在教室後面設立喝酒專區，只有年滿六十歲以上的巨齡國小生才能在專區裡自由飲酒。

比如說，全面禁止任何國中生降轉轉班到本班，利用現有法律規定的就學自由，進行實質的洗人口行爲。

比如說，全面禁止在教室裡使用王幣進行任何交易。

比如說，全面拒絕承認五年級資格考的合法性，必要時自行成立六年級部。

比如說，成立法條研究小組，全面檢討學生自治法，在逐條完成檢驗之前，不承認學生自治法的合法性，不配合其施行。如果遭遇脅迫，得另開班會討論革命推翻學生自治法的可能。

一共十五條，滿滿的一張Ａ４，要不是左上角有謝佳芸的大頭貼，眞的很難閱讀。

「哇，有多少政見是你幫忙想的啊？」我才不信謝佳芸有這麼閒。

「主要是規劃啦。」楊巔峰打了一個睡眠不足的呵欠：「班長候選人就是提出一個打倒王霸旦的大方向，要怎麼做，就是我們來幫她一起想啊。」

「我也有幫忙。」林俊宏搶功一向不手軟：「用字遣詞，細部想法，都是我擬的。」

「但那些都不是重點啦，不管政見有多好，沒選上都是屁。」楊巔峰還是呵欠。

「那爲什麼還要那麼認眞寫啊？」我眞的不懂：「要做什麼，等選上了再說就好了啊。」

「唉，眞正難討好的選民是哪一塊你知道嗎？」楊巔峰意興闌珊地說：「絕對不是蔣粉，他們反正鐵打不動，死都不會投給謝佳芸。最難搞的，是那些自以爲是中間選民的讀書人，也就是傳說中的文青。這些文青最愛挑剔，老是想證明自己很聰明，最清高，最不容易受騙，你猜猜那些文青最愛檢討誰？」

「文青當然最愛檢討蔣幹化啊！」

「錯，錯錯錯錯錯，文青酸蔣幹化只是隨手拈來的娛樂，爽一下而已，但檢討蔣幹化那種草包，怎麼能證明自己好棒好聰明呢？當然是認眞檢討一樣是讀書人的候選人，文青最熱衷反覆挑剔政見，寫得稍微隨便一點的政見就會被他們嫌棄，動不動就說兩邊一樣爛，說到底，大部分的文青都是自以爲是的理論派。」楊巔峰有意無意地看向林俊宏。

「……我知道你在說我。」林俊宏有點不爽。

「反正既然要選，就認眞把該做的事做一做吧，像樣的官僚系統是一個班級正常運作的基礎，林俊宏雖然死讀書，但他對法條鑽研的龜毛程度眞的是全班最好，不，說不定是全校最強。那一條用換營養午餐廠商來拖延考試時間的奇怪法條，也是他找出來的合法漏洞。」

楊巔峰雖然說得很隨便，但林俊宏的下巴越抬越高，實在是誇不得。

謝佳芸吃完早餐的時候，嘴巴邊邊都是燒餅的芝麻屑屑，有夠可愛。蔣幹化正好一身酒氣地走進教室，他一看到謝佳芸，馬上張開雙手走向講台。

「佳芸姊！好久不見！昨天眞的是……好樣的啊！佩服佩服！甘拜下風！」

「你好臭，不要抱我。」

「哈哈哈哈佳芸姊眞是快人快語！來！我們以握手代抱！」

「……好煩，快啦！」

謝佳芸的手馬上被蔣幹化握住，搖上搖下，眞的是老不修。

「我剛剛才說完政見，來，這一份給你。」謝佳芸遞給蔣幹化一張政策。

「感謝感謝，但不用了不用了，須要照稿唸的政策，連自己都記不熟了，怎麼可能會實施呢？」

蔣幹化笑笑，短短一句話就贏回了氣勢：「不過佳芸姊，妳放心，小弟我累積了五十多年苦讀小學五年級的經驗，眞的不是唸假的，我的人生經驗就是政見，不，超越了政見，等我當上了班長，我一定會好好參考妳做不到的政見！只要是好的想法，大家都是好朋友，小弟我一定爲大家辦到！」

如果昨天最後一節課馬上投票的話，蔣幹化一定會大輸給謝佳芸，但眞是遺憾，大家回家睡一覺，稍微冷靜了，對蔣幹化失態的記憶也模糊了一點點，鹿死誰手，還眞難說。

輪到蔣幹化發表政見了，他捲起袖子，摸了摸光頭或禿頭。

老實說，大家都知道蔣幹化是草包。就連蔣粉自己也一清二楚蔣幹化是草包，但這一點都不是問題，畢竟會投草包的不是草包，就是正在變成草包的路上。不管是不是草包，都很好奇，代表草包出來參選的大草包，會生出什麼樣的政見。

「大家好，各位親愛的，五年五十四班的同學，大家早安，早上好，Good Morning，歐嗨呦！我知道大家都很期待，小弟我，吃痰俠阿化，鬼扯一些冠冕堂皇的政策，打一些高空，讓大家充滿願景，拍拍手，投我，才投得下去。」蔣幹化又開始左邊看看，右邊看看，一副別人唬爛唯我眞誠的表情：「但政策說得再美好，做不到，有什麼用呢？」

這招顧盼自得是沒用的，蔣幹化，大家已經看破你的手腳了好嗎。

底下的大家都沒什麼反應，早餐還沒吃完的繼續吃，作業沒抄完的繼續抄。

「不打高空，不故意把滿滿的初心，複雜化，所以我主張，政策越簡單，老百姓越聽得懂，大家都聽得懂，就能夠越團結！畢竟！我這個人，眞的很簡單，我的政策，也跟我本人一樣簡單，易懂，坦白。」蔣幹化摸摸自己的光頭或禿頭，拍了拍：「五年四……四十四班的老百姓，要的，就是這麼簡單！」

喔，這樣啊，所以咧？

「大家要什麼呢？」蔣幹化像個搖滾巨星，在講台上舉手大叫。

大家面面相覷，幹，大家要什麼？

「大家要什麼！要什麼！」蔣幹化振臂疾呼。

大家有些慌了，眞不知道自己要什麼啊？

大家要的不就是……無非就是……好像就是……

「大家！」蔣幹化高舉起手。

大家被點名了，有點緊張！

「要的是什麼！」蔣幹化的無腦發問，就像核子彈一樣飛過來。

大家要的是什麼！自己怎麼可能不知道！我們一定知道！

我們要吃飯要睡覺要寫作業要打神魔之塔要尿尿要大便要看小說要……

天啊！我們要什麼啊！

「升上六年級！」

蔣幹化舉起雙手，自己率先加強一次：「升上！六年級！」

原來如此！

大家一秒爆炸，這是一定要的啊！

「升上六年級！」「升上六年級！」「升上六年級！」「升上六年級！」「升上六年級！」

「升上六年級！」「升上六年級！」「升上六年級！」「升上六年級！」「升上六年級！」

「升上六年級！」「升上六年級！」「升上六年級！」「升上六年級！」「升上六年級！」

「升上六年級！」「升上六年級！」「升上六年級！」「升上六年級！」「升上六年級！」

「升上六年級！」「升上六年級！」「升上六年級！」「升上六年級！」「升上六年級！」

眞的很誇張，無敵熱血啊！連我都一起大聲呼喊了。

是的，別緊張，我絕對會把票投給謝佳芸，眞的，我一定會投她，她是我的好朋友啊！但我完全同意要升上六年級！可能的話，謝佳芸也應該一起舉手一起喊啊！

此時，肥婆不識好歹地舉手了。

「這位身體豐腴的傑出女性，肥……仔婆！請說！」蔣幹化精力四射。

「太棒了！升上六年級，我們應該怎麼做呢！」肥婆感覺也很興奮。

「總目標就是，五年十四班，一定要升上六年級！」蔣幹化又一記帥氣的振臂。

太帥啦！大家又是一陣暴動！

「升上六年級！」「升上六年級！」「升上六年級！」「升上六年級！」「升上六年級！」

「升上六年級！」「升上六年級！」「升上六年級！」「升上六年級！」「升上六年級！」

「升上六年級！」「升上六年級！」「升上六年級！」「升上六年級！」「升上六年級！」

「升上六年級！」「升上六年級！」「升上六年級！」「升上六年級！」「升上六年級！」

「升上六年級！」「升上六年級！」「升上六年級！」「升上六年級！」「升上六年級！」

「所以我們要怎麼通過……下禮拜一的五年級資格考？」小電舉手。

吼！竟敢打斷我們集體狂歡的時刻，小電妳這個文青眞的很解嗨！

「升上六年級該怎麼做，就怎麼做！我蔣幹化，絕對不會丟下大家！一個人升上六年級！」蔣幹化流下男子漢的淚水，用力拍了一下光頭或禿頭，激動不已：「要留，大家一起留。要升！大家一起升！大家——一起升上六年級！」

暴哭啦！

眞的是太激動人心啦！要留，一起留……要升！一起升！

「一起升上六年級！」蔣幹化瞬間舉杯，不愧是高手，斟酒於無形，隨時滿杯。

「升上六年級！」「升上六年級！」「升上六年級！」「升上六年級！」「升上六年級！」

「升上六年級！」「升上六年級！」「升上六年級！」「升上六年級！」「升上六年級！」

「升上六年級！」「升上六年級！」「升上六年級！」「升上六年級！」「升上六年級！」

「升上六年級！」「升上六年級！」「升上六年級！」「升上六年級！」「升上六年級！」

「升上六年級！」「升上六年級！」「升上六年級！」「升上六年級！」「升上六年級！」

「乾啦！」蔣幹化將酒灑在光頭或禿頭上，豪邁無比！

「乾啦！」大家沒東西可乾，但可以用力鼓掌。

美華舉手：「所以我們應該怎麼配合，才可以彼此幫忙，一起升上六年級？」

蔣幹化嘉許地看著美華，好像她問了一個非常棒的問題：「很好！這問題完全命中核心！我要說的是，不管升上六年級有多困難，我，蔣幹化，一定陪在大家身邊！不管是誰！哪怕是薩諾斯！哪怕是弗力扎！哪怕是王霸旦！只要誰，不管是誰！管他是誰！想阻止我們五年七十四班升上六年級！除非！」

我們心跳了好大一下，除非什麼！

蔣幹化激動到額頭都爆出十幾條青筋，舉手：「除非！」

我們齊聲哭吼：「除非！」

蔣幹化低頭，再度痛苦不已地強調了一次：「除非！」

我們也好沉痛：「除非！」

蔣幹化張開張雙手，仰天長嘯：「Over my dead body！」

大家都哭了！邊哭邊鼓掌，還有人抱著頭歇斯底里地尖叫！

他說的英文到底啥意思啊好激動啊！聽不懂但好感人啊！超越語言了啊！

「太棒啦！升六年級太棒啦！我們第一步該從何著手呢！」林千富舉手大叫。

「第一步！就是把我們的意念，通通都凝聚在一起！變成一股強大的念力！我們五年四十七班！就是生命共同體，有像林董這種殷實的首富！有像美華這種……奉獻肉身讓無數蟯蟲寄生的愛心媽媽！有像楊巔峰這種自作聰明的刁民！有像肥仔婆這種對命運！對未來！對靈界感到無比好奇的巨大女性！也有像王國！像王國！像王國……」

王國大哭：「媽！我在這裡！我在這裡！」

「也有像王國這種公認的白痴！」蔣幹化高舉起手，腋下都濕了：「不管大家來自何方！此刻！就在這間小小的教室裡！大家都是一家人！這不是巧合！這是緣分！了不起的緣分！從今天開始！我們不再分彼此，我們都是一家人！」

「一家人！」大家同時把手舉起來。

「要升！我們一起升！」蔣幹化用力拍桌，震得講台吱吱作響。

「要升！一起升！」「要升！一起升！」「要升！一起升！」「要升！一起升！」
「要升！一起升！」「要升！一起升！」「要升！一起升！」「要升！一起升！」
「要升！一起升！」「要升！一起升！」「要升！一起升！」「要升！一起升！」
「要升！一起升！」「要升！一起升！」「要升！一起升！」「要升！一起升！」
「要升！一起升！」「要升！一起升！」「要升！一起升！」「要升！一起升！」
「要升！一起升！」「要升！一起升！」「要升！一起升！」「要升！一起升！」
「要升！一起升！」「要升！一起升！」「要升！一起升！」「要升！一起升！」
「要升！一起升！」「要升！一起升！」「要升！一起升！」「要升！一起升！」
「要升！一起升！」「要升！一起升！」「要升！一起升！」「要升！一起升！」
「要升！一起升！」「要升！一起升！」「要升！一起升！」「要升！一起升！」
「要升！一起升！」「要升！一起升！」「要升！一起升！」「要升！一起升！」

早自習的最後一分鐘裡，蔣幹化在第一場政見發表會，就大逆轉封神了。

我目睹了一切。

我拍了手，吶了喊，流下了眼淚。

早自習結束的鐘聲響起。

眾人呼喊的聲音還黏在耳朵深處，我低頭看著手上的謝佳芸政見Ａ４紙。

密密麻麻，層層疊疊，這不是庶民的語言。至少，這不是小學五年級的語言。

上面寫的每一個字大概都很有道理，大概吧，但太多字了，寫那麼多，一定有很多很好聽但完全做不到的話偷偷藏在裡面，本意良好，但肯定就是天花亂墜，包裝再包裝吧，太複雜，也太……太複雜了。

我本能地將它對摺，再對摺，然後扔進抽屜。

我想好好升上六年級，用最簡單的方式啊！

34

第一堂課，眞的是一點都不意外，又來了十個國中生。

我就不花費字數介紹了，簡單來爲大家複習一下流程。金髮國中生在講台上一邊抖腳一邊自我介紹，蔣幹化站起來跟新同學划拳喝酒，然後新同學一點也沒有創意地搶奪舊同學的座位。

我們對這一切早有準備，林千富從家裡拿了好幾塊露營用的地墊鋪在教室後面，讓座位被搶的舊同學席地而坐。非常倒楣，但非常時期，必須有非常應付。

前兩堂是數學課。

原本的數學老師沒來，而是一個穿著三年級制服的小學弟走進教室。

那個低年級小朋友看起來很緊張，一進來，就拚命地朝大家鞠躬。他緊張是正常的，因爲他媽的我們班現在有八十一個人，其中有三十個國中生霸佔了距離講台最近的三十個位子睡覺，一整個超荒唐。至於沒睡著的五十個人，面臨著留級的壓力，個個臉色都很臭。

三年級小朋友轉過身，拿起粉筆，怯生生地在黑板上寫起九九乘法表。看樣子是跟同學玩大冒險輸了，得來高年級的黑板上寫九九乘法表，不過現在沒心情陪你玩啊臭小子。

「喂喂喂，鬧夠了沒？」我裝流氓。

「做人…不…要…太…機掰…教…你…做人…喔…」阿財好久不見。

「小朋友，你是沒被揍過，還是忘記吃藥？」林千富也自降格調開罵。

「滾啦！是不會看人眼色喔！白目！」小電也不演文青了。

那個小朋友沒有停下來，反而加快速度，字跡歪歪斜斜地把九九乘法表默寫完。

本來很多人都要走上去開揍的，沒想到小朋友一寫完，直接轉身跪在講台上大哭：「各位大哥哥大姊姊，大家好，我是這一堂課的代課老師，我叫吳紹全，就讀民生國小三年三班，今天要教大家的是……九九乘法。」

第一秒，大家都超莫名的。

第二秒，所有人馬上明白是王霸旦幹的好事。

「對不起，但……如果我不教你們九九乘法，我就會被……處罰。」吳紹全小朋友一直哭：「請大家跟我一起唸，我唸一句！大家跟我唸一句，考試……考試會考！」

處罰？所以咧？

「哈囉？誰在意啊？」不知道是誰先開嗆。

「２１得２！」吳紹全小朋友大哭。

「誰鳥你啦！」我也超不爽的。

「２１得２！拜託大家跟我唸！我唸一句各位大哥哥大姊姊就跟我唸一句！」吳紹全小朋友大叫：「２１得２！２１得２！２１得２！」

「滾啦！少在這裡裝白痴！」

「叫一個三年級來我們班教數學？是在教屁！教屁！」

「王霸旦叫你來你就來喔？叫你吃屎你吃不吃屎啊！」

「去跟王霸旦說！數學不好就叫他爸請家教！不要把全年級拖下水！」

「在五年級教九九乘法！少瞧不起人！」

「要考就考啊！少跟我來這套！要人要成這樣！」

大家開轟得很起勁，吳紹全整堂課就在那邊哭著喊「２１得２」，沒有人跟他唸一句。

沒人理他，班上同學烤香腸的烤香腸，打麻將的打麻將，比腕力的比腕力，塗指甲的塗指甲，謝佳芸已經從垃圾桶搬回到了原本她的位子上，所以我整節課都在偷聞她的髮香。

說眞的啦，數學這個科目畢竟是科學，考起來倒是令人放心，畢竟王霸旦是出名的數學爛，不管怎麼學，除法他就是學不會，所以五年級資格考，數學一定出得很簡單，頂多考到二位數的乘法，考三位數的話，王霸旦自己都會算到手指打結，一定不會出那麼難。

快要下課的時候，吳紹全小朋友像被鬼附身一樣開始尖叫：「幹！機掰學長！垃圾學姊！是要不要背九九乘法啦！２１得２啦！敢不敢跟我唸一次啦！２１得２啦！」

眞是可憐，被整來抄黑板扮老師，隨便交差一下就好啦，幹嘛把自己逼成那樣。

鐘響了，一堂數學課就這麼過去。

「啊啊啊啊啊啊啊啊啊啊……」吳紹全小朋友站在講台上尖叫。

接下來發生的事超離譜。在尖叫中，吳紹全小朋友把身上的衣服全脫光，連內褲跟襪子都脫，露出一條沒長毛的雪雞雞，我們還來不及給他掌聲鼓勵鼓勵，他就這樣裸體衝出教室。

吳紹全小朋友在操場跑道跑起來，一邊跑，一邊大叫：「21得2！22得4！23得6！24得8！25得10！26得12！27得14……」

想也知道，他必須在操場跑著把九九乘法表背完，才可以把衣服穿回去。由於是下課時間，全校有一半學生都在看吳紹全小朋友的智障暴走，原本以爲大家會笑成一團的……但沒有。因爲太慘了。實在太慘了。

原來王霸旦設下的處罰是這種等級，難怪他剛剛要崩潰成那樣。

第二堂課還是數學。

爲我們上課的，依然是全身脫光光，紅通通一直流汗的吳紹全小朋友。

「21得2！跟著我唸！21得2！」吳紹全小朋友滿臉通紅，全身發抖。

蔣幹化一身酒氣地站起來，手裡捧了兩杯酒：「這位小哥哥，辛苦辛苦了，眞的辛苦囉！古有武松打虎，今有三年級小哥哥跑操場背九九乘法，哈哈沒押韻，小弟我等一下自罰一杯！來！小哥哥，要不要喝一杯，休息一下，告訴大哥哥大姐姐們，到底怎麼做可以幫到你呢？」

「死禿頭！操你媽給我背！21得2！」吳紹全小朋友氣到小雞雞都紅了。

都已經脫光光跑操場背九九乘法了，我眞的很想知道下一個處罰是什麼。

我看著楊巔峰，楊巔峰罕見地看了一下林俊宏。林俊宏從幼稚園就會背九九乘法了，他大概是全班最不想跟著吳紹全小朋友胡鬧的人，此時卻淚流滿面地嘆了一口氣，高聲複誦：「21得2！」

哎呀，肯定是想到自己也常常被哈棒老大這樣惡搞吧。

謝佳芸也無可奈何地跟上：「好好好，21得2！」

大家畢竟都是人，都是血肉之軀，已經害吳紹全小朋友裸奔操場背九九乘法一次了，現在只好悻悻然跟著朗誦：「21得2！」

吳紹全小朋友尖叫：「大聲一點！沒吃飯是不是！22得4！」

大家完全理解他現在一定超氣的，也就不跟他計較：「22得4！」

吳紹全小朋友跺腳：「再大聲一點！23得6！」

大家喔喔喔喔大聲很多：「23得6！」

吳紹全小朋友全身都在跳動：「幹！再大聲！24得8！」

大家卯起來用吼的：「24得8！幹！」

就這樣，整堂課都在吼你他媽的九九乘法表，吼了一次還不夠，總共循環了三十六次，吼到下課鐘聲響起，吳紹全小朋友才穿回內褲跟制服，哭著離開教室。

大家總算解脫，每個人的喉嚨都啞了。太可恨了這個王霸旦，竟敢利用大家的惻隱之心，要大家背九九乘法一節課！

「怎辦？我對看低年級的小雞雞一點興趣也沒有。」我嘴巴好乾。

「不意外的話，王霸旦還會這樣玩下去。」楊巔峰也被整到滿身大汗。

第三節課跟第四節課都是社會課，進來教室的幸好不是三年級的小朋友。

而是一個……一年級的小毛頭！

「大家好我叫黃詩盛，今年就讀民生國小一年級……五班，我的興趣是跟媽媽一起逛菜市場，幫媽媽挑地瓜葉，有時候爸爸如果聽媽媽的話，我也會幫爸爸捶背。我的血型是什麼我忘記了，但我是水瓶座，跟媽媽一樣，都愛吃巧克力……」

黃詩盛小毛頭如數家珍地唸著自己的興趣，好不容易廢話完了，她就開始用很認真的口吻講起孔融讓梨的故事。沒有人敢睡覺，也沒有人敢噓她。如果不配合這個小毛頭的上課方法，是不是等一下我們就要看到一個小女生在操場裸奔呢？而且還是一個愛跟媽媽逛菜市場的孝順小女孩？萬一她太難過了跑去自殺怎辦？

大家只好一個呵欠接一個呵欠地把故事聽下去，孔融讓梨講完了，就換司馬光把水缸打破，水缸破了之後就換孫叔敖把雙頭蛇埋了，蛇暴斃了就改由屈原一邊吃粽子一邊花式跳水，粽子吃完就是蘇武牧羊被海扁，扁完蘇武之後是史可法大戰岳飛，岳飛大獲全勝後接力的是呂布造紙，紙被發明了以後是蒙古人把毛筆推廣到全世界，全世界都用毛筆取代鋼筆後，就輪到蔣公靠發明了渾天儀得了諾貝爾和平獎！

終於講完，酷刑結束了，這比狂吼九九乘法表還難受。

「大家都記住故事在說什麼了嗎？」黃詩盛小毛頭看起來有點高興。

「記住啦！幹！」大家都很煩躁。

「那我們重頭開始演，演一遍，讓大家更生動地記住喔！」黃詩盛有點緊張地說：「第一齣戲，我們需要幾個特別熱情的大哥哥大姊姊，飾演孔融的爸爸，媽媽，孔融的爸爸的朋友，哥哥，孔融，孔融的弟弟，還有一顆大梨，跟一顆小梨喔！有沒有哪個大哥哥大姊姊自願的呢？」

嗯。太棒了。

「我想我們還是看她裸體跑操場唸孔融讓梨好了。」我是這樣覺得啦。

「現在小孩子抗壓力滿強的，裸奔眞的還好。」美華也微笑。

「我們被哈棒老大暴打這麼多年都沒死，她裸奔一下下應該扛得住吧？」林千富微笑。

「其實天氣這麼熱，大家都想找個裸奔的好理由吧？眞羨慕她。」小電微笑。

正當大家一致同意，讓黃詩盛小毛頭體驗一下在操場裸奔背孔融讓梨的滋味，一向殘酷的楊巔峰卻無奈地打斷大家的共識。

「唉，不行啦，這還是有關鍵性的不同。」楊巔峰看起來超不爽：「這些年來我們被老大虐成這樣都沒死，沒死也不會想自殺，爲什麼？是因爲哈棒老大要打就全班一起打，不管是誰一律抓起來丟垃圾桶，我自己都被丟過十七次，其中有十一次都發生在一年級，人人有分。但哈棒老大如果只固定暴打一個人，只釘一個人，那個人一定超可憐，慘到全身爆炸。」

楊巔峰說的是眞話，我們也只能一直點頭。

「如果來我們班上叫我們演白痴話劇的，是五十個低年級小朋友，我才不鳥他們，他們五十個人愛從操場一路裸奔到八卦山，我一滴眼淚都不會掉，還會給他們拍拍手哈哈笑，但現在咧？幹，只有一個人，還是小女生。」楊巔峰越說越惱火：「我們很壞，但還沒壞掉。大家幹你娘看著辦吧。」

幹，說到這種程度了，大家只好開始分配角色。

兩堂社會課下來，我演過被孔融禮讓的那顆大梨，世界上第一顆被丟進水裡的粽子，史可法跨越時空來相戀的男閨蜜曹操，幫蒙古人擠羊奶沾毛筆的老頭，被呂布中出的那匹赤兔馬，精武門的虹場日本高手，演到大家都很生氣。

唯一的高潮是蔣幹化被大家簇擁著去演蔣公，但他百般推辭後，王國說好吧不如他來演蔣公好了，蔣幹化一聽到馬上大吼誰都不准跟他搶演蔣公，我們只好孔融讓梨。

受夠了，眞的是受夠了王霸旦這一連串超下流的道德勒索。

中午吃飯的時候教室眞的很擠，沒冷氣，擺在四個角落的四支電風扇又通通被那群國中生拿去前面吹，我們後面超熱，心情眞的非常壞。雖然不喜歡被蔣幹化赤裸裸地收買，還是怒吃掉他今天請的仙草煉乳加芋圓。

午間靜息的時候，走廊上安安靜靜的。

才短短一天，昨天示威抗議的聲音就好像是上個年級的事了。

不知道五年五班被大便洗禮過後，現在怎麼樣了，陳筱婷是否有一點點想我。

35

下午的美術課，美術老師只在教室裡放了一尊王霸旦的石膏頭像，說了一句：「五年級資格考會考，限時十分鐘默畫啦幹！」就走了。

這是怎樣？耍人嗎？美術科不但也要考，考的還是素描王霸旦的醜樣嗎？還限時！還默畫！憑什麼要我們在腦中記下王霸旦的臉啊噁心死了！

大家雖然怨聲載道，但考試就是考試，許多人的身體卻還是很誠實地拿起紙筆，看著王霸旦的醜頭畫了起來。

「各位同學，注意注意！大家不須要準備這些沒營養的考試內容，只要我們投給謝佳芸，她就會在品學兼優的我的幫助下，帶領大家加入文明的五年A班跟五年B班的陣營，我們就不用考這些亂七八糟的東西了！」林俊宏趕緊呼籲。

「對啊，大家要團結起來，講好絕不參加五年級資格考那種爛東西，班長票投謝佳芸就對了！」小電也贊成。

「我才不想唱王霸旦之歌！票投謝佳芸，拒絕荒謬的五年級資格考！」我跟著喊，最喜歡跟風了我。

很多人想想有道理，正要把紙筆收起來的時候，蔣幹化搖搖晃晃站起來。

「哎呀，為了大家的權益，小弟吃痰俠只是問問，選了謝佳芸當班長，我們一定能夠加入五年ABCDEFG班的班級聯盟嗎？一定嗎？誰能保證？」蔣幹化自問自答，憂國憂民地說：「答案是，誰都不能保證，對吧？」

謝佳芸氣得牙癢癢的，一時間不知道怎麼保證。

「萬一我們無法加入那個ABCDEFG，又錯過了五年級資格考，到時候該怎麼辦呢？到時候，不僅不能升上六年級，還得降級去重讀四年級！大家經得起這個風險嗎？」蔣幹化沒有流淚，卻還是做出拭淚的動作：「百善孝為先，大家回家要怎麼告訴父母，我們明明知道要考王霸旦之歌，卻因為不肯唱王霸旦之歌而錯過考試？我們明明知道要考默畫王霸旦的頭，卻因為不肯默畫王霸旦的頭而放棄考試？各位同學，因為這一點點小小的自尊心問題，就錯過了升上六年級的機會，讓家裡的老父老母傷心難過亂買電視購物，吃了一堆假鹿茸假虎鞭假藥，搞到最後天天洗腎！這是大家希望的嗎？」

幹，說的挺有道理的啊！

「謝佳芸，還是我們一邊準備資格考，禮拜一比較不會手忙腳亂？」我臉紅。

「對啊，就稍微準備一下下，應該不算太糗。」林千富的臉也紅了。

「只要一開始準備那種爛考試，就輸了，就輸了！」謝佳芸咬牙：「不可以練習唱王霸旦之歌，不可以一直畫他的頭畫到閉上眼睛就看見，不可以讓王霸旦那種大爛人的思想用各種奇奇怪怪的方式，跑到大家的腦袋裡啦！」

蔣幹化一轉頭，語重心長地看著楊巔峰，似乎要另闢戰場：「我還以為在音樂課的時候，鬼腦袋楊巔峰同學建議用班費購買迷信又無用的水晶，換取音樂老師洩題，就是認同了大家要一起跟五年級資格考正面對決？怎麼現在又變來變去的呢？」

楊巔峰倒是承認不諱：「對啊，我的格局就僅僅止於努力維持現狀啊，我就目光短淺啊，如果可以輕輕鬆鬆把所有的考題蒐集過來，輕輕鬆鬆通過五年級資格考的話，我也會覺得不妨就先把考試通過，之後的事之後再說。不過我的女朋友謝佳芸的格局比我大多了，她要一勞永逸幹掉王霸旦，就是要搞革命的意思，比我的維持現狀還酷，所以我就知錯能改，善莫大焉啊不行嗎？」

跟著附和我最會了，我趕緊說：「對啊，我們現在只知道音樂課要考唱王霸旦之歌，體育課要考王霸旦領袖廣場舞，跟美術課要考默畫王霸旦的腦袋，其他國語、數學、社會跟自然，通通不知道要考什麼啊。加起來，就是死路一條！還不如都不準備！」

美華舉手糾正：「高賽你忘啦？自然老師有偷偷說，自然科要考《王霸旦傳奇》裡的王霸旦的身體構造，不過我們班沒有那套教科書，所以就算知道要考什麼也沒辦法準備。我贊成楊巔峰跟高賽，如果不能好好準備的話，不如都不要去考。」

林俊宏補充：「是的，雖然我很喜歡考試，任何考試都難不倒我，畢竟我是以品學兼優出名的。但既然不可能蒐集到所有五年級資格考的考試題目，正好就讓我們堅定態度，拒絕玩王霸旦定下的遊戲規則，從下禮拜一開始，我們要走自己的路，票投謝佳芸，就是支持我林俊宏啦！」

喔喔喔喔喔林俊宏你後面那一句不要加的話，謝佳芸至少多十票。

楊巔峰向謝佳芸使了一個眼神，謝佳芸馬上趁勝追擊：「大家想想上午那兩節數學課，就因爲王霸旦自己數學不好，我們全年級的人就要跟他一起重背九九乘法，我敢說下一次上數學課，也一定是繼續背一模一樣的九九乘法，這種爛課大家要繼續下去嗎？大家還想看一個脫光光的小老二帶大家背九九乘法嗎？」

大家想到就氣。

謝佳芸舉一反三：「就因爲王霸旦整天都活在孔融讓梨，跟屈原跳水那種……那種……」

楊巔峰接口：「老套？老掉牙？」

謝佳芸越說越火大：「對！就因爲那個王八蛋還活在那種老掉牙的故事裡，大家就要配合低年級的智商去演那些話劇，眞的超鬧！拜託大家腦袋清楚一點，只有我們徹底跟王霸旦的五年一班劃清界線，我們才有機會擁有自己正常的教材、正常的老師、還有本來就應該很正常很容易升上六年級的辦法！那就是直接升上去！」

有人開始鼓掌，更多人東張西望，看有誰鼓掌有誰還沒有鼓掌。

嗯嗯嗯嗯嗯雖然謝佳芸說得不錯，不考就大家一起都不考，很帥氣，但就跟蔣幹化說的一樣，她能保證嗎？能保證大家可以像傳說中的過去一樣，什麼都不用做，就直接升上六年級嗎？

只見蔣幹化用力一拍桌子，整個人酒氣沖天，大喝一聲：「好！」

大家都嚇了一大跳，是在好三小！

蔣幹化將一瓶威士忌原酒打開，高高舉起，將醇度超過五十度的酒水淋在他的光頭或禿頭上，一直淋一直淋，淋得全身都是，大家都看傻了眼，完全不知道蔣幹化在淋三小啊！

一下子，酒瓶空空如也，每一滴烈酒中的酒精精華，都澆灌在蔣幹化的肉體上。此時此刻的蔣幹化表情好像非常痛苦，又像是極度愉悅，灌滿酒精的青筋在他的臉上糾結不已，好像在進化……以喝酒長達一甲子的功力在飛快進化……

蔣幹化猛一抬頭，眼神變了！

變得好痴狂！好迷亂！好像一個將全身上下每一個細胞都灌醉的大醉鬼！

「明白了！完全明白！各位同學各位好朋友！只要有任何需求，我吃痰俠蔣幹化，一定爲大家赴湯蹈火！粉身碎骨！義不容辭！」蔣幹化原本體內的先天酒氣，加上體外的原酒護身，內外夾攻之下……眞的超臭！

完全不明白啊！

「能不能給我一首歌的時間，我將把各位的願望，變成永遠！」

超級酒臭的蔣幹化，就在大家莫名其妙的注視下跑出教室。

「等等！到底是哪一首歌！」我趕忙招手：「哪一首！」

「太失控了吧？有夠臭的！」小電離那麼遠都會被熏死了。

「可是，好像有點帥？」王國對無法理解的東西都給予極高的評價。

一直都在睡覺的轉學國中生們，根本不屑起床，反正他們任務完成後就會離開這間教室，不用認眞跟我們討論到底要不要參加五年級資格考啦。

而我們這些沒讀過六年級的普通人，有的開始畫王霸旦的頭，有的一直叫畫的人不要畫，那畫的人就說你管我要不要畫管好你自己就好了，那不畫的人就生氣啦嗆說不是講好了都不要去考試嗎那你畫個屁，那堅持要畫的人就說你不想考試是你的事但是我想考試啊不行嗎而且我說不定不是要去考試我只是畫好玩的，那不畫的人就反嗆說放屁啦你畫好玩的爲什麼不畫《七龍珠》要畫王霸旦，那正在畫的人就回罵說我就是覺得畫王霸旦很好玩啊不行嗎不信你畫畫看啊管那麼多……大家有點像是快要吵起來卻又好像吵不起來的怪怪氣氛。

半節課過後，要畫的人跟不畫的人大概是一半一半，我自己是沒畫，因爲謝佳芸已經從垃圾桶又回來坐在我前面嘛，坐那麼近，被漂亮女生嗆眞的很丟臉。

「你不畫嗎？」謝佳芸是有隨便問我一下。

「我這個人就是特別討厭被強迫。」我帥帥地說：「沒辦法，天生叛逆。」

此時，門外走廊突然傳來一陣驚天動地的大叫。

一看，蔣幹化一身傷痕累累地衝回教室，手裡拿著一個正在著火的信封袋！

「十萬火急！」

蔣幹化將信封袋扔進教室，自己縱身一躍，將著火的信封袋重重撲熄在講台上。

蹦！

全班同學都被失控的蔣幹化驚呆了。

只見蔣幹化抓著講桌一角，巍巍峨峨地試著站好，大家看清楚了他鼻青臉腫，頭破血流，全身上下到處都是瘀青。

「蔣幹化你跑去哪了？你還好吧？」我算是幫大家問：「要幫你叫救護車嗎？」

「不要！不須要！」蔣幹化神色痛苦，揮舞著手上那份正在冒煙的文件：「比起我所承受的痛苦，比起我經歷的磨難……我手上這個東西，更重要一百萬倍啊高賽同學！」

「大家！親愛的各位同學！我最熱愛的，疼惜的，保護的，五年一十四班的好朋友們！我費盡……費盡……嘔！深入……」蔣幹化吐了一口聞起來像檳榔汁的血，艱辛地說：「總而言之，我差一點就粉身碎骨了，小弟吃痰俠，粉身碎骨是沒關係，畢竟人生在世，士爲知己者死，女爲悅己者娼，但萬一在小弟爲大家，爲五年四十一班粉身碎骨之前，這幾張紙就在途中燒掉了，小弟的粉身碎骨就太太太太不值得了！」

「到底是什麼東西啊？」肥婆舉手。

蔣幹化雙手把邊緣燒焦的紙張往天花板用力一撒，仰天長嘯。

「五年級！資格考！考卷！」

大家抬起頭，呆呆地看著在半空中緩緩飄落的紙張。

正飄飛在教室上空的，真的是考卷？

真的是禮拜一就要考的五年級資格考考卷？

難以置信，蔣幹化到底是從哪裡得到的？搶到的？偷到的？

有幾張？

在半空中緩緩飄落的紙張上，依稀看到國語……數學……社會！自然！

天啊！吼力雪特！除了我們自己凹到的洩題外，五年級資格考的科目全都齊了！

「那是我們升上六年級的！最後的一把鑰匙！」蔣幹化大叫。

幾乎全班同學都一起跳上椅子踩上桌子，伸出雙手，痴迷地捕撈那些考卷。

太感人了！

「我們終於可以升上六年級啦！」我大叫。

「六年級！媽！我要升六年級啦！」王國痛哭。

「六年級不是夢！不是夢啊！」不知道是誰大叫。

「這……這些題目……六年級……」林俊宏無法抗拒解題本能地推了推眼鏡。

「一起升上六年級！」蔣幹化跪在講台上，雙手高舉，彷彿是尼可拉斯凱吉跪在惡魔島上，雙手高舉信號彈的那一幕。

「升上六年級！」「升上六年級！」「升上六年級！」「升上六年級！」「升上六年級！」

「升上六年級！」「升上六年級！」「升上六年級！」「升上六年級！」「升上六年級！」

「升上六年級！」「升上六年級！」「升上六年級！」「升上六年級！」「升上六年級！」
「升上六年級！」「升上六年級！」「升上六年級！」「升上六年級！」「升上六年級！」
「升上六年級！」「升上六年級！」「升上六年級！」「升上六年級！」「升上六年級！」
「升上六年級！」「升上六年級！」「升上六年級！」「升上六年級！」「升上六年級！」
「升上六年級！」「升上六年級！」「升上六年級！」「升上六年級！」「升上六年級！」
「升上六年級！」「升上六年級！」「升上六年級！」「升上六年級！」「升上六年級！」
「升上六年級！」「升上六年級！」「升上六年級！」「升上六年級！」「升上六年級！」

四張考卷終於落下。

通往六年級的大門已經打開。

我瞥眼看到，坐在我前面的謝佳芸，臉上沒有一絲喜悅。

對她來說，通往班長牛皮椅寶座的大門，剛剛才正關上。

36

在林千富興沖沖動用班費，將四張考題印出幾十份的同時，大家已興致勃勃地將王霸旦的石膏頭顱畫得栩栩如生，只要掌握了全部的考題，希望在握，所有的努力都不會白費！

許多人圍著蔣幹化東問西問，考卷到底是怎麼來的。

但蔣幹化非常謙卑，只是一直揮手說那些小事都不重要，赴湯蹈火不是早就講好的事嗎？奪取考卷的過程中碰上了多少危險苦難重重機關，他是絕對不會說出來居功的，畢竟每一次跌倒，都是心心念念著大家背後的支持，他才得以堅持下去。

「所以，應該是小弟感謝大家對我的支持，怎麼是大家要謝謝我吃痰俠阿化呢？」蔣幹化看起來很虛弱，但還是彬彬有禮地拱手向大家作揖：「只要大家一起把考卷上的答案破解出來，小弟阿化我，就算是飲酒過量，也是死有瞑目啊！」

大家都哭了。

太感人了，蔣幹化犧牲自己搶到的考卷，大家一定要好好破解，不能浪費。

考卷已經影印好送到教室了，還散發出熱騰騰的油墨味。林千富將一大疊考卷交到蔣幹化手上：「蔣幹化，只有你有資格發考卷。」

蔣幹化摸著他用性命換來的考卷，感嘆不已，一張一張，以像是過年新春總統在發紅包給大家的謙卑姿勢，每發出一份考卷，就握一次手，眼睛對著眼睛，親切地說聲「升上六年級」，有時候遇上比較漂亮的女生，還會加上一個充滿酒氣的擁抱，遇到胸部開始發育的女生，還會抱得特別久，遇到頭稍微大一點的女生，蔣幹化還會用自己的頭輕輕撞一下對方的頭，表示親切。

「大家別客氣，一人一份，即使是我的競選對手，但同時也是很好很好朋友的謝佳芸女士，來來來，妳也拿一份，不要彆扭，人人都要考五年級資格考的嘛，這是班際現實，不須要扭扭捏捏，來！」蔣幹化很熱情地將考卷塞在謝佳芸的臉上，害我看不清楚謝佳芸的臉。

「就跟你說我不要寫，大家也不能寫啦！」謝佳芸生氣氣地把考卷撥開。

真的是很沒禮貌！

但蔣幹化畢竟是大人了，還是純度最高的那種大人，他不以為意，憐惜地摸摸謝佳芸的頭說：「真是調皮，長得這麼可愛，年輕輕就要重唸四年級了，真是……看起來好老的四年級生啊哈哈哈哈哈！開個玩笑！發完考卷我自罰一杯！」

考卷一份接一份交在大家的手裡，感受到蔣幹化滿滿的誠意。原來蔣幹化不只是講幹話，他是真的會做事！他是真的苦民所苦！

考卷即將發完，蔣幹化的臉上寫滿了感觸：「終於，這一天終於到了。立足十班，胸懷一班，放眼民生，征服彰化。現在，就在此時此刻，我們好不容易踏出了第一步，立足十班了。」

大家都很激動。這時已經完全沒有人想糾正蔣幹化，我們是四班，不是十班了。

除了——林俊宏無法克制愛糾正的本能，舉手：「我只是想說，我們班是……」

蔣幹化一把搶先抓住林俊宏的手，雙膝跪下。

「我知道我們之間有過一些誤會，但這些題目沒有你幫忙破解的話，不過是一份沒有答案的廢紙，就像是不能變成浩克的布魯斯，就像是失去梅花三的賭神，就像是突然長出老二的東方不拜，一切都完了！小弟吃痰俠阿化我，在這裡正式下跪，拜託你，求求你，品學兼優林志宏同學，能不能請你幫幫我們五年十一班的這些好朋友！」

「五年十班也就……算了，五年十一班也算了，但我叫林俊宏，品學兼優的那個林，品學兼優的那個俊，品學兼優的那個宏。」林俊宏有點無奈。

「是的！都可以的志雄！」蔣幹化激動不已，竟然搶著磕頭，雙手遞上屬於林俊宏的那份考卷：「拯救我們班的資格考，不能沒有志雄您的考試神力啊！」

志雄是嗎？

林俊宏的耳朵裡只聽得到考試之神的稱讚，竟然也就不計較了，仔細研究起考卷：「這個題目，讓我看看啊……國語科應該是基礎的東西才是……」

哇靠，林俊宏啊林俊宏，你在體育課慷慨激昂地跟楊巔峰說，蔣幹化一旦當選班長，遲早會把我們班賣給五年一班，那些憂心忡忡的政治預言，難道都是在說爽的嗎？

雖然我也很想知道考卷上的答案，但你假進化眞反悔，你晚上眞的睡得著覺嗎！

民生國小五年級國語科學習評量

五年　班　座號　姓名

一、論語身爲一部傳世經典，其思想與論述，深受《王霸旦思想》的影響，眾所皆知，請問王霸旦總班長，跟孔子比背論語，誰會贏得最後勝利？

二、請問王霸旦總班長，跟孟子一起夢遺，誰會贏得最後勝利？

三、請問王霸旦總班長，跟莊子輪流做莊，誰會贏得最後勝利？

四、請問王霸旦總班長，跟屈原比賽委屈，誰會贏得最後勝利？

五、請問王霸旦總班長，跟方文山單挑中國風，誰會贏得最後勝利？

六、請問王霸旦總班長，跟諸葛亮較勁事後諸葛，誰會贏得最後勝利？

七、請問王霸旦總班長，跟蘇東坡比焢焢肉，誰會贏得最後勝利？

八、請問王霸旦總班長，跟吳克群一起爲你寫詩，誰會贏得最後被禁？又，在上述的單挑組合中，哪一個對手最可能令王霸旦總班長陷入苦戰？

「怎麼樣！國語科考題非常有深度吧！」蔣幹化憂心忡忡。

「超沒深度，簡直粗鄙至極，但眞的很難。」林俊宏皺眉：「表面上看起來只要一路寫王霸旦都贏就可以了，但……裡面充滿了陷阱。夢遺比贏孟子，也能是一種稱讚嗎？夢遺就是在潛意識中無法控制性慾的一種失控狀態，那是不是應該在這一項比輸孟子，才代表王霸旦是一個絕對不會夢遺，因此能夠自主控制性慾的人呢？還是夢遺代表精液太多，精液太多意味著男性氣質旺盛，是一種父系社會裡的成功者象徵呢？所以，王霸旦想靠精液太多贏得夢遺的勝利？」

我個人覺得王霸旦就是想贏啦，但林俊宏把題目分析得好可怕。

「又比如跟屈原比委屈？先撇開王霸旦就是什麼都想贏的幼稚念頭，委屈代表一種精神上的軟弱，不管背後的理由是什麼，一旦感覺委屈，就跟眞正的強者無關了，王霸旦會承認自己也有軟弱的時刻嗎？還是……這種委屈是一種親民形象的建立，想營造出自己一直被罵，但實際上自己的辛苦作爲都是爲了大家好，於是將一切委屈都咬牙忍住了，是一種打落牙和血吞的苦命勇者。王霸旦到底是哪一種？純粹的強者，還是堅忍不拔的勇者？」林俊宏完全陷入了解題的迷霧裡。

「志雄，你眞的太可靠了！」蔣幹化好振奮：「來！看看數學吧！」

民生國小五年級數學科學習評量

五年　　班 座號　　姓名

一、十年前王霸旦發明了九九乘法表之後，改變了數學界的歷史。

請問，在九九乘法奧祕的世界裡，哪一個幾乘幾，充滿了王霸旦思想的獨特美感？

二、請引用《王霸旦思想》，試論我們爲什麼不需要除法？

三、請解開以下的方程式：

一個王霸旦思考能力＝

（____個愛因斯坦＋____愛迪生）×達文西＋____孔子

四、在《王霸旦傳奇》裡，加法跟減法分別是在王霸旦總班長哪個人生時期，被他發明出來的呢？其背後的歷史淵源又是什麼？

五、王霸旦總班長正在研發一套新式數學，用來判斷所有五年級小朋友還剩下多少天可以升上六年級，請問這套即將震撼整個教育界的新式數學，可能是根據《王霸旦思想》裡的哪個章節？哪個主義？哪幾種精神呢？

「怎麼樣！數學畢竟是科學，是不是比較簡單？」蔣幹化充滿期待。

「太……太困難了，光是針對我們為什麼不需要除法這一點來寫，憑我的知識，是可以掰出很多可疑的論述，但如果非得引用《王霸旦思想》的話，恐怕……不，是非得要拿到《王霸旦思想》那本書才行，不然連瞎猜都沒有方向！」

林俊宏汗流浹背，眼鏡上的霧氣再度大起：「……加法？減法？被發明……明明知道是在胡說八道，為什麼我很想了解加法跟減法的起源，王霸旦當初是怎麼瞎掰出來的？到底是哪些生活小故事？可惡……可惡啊！」

「別緊張，還有自然科考題可以鬆口氣。」蔣幹化匆忙拿出自然科。

民生國小五年級自然科學習評量

五年　班 座號　姓名

一、請問，大地萬物近一百年的演化機制，主要是參考《王霸旦思想》裡的那個精神、哪個主義呢？又，其中哪一種動物的演化最能體現王霸旦思想的精神？

二、請引用《王霸旦傳奇》裡的生活小故事，說明王霸旦的身體構造，對全世界五年級小朋友的日常生活有什麼深遠的影響？

三、如果王霸旦總班長允許漫威畫他的故事，請問最合適擔任王霸旦總班長的手下，分別是具備哪些超能力的哪些英雄呢？爲什麼？

四、請問下列哪些行爲是違反自然的？（可複選）

A. 同性戀　B. 同性戀結婚　C. 人人平等

D.司法獨立　E. 西方式的狹隘民主

F. 超過兩個人以上在公眾場所的集會

G. 充滿再教育意義與全新生活體驗的大禮堂集中營

五、根據《王霸旦思想》，有些物種必須被消滅，對大家比較好，如果大自然的演化機制做不好，就由社會來動手。請問下列哪些物種就是需要社會機制來摧毀的呢？（可複選）

A. 同性戀的福壽螺　B. 同性戀的長頸鹿

C. 同性戀的大白鯨　D. 同性戀的蚯蚓

E. 同性戀吃過的便當　F. 支持同性戀的文青

「充滿了偏見還有仇恨的考卷！」林俊宏拿著考卷的雙手在顫抖：「《王霸旦思想》，到底是一套什麼樣的書？這麼明目張膽的歧視，竟然還出了一整套嗎？」

「如果國雄你非得要將《王霸旦思想》弄到手，才有辦法解題的話，不管是借！是偷！還是搶！我絕對會去找出來！」蔣幹化拚命保證：「給我時間！」

「社會科！」林俊宏歇斯底里了：「我要看社會科考題！」

民生國小五年級社會科學習評量

五年　班　座號　姓名

一、請引述《王霸旦思想》，論述爲什麼在人類社會裡，同性戀是不正常的？

二、又試論，同性戀雖然可惡，但也很可憐，我們應該如何給予充分的尊重，並加以矯正他們違反自然的性傾向，與熱愛跟人狡辯的偏差人格呢？

三、許多班級都曾經推行民主自由體制，但都徹底失敗了。唯有王霸旦特色的眞正民主在五年一班大獲成功，並將其成功經驗無私地推廣到所有的五年級，同樣達到前所未有的美好。請以同爲五年級生的個人經驗，說說爲什麼王霸旦特色的民主，是世界上最合適民生國小施行的制度？

四、如果你發現有同學私底下偷偷說王霸旦總班長的壞話，你應該向誰舉發？

五、當你發現，有同學私下透過爸爸媽媽的關係，試圖轉學到其他國小就讀五年級，你應該採取哪些行爲以制止他令人深惡痛絕的背叛呢？

「糟糕！是不是同樣需要《王霸旦思想》？」蔣幹化也緊張得滿身大汗。

「……」林俊宏根本沒在聽，早已陷入無法解題的深淵：「同性戀爲什麼是不正常的呢？爲什麼？爲什麼爲什麼爲什麼爲什麼爲什麼爲什麼？爲什麼王霸旦要尊重同性戀？到底這裡說的同性戀是不是我知道的那種同性戀？還是有……王霸旦思想特色的同性戀？所以才那麼可惡？我不懂……我不明白……」

「國雄！國雄！是不是需要《王霸旦思想》？」蔣幹化急了。

「需要！馬上需要啊！」連續看到許多沒有辦法依靠現有的知識與智慧解答的題目，林俊宏接近崩潰了，大吼：「快點把《王霸旦思想》給我生出來！我要背熟它！我要用螢光筆畫線！我要解題！我要把它們通通解！解出來！」

哪來的《王霸旦思想》啊？哪來的《王霸旦傳奇》啊？

那些教科書都是被五年一班統治的班級所使用的教材，嚴禁流入拒絕承認「五年一班是我的班」的教室，我們要去哪裡生啊？現在禮拜一要考的考卷都有了，就差一步，林俊宏就可以幫大家找到升上六年級的鑰匙了，就差一步啊！

「怎辦啦楊巔峰！」我著急地對著楊巔峰大叫。

「是喔，呵呵。」楊巔峰又在這種時刻烤起了香腸。

蔣幹化再度站了起來，右手拿著一瓶台啤十八生啤酒，左手拿著一瓶獺祭大吟釀，往自己的頭頂上同時澆灌下去，瞧他眼睛裡的視死如歸，聞他身上濕了又乾，乾了又濕的酒氣，難道蔣幹化又要去赴湯蹈火在所不辭了嗎！

蔣幹化將乾掉的啤酒瓶與大吟釀，在頭頂上互敲擊碎，玻璃裂片如流星四射。

拿著危險的破酒瓶，藍衣光頭搖搖晃晃跌出教室——

「小弟吃痰俠，去去就回！」

星期五

37

今天是禮拜五。哈棒老大被畢業的第五天，班長選舉的最後一天。

校門口的哈棒老大黃金眞人等高像，已經接近完成，金碧輝煌的老大看起來俗不可耐，眼神也沒有一絲霸氣，可見王霸旦草草完工，已不把老大看在眼裡。

進教室前，我在走廊遇到邊走邊吃饅頭的王國。

「王國，你要投誰啊？」我隨口問，反正一定沒有參考價值。

「投謝佳芸啊。」王國好像很驚訝我這麼問。

「我本來也想投謝佳芸，但蔣幹化眞的把考卷那些都弄到了，五年級資格考，不考白不考啊。」我有點猶豫，但王國就是一個智商低到可以跟他說眞心話的人：「之前覺得王霸旦故意搞一個五年級資格考要逼我們承認自己也是五年一班，不然就不讓我們知道他要考什麼，所以反抗王霸旦當然很有意義啊，不反抗，就沒辦法升六年級耶！但現在考卷跟教材都有了，只要認眞準備，就不一定要跟王霸旦做對啊。」

「可是如果投謝佳芸的話，就連考都不必考啦。」王國挺得意的。

「所以你眞的敢打王霸旦喔？」我不信。

「每天上學前我媽媽都跟我說，我比較笨，所以不要自作主張，大家做什麼我就做什麼就對了，如果大家要打王霸旦，那我就跟著打啊。對啦，蔣幹化人是很好，一直喝酒也很爆笑，又幫大家吃痰，但我跟謝佳芸……間接接吻過啊嘻嘻！」王國開心地將最後一口饅頭吞下。

喔，我眞的是好浪費自己的時間。

我們一進教室，就看見値日生在林俊宏的指揮下，在黑板上寫下滿滿的王霸旦思想重點整理，這些都是蔣幹化搶在放學前，一身是膽地從某個不知名的龍潭虎穴中將《王霸旦思想》精裝本，以及一套共十本的《王霸旦傳奇》，奪來獻給大家。奪來，獻給解題之神林俊宏。

而林俊宏顯然不負眾望，看那黑板上滿滿的考前重點整理，想必林俊宏昨天放學一回家，就苦讀了所有考題裡相應的章節，並提出最佳解答了吧，眞是比偉大還偉大！

維持在昨天第二次回教室時的鼻青臉腫造型，蔣幹化站在講台上，一邊擦掉鼻血，一邊很高興地宣布：「各位敬愛的同學，別擔心，今天，我已經跟所有的老師借課了，每一位老師，都是好朋友，都很樂意把課堂借給大家準備禮拜一的五年級資格考。在這裡，我們也要特別特別感謝張志凱同學，在我無比誠摯的請託下，爲大家苦讀！分析！解惑了一整夜，特別感謝！那麼現在，就請……」

蔣幹化講到一半，教室門口就走進了十個新國中生。

帶頭的國中生說：「幹我們是今天轉學過來的啦！座位座位座位！」

後面的國中生邊找座位邊踢椅子：「睏死了！操你媽一整個晚上都沒睡！幹！」

這次沒有導師坐鎮，蔣幹化推滿笑臉招待這十位一點都不讓人意外的新同學，將十個舊同學趕到教室後面席地而坐。這十個國中生跟前三天轉學過來的三十名國中生，霸佔了教室的前三分之二，但一樣，一坐下就開始睡覺。

現在教室裡，有四十一位只佔座位睡覺的轉學生。

我們五十位舊同學，只有十個人保有原來的位子坐，其他人都在防水墊上搧風。

「抱歉抱歉，各位舊雨新知，各位好朋友，我們今天就暫時擠一擠，正所謂共體時艱，座位什麼的，我保證等我粉身碎骨選上班長之後，一定！一定！一定馬上召集各股股長，共同研究如何把教室加大！我相信只要學校不要故意刁難，在各股股長的共同努力之下一定可以確實地，有效地，把我們教室給擴建到現在的十倍大。那現在，暫時撇開座位問題，我們今天就把焦點放在黃志凱同學的教學上，一起朝我們的總目標，升上六年級邁進！」蔣幹化興高采烈地將粉筆交給名字一直被亂叫的林俊宏。

林俊宏兩眼發直，黑眼圈厚重到我還以爲他換了一副粗黑框眼鏡。

「廢話不多說，我們馬上進行國語科的解題，首先我們必須認識到，在《王霸旦傳奇》裡的〈羊水篇〉曾經提到過，王霸旦總班長還在母親的肚子裡，大約三個月大的時候，他已經在思考宇宙的意義，並且富有正義感，曾經幫助母親追捕四名荷槍實彈的銀行搶匪，雖然當時情況危急，但王霸旦總班長明白，只是抓到搶匪是不夠的，除非當場就給予人道毀滅，否則搶匪出獄了還是會再犯，所以當時王霸旦總班長的心，因而萌生了感化眾生的念頭……」

整個晚上都泡在《王霸旦思想》裡的林俊宏，現在正站在上講台，公開進行迴光返照。他行屍走肉地用喃喃自語的風格展開教學，每個同學趕緊把握林俊宏在台上暴斃前的每一秒，不管是重點提示還是劃重點，大家都很認眞做筆記。

我也理所當然地抄了起來。

至於謝佳芸，當然連筆記本拿出來的動作都沒有。

早自習跟第一節課，甚至是第二節課第三節課，全班就一直被林俊宏補習著。

蔣幹化拉了一把小凳子坐在林俊宏旁邊，林俊宏講到快神智不清時，蔣幹化就鼓掌大聲叫好，幫林俊宏提提神，也帶動全班同學唱加油歌為林俊宏打氣。

蔣幹化帶動唱：「智凱智凱一定棒！智凱智凱一定強！張智凱！加油加油加油！」

「張智凱加油！你沒問題的！」「智凱棒棒！」「智凱分析得太好啦！」「撐下去！撐下去智凱！」「張智凱要死禮拜一考完再死啦！」「阿凱go go go！」「張智凱不要偷睡！」「社會科的分析太精闢啦！」「智凱是《王霸旦思想》的第一把交椅啊！」

林俊宏已經不太在乎自己究竟是志宏、林志雄、林國雄，黃志雄，還是張智凱了，畢竟態度才是最關鍵的。他推了推早已滿是指紋的鏡片，呆呆地說：「我想是這樣啦，凡事都是……心存善念，盡力而為，大家繼續抄筆記劃重點，我可是智商一五七的品學兼優準模範生，我對《王霸旦思想》的理解是絕對不會錯的，《王霸旦思想》不難，就是找回良心而已。」

大家把握時間鼓掌，掌聲一歇，馬上又回到林俊宏的補習時間。

老實說，我很喜歡全班同學團結在一起的氣氛，大家為了考過五年級資格考，即使教室很擠，即使時間所剩不多，但大家還是很專注地學習，抄筆記。除了原本就睡死的四十名轉學國中生之外，沒有人打瞌睡，沒有人跳繩，沒有人踢毽子，沒有人打麻將，沒有人玩跳棋，沒有人修指甲，沒有人擠青春痘，沒有人烤香腸……等等，沒有人烤香腸？

對耶，真的沒人烤香腸，難怪教室裡的空氣這麼好，今天腦子都特別清楚。

說真的，以前我怎麼都沒想過，哈棒老大這麼強，這麼無敵，但王霸旦還可以強制把哈棒老大這種等級的強者被畢業，一定有他了不起的地方。

以前只懂得討厭王霸旦，跟大家一起怕他，笑他，說他壞話，完全拒絕去了解關於王霸旦的一切，今天一連三節課上下來，才知道王霸旦原來是宇宙銀河系的太陽聯盟，爲了抵抗巨魔黑洞的邪惡引力，湊齊了一百顆太陽的光子能，共同製造出的超級精子，透過民生國小家長會長王才俊的陰莖，射入了女媧轉世的王霸旦媽媽的靈魂深處，才轉生出具有一百顆太陽威力的王霸旦！天啊！一百顆太陽耶！那該有多強啊！眞不愧是可以把哈棒老大逐出民生國小的男人，非得擁有一百顆太陽的威力，否則根本辦不到啊！

還有還有！王霸旦總班長眞的很有遠見，他覺得恐龍的出現對人類是一種威脅，爲什麼呢？《王霸旦思想》裡用了很簡單的一句話就說明了，那就是「恐龍太大隻，人類太小了」，就這一句！簡單！明白！完全聽得懂！所以他決定改變地球的氣候，讓空氣的成分變成更適合人類，但更不適合恐龍，所以就這樣慢慢地把恐龍都人道毀滅了，而不是傳說中的隕石墜毀地球引爆了火山殺死了恐龍。

《王霸旦傳奇》裡提到，用隕石殺恐龍不是做不到，是很不人道，恐龍家裡也有自己的父母，如果恐龍的父母看到自己的小孩活活被隕石砸死，心該有多痛？如果可以單純改變空氣的組成，多花幾年，慢性殺死恐龍，讓牠們在死前可以完成屬於恐龍的願望，含笑而終，不是一舉兩得嗎？當林俊宏或是張智凱講解到王霸旦爲了幫助人類演化，只好忍痛殺死恐龍時的悲天憫人，我眞的很感動！

到了第四課的時候，自然科的考題解析非常深入，我們很快就對同性戀深惡痛絕了，眞的，同性戀眞的非常可惡，《王霸旦思想》裡一直強調如果同性戀是被社會允許的話，那麼孔子跟孟子豈不是整天都在肛交，如果他們不只整天肛交，還拉著老子跟莊子一起玩大圈圈你推我插的遊戲，這個世界上就不會出現論語！就不會出現夢遺！就不會出現好多好多深受《王霸旦思想》影響的偉人！

同性戀眞的是禍國殃民，扭曲歷史，我氣到都快搥桌子了。

「奇怪？你有看到楊巔峰嗎？」謝佳芸東看西看：「一整天都沒看到。」

「只是遲到了吧。」是有點怪，但我沒空啦，妳不抄別人也要抄啊。

「昨天放學……奇怪，他好像沒有跟我們一起走啊？」林千富百忙中插話。

「自從哈棒老大被畢業之後，我們放學早就就各走各的了吧。」肥婆哼哼。

也是。

有點感傷，早點回到家裡也沒什麼事做，眞懷念以前在街上亂晃找人魯小的日子。不過成長就是這麼殘酷。很快地，再過三天，我們都會通過五年級資格考，取得升上六年級的基本權益，到了那一天，我們就正式長大了。

至於提早去唸國中的哈棒老大，也會成為我們童年記憶裡漸漸模糊的那一頁，希望哈棒老大不要在孤獨的國中之旅裡，試著去肛交別人，成為一個禍國殃民的放蕩同性戀主義者，到時候敗壞社會風氣，逼王霸旦總班長再一次出手，哈棒老大就不會只是被畢業而已。哈棒老大，你一定要好好保重，愛惜肛門，也愛惜別人的肛門。

「總覺得不對勁。」謝佳芸努力地回想：「昨天最後一節課他突然開始烤香腸，我就沒有看過他的印象了。他該不會發生什麼事了吧?」

「拜託,他是妳男朋友耶。」我吐槽。

充實的上午四堂課結束,我們的腦中滿滿的都是王霸旦的形狀,身體裡有一種不斷膨脹又膨脹的幸福感,都快滿出來了。可能的話眞不想吃午飯,一直把林俊宏的王霸旦思想課給上下去。

「我知道大家都不想吃飯哈哈,當然也不想吃痰哈哈哈開個無聊的小玩笑!痰我吃!通通都我來吃!大家來吃冰吧!」蔣幹化像魔術師一樣,又叫來了好多好多的綠豆牛奶三重煉乳加布丁剉冰!

大家瘋搶,吃得不亦樂乎。無聊的營養午餐除了謝佳芸,根本沒有人去吃。

雙腳還黏在講台上的林俊宏,整個身體搖搖欲墜,眼神跟以前機掰又直白的他判若兩人:「我想是這樣,小問題解決了,就不會有大問題,吃飯時間大家不方便抄筆記,那就把握時間來唱個王霸旦之歌,多唱幾次,大家就不用特別花時間練歌也可以記住了。」

大家正要歡呼時,謝佳芸怒拍桌。

「唱個屁,整個上午你都拿去上那什麼鳥課了,現在該輪到我發表政見了吧?」謝佳芸看起來很不爽。

「行行行!歡迎都來不及了!民主社會就是公平競爭,來來來!大家給小弟吃痰俠阿化我一個面子,勉強鼓個掌,讓謝芬芳謝女士上台,宣傳一下她有多想當班長好不好!」蔣幹化帶頭鼓掌,還幫謝佳芸拉了椅子。

沒人鼓掌,大家都在吃冰。

謝佳芸也不想坐那一張滑稽的小凳子，她拿著沒人要看的傳單，開始朗讀其實也是當初林俊宏幫她整理出來的政見表，內容就是那些啊，說要大家分組練習格鬥技，去找五年A班跟B班結盟，去六班幫忙重建，去朝會替二班跟三班還有五班說話，等等等等之類的廢話，通通都是講得很好聽，沒一件事是眞的好玩又簡單的，超無聊。

不管謝佳芸長得多可愛，只要照稿唸，沒露奶就是沒人看。

「喂喂！王國，王霸旦總班長眞的很棒吧！是不是改變心意要投王霸旦了呢！」我忍不住朝著王國豎起拇指。

「呵呵，王霸旦沒有選班長吧？」王國吃了滿口綠豆。

「對對對！」我用力拍了一下自己的腦袋：「是蔣幹化要選呵呵呵我都搞錯了！」

「我還是想投謝佳芸啊。」王國吃得津津有味。

「什麼！王霸旦這麼偉大，一百顆太陽的威力耶！幹嘛不投王霸旦！」我吃驚。

「是蔣幹化啦。」王國頭歪歪：「是蔣幹化要選，不是王霸旦要選。」

「對對對對對對！幹嘛不投蔣幹化！投了就可以升上六年級耶！他沒騙人！」

「就跟你說過啦……」王國壓低聲音，臉紅紅：「我跟謝佳芸間接接吻過呀。」

唉，眞是個白痴，還是個選錯邊站的白痴。

「但是王霸旦總班長他……」看在往日的友情上，我試著拉他這一票。

「王霸旦打不過謝佳芸啦，因爲謝佳芸踢斷過王霸旦的牙齒啊。」王國嘻嘻。

我怔住了。好像眞的有這麼一回事？

可以把擁有一百顆太陽威力的王霸旦踢飛，還踢斷一顆牙齒，難道她……

「謝佳芸！」我舉手。

「幹嘛啦！」謝佳芸回得很不爽，因爲根本沒人在聽她唸政見。

「妳的戰鬥力，該不會有一百零一顆太陽那麼強吧！」我不拐彎抹角。

「……我眞是受夠了喔！受！夠！了！」謝佳芸很生氣：「你們一整個早上都在唸什麼《王霸旦思想》，往腦袋裡潑狗屎！還是自己潑！潑了半天發現自己還挺喜歡那些狗屎塞滿腦袋的感覺對嗎！醒醒！你們這些白痴！你們讀的是五年四班！不要再唸錯了！還有他！」

他？

謝佳芸指著林俊宏，大叫：「他叫林俊宏！不是志宏！不是志雄！張智凱又是誰！我們班上沒有人叫張智凱！他功課很好可是很驕傲講話時總是瞧不起別人，動不動就強調他比我們都還要聰明！他很機掰！可是他叫——林！俊！宏！」

大家感到莫名其妙，他叫什麼很重要嗎？那是他的事，而且我們叫他的時候態度正確就好啦，他不管叫什麼名字，他就是他，這才是最重要的不是嗎？

謝佳芸肯定是眞的很氣大家沒在鳥她發表政見，她持續不理性放砲：「還有！通通都給我聽好了！就連我這麼不聰明的腦袋都知道！五年級資格考就是王霸旦用來騙你們去讀他那一套什麼鬼東西思想的爛招！他越裝作不想讓你們知道他要考什麼，你們就越想知道他到底要考什麼，結果呢？本來你們會嗤之以鼻的爛東西就會變成好不容易才弄到手的寶貝！還費盡心思去破解那些噁心的爛題目！我以爲你們稍微研究一下，就會發現王霸旦思想是一沱大便，然後就會一起哈哈哈哈哈哈哈哈哈笑死他！結果我等了四節課！四節課！每一節課你們都越唸越著迷！嗑藥嗑上癮就算了！嗑大便！連嗑大便都能上癮！我真是服了你們嘔嘔嘔嘔嘔嘔！」

我肯定在皺眉，好好準備考試才是正常的吧？怎麼會是不想讀書的妳在罵人呢？

「拜託！拜託！拜託！用腦子！腦子很好！你媽生的！你爸也有分！用你們爸爸媽媽生給你們的腦子想想！王霸旦是一堆太陽開會決定創造出來的超級精子？哈囉？他擁有一百顆太陽的力量？他可以抵抗黑洞的引力？他從肚子裡就開始感化搶匪？他穿越時光救了屈原七次？當初是他把李白推下水的因爲李白是同性戀？北極熊正在滅絕是因爲王霸旦發現大部分的北極熊都是同性戀所以決定對牠們趕盡殺絕？五年四班的大家！當初唸二年級，大家花了超過一個星期才把九九乘法背起來，現在，你們只花了四節課的時間，就把自己洗腦成連大便都吃的白痴！」

我看你，你看我，我看著大家，沒有人知道謝佳芸到底在瞎扯什麼。

我看著楊巔峰的座位，座位還是空的，到現在都還沒來學校根本就是逃學了吧？快來管管你的女朋友吧，她真的太失控了。

「還有……你們這群白痴給我聽好了。」謝佳芸右手用力捏著左手手臂，想靠捏自己這招在最短時間內，強行冷靜下來：「尤其是你，林俊宏，你雖然不夠聰明，但你書讀很多，你告訴大家這樣正常嗎？五年一班眼巴巴就想吞掉我們，大家卻卯起來一直苦讀五年一班的爛思想，是在讀什麼意思的。我們應該召開緊急班會，定下新的規則，禁止任何人來我們班傳播五年一班或自大狂王霸旦的垃圾思想。萬一大家被那種垃圾思想徹底洗腦了，不再相信民主，不再相信自由，該怎麼辦？更恐怖的是，萬一大家以爲王霸旦可以給的，比大家都愛死了的民主跟自由，還要更好，還要更適合大家，那要怎辦！」

林俊宏眼神呆呆，不知道有沒有在想謝佳芸的怪問題。

「但這是妨害言論自由啊。」我率先發難，嗆回去：「我們班一向民主，言論自由完全被我們保障，如果禁止大家討論《王霸旦思想》……不就違反了言論自由嗎？如果妳說五年一班那邊是禁止言論自由的，那，禁止了《王霸旦思想》的我們，不就變得跟五年一班一樣了嗎？如果我們跟五年一班一樣，都沒有眞正的言論自由，我們現在苦讀一下下《王霸旦思想》，是會死喔？」

謝佳芸大叫：「高賽！你這個白痴！低級！被洗腦還不知道的智障！」

我不高興了：「雖然我不高興，但算了，畢竟鄭……我雖然不喜歡妳叫我白痴，但我誓死捍衛妳罵我白痴跟智障的自由。這就是言論自由的眞諦啊。」

一直呆呆的林俊宏突然舉手：「不對喔，罵人白痴跟智障是犯法的，犯了毀謗跟公然侮辱，不管在哪一個講究言論自由的國家，都沒有保障亂罵人的言論自由。」

我有點高興，原來謝佳芸不可以這樣罵我，喔耶！

謝佳芸不但沒有反省自己罵人不對，還一直亂講：「反正！言論自由的價值，就是讓所有的人都一直有言論自由！所以底線就是絕對不可以允許任何人去宣傳那種禁止言論自由也無所謂的鬼扯！因爲一旦被那種垃圾思想宣傳成功，大家就不會再相信言論自由很重要！這不就是稍微想一下就應該知道的事嗎？今天就是五年一班自己沒有言論自由，卻硬要利用我們班的言論自由，去討論，去宣傳禁止言論自由的、不民主、也不自由、也沒有辦法投票的王霸旦思想嗎？這不是很賤嗎？請問！哈囉？看這邊！請問！我們班可以去五年一班宣傳言論自由眞的好棒你們班幹嘛不想有言論自由嗎？可以嗎？我們可以去五年一班臭幹譙無法無天的王霸旦嗎？」

大家面面相覷，好像……好像有一點點道理？

「答案是！不可以！王霸旦不允許我們班去他們班宣傳言論自由好棒！但是王霸道卻大大方方利用我們班的言論自由，去宣傳他的垃圾思想！在我們班公開宣傳升上六年級比言論自由重要！而且還得用他規定的方法才可以升上六年級？這太矛盾了！大家醒醒！」謝佳芸一咬牙，表情扭曲地說：「馬上召開緊急班會禁止閱讀《王霸旦思想》，我就讓你們看內褲！」

大家譁然，太激動了！

其實召開緊急班會滿好的啊！至少稍微討論一下嘛！

「啊！」蔣幹化大叫，好像嚇了一大跳。

大家看向蔣幹化。

「謝芸芸女士，妳該不會是同性戀吧？」蔣幹化好像很害怕。

「我很不想理你！但你一直故意叫錯別人的名字眞的太機掰了，我叫——」

「謝佳亭女士，聽說妳前幾天跑去五年六班，也就是現在的五年一班之戊，去夥同那些沒水準沒教養沒民主的粗暴女生，突襲五年一班的和平代表團，那麼暴力，那麼挑釁，是不是因爲妳跟她們是一群，專門害人變成女同性戀的邪教集團呢？」蔣幹化公開質疑謝佳芸的氣勢，已經沒有一絲一毫的客氣：「天啊，回頭是岸吧，暴力阿芸！」

謝佳芸快被氣哭了，此時大家的手機都叮叮噹噹，發出了簡訊通知。

大家不約而同拿出手機，謝佳芸自己也從口袋裡拿起來看。

我含著塑膠湯匙，滑開手機，上面出現好幾條超猛爆料。

「揭祕！班長候選人謝佳芸是同性戀集團首腦！」

「謝佳芸怒飆同班同學：你們腦袋裝大便！大便都吃！」

「深入報導：支持率暴跌！謝佳芸心急如焚，潑婦罵街！」

「受訪者私下透露：謝佳芸自己不認眞準備考試，還想拉所有人下水？」

「五年四十四班的憤怒：惡毒！暴力恐嚇全班一起陪留級？迅速隕落的謝佳芸。」

「不願具名的受訪者：以前我很支持謝佳芸的，但她眞的變了，權力使人傲慢，絕對的權力使人絕對地傲慢。更何況她現在沒有任何權力就這麼跩，當了班長還得了？對她失望透頂！」

「前同性戀爆料：謝佳芸曾說想藉由班長一職，將整個民生國小都變成同性戀！」

「楊謝戀公開喇舌，破解謝佳芸是同性戀疑雲？好友高×透露：楊巔峰其實沒有老二，他們倆眞的是同性戀！」

「權威人士：楊巔峰本來不是同性戀，他是被謝佳芸切掉老二才被迫變成同性戀的！低年級學生聚集操場，呼籲五年一班糾察隊盡快逮捕行凶的謝佳芸！」

「民生國小保健室：呼籲謝佳芸與五年一班之戊全體到保健室驗血自清！」

「自稱宇宙黑洞轉世？命理老師觀落陰指出，謝佳芸的前世只是一隻靈性很低的同性戀北極熊，因爲沒東西吃被活活餓死，憎恨人類，這一世還要繼續當同性戀報復人類！」

「特稿！關於謝佳芸惡質抹黑？王總班長：我們懷念她。」

「五年十班民主團體：謝佳芸假民主，眞獨裁。籲請同學轉支持蔣幹化！」

「喜歡吃痰？目擊者：謝佳芸爭吃簡老師的痰！簡老師表示：不願追究」

「衛生股股長美×：根據英國研究，同性戀確實有吃陌生人痰的惡癖」

「參選人蔣幹化：請大家用愛與包容，治療謝佳芸的同性戀與暴力」

「保健室快訊：血清報告出爐！謝佳芸確實是同性戀，應盡速列管！」

「恐怖份子謝佳芸證實是同性戀！王總班長：應集中管理，進行再教育。摯友王×：我眞的不知道謝佳芸是同性戀！她隱瞞得很好！班上同學：說不出的噁心。簡老師：考慮在人道考量下，給予走廊上的特別座。」

「面對質疑，謝佳芸不否認同性戀的身分，拒絕退選！」

我恍然大悟，不，是天打雷劈！原來謝佳芸是同性戀！

更震撼的是——天啊！原來楊巔峰的老二被謝佳芸切掉了！什麼時候切的？昨天放學嗎？這就是楊巔峰今天遲遲不來上學的眞相嗎？他的老二在哪裡？在謝佳芸的口袋裡嗎？還是書包？還是在謝佳芸絕不讓人碰到的鉛筆盒裡！什麼地方都可能突然看到楊巔峰的老二……這未免也太恐怖了吧！

還有還有！這些不具名的友人到底是誰？權威人士又是誰？竟然比我還清楚眞相！謝佳芸眞的太會裝了，我還以爲我們已經是這個班上最好的朋友圈了，今天讓我知道眞相的方式，竟然是謝佳芸另有其他知道她祕密的好友偷偷爆料……這已經不是說謊，已經不是隱瞞……這是嚴重的背叛啊！

「這也未免太白痴了吧？」

謝佳芸冷冷地拿起手機，把螢幕轉向正在吃冰的大家：「眞的？確定？就用這種瞧不起大家智商的假新聞，就想抹黑我？」

大家呆呆地看著故作鎭定的謝佳芸，心中的寒冷，已遠遠超過嘴巴裡的剉冰了。

「沒想到妳是這種人！」

不知道誰開的口，大家瞬間陷入暴動。看不清楚誰是第一個把剉冰扔向謝佳芸的人，只知道是一個國中生的背影，但可以確定，在第一碗剉冰命中謝佳芸的臉後，幾乎所有人都把沒吃完的剉冰扔向在講台上，無處可躲的謝佳芸。

萬惡的同性戀首腦謝佳芸在講台上跑來跑去，一直尖叫，但她不是快銀，怎麼閃都閃不過將近九十碗綠豆牛奶冰，剉冰如砲彈，大家對她的咆哮更如震撼彈，謝佳芸一直挨著挨著，竟然哭了？

竟然，想用哭來欺騙大家！想讓我們這些正義之士感到內疚嗎？妳想得美！

「快點退選啦！浪費大家時間！浪費大家的冰！」

「同性戀最爛了！跟北極熊一樣爛！」

「我要拜託王總班長改變民生國小的空氣！慢慢殺掉妳這個死同性戀！」

「妳愛吃痰！我們就每天吐痰給妳吃啦！」

剉冰不斷砸在謝佳芸身上，臉上，還有她手中絕不可能實現的政見上。

王國呆呆地看著大家，手中湯匙裡的剉冰早已融化了，卻嚇到無法動彈。他很笨，肯定不知道大家爲什麼突然公民覺醒，重新認識謝佳芸的眞面目後，一直被騙的大家會生出這麼大的怒氣。

「吃什麼冰？丟她啊！」一個國中生發現王國沒有任何動作，用力大叫。

「我想吃冰。」王國有點緊張。

「吃冰有比丟冰重要嗎！快丟！」又一個國中生鬼吼。

「我想把冰吃完。」雖然緊張，但王國還是滿堅持的。

十幾個國中生氣呼呼地站了起來，將王國團團圍住。

「叫你丟冰你就丟，懂？」

「大家丟冰你不丟，你是不是以爲你比別人都高級？蛤？」

「給你一個機會，數一二三，丟！」

我看糟糕了，趕緊舉手幫忙解釋：「等一下等一下！這位同學叫王國，他是個白痴，眞的，他不懂啦！他什麼都不懂，沒事只會玩自己的小雞雞，不信你問蔣幹化。」

蔣幹化無辜地聳聳肩。

一個國中生馬上抄起桌上的圓規丟我：「操！問你了嗎！」

飛來的圓規差點戳中我的眼睛，插入我的臉，咚！

我趕緊把圓規拔出我的臉，好痛啊好痛啊痛死我了啊！圓規好恐怖啊！

林千富站起來打圓場：「誤會！這眞的誤會！大家都剛剛轉學來我們五年四班這個大家庭，就讓我這個首富來說句公道話吧，王國他的確是我們班上有名的白痴，現在他滿腦子只想吃冰，不丟冰，並不代表在他的心中就認爲謝佳芸這個同性戀不應該被處罰，如果他有十碗冰……」

一個國中生直接往林千富的肚子上揍了一拳，林千富吃痛倒下。

「林董！林董你還好嗎！」蔣幹化焦急地關切，但腳步一動也不動。

林千富還沒爬起來，另一個國中生就從他的口袋裡拿出鼓鼓的皮包，把幾張鈔票抽出來，跟旁邊的國中生一起進行一個「首富曾經有錢，大家現在有錢」的動作。

「林董！小心您被搶啦！糟糕了怎麼會這樣呢，大家都太衝動了！」蔣幹化遠遠地發出沉痛的呼籲：「這一切都是同性戀首腦謝佳芸的陰謀，她要從內部分化我們班，就從這個天真無邪的白痴開始搞起來，她連白痴都要利用！利用大家對白痴的同情心！真的非常卑鄙下流！真的讓人痛心疾首！」

太卑鄙啦！害我被圓規射！我的臉好痛，但我的心更痛啊！

我大叫：「王國你快丟啊！不要讓謝佳芸分化我們啊！」

一個國中生朝王國手裡的剉冰吐了一口口水：「早就超過三了吧？還不快丟！」

王國低頭，看著手上還有一半沒吃完的剉冰。

抬起頭，看了看把自己團團圍住的十多名國中生。

歪著頭，瞧了瞧幾乎被國中生擋住視線的謝佳芸身影。

「我是白痴，可是……」

王國笑了，低頭看著漂浮著半塊布丁的剉冰。

「我跟謝佳芸間接接吻過耶。」

說完，王國把臉往手中的剉冰一塞，臉塞滿盒子，用最暴烈的速度吞噬剉冰！

十幾個國中生還來不及驚呆，野獸的本能就驅使他們圍著王國拳打腳踢，但王國不是一般的泛泛之輩，他可是挨打界的頂尖高手，不論十幾個國中生怎麼暴打，就是沒辦法把王國跟他手中的剉冰給分開。

足足揍了一分鐘，王國忽然高高舉起空空如也的塑膠盒大叫。

「耶！我吃完啦！」

爲什麼？

我難以置信地看著鼻青臉腫的王國，他猶如大獲全勝地高舉著冠軍獎杯。

鮮血混著黏黏的鼻涕，從王國的鼻孔裡汩汩流下。

爲什麼你要爲謝佳芸這種爛同性戀，努力到這個地步呢？

謝佳芸她的基因寫滿壞掉的設定……她不會悔改！她不會爲你悔改的王國！

講台上的謝佳芸，一身湯湯水水加綠豆跟碎布丁，看著教室最後面的王國。

一個國中生從後面用力勒住王國的脖子，嚷嚷：「丟！丟她！」

王國被勒到整張臉都變成紫色的，只好將手中的空塑膠盒甩向謝佳芸。

失去重量感的空塑膠盒，拋到一半就掉下來了，落在走道中間。

謝佳芸滿頭綠豆，滿臉碎布丁，一身煉乳地走下講台，走到走道中間，撿起了空空的塑膠盒，

看著總算被國中生鬆開脖子，劇烈喘氣的王國。

謝佳芸伸出舌頭，仔細地，慢慢地，在塑膠盒的邊緣舔了一整圈。

「……」王國張大嘴巴，全身發抖。

「現在，我也正式跟你間接接吻了。」謝佳芸說完，將空塑膠盒捧在懷中。

「加……一個間接抱抱？」王國的褲子高高隆起。

「對，加一個間接抱抱。」謝佳芸持續擁抱著空塑膠盒。

全班都很安靜。

就連那些牛鬼蛇神般的國中生都停下了躁動。

看著，一個無可救藥的同性戀匪首，間接擁抱著，一個智能低下的白痴。

不知道為什麼，我應該用力罵出聲，在他們臉上啐口水，徹底畫清界線的……

但，眼淚卻一直一直從我的眼睛噴出來。

為什麼？

好奇怪啊，不合理啊！我看了看大家，大家為什麼都跟我一樣，臉上淌著淚水，同時也寫滿了莫名其妙，沒有人明白，眼淚是從哪裡生出來的，憑什麼要為他們流眼淚？不！我們絕對不是為了他們流眼淚！

謝佳芸懷中的空塑膠盒粉碎。

「我要打敗王霸旦！我要打敗把你們洗腦成這麼討厭我的！萬惡王霸旦！」

38

午間靜息也取消了，改成複習默畫王霸旦總班長的尊容。

說也奇怪，在昨天大家都還畫得不怎麼樣，今天專注研習了精闢的《王霸旦思想》，以及饒富趣味的《王霸旦傳奇》之後，一閉上眼睛，就是王霸旦高高在上的道德水準，超凡入聖的智慧，卻又同時兼備愛民如子的謙卑，睜開眼，很自然地就可以將王霸旦總班長的容顏畫得栩栩如生。

沒人理會的謝佳芸逕自躺在洗手台，將三支水龍頭通通打開，很快就漂浮在水裡，有夠浪費水，眞不愧是前世是同性戀北極熊對人類的報復。

「好像在哪看過類似的畫面？」林俊宏迷惘地看著窗外走廊。

謝佳芸閉著眼睛，任憑大量的自來水像瀑布一樣衝擊她的臉。眞浪費也眞白痴。自來水頂多加了氯，最強也不過是清洗掉謝佳芸身上的綠豆、碎掉的布丁跟黏稠的煉乳，卻無法洗滌她誤入歧途的髒污。眞希望在班長選舉結束之後，她能夠好好反省自己的所作所爲，主動投案，接受治療，並好好交代楊巔峰人在哪，楊巔峰被切掉的老二又在哪。

午間靜息結束，大家互相交換看彼此畫出來的王霸旦總班長的玉照，天啊，大家都畫得好好，每一幅王霸旦默畫素描都散發出領袖的親民氣息，這正是王霸旦思想紮根在我們心中的最好證明啊！

「距離班長投票前還有兩節課，大家想不想繼續上陳國雄老師的課！」蔣幹化。

「想！」大家舉雙手贊成。

本名叫陳國雄的林俊宏，像木偶一樣，在蔣幹化的隔空操縱下跌跌撞撞走上講台，又開始了新一輪的《王霸旦思想》教學。

王霸旦思想有一個非常好學習的關鍵，那就是，我們只需要知道最重要的核心原理，其他次要的知識交給次等的人種去學就可以了。

比如說，在遠古時期還沒有地心引力的時候，不管是人還是動物，甚至是恐龍，在路上走一走經常會被風吹走，很不方便，後來王霸旦發明了地心引力，從此以後大家就可以好好走路。故事知道了，前因後果知道了，地心引力有多重要也知道了，發明它的是王霸旦更是再清楚不過，其他關於地心引力要怎麼計算就丟到一邊，因爲那些都是很次要的工具性知識，自然有一些工程師去學去算。像我們這種有幸領略到萬物本源的高級學生，只要理解眞正重要的「偉人型知識」就夠了。

所以？所以很容易啊！

因爲容易，大家都學得很高興，很有成就感，迫不及待地想知道王霸旦又發明了哪些東西，領導過哪些經典戰役。

說到經典戰役，戰爭發生的確實年代、社會背景跟地理位置，通通都不重要，重要的是王霸旦他贏了，而且每一場被他贏下的戰役都改變了人類的歷史。比如說蒙古人兩次攻打日本，就是因爲王霸旦預測到日本即將發明很多造福阿宅的漫畫，一旦被蒙古人佔領就不會有秋葉原的誕生，所以王霸旦緊急穿越時空來到日本，靠一己之力發動了颱風，在狂風暴雨裡獨自將所向無敵的蒙古軍團給擊退。眞的好熱血啊！

至於故事其他部分，比如說兩次交戰分別在哪個港口，蒙古將軍是誰，蒙古爲什麼要攻打日本，日本方面當時做了哪些應戰準備，唉那些都不重要，戰爭都打完了好幾百年，去了解幾百年前的細節眞的是自我設限，都是小牙籤，格局太小，我們只要反覆背誦王霸旦兩次擊敗了蒙古軍團對日本的侵略，拯救了即將萌芽的宅文化，就皆大歡喜了！

這就是知識，我說的是——眞正的知識。

《王霸旦思想》很清楚地把知識裡最核心的部分抽取出來，用生動豐富的歷史故事包裝，讓知識更好吸收。至於一些知識的雜質，比如說超過二位數的加減法，比如說九九乘法表以外的二位數乘法，比如說所有的除法，都屬於你我生活上用不到的冷知識。那些冷知識雖然不重要，但也必須要有人知道才行，哪些人呢？就是一些無緣接觸到《王霸旦思想》的低等學生，讓他們想辦法去弄懂，不然怎麼有人負責製造電腦、手機、冰箱跟汽車，還有網路呢？像我們這種高級的學生，知道電腦、手機、冰箱跟汽車還有網路都是王霸旦發明出來的，在生活上就很夠用了。

中間下課的時候，蔣幹化很細心發送一些關於王霸旦的各種照片，有親切地跟低年級學生握手的照片，有王霸旦去視察福利社販賣粽子與古早味紅茶情況的照片，有王霸旦去六年級教室區視察並提出學習上嚴正警告的照片，有王霸旦在視察廁所時拿放大鏡仔細驗收清潔成果的照片，也有王霸旦進入宇宙空間跟弗力扎單挑的照片。每一張照片旁邊，都附註了許多王霸旦的生活小故事，幫助我們對王霸旦的思想做最後的重點整理，蔣幹化真不愧是未來班長的最佳人選！

在這段全班密集用功勤讀《王霸旦思想》的期間，謝佳芸始終都漂浮在洗手台上，眼睛開開看著天空，一句話都不說，看樣子班長選舉是提前結束了。

大家一起唱著王霸旦之歌。

「我們霸旦，首創數學，加法跟減法。推翻了除法，建設了乘法，產生了民生國小。五年一班，甲乙丙丁，霸旦詳加計畫，重新改造大家。加減乘除，不用除法，除法用不到。加法的樸實，減法的謙虛，爲乘法奠下基礎。霸旦精神，永垂不朽，如同爸爸媽媽，好比爺爺奶奶……民生凋敝，六班亂小，四班還在撐，看看那五班，現在多快樂，大家要記得教訓。霸旦名言，不要忘記，忘記你就知道，知道你會完蛋……」

在悠揚的歌聲下，下午第二節課的上課鐘聲響起。

林俊宏繼續在台上爲大家解析爲什麼民主自由制度在許多小學施行後，都遭遇到極大的挫敗，是因爲民主制度充滿了致命的漏洞，大家一遇到意見不合，就開始舉手比人數，哪邊的人數多，哪邊就贏，這會讓少數人一直被多數人用民主的手段欺負，久了，少數人就會不爽，他們會想，既然比賽舉手對他們不利，不然改用暴力試試看，因爲只有暴力可以讓多數人聽到他們的聲音。

但多數人會白白挨打嗎？不會，多數人會用更巨大的暴力扁回去，變成多數人用多數暴力把少數人的少少暴力壓在地上摩擦啊摩擦，班級就會分裂，小學校園裡就會充滿仇恨。所以呢，一開始就不應該讓大家投票，投什麼票？投個屁！大家只要乖乖聽從宇宙偉人王霸旦的話，不管是多數人，還是少數人，通通都是王霸旦總班長關懷的對象，王霸旦說什麼，大家就做什麼，王霸旦說什麼是對的，大家就覺得什麼是對的，這樣不管做什麼都最有效率，班級也不會分裂，大家就會更團結，達到眞正的以民爲主，心靈也會因此得到眞正的自由——這就是王霸旦特色的民主自由。

爲了打造具有王霸旦特色的民主自由小學校園，王霸旦更精闢地提出一個重大的見解，那就是：「小學生須要被管。」

眞的，沒人管的小學生，豈不是到處殺人放火搶劫強姦嗎？小學生一定要被管，一旦讓小學生太自由了，校園就會大亂，很多小學生都會被改造成萬惡的同性戀，誤以爲性解放就是自由，如果從小學生開始就變成同性戀，沒有接受矯正，到了中學，就會因爲沉溺在肛交的世界裡不好好讀書，變成一個功課很爛的同性戀，到了大學……如果功課很爛的同性戀誤打誤撞進了大學，就會變成散播各種疾病的超級同性戀，他們的屁眼，就會是社會亂源的溫床。

爲了避免全世界都變成同性戀，王霸旦決心從小學就開始實施同性戀檢測，每個人進教室之前，都要打開屁眼，讓具備專業醫學知識的老師檢查昨天有沒有進行非法的肛交，我覺得這眞是……這眞是……

我舉手，有一點害怕：「所以我們以後上學，都要被檢查屁眼？」

林俊宏呆呆地說：「《王霸旦思想》裡面是這麼說的，大家都要脫褲子，蹲下，把屁股翹高，用雙手手指撐開屁眼，然後用力咳嗽三次，讓老師看看肛門裡面除了大便以外有沒有被別的東西通過。」

全班發出哎喲哎喲的恐懼聲。

蔣幹化急忙站起來安撫大家：「大家！各位親愛的同學，請稍安勿躁！只要我吃痰俠當上了班長，我一定會跟王霸旦總班長好好溝通！我保證！只要幾百杯酒過後，大家交上了好朋友，檢查肛門這種屁眼大小的事，一定！一定！一定！大家說好不好啊！」

大家下意識地回答：「好！」

但大家馬上就發現到底在好什麼？到底是一定怎樣？正當大家想繼續發問的時候，突然聽到走廊一聲尖叫，我趕緊往窗外一看。

謝佳芸從洗手台上坐了起來，全身濕淋淋地大叫：「楊巔峰！」

全班都霍然站了起來，看向教室最後。

楊巔峰一身是傷地扶著牆壁，幾乎無法站穩地，拐著拐著走進了教室。

「你被打？還是是被火車撞？」小電傻眼。

「嘿嘿嘿嘿……人生中，恐怕就是這一次被打，被打得最划算。」楊巔峰吐了一大口血在手上，馬上就把手掌上的那口血一把塞回嘴裡：「蔣老弟，你萬萬沒料到我還活著吧！」

謝佳芸怒氣騰騰：「蔣幹化！你對我男朋友做了什麼！」

她從洗手台一躍而下，跑向全身是傷的楊巔峰，緊急攙扶住快昏倒的他。

全班同學都看向蔣幹化。

蔣幹化一臉無辜：「我？楊大哥還活著，小弟我當然是喜上眉梢啊！不知道楊大哥發生了什麼事，拖到現在才來上學？這是不是有點違反了校規呢？」

楊巔峰冷笑，從口袋裡拿出手機，按下。

此時班上所有人的手機同時都叮叮咚咚響了，打開一看，出現了一個影音訊息。

楊巔峰嘔嘔嘔又吐了一口血，臉色蒼白的他馬上又把血塞了回去，以免失血過多死掉：「昨天我一放學，就潛入了總務處偷到了這段監視器畫面，嘿嘿，沒想到監視器畫面一弄到手，就被偷偷跟蹤我的你發現，你趕緊通知王霸旦，讓他派十幾個國中生襲擊我，我差點沒被他們打死……」

蔣幹化大怒：「我聽不懂你在說什麼！」

楊巔峰用微弱、但堅強的聲音說道：「你聽不懂沒關係，影片會說話。」

我們趕緊點開影片。

影片的角度是男生廁所外，洗手台上的最高點，鏡頭往廁所裡面拍。

影片一開始，就是一個穿著藍色襯衫的光頭從鏡頭外衝進廁所，然後是一連串的對話加笑聲，對話有點模糊，但是影片上了精美的字幕，理解起來不難……

「哎呀王總班長辛苦了，我這次不得不來請您幫幫忙了！」

「什麼話？幫你忙，不就是幫我自己的忙嗎？來來來，你要的是五年級資格考的考卷吧？拿去！通通拿去！」

「是！但估計光是考卷還不夠，等一下還須要跑第二趟！跑兩趟，比較像眞的！」

「當然，沒有我《王霸旦思想》精裝本，加上《王霸旦傳奇》全套，光有考卷，不就是一堆廢紙嗎哈哈哈！當然要互相搭配，才能徹底洗一洗他們的腦嘛！不過……」

「不過怎樣？」

「不過這兩套書都很多本，每一本都很厚，短時間要讀完眞的不容易，你們明天就要班長投票了，洗腦來得及嗎？」

「說到這，這正是天佑五年一班，天佑王總班長啊！正巧他們班上有一個自稱品學兼優的死讀書笨蛋，把教材扔給他，包準他整夜不睡把《王霸旦思想》跟《王霸旦傳奇》都唸透透！隔天由他來替大家上課，我樂得在旁邊輕鬆，嘻嘻，哈哈！」

「那太好了！洗腦成功後，你當了班長，禮拜一我馬上統一整個五年級，你們班就正式改成五年一班之丙，我讓你繼續當分班的分班長！到時候你想怎麼把那些小鬼的內臟拿去黑市拍賣，就怎麼拍賣！別忘了把錢分九成給我哈哈哈哈哈哈！」

「是！是！那就先謝謝王總班長了！小弟吃痰俠阿化，現在眞的是特別特別高興！特別特別高興啊哈哈哈哈哈哈！等等別忘了在廁所裡打我一頓，讓我回去的時候像一點，嘻嘻哈哈哈打得越大力越好！越慘就越像個烈士啊哈哈哈哈！」

影片就結束在兩個人的大笑聲中。

我們恍然大悟！原來這一切都是蔣幹化跟王霸旦聯合設計好的陰謀！

「你！含血噴人！」蔣幹化怒不可遏。

「大家有眼睛，大家會自己判斷。」楊巔峰整個人半掛在謝佳芸的肩上。

「你這個爲虎作……」謝佳芸整張臉都紅嘟嘟的，快氣哭了。

「爲虎作倀！」林俊宏整個人都清醒了，怒火中燒地站在講台上：「原來五年級資格考只是一個王霸旦用來呑班的幌子，是五年一班刻意製造出來，讓大家緊張被留級的巨大壓力，也讓蔣幹化有機可趁，他跟王霸旦串通取得資格考的考卷，給了大家一絲升上六年級的希望，讓大家鄙棄謝佳芸，鄙棄全面拒絕五年級資格考的重要政見！」

蔣幹化失態大吼：「影片是假的！造假！我要申請專家鑑定影片！」

楊巔峰嗤之以鼻：「專家？你打算把酒淋在身上，粉身碎骨衝出去找王霸旦要一個鑑定影片的……專、家、嗎？」

我大叫：「難怪蔣幹化死都不說他是怎麼拿到考卷跟教材的！說謊！唬爛！」

美華大怒站起，連蛔蟲都氣得跑出她的鼻孔：「從廁所裡拿回考卷的蔣幹化因此得到大家的信任！原來他身上的傷都是假的！原來這一切都是王霸旦的陰謀！」

肥婆也拍桌站起：「太可惡了！害大家瞎唸了一整天《王霸旦思想》，可惡！我們差一點點就被完全洗腦了……除法……除法明明就很重要！」

蔣幹化摔酒怒回：「我有說過除法不重要嗎！重點是！影片造假！造假！我根本沒有去廁所！那個光頭不是我！不是我！」

阿財也痛心疾首：「幹…幹你娘…我…差…一點…就…以…爲…自…己…白…白…學…會…二…進…位…加…法…了…幹…」

林千富也震怒了：「枉費我原本很支持你的！原來蔣幹化不只是講幹話，還講謊話！什麼王霸旦是宇宙的中心點？什麼王霸旦擁有一百顆太陽的威力？我讀到那裡的時候就覺得有一點奇怪，如果王霸旦等於一百顆太陽，爲什麼我們教室靠近五年一班這麼近卻不會被熱死？這不是很奇怪嗎！原來這一切都是假的！假的！」

蔣幹化用力拍打自己的光頭或禿頭，大吼：「楊巔峰才是假的！胡說八道！影片造假！我要申請專家！讓專家鑑定來打臉楊巔峰那個騙子！」

有了貨眞價實的影片，沒有人相信蔣幹化的口說無憑，大家開始輪流拍桌大罵。

我覺得自己好可恥，好丟臉，到底爲什麼會相信蔣幹化呢？到底在哪個環節我腦袋去撞到桌角，誤信了蔣幹化這個來路不明的六十歲酒鬼呢？謝佳芸明明就是謝佳芸啊！明明就是一起長大的那個謝佳芸啊！

最生氣的恐怕是小電，她站在桌子上揮舞圓規，又哭又叫：「我是同性戀！對！我一直沒跟大家出櫃說我是同性戀！那又怎樣？要不要說是我的事！但我今天差一點要自殺了你們知道嗎！那種爛教材把我說得比吃到狗屎還要恐怖！同性戀又怎樣！我會除法！會算兩位數乘法！我會背的論語比王霸旦會背的ㄅㄆㄇ還多！爲什麼我要一整天待在這間教室上那種對同性戀充滿仇恨的課！我眞的！差一點就覺得自己壞掉了！覺得自己的基因有問題！覺得自己有病！覺得自己是魔鬼！我超想掐死躺在洗手台睡覺的另一個同性戀謝佳芸，然後直接跳樓死掉！」

楊巔峰此時掙脫了謝佳芸的攙扶，指著蔣幹化大聲說道：「幹話不斷！謊話連篇！你這個賣班求榮的騙子！陰謀分裂本班，還差點害同學自殺！沒資格選班長！」

蔣幹化雙手插住光頭或禿頭，奮力抓出十道血痕，咆哮：「影片是假的！是假的！我根本沒有去廁所拿考卷……我到底爲什麼要去廁所拿考卷？考卷根本就是我出的！我是去自己的車上拿考卷！拿教材！我沒有去廁所！楊巔峰才是騙子！他才是騙子！」

大家都傻眼了。

眞的，大傻眼。

這是什麼樣的犯罪自白啊？

楊巔峰淡淡一笑，自己開始在一片傻眼中鼓掌。

「影片當然是假的。」

什麼！這麼逼眞的影片竟然是假的！

「裡面的光頭是我家隔壁鄰居王伯伯，他的身材跟蔣幹化差不多，差不多爛，我給王伯伯一千塊請他理光頭，再找一間很像我們學校廁所的公共廁所，拍下了影片。不然，監視器畫面怎麼會有聲音呢？正常來說監視器畫面是沒有收錄聲音的，裡面的對話，都是我跟王叔叔一搭一唱錄的，但只要聲音模模糊糊，加上字幕，大家一時之間來不及懷疑，就先相信了我要大家相信的事。」

楊巔峰一邊走，一邊伸手，跟走道兩旁傻眼的大家擊掌。

「那你身上的傷……」林俊宏才剛剛問出口，馬上就打了自己一巴掌：「啊！當然是假的！」

「我又花了一千塊，請民生地下道出口的一位遊民幫我打理打理，看大家充滿同情心的反應，這筆錢似乎花得很划算。我身上的假傷，加上我刻意的大遲到，通通都是障眼法，一切都是用來彌補影片在眞實感上的不足。」楊巔峰正好走到林千富面前：「總務股長，這影片造假的三千塊錢費用，還請你用班費給我。」

「給剃光頭的王伯伯一千，給遊民一千，加起來只有兩千塊？」

「請尊重專業，我的演技也是有價値的，ＯＫ？」楊巔峰皺眉。

「馬上。」林千富從抽屜拿出班費三千塊，跪著交給楊巔峰。

楊巔峰走到氣急敗壞的蔣幹化面前，欣賞他光頭或禿頭上的血痕，笑笑：「不這麼九虛一實，怎麼激得到你這個老騙子吐出眞話呢？不過事實總是比猜想來得離奇，五年級資格考的考卷竟然是你出的，嘖嘖嘖這麼驚悚的劇本我還眞是寫不出來咧。」

蔣幹化氣得全身發抖，酒精上腦，好像快中風了。

「酒鬼終究是酒鬼，太無腦了。」楊巔峰微笑，輕輕敲了一下蔣幹化的腦袋。

……咚。

好大的回音，裡面好像是空心的。

蔣幹化連續十次深呼吸，終於把酒精平均分散到全身上下的血液裡。

「所以你承認影片是造假的？」蔣幹化試著反抗。

「對啊。」楊巔峰老神在在。

「那你就是抹黑我。」蔣幹化沉住氣：「用了非法手段，欺騙的假新聞，抹黑我。」

「喔拜託，是你的所作所爲抹黑了你自己。」楊巔峰聳聳肩：「要不要跟各位同學解釋看看，爲什麼五年級資格考的考卷根本就是你出的？你跟王霸旦之間到底交換了什麼利益？」

放棄吧蔣幹化，沒有人會相信你的，就算楊巔峰的影片是造假的，也沒有你假。

「是！我承認！就如同我剛剛說的，五年級資格考的考卷是我出的，但沒有人知道小弟我是花了多少心力，特別特別跟王霸旦拜託、請託、懇求、動用了多少我私下的關係，才跟王霸道交涉到讓我來出這一份考卷，好讓大家更有機會通過考試呢？小弟我是付出了多少代價，才爭取到這次出題的機會，也才能夠藉此洩題給各位同學呢？」

蔣幹化語氣誠懇，手勢平穩，力圖讓大家相信他的說法：「我知道直接拿考題出來給大家，大家一定會覺得……啊？這麼簡單就拿到的考卷，一定不是眞的，對吧？所以小弟我只好自導自演了一齣苦肉計，無非，很單純，眞的很單純，是想讓大家更加珍惜這份考卷，加倍加倍地珍惜自己能夠參加五年級資格考的機會，如果我有錯，也是我的做法有了小小的瑕疵，但態度絕對是眞誠的！立意，絕對是善良純潔的！」

這種狡辯也可以講這麼長一大串，眞的是訓練有素的騙子。

現在大家都覺醒again了，每個人看著蔣幹化的眼中，只寫了「幹你娘」三個字。

蔣幹化肯定察覺到了大家眼中的不屑，他沉痛地捂住雙眼，好像在哭，又好像只是表達一種想哭的態度：「我知道各位同學已經不再相信我，這讓小弟吃痰俠……對，我就是那一個在不久前，還幫每個同學都吃過痰的那一個阿化，我，還是同一個阿化，這一點是絕對不會改變的。」

幹，簡老頭肯定跟你也是串通好了！眞是一連串噁爛又超不衛生的戲碼！

蔣幹化的眼睛從捂住雙眼的指縫中，偷看大家的反應，他肯定是看到了近五十根憤怒的中指，於是深深吸了一大口氣。

蔣幹化加大音量說道：「好！也好！就讓我們打開天窗說亮話，五年一班，統一整條走廊，是早晚的事，也是我們所有五年級一定會走向的，唯一的一條路。那這條路是不是一條康莊大道呢？還是一條布滿荊棘的死路呢？識時務者爲俊傑，這就要看各位同學的態度！眞的！態度！我眞的特別特別向各位強調，小弟我發自內心希望大家都能快快樂樂上學，平平安安回家，這也是大家最想要的，不是嗎？」

我不吐不快：「所以咧！有屁快放啦！」

被耍得最嚴重的林俊宏怒吼：「大家注意！蔣幹化嘴唇在動的時候，就把耳朵摀起來——因爲，幹話要來了！」

此時，下課的鐘聲響起，正式進入掃地時間。

我相信接下來大家手裡抓著掃把之後的第一件事，就是把這個幹話連篇的大騙子給掃地出門，永遠不得再踏入我們班。

颯！颯！颯！颯！颯！颯！颯！颯！颯！颯！

颯！颯！颯！颯！颯！颯！颯！颯！颯！颯！

颯！颯！颯！颯！颯！颯！颯！颯！颯！颯！

颯！颯！颯！颯！颯！颯！颯！颯！颯！颯！

四十個沉睡了整整四天的國中生，同一時間站了起來。

大家都嚇了一跳，對齁，都忘了班上還有這四十個轉學生！

天啊，掃地時間過後就要進行班長選舉的最後投票了，這四十個國中生無庸置疑是王霸旦動用關係，強行轉學進我們班的「合法投票部隊」。想當然，他們等一下通通都會把票投給蔣幹化，一票都不會跑。

現在我們班上總共是九十一個人，除以二，就是四十五跟四十六，萬一我們這邊跑了五票……不，跑了六票的話，蔣幹化就會選上班長！

怎辦？才六票！蔣幹化只要爭取到背叛大家的區區六個人……

我環顧四周，原本班上的五十多個舊同學都站在一起，肩並肩，頭靠頭，沒有一個人用友善的眼神在看蔣幹化。大家的呼吸徹底同步了，在這個教室裡的原住民完完全全團結起來，沒有一票會跑！

「蔣幹化！你輸了！」看風向我最會了，大叫：「託你的福，我們現在完全團結起來了，這裡只有五年四班！沒有什麼五年一班之丙！」

這四十個國中生同時眉頭一皺，殺氣從他們身上的煞氣字T滾滾衝出。

「不妙。」楊巓峰嘆了一口氣。

「大家不要退卻，靠在一起！我們有五十個人！他們才四十！」我大叫，趕緊躲到最後面：「千萬不要害怕！絕對絕對不要害怕！」

「被打倒？」楊巓峰搖搖頭，一點也沒有害怕的樣子：「只是被打倒就好了。」

到底在胡說什麼啊？被嚇到失去判斷力了嗎民生國小第一鬼腦袋！

其中一個國中生將桌子踢倒，嗆聲：「你們班是不想變成五年一班了是嗎！」

不知道我們之中是哪個同學大喊：「對啦！不想啦！」

另一個國中生把椅子拿起來摔，嚷嚷：「那就沒意思啦！不想變成五年一班之丙，就照王霸旦的意思把你們通通都變成五年一班的磚頭啦！」

四十頭國中生同時將掛在脖子上沉重的金項鍊拔下，一圈又一圈抓在手裡，看起來超級危險，這些壞臥底不僅在一眨眼間就完成了輕量化，還將金屬項鍊升級成鐵拳！

「大家靠在一起！把椅子拿起來！」謝佳芸總算是喊出自己的戲份了。

大家趕緊抓起椅子，沒椅子可抓的就拿起硬硬的鉛筆盒跟鐵尺，緊緊靠在一塊。

四十頭國中生大剌剌往前踏了一步，我們五十個小五生只好往後靠一小步。

眞的硬打起來，我們完全沒有勝算啊。

「哈棒老大……」小電都快嚇哭了：「主角都是這種時候會突然出現的對不對？」

「是，一定會的。」林千富的語氣卻很不篤定：「這就是傳說中的主角威能，老大一定會及時出現，把這些國中生一拳打飛！」

「老大，拜託快點顯靈啦！」肥婆手中的水晶球在發抖：「天靈靈地靈靈……」

四十頭國中生又煞氣騰騰地往前踏了一步，我們五十個小五生往後推擠，無路可退，許多同學幾乎都快黏扁在牆壁上了。

戰鬥……不，一面倒的被扁一觸即發。

此時此刻，卻有一個強硬的身影擋在我們前面，令大家怦然心動！

幹！不是哈棒老大！

是蔣幹化！蔣幹化他手持茅台跟威士忌擋在我們跟他們之間！

「蔣幹化！你想擋住我們嗎！」一個國中生粗暴地大吼。

「擋我們就是擋王霸旦！絕對一起滅掉！」另一個國中生用鐵拳砸自己的頭，噴出超多血。

「滅掉！」許多國中生都情不自禁用鐵拳轟自己的頭，血如噴泉，超級壯觀。

靠，超瘋，打自己都這麼用力了，打在我們身上還得了！

「你們這些早該畢業離校的壞國中生，原來是王霸旦派來的臥底！我還以為你們跟我一樣虛心向學，沒想到別有用心！」蔣幹化又使出他那一百零一招之義薄雲天之術，大喝：「你們要打我的好同學好朋友們，得先OVER MY DEAD BODY！」

說完，蔣幹化還是那招，直接將茅台跟威士忌澆在自己身上，幹超臭！

「不要再裝了！你們都是套好的！」謝佳芸大叫。

「走開啦！要打我們自己會打！」我躲在人群中大叫。

「你欺負謝佳芸！我討厭你！」就連脾氣最好的王國也生氣了。

前有超瘋的8＋9國中生，後有不給臉的小五同班同學，裡外不是人的蔣幹化轉過頭來，對著大家苦笑：「如果小弟吃痰俠阿化，真的是跟王霸旦串通好的，爲什麼這些腐爛的國中轉學生，此時此刻，要對小弟我怒目相視呢？」

「閉嘴啦大騙子！不管你說什麼我們都不會再相信你！」肥婆激動得奶子亂晃。

「酒鬼！你最爛了！」我又補刀，落井下石我真的第一名。

酒鬼這兩個字，好像刺中蔣幹化的內心深處最柔軟的那一塊玻璃，只見蔣幹化閉上眼睛，在一身酒氣中，不知所謂地，緩緩地脫掉了全身上下所有的衣服褲子，只剩下腳上那雙黑色的紳士襪，以及一條龜裂的黑色金釦頭假皮腰帶，剩下的部分，都是瘦瘦的贅肉！還有一袋長度是陰莖三倍長的鬆垮陰囊！

國中生傻眼，我們也驚呆了。

「有的人喜歡音樂，有的人喜歡閱讀，有些人喜歡運動，我喜歡跟幾個好朋友聊天，然後大家喝幾杯酒，這是我的個性，我一個人不喝酒，但大家都誤會我是酒鬼。」蔣幹化繫緊皮帶，縮了縮小腹：「老實說，我喝酒前，心是亂的，我都是唸三字經……」

關我屁事？

蔣幹化一個弓箭步踏出，彎腰，低身，平掌，大喝一聲——

「人之初！」

這是什麼樣奇怪的劇情轉折啊！

幾乎裸體的蔣幹化將身體壓到最低，一掌拍出。

首當其衝的國中生一愣，馬上被蔣幹化姿勢怪異的三字經，一掌搧到老二！

「哎呀！」那名國中生抱著老二縮倒在地。

一個國中生馬上朝蔣幹化轟落一拳，卻見蔣幹化像車輪一樣躺在地上翻滾，躲開了沉重的落拳，大叫：「性本善！」

翻滾中的蔣幹化又一掌往上搧出，再度搧中一條沒有防禦的老二。

「幹……三小啦！」又一個國中生雙膝跪地，無法再戰。

蔣幹化持續在地上滾來滾去，雙腳縮膝，縮小自身的挨打面積，又可以用堅硬的膝蓋擴展胸前的防禦力，而且這個無恥的姿勢也大大增加滾動的協調性，滾來滾去，手掌往上瞄準老二最脆弱的部位，也就是陰囊，進行最恐怖的搧擊！

滾來滾去，加上搧來搧去，看似小孩子躺在地上賴皮的胡鬧，實際上卻是完美的防禦，與摧枯拉朽的至高暴力！

「性相近！」一滾，一搧。

「習相遠！」搧陰囊！「狗不叫！」搧陰囊！「性奶千！」搧陰囊！

「叫知道！」搧陰囊！「貴那個！」搧陰囊！「習夢母！」搧陰囊！

「幹你娘！」「老機掰！」連搧陰囊combo turbo連發連發連發！

我們看得目瞪口呆，本來以爲蔣幹化只會講幹話跟說謊話，沒想到他的醉拳三字經這麼厲害！在地上滾來滾去，轉眼已經搧爛了二十幾個陰囊，搧得國中生痛哭流涕，每每整個身體縮倒在地上口吐白沫哀爸叫母。

但二十幾個國中生倒在地上，意味著蔣幹化能夠滾來滾去的空間也變得很有限，漸漸地，蔣幹化也紮紮實實地挨了幾拳。逆境還不只如此，還站著的國中生很快就學會了用大腿夾住老二的怪姿勢，勉強防禦住蔣幹化的搧陰囊，再彎腰揮拳！

滾不太動的蔣幹化，只能趁著挨拳的那一瞬間，咬著牙，把搧的動作轉換成平掌上切，也就是用強化的掌緣強行插進國中生夾緊的大腿內側，一路上切，直直地切到陰囊爲止！

這一招很花時間，必須挨上國中生的拳頭，但產生的破壞力遠遠大過於搧！這可是確確實實的直搗陰囊啊！被切中陰囊的國中生，連慘叫都做不到，直接噴尿暈了過去。

「人之初！幹你娘！」蔣幹化切到手掌都是尿，但他也被揍到滿臉是血。

我絕對！絕對不會再相信這個騙子了！

但蔣幹化一打四十國中生，一路滾滾滾，搧搧切切，確實是超級熱血啊！

「加油阿化！」不知道是誰先出聲的。

「有點感動喔阿化！」又一個聲音跑出來。

好吧，拳拳到肉，就在我們眼前發生，那些都是可怕的傷口，不是特殊化妝。

班長絕不投他，但幫他加一下油，也不算過分。

「打贏這些國中生，我就給你按一個讚！」我嚷嚷。

「好好打，敬你是一條好漢。」林千富也持平地給了好評。

還站著的，只剩下最後一個國中生了！

他不是最強，他是大腿夾得最緊，緊到他自己連站好都有困難。

蔣幹化已經被打成豬頭，他滿手是尿的雙掌，不知道還剩多少餘力？

「去死啦臭禿頭！」國中生握緊金項鍊，往蔣幹化的臉上一轟。

「性相近！習相遠！」蔣幹化用臉承受這一拳，尿掌趁機奮力一插。

失去力量的尿掌，硬生生被夾在國中生超級緊的大腿內側，動彈不得。

「還不死！」國中生又一拳，直接命中蔣幹化的鼻子。

「狗不叫！」蔣幹化突然一招返璞歸眞的仰臥起坐，用頭頂撞向國中生的胯下。

這一招用臉撞鳥，撞開了緊實的大腿，撞開了勝利之門！

「性奶千！」

蔣幹化被夾住的尿掌一線向上，在鬆開的大腿縫隙間，毫不留情地——破！

被頭錘突破防禦的國中生臉色發黑，表情扭曲，倒下。

蔣幹化贏了！

只會講幹話的蔣幹化一口氣爆掉四十個國中生的陰囊！贏了！

鐘聲響起，掃地時間正式結束。

就在進入禮拜五最後一節課，也就是班長選舉約定好的投票時間，的第一秒，蔣幹化踉踉蹌蹌，試著從滿地的國中生屍體中站了起來，才剛站好，馬上又渾身赤裸地倒下去，摔得很重，很慘，很引人同情！

只靠著一雙黑襪子，跟一條黑色金釦假皮帶，他再度扭轉了劣勢。

這次依靠的不是滿口的「特別特別高興之術」，而是如假包換的戰鬥。

戰鬥！還是爲我們戰鬥！

蔣幹化還是無法靠自己的力量從地上爬起來，他徹底被揍扁了。

但，有好幾隻友善的手伸了過去，那是屬於五年四班的善良。

「好啦！我可以考慮投你啦！」

「看你好像改過自新了，我也會認眞考慮啦！」

「老人的陰囊都那麼大嗎？開玩笑啦，謝謝你爲我們而戰！」

「雖然知道是被洗腦，但既然好好準備了資格考，我們就去考吧？」

「都準備一整天了，不考白不考，再說吧，考慮考慮。」

「看不出來蔣幹化眞能打耶，很MAN喔，投你！」

「醉拳三字經滿屌的嘛，帥帥帥……我拉你起來吧！」

蔣幹化就這麼被大家溫柔地拉了起來，他沒有力氣舉杯敬酒，虛弱到噴不出一句幹話，他的表情卻在臃腫瘀青的臉上慢慢擠出笑容，顯然很滿意大家對他釋放出的巨大善意。

這時，我終於明白了剛剛楊巔峰爲什麼一邊嘆氣，一邊說不妙的原因。

那個時候他就已經算到了，不要說六票了，連一票都無法從我們身上拿到的蔣幹化，如果要拚逆轉，就只有賭上這最後的一挑四十之戰了。

「你怎麼知道蔣幹化會贏，而不會被國中生打死？」我壓低聲音。

「你知道爲什麼這些國中生，白天會一直睡覺嗎？」楊巔峰皺眉。

「因爲他們是不良少年啊。」我直覺就說了。

「連續這幾天的半夜，彰化的幾個廟口聯合主辦了好幾場宮廟盃足球賽，這四十個國中生，都是代表不同宮廟的主力隊員，每天晚上，都在踢球，有時延長賽還會踢到天亮。」楊巔峰說出不知道打哪聽來的情報：「這些足球賽的幕後金主，就是王霸旦的爸爸，民生國小家長會長王才俊。」

我懂了。

不，我還是不懂。

「那些國中生晚上不睡覺一直踢足球，中午才會勉強起來跟我們一起吃冰，然後又繼續睡……你是說，他們的大腿早就沒力了？」謝佳芸吃驚。

「原來是這樣！不，我早就猜到了八成……眞的。」林俊宏趕緊裝冷靜。

「以備不時之需總是比較保險。那些國中生不一定非得跟蔣幹化來一場，但，如果蔣幹化的民調急墜，情勢大壞，這些國中生就得上場，就得輸，而且還必須輸得非常眞實，蔣幹化的英雄苦肉計才能賣出高民調。」楊巔峰皺眉：「對王霸旦來說，那些國中生還未發育完全的陰囊，隨時都可以犧牲。」

我們的對話，不管再怎麼壓低聲音，還是故意讓周圍的同學能稍微聽見。

這就是「故意壓低聲音之術」。

原理是，如果用平常講話的聲音，把重要的資訊傳遞出去，那麼聽到的人就會覺得這個資訊很一般，甚至當作是市井小民之間的謠言耳語。

但如果用氣音，小聲地靠在另一個人的耳邊說，加上飄忽不定的眼神，那麼附近的人就會本能地察覺到，這個被小心翼翼傳遞出去的消息，一定非常重要。

更奇妙的是，真正應該領受消息的，並不是被靠在耳邊聽到氣音的人，而是在竊竊私語的兩人旁邊的「一大堆非聽眾」——儘管不是要說給你聽的話，你卻豎起耳朵聽了，還當作是寶貝。

我們對蔣幹化苦肉計的評論，透過刻意的氣音，迅速傳播到大家的心裡。剛剛一些對及時悔過的蔣幹化讚譽有加的人，表情也變了。很明顯，他們重新懷疑起蔣幹化，懷疑這一切又是排演好了的陷阱。

「……」楊巔峰的表情，似笑非笑。

「……」蔣幹化的神色，要笑不笑。

老實說，我太懷疑楊巔峰剛剛說的情報了。什麼宮廟盃足球賽，就算是真的有那種怪比賽，只是一個小學生的楊巔峰要怎麼打聽到？又，正好在蔣幹化一打四十後才說出來，真的是無從確認的馬後砲，可以替自己說話的國中生，又全都倒在地上陰囊破滿地了。

不過我不會在這個時候吐槽楊巔峰，或多問一句。絕對不會。

蔣幹化滿口胡說八道，隨時無限扯遠，隨時說個笑話緩和氣氛，隨時義憤填膺，要對付像他這種心口不一的大壞蛋，善良是不夠的，聰明也不夠。

要壞！

楊巔峰就是有那種，如果要比壞，我也不會輸給你的氣魄！

「怎麼樣蔣老弟，票夠了嗎？賭這一把，卻一口氣少了四十張鐵票，真的划算嗎？」楊巔峰神色自若：「你現在要贏謝佳芸，得從我們這邊，足足拿走二十六張票才行。」

「不夠，楊大哥，票還不夠。」蔣幹化自承不諱，皮笑肉不笑：「我估計剛剛我表現出積極反省悔過，又捨身為大家力退強敵，大概進帳三十張票。」

「我也差不多是這麼想。」楊巔峰並不否認剛剛被徹底翻盤。

「我……我也是。」林俊宏趕緊刷一刷存在感。

「但你不負責任，沒有證據，狗血噴人的耳語，大概騙回了二十張票。所以，這一來一往，班上現在只剩下十個人，是真心真意地支持我。」蔣幹化裸體一鞠躬：「在這裡，我要特別特別感謝一路以來，始終對吃痰俠阿化我，不離不棄的十張票。」

「喔，才十張，那怎麼辦呢？」楊巔峰兩手一攤，表情超賤：「我好怕喔，我真的好怕你還有招喔！因為我……真的沒招囉！」

「真的沒招？不會吧楊大哥！」蔣幹化故作驚奇。

「真的！真的沒招！你快點出招把我嚇死，我膽子真的很小的！」楊巔峰故作害怕。這兩個人都超欠揍。

「那小弟我就不客氣囉？」蔣幹化看了看牆上的時鐘，拍拍胸口安慰自己：「幸好幸好，僥倖僥倖，剛剛那場生死之戰打得夠快，這一節課還剩下十五分鐘，要展開投票加上計算票數的話，五分鐘應該夠了吧？」

楊巔峰聳聳肩，看向對規則最清楚的林俊宏。

「按照禮拜一大家共同立下的規定，此次的班長選舉，採取舉手的記名投票，我們班共有五十一個合法選舉人，一秒點一個，一分鐘不到就點完了吧，但你說五分鐘就五分鐘吧。」林俊宏推了推眼鏡：「也就是說，合法的競選時間，還有十分鐘，十分鐘以後，我們就開始投票選班長。」

蔣幹化擦去鼻血，冷冷地說：「十分鐘，綽綽有餘。」

這時，突然聽見一聲巨大的爆炸。

蔣幹化故作驚訝：「發生什麼事啦？我什麼都不清楚，不曉得！」

那爆炸聲似乎來自操場的對面？

41

爆炸聲裡，還夾雜著驚慌失措的哭聲。

大家趕緊踩著滿地國中生的屍體，衝到走廊上看熱鬧。

一看，不得了，對面的行政大樓持續發出可怕的一連串爆炸聲，還有即使隔得很遠，還是會聞到的濃厚屎味！

「那裡是……五年A班跟B班的特殊教室樓層！」林千富駭然。

「真的！為什麼連那裡也會……」謝佳芸也驚呆了。

「行政大樓不是有很多老師在那裡辦公嗎？太……太離譜了吧！」林俊宏發抖。

是的，沒錯，正是最不可能被五年一班攻擊的行政大樓，正在遭受炸大便的摧殘。

全班同學都趴在走廊牆上，遠遠看著這一場恐怖的鬧劇。

沒有一個五年一班的學生，出現在行政大樓。

是東狂阿竣這個髒鬼，與西姦天佑那個炸彈魔再度合作，一起將大便與水鴛鴦扔進了五年A班跟B班的教室，將那些自以為天高皇帝遠的特殊學生，炸了個措手不及。無法跟大便對抗的外籍生與高級本地生，只能抱頭逃出教室。

南淫力榮拿著球棒，守在走廊左側，看到逃出來的人就揮棒，棒棒開花。

北煞信安緊握鋼鐵手指虎，霸佔走廊右方，見人就打！

「自以為文明的人，我看了就討厭，了解？」南淫力榮每一棒都瞄準膝蓋。

連續十幾棒，粉碎了十幾塊膝蓋，當大家被打到只能跪不能站，南淫力榮再好好地對準脖子，一棒接一棒又一棒，脖子歪脖子歪歪脖子歪歪歪。男生倒下便倒下了，補個腳便罷。女生脖子歪掉，那高度正好就被南淫力榮捧起臉，舔幾口，舔得津津有味後，才推倒在一旁。

「教室遠？是能有多遠！」北煞信安一拳爆掉一個，打得虎虎生風。

北煞信安的拳頭夾帶著作弊的鋼鐵手指虎，重量加速度再乘以金屬的硬度，每一拳打中人臉，都深深陷入五官，花力氣從崩壞的人臉中拔出來的時間竟大過於打下一張臉，真的是萬分恐怖，竟然用擊碎牆壁的力量拿來揍小學生的臉。

大便滿天，血尿滿地。

王霸旦只出動了彰安國中四大魔神，還沒見到「中！亞信」的身影，花了三分鐘，就攻下了傳說中距離戰爭威脅最遠的，五年A班跟五年B班！

五年A班的B班的班牌被北煞信安徒手扳斷，南淫力榮將新的班牌掛上。

五年一班之己，五年一班之庚。

高大的東狂阿竣將王霸旦的慈祥玉照，高高掛在兩班的黑板上。

西姦天佑將音樂播放器接上，懸掛在樑柱的雙喇叭，大放……

「我們霸旦，首創數學，加法跟減法。推翻了除法，建設了乘法，產生了民生國小。五年一班，甲乙丙丁，霸旦詳加計畫，重新改造大家。加減乘除，不用除法，除法用不到。加法的樸實，減法的謙虛，爲乘法奠下基礎。霸旦精神，永垂不朽，如同爸爸媽媽，好比爺爺奶奶……民生凋敝，六班亂小，四班還在撐，看看那五班，現在多快樂，大家要記得教訓。霸旦名言，不要忘記，忘記你就知道，知道你會完蛋……」

不只是我，我偷看到班上還有很多同學跟我一樣，拚命捂住嘴巴，才能逼得自己不跟著把王霸旦之歌唱出來。洗腦眞的太可怕了，明明知道是不對的事，身體卻太容易記住那些曾經死命相信過的蠢話。

「太可怕了，戰爭眞的太可怕了……楊大哥，料到了嗎？」蔣幹化嘆氣。

「沒料到。」楊巔峰語氣裡沒有一點俏皮，很遺憾地承認：「原本我只是以爲，王霸旦能做的，頂多是賄賂五年A班的總務股長，再借錢給五年A班全體，讓他們買一些根本用不到的夾娃娃機，專賣一些王霸旦造型的肉太歲或王霸旦手機吊飾之類的廢物，騙他們說將來會有大量的需求。但虛構的需求是永遠不會發生的。等到五年A班沒錢還五年一班，王霸旦就有藉口幫忙管理夾娃娃機，然後叫一堆國中生把椅子搬進五年A班一起上課……之類的賤招。我是真的完全沒想過，王霸旦會把吞班的遊戲玩得那麼瘋狂，直接用打的？這不是賤，是有病。」

操場那端的暴行卻還沒結束。

即使連投降也做不到了，五年A班跟B班的菁英們，渾身碎大便，持續被暴打。

天啊，這個絕望的畫面，很快就會降臨在我們身上了嗎？

「並不會。」

大家一起轉頭，看向唯一說話的人。

蔣幹化拍拍胸口保證：「只要我吃痰俠阿化在，有痰，我幫大家吃，有架，我幫大家打！有酒，大家一起喝！絕對不會有第二句話！但！但！但！」

我弱弱地問一句：「但三小？」

蔣幹化大聲說道：「但！戰爭絕對不是我們要的，你看，大家看，跟五年一班作對的下場已經很明顯了，通通都躺平在這條走廊上，甚至，也躺平在操場對面的那條走廊上。我們五年七十四班絕對不能跟他們一樣，至少小弟我，絕不允許！作爲班長，必須極力避免戰爭，正所謂國防靠和平，和平最高的境界，就是和和氣氣！大家都是好朋友！政治上的數學眞的很簡單，就是朋友要多，敵人要少！讓我當班長，我來負責跟王霸旦總班長當好朋友！」

大家都很沉默。

明明知道負責出題五年級資格考的，就是蔣幹化，蔣幹化跟王霸旦之間的關係肯定是非常好，他之所以用六十多歲的巨齡轉學到我們班，百分之百是王霸旦統一整個五年級的陰謀之一。

然而，就因爲他跟王霸旦眞的很友好，所以，蔣幹化或許眞的是我們班被五年一班併呑後，唯一能繼續過得好好的……唯一解答？

「你們很清楚，他是在騙你們吧？」謝佳芸忍不住大聲起來：「坦白說，一想到你們是怎麼對我的，我就對你們……眞的很沒信心！但現在不是互相衝康的時候，危急時刻，我們五年四班就是要一起度過，睜眼不夠，要用心！用心分清楚誰是好人，誰是壞人，把票投給好人就對了。」

「投給暴力謝佳芸，就是投給戰爭，就是投給同性戀。」蔣幹化一臉害怕。

「同性戀怎樣！你還在同性戀！就是有你這種噁心的變態才會出那種考卷！」差一點就跑去自殺的小電暴怒。

「不不不，妳完全誤會了，我一直都很尊重同性戀，在我當選班長後，我甚至會向王霸旦總班長申請專案經費，針對同性戀患者設計一套完善的心理輔導課程，搭配手術，去治療同性戀，所有過程一切免費！」蔣幹化鄭重保證：「阿電！相信阿化，不管是要切掉妳身上的哪裡，或是要打哪些針，最後妳一定會回復正常的！」

「還說！我死都不會投你！」小電抓狂了，要人認眞抓住雙手才不會衝過去踢蔣幹化老二，她大叫：「大家支持謝佳芸！謝佳芸！謝佳芸！謝佳芸！謝佳芸！謝佳芸！唯一支持！謝佳芸！」

但沒有人跟著小電一起喊謝佳芸。

大家都在觀望，觀望著眞正會發生的現實。

到底是蔣幹化承諾的未來，比較接近眞正會發生的現實？

還是謝佳芸畫下的革命藍圖，更加靠近大家能夠理解的眞實呢？

蔣幹化試著恢復他幹話連篇時的左顧右盼：「暴力小芸曾經寫在政見裡的，她要去跟什麼五年ＡＢＣＤＥＦＧ班談判，說要加入他們的聯盟，結果呢？他們現在人呢？一身大便！一身都是血跟大便啊！」

蔣幹化這次不是在危言聳聽，他就是在說一個事實：「所以，大家能不考五年級資格考嗎？絕對不可能！大家的教室都在同一條走廊，從小學的都是注音符號，讀的課本都是蔣公看小魚向上游，背的九九乘法表聽起來根本一模一樣，都是九九八十一條你說巧不巧？大家都是五年級生，有可能不被強大的五年一班併吞嗎？這是現實。現實！」

大家的身體都僵硬了一下。

蔣幹化不斷調整語速，用手勢切換句子的斷點，漸漸抓住了大家聽講的節奏：「但大家不要過度害怕，自己嚇自己，更不要因此妖魔化了王霸旦總班長，大家可以靜下心，好好思考一下，是否應該轉換一個角度思考一下，我們五年四十四班的處境？如果我們繼續抵抗，甚至像謝佳芸說的那樣，每天早上都開始分批練習格鬥技，然而眞的跟五年一班衝突了，我們打得過人多勢眾的五年一班嗎？今天要不是我吃痰俠阿化，燃燒生命，擋住了那四十頭喪失人性的國中生，現在牆壁上這塊班牌，還能是五年十四班嗎？我敢說，我敢說！我敢說！」

敢說什麼啊！敢說就快說！

「我敢說！萬一我們班跟五年一班發生武力衝突，打輸了，被併吞了，下場一定很慘！爲什麼？因爲反抗就意味著我們是刁民！刁民的日子一定非常難過！搞不好不是重讀四年級，重新回到二年級重背整天的九九乘法表都非常可能！所以該怎麼辦呢？應該在起衝突前，好好跟王霸旦談判，大家坐下來，開瓶酒，泡泡茶，像好朋友開同樂會一樣，好好講，充滿善意地溝通，你一杯，我一杯，喝到最後再勾肩搭背合唱幾首歌，就是這樣，沒什麼了不起。小弟吃痰俠阿化我，敢保證，我一定把被併吞的條件談到最好！」

「是⋯可⋯以⋯有⋯多⋯好⋯」阿財問得很小聲。

「好！當然非常好！因爲王霸旦一定想讓其他年級，想讓其他學校都看看，在他統一管理下的民生國小五年級，是多麼偉大的五年級！所以我們班可以當作是一個樣板，一個被併吞後的樣板，不須要在教室設立夾娃娃機，想夾的人自己去五年一班之丁夾！不使用王幣，照樣用新台幣。不須要去大禮堂參加洗腦營，也不必在舌頭上噴穩潔去一班舔東舔西，那我們要做什麼呢？每天，我們就意思意思唸一下《王霸旦思想》，交個報告，沒事就請值日生站起來朗讀一下《王霸旦傳奇》，讓五年一班有個面子就行了，日子照過，除法，私下也可以偷偷地用，沒問題，我個人也相當喜歡除法！」

「所以⋯⋯一切都是王霸旦的面子問題？」我也小小聲地問。

「眞的是這樣，我跟王霸旦是什麼交情，怎麼會不知道他那肥肥的腦袋在想什麼？你想想看，五年二班當初是什麼狀況，五年二班靠五年一班這麼近，卻不承認自己就是五年一班的一部分，該不該打？活該被打！五年三班呢？王霸旦好心要跟他們簽訂和平協議，結果他們派出一個跆拳道黑帶的班長作為簽約代表，形同攜帶武器，根本沒心嘛！活該被電！五年五班真的誇張，最可惡就是五年五班！讓他們自己本來的班長慈母女士管理他們自己，又徹底活用了他們班最擅長的經濟，夾娃娃機裡應有盡有，結果換來什麼？換來整天示威抗議，不給臉！不給臉就用大便炸你！六班呢？王霸旦總班長親自去他們班上，想給那些女孩子一些愛的抱抱，結果？結果六班那些女孩子不懂事，不知道從哪裡聽到的瘋言瘋語，以為王霸旦是壞人，作賊心虛竟然通通跑光，害王霸旦興沖沖提了一大堆下午茶過去，卻撲空！這實在是……」

肥婆不客氣地舉手：「不是那樣，是六班的女生跟我還有謝佳芸，一起把五年一班那些臭男生轟回去的，他們沒有撲空，是被我們痛扁，那些女生也只是暫時休學，不是作賊心虛逃走。」

蔣幹化一臉迷惘，連忙搖手：「不不不不是那樣，妳完全搞錯了，一個男生或許有一點點可能打輸一個女生，因為那個男生可能正好在拉肚子、感冒或腸胃炎，甚至是發生車禍斷手斷腳，在一些特殊的情況下，一個男生要打輸另一個女生，的確不排除這樣的可能。但一堆男生，是絕對不可能打輸一堆女生的，不管怎樣，絕對，都不可能。不要再散播奇怪的假新聞了，這種行為是不對的，甚至違法，好嗎？」

大家都知道蔣幹化說的是唬爛，肥婆說的才是事實，但那又怎樣呢？

對過去已經發生過的事情可以講錯，那不重要，畢竟發生過了就發生過了，講錯或講對，都不會改變已經發生過的事。

但未來就不一樣了，未來還沒發生，所以任何人都不知道誰講的未來才是對的，即使是一直唬爛的人也有幻想未來的權利，也有可能矇中。

「重點是，小弟阿化我要說的，也是關乎態度。」蔣幹化越說越振奮，手勢不斷推陳出新：「我剛剛指出的那些班級，就是對王霸旦總班長釋放出的善意，一直視而不見，或是根本就充滿敵意，這就讓人不高興了嘛，被打，通通活該，死好！給他拍拍手，香蕉油，哈哈，開個無聊的小玩笑。回到正題，處理過這麼多野蠻無恥的班級，王總班長的內心深處一直很希望，民生國小可以有一個班級，一個他還沒有，暫時還沒有，併呑的班級，是非常自願地，樂意地，眼巴巴地，充滿感激地，主動想要跟五年一班合併！」

大家聽得搖頭晃腦，我注意到楊巔峰的臉上面無表情，而謝佳芸則是咬牙切齒。

蔣幹化滔滔不絕，唬爛的架勢，已經完全回復到被楊巔峰戳破假面前的風采，不，甚至有過之而無不及：「五年A班跟BCDEF班，在剛剛，同時都失去了那個寶貴的機會，被大便、炸藥、棒子跟鐵拳幹掉了，但我們班還保有那個主動要求合併的機會！天啊！這眞是太棒了各位同學！只要我們班加速跟五年一班談判合併的進度，我們就不是刁民，而是好民！民生國小五年四十七班最美的風景，就是各位同學想要加入五年一班的喜悅，這一點，我們一定要快點快點讓王霸旦知道！各位同學！你們說好不好！」

我舉手：「請問五年A班跟B班又沒惹到王霸旦，怎麼會失去那個機會啊？」

蔣幹化衝過來握住我的手，笑笑地說：「就說你要仔細聽嘛，只要有哪一個班級沒有迫不及待地主動說，要跟五年一班合併的，都是不識好歹，都是咎由自取。但我們班有我阿化！爲各位爭取到寶貴的時間！只要各位選我當班長，小弟吃痰俠阿化我，一定火速爲各位粉身碎骨！用民主投票的文明手段，公投！用各位的自由意志公投併入五年一班這個大家庭！這就是王霸旦最想要的，被愛戴！同時也是大家眞心想要的！被合併！從此以後，我們五年一班之丙！之丙！之丙！一定是五年級裡的高等子民，僅次於五年一班，但也非常好了！享盡福利，再也不必害怕被打！被併吞！因爲我們已經——被併吞啦！」

講完，竟然收獲了不少人低調的掌聲。

不，不是不少人。

掌聲越來越清楚，可能有將近一半……一半這麼多？

阿財膽怯地舉了一點點的手：「那…請問，可以…成立…性…專…區…嗎？」

蔣幹化雙手抓住阿財的肩膀，用力搖晃：「當然可以！性專區從小學開始設起！這一直都是我內心堅定不移的政見！」

林千富輕輕咳嗽，舉手：「我只是幫大家問問，併班後，我們班的財務可以自主吧？畢竟哈棒老大留下了一大筆保護費，忘了帶走。」

蔣幹化對著林千富豎起大拇指：「你在說什麼啊林董！這是最基本的吧！」

美華臉紅紅想舉手，好友小電大怒，用力扯下美華舉到一半的手。

蔣幹化義正辭嚴：「這位同性戀，妳剛剛的行爲已經妨礙了一位正常人實行屬於她的民主權利，這是不對的，是可恥的，雖然同性戀的道德敗壞早已是公認的事實，但只要是在民生國小，在這條走廊，就請妳克制妳的不文明，請讓這位正常人暢所欲言！」

小電氣瘋了：「我要拿電湯匙捅你的屁眼！」

美華很委屈地說，也不舉手了：「我也是幫大家問問，那以後中午的營養午餐可不可以還是，偶爾吃個冰，畢竟夏天眞的好熱啊……」

蔣幹化用力拍手：「每天都吃！保證每天都吃冰！加煉乳！加布丁！加肉鬆都可以！營養午餐全面改成剉冰，只要是正常人都可以吃！同性戀治療完成以後，經過學者專家確認，也可以吃！」

小電暴怒：「吃你媽！」

有人舉手：「那自動加入五年一班的我們，可以不用考資格考嗎？」

蔣幹化一臉迷惑：「我沒說過嗎？當然可以！」

有人舉手：「那我們的教室可以裝冷氣嗎？」

蔣幹化用力一拍自己的腦袋：「熱死！早就該裝！」

有人舉手：「那我們可以每個月從班費拿一點錢去……福利社吃零食嗎？」

蔣幹化拍板：「什麼每個月？每天都發，一個人一百塊營養補助金！」

有人舉手：「可不可以把愛吐痰的簡老師換掉？」

蔣幹化義憤塡膺：「換掉那種不適任的偏差教師，治標不治本，直接開除！」

有人舉手：「可不可以請五月天來民生國小開演唱會？」

蔣幹化大笑：「我跟阿強從小一起在土地公廟後面長大！蹺課！鬼混！我們很熟！」

……阿強是誰？

時間一分一秒地過去，蔣幹化從容不迫地招架大家提出來的各種問題。

有些話，明明一聽就知道唬爛成分居多，但聽起來就是爽。

人一爽，智商就會降低。智商一低，就會支持讓你智商變低的那個人。

如果未來答應你的事通通做不到，也會有人自我安慰，至少當時聽得很爽。

楊巔峰舉手。

大家都很驚訝，這個時候楊巔峰想藉著問問題，生出逆轉回來的妙計嗎？

「我沒有突然變出來的梅花三，我只有幾個眞正的問題。」

楊巔峰的臉上，完全看不出喜怒哀樂：「問題都很簡單，廢話很多的蔣老弟，你能不能稍微配合一下年輕人的節奏，跟大哥我來場快問快答？」

「時間只剩一分鐘。」林俊宏提醒：「也只能快問快答了。」

「好！」蔣幹化將皮帶鬆開，毫無意義的小動作可能代表了決心。

「併班以後，大家可不可以罵王霸旦？」楊巔峰開始了。

「爲什麼要呢？有其他人都可以罵，爲什麼偏偏要找自己麻煩，罵王霸旦呢？」蔣幹化無奈：「你不要上走廊抗議，就不用擔心被大便炸，你不要當同性戀，就不用擔心被矯正輔導，你不要反對《王霸旦思想》全套教材，就不用擔心考不過五年級資格考，一切就是這麼簡單，當快快樂樂的順民就擁有一百萬種平平安安的生活，自討苦吃的刁民，只有死路一條。」

「不要離題。大家到底可不可以罵王霸旦？可以，還是不可以？」

「可以！當然可以！」蔣幹化態度大方，剛柔並濟：「理性的監督一向是很歡迎的，但如果罵得不對，態度惡劣，就必須被好好矯正，直到眞心悔過爲止。」

「那如果罵得好？罵得對呢？」

「不可能罵得好，更不可能罵得對，沒發生過這種事。從沒看過，以後也不會出現。因爲王霸旦絕對不可能犯錯，王霸旦所做的一切，都是為了大家好。即使乍看決策犯了錯，但從長遠的角度來看，也一定產生了對的影響。」

「併班以後，我們可不可以發動集體投票，改選出最新一任的五年級總班長？」

「你在開玩笑嗎？當然不行！五年級唯一一個總班長，就是王霸旦總班長，任何民主投票都是在侮辱王霸旦對各位的付出！大家想想，一人一票太可疑了，你能想像王國他那一票，跟你我手中那一票的價值是一樣的嗎？不行！不可以！投票不是眞自由，那都是假平等！」

「所以以後我們就沒有民主了？」

「有！有更好的民主！那是一種不須要投票，才可以擁有的眞民主！」

「我錯過了什麼？不用投票才可以擁有的民主？那是什麼鬼？」

「今天不是上課上得很開心嗎？具有王霸旦特色的民主！才是適合我們五年級，眞正的民主！」蔣幹化說得喜樂不已，氣勢已經拔升到不可思議的境界：「從今以後，再也不用花心思在搞什麼保護五年七十四班，要什麼自由？幻想！爭什麼投票？假的！搞什麼民主？王霸旦給你更好的！只要我們乖乖聽王霸旦的話，大家就可以把所有的心力集中在唸書！唸書！唸書！唸書才是最重要的！大家一起升六年級！」

掌聲不再遮遮掩掩，直接送給了完全回歸的幹話之王。

楊巔峰點點頭，轉頭看向謝佳芸。

「謝佳芸，即使沒有了五年A班跟B班，妳還是想打倒王霸旦嗎？」

「是。」

「有沒有具體的做法？」

「有，用這個。」

謝佳芸舉起她小小的拳頭，緊握得吱吱作響。

「想逃跑的拳頭，一千個都不夠。」謝佳芸認真的眼神：「想一鼓作氣打倒惡勢力的拳頭，左手五十，右手五十，加起來一百，剛剛好。」

蔣幹化噗哧一笑。

很多人也都笑了。

「現在沒有五年A班跟五年B班可以結盟了，也沒關係嗎？」楊巔峰沒有笑。

「王霸旦只有一個人，被王霸旦亂弄的人有幾百個。」謝佳芸也沒有笑，一本正經地說：「只要我們打得好，撐得夠久，其他一直被王霸旦弄來弄去的同學，二班，三班，五班，六班，現在還有A跟B，通通都會加入我們。到時候，我們就會超級厲害！」

楊巔峰點點頭，看向林俊宏：「我問完了。」

大家回到教室裡，將昏迷不醒的國中生推到兩旁，屏息以待。

林俊宏大聲說：「第一屆！民生國小五年四班班長選舉！投票開始！」

空氣裡瀰漫著緊張。

「贊成蔣幹化擔任本學期，五年四班班長的，請舉手！」林俊宏手拍黑板。

「選我當班長！併班安全！一起升上六年級！」蔣幹化大吼。

唰唰唰唰唰唰唰唰唰唰唰唰唰唰唰唰唰唰唰唰唰唰——

林千富假裝在替胳肢窩抓癢，其實舉了手。

美華紅著臉，避開小電凶惡的視線舉了手。

阿財低著頭打呵欠，但確實舉了手。

林俊宏開始清點舉手人數，大聲說道：「二十五！」

二十五！那就代表……

「贊成謝佳芸擔任本學期，五年四班班長的，請舉手！」林俊宏自己率先舉手。

「打倒王霸旦！」謝佳芸尖叫。

「加一！」肥婆用力舉手。

「明天打倒王霸旦，今天打倒蔣幹化！」小電怒不可遏。

「謝佳芸跟我間接接吻加抱抱！」王國嘻嘻。

唰唰唰唰唰唰唰唰唰唰唰唰唰唰唰唰唰唰唰唰唰唰唰唰唰唰唰唰！

「……也是！二十五！」林俊宏皺眉。

大家一陣譁然，平手？怎麼可以是平手？

「班上有五十一個人，到底是誰沒有投票？」林俊宏看起來很不爽。

楊巔峰站了起來。

「我。」

楊巔峰雙手插著口袋，痞痞地招認：「我還沒舉過手。」

謝佳芸幾乎要喜極而泣了，蔣幹化則是青筋瞬間漲滿了他皺巴巴的裸體。

楊巔峰低頭，一腳踩上了國中生的屍體。

「只要主動要求被併班，就不用害怕被攻打。」

楊巔峰一蹬腳，踏上了椅子。

「只要不犯賤偷偷說王霸旦壞話，何必害怕被處罰。」

楊巔峰用力一躍，跳上了桌子。

「在聽過蔣幹化跟我之間的快問快答後，班上還是有一半的同學，選擇了要過著，徹底服從王霸旦，不想民主，不要自由，不能投票，不用除法的日子。」

楊巔峰的眼睛迅速跟每個人都四目相接了一瞬，最後停在謝佳芸的臉上。

「親愛的女朋友，妳不生氣嗎？」楊巔峰的眼眶竟然紅了。

謝佳芸哭了。

謝佳芸用力點頭，很用力，很用力。

用力到，眼淚跟鼻涕都甩出來了。

楊巔峰舉手。

「我投，蔣幹化。」

叫囂！
AGAIN

42

又是一個禮拜一。

卻是一個，民生國小沒有哈棒老大的，第一個禮拜一。

校門口的哈棒老大眞人等高黃金像，已經大功告成，厚實的底座還裝上了輪子，我猜是方便大家把哈棒老大推來推去，到各個年級的走廊上巡迴展覽吧。

清晨的陽光照耀在黃金哈棒老大身上，金光閃閃，慈愛無限。我站在其面前，忍不住雙手合十，誠心祈禱：「老大啊，不管你人在哪裡，在國中，還是突然唸到高中，在彰化，還是不在彰化，都請你無聊的時候回來看看我們，順邊收拾一下王霸旦那頭自以爲不用除法的豬！阿門，阿彌陀佛，阿魯巴之神撒理隆巴嘿呦嘿。」

早自習的時候，蔣幹化揹著班長的值星紅帶，站在教室門口，逐一跟睡眼惺忪來上學的大家握手問好：「謝謝謝謝！感謝大家支持！小弟五年一班之丙班長阿化，請多多指教！多多指教！」

蔣幹化緊緊握著我的手，我充分感受到他擔任班長的那股熱忱。

我咬著三明治，含糊不清地說：「以後要好好幹啊，今天就會裝冷氣嗎？」

蔣幹化堅定不移地保證：「只要資金一到位，我們馬上拜託合格的廠商來裝！」

眞是太棒了，新班長果然比哈棒老大還大方啊。

我一走進教室，哇！

教室好空，人好少，啊，不對，是人數變正常了。那四十個陰囊發炎的國中生想必是永遠都不會再出現，教室座位分配回復到以前的安排，垃圾桶前的席地而坐區被拆除，班長專屬的那張豪華牛皮椅被搬到講台上，正面對著大家，看樣子以後老師上課的時候，班長抄筆記會抄到脖子斷掉，眞的是非常辛苦的一個新辦公位置。

楊巓峰也來了，喝著米漿，一派輕鬆地跟站在門口的蔣幹化握手。

「蔣老弟，今天就看你表演啦。」楊巓峰呵呵。

「表演什麼？」蔣幹化一臉茫然地握手。

「表演把大家賣掉啊。」楊巓峰吸著米漿。

「楊大哥眞是愛開玩笑哈哈！」蔣幹化倒沒有皮笑肉不笑，而是很開心地哈哈。

小電不想跟蔣幹化握手，從窗戶爬了進去。

謝佳芸雖然也不想跟蔣幹化握手，還是硬著頭皮從前門進教室。

「眞是一場君子之爭，精采，精采啊！」蔣幹化落落大方地握住謝佳芸的小手。

「你，最好沒有我想的那麼壞。」謝佳芸露出嫌惡的表情，想掙脫，卻被蔣幹化的手緊緊包住。

「我壞壞，但我也可以好好啊。」不知所云的蔣幹化，溫柔地揉著謝佳芸的手不給離開：「我會一直一直懷念上星期跟妳甜蜜的龍爭虎鬥，眞的是，特別特別地高興。」

「很噁耶。」謝佳芸用力一甩，還是甩不開蔣幹化的握手。

「打情罵俏，我懂，我懂嘻嘻嘻……」蔣幹化笑得眼睛彎彎。

「誰跟你打情罵俏！走開啦！」謝佳芸眞的超火大，一腳踩向蔣幹化的腳。

「誰！」蔣幹化也變得好生氣，左看右看：「誰那麼可惡！敢跟妳打情罵俏！我一定饒不了他！」不管腳怎麼被踏，但雙手就是死都不放開謝佳芸軟軟的小手。

噁成那樣，正牌男友楊巔峰也不得不說說話了：「好了啦，是要摸人家小女生的手摸多久，你六十幾歲了拜託一下，想摸去摸摸茶店摸老阿嬤啊。」

蔣幹化這才鬆開手，嬉皮笑臉地摳著眉角上的老人斑：「開開玩笑！賓主盡歡，漁翁得利，哈哈，哈哈！」

謝佳芸回到座位上時，幾乎被氣哭出來，我趕緊聞聞她的髮香安慰她。

林俊宏也來了。

「品學兼優林俊宏！歡迎歡迎！週末兩日不見，看起來氣色特別好！」蔣幹化雖然語氣熱絡，又是鞠躬又是自己拍拍手的，卻沒有伸手握林俊宏。

哼，他肯定是想多保留一下謝佳芸小手的觸感，與溫度，眞的是超噁爛。

「恭喜，不過我要當副班長。」林俊宏推了推眼鏡：「先說好，我當副班長不是因爲想當，而是爲了在最近的距離監視你是不是有用心管理我們班，再說，反正你就是喜歡出風頭但做事會要你命的那型吧？沒關係，做事我來就可以了，我有很多事要做，你盡管到處跟人握手剪綵吧。還有，再一次提醒你，我們是五年四班，不是五年十四班，不是四十四班，不是七十四班，也不是四十七班或十七班。」

蔣幹化微笑：「你剛剛說什麼？」

林俊宏說：「我說我要當副班長。眞的不是因爲想當，是我必須盡的責任。」

蔣幹化微笑，刻意將耳朵往前一靠：「下一句？」

林俊宏沒好氣地說：「再一次提醒你，我們是五年四班，拜託你不要再講錯了。」

蔣幹化臉上的笑容迅速收斂，表情嚴肅，拿起手機按了按。

林俊宏想進教室，蔣幹化卻擋住門口不給進。

「幹嘛？」林俊宏有點不爽了：「麻煩讓開一下。」

「不是不是，你這樣，眞的讓我很難做。」蔣幹化還是堅持擋住了林俊宏。

這時，有四個穿著黑色煞氣T的國中生走進教室。

天啊爲什麼好好的一間國小，整天要出現那麼多國中生！

四個國中生將林俊宏圍住，林俊宏整個人慌了。

「現在是怎樣？我又……沒有罵王霸旦？」林俊宏緊急在腦中搜尋法條。

「就是他？」帶頭的國中生高林俊宏兩個頭，彎下腰，近距離瞪著林俊宏。

「我？我怎樣？現在才早上幾點？想當副班長有錯嗎？」林俊宏的眼鏡上滿滿的都是霧氣：「好啊，不想給我當就別給啊，沒問題啊，不當就不當……現在是怎樣？」

一個國中生用力巴了一下林俊宏的頭：「確定是他？」

「是，就是這個戴眼鏡的。」蔣幹化語重心長地說：「意圖分裂五年一班，屬於最高級別的叛班罪行，眞的很糟糕，林同學，你打我罵我挖苦我也就算了，我往往一笑置之。但你當眾傳播分裂五年一班的思想，傷害五年一班的情感，眞的是無法原諒的滔天大罪，只能秉公處理。」

林俊宏慌了：「等一下！我沒有啊！我沒有分裂啊……啊！我知道了！」

林俊宏馬上把眼鏡上的霧氣擦乾淨，鄭重地解釋：「我剛剛說錯了，我們不是五年四班，從現在開始我們就是五年一班之丙了，對，就是這樣，我說錯了，一時口誤而已，大家不要小題大做。」

四個國中生你一掌，我一掌，大家以相當隨性的節奏拍打著林俊宏的頭。

「口誤？口誤很好玩是不是？」

「什麼都推給口誤，啊？對不起我口誤？口誤？口誤！」

「在飛機上說行李裡面有炸彈，被警察抓了才說口誤，啊？是這樣嗎？」

「拜託書讀到哪裡了？大學生！」

我早就想巴林俊宏的頭了，每年生日吃蛋糕吹蠟燭的時候我都會許願要巴他的頭，但現在看到四個國中生一邊嗆，一邊把林俊宏的頭巴好玩的，我覺得很不對勁，明明應該要哈哈大笑，心裡卻怦怦怦怦跳得很厲害。

「我不是大學生，我是小學……對不起眞的是口誤，不好意思，請問我可以回座位了嗎？」林俊宏唯唯諾諾，眼鏡早已霧到看不清楚他的眼睛，聲音要哭要哭的。

四個國中生不巴頭了，改成繞著林俊宏走圈圈，一邊繞，一邊探頭在林俊宏的後面大吼大叫：「裝什麼裝！口誤！什麼都口誤！」、「分裂五年一班！就是你這個叛徒！」、「你媽知道你背叛五年一班嗎！蛤！」、「平常都在讀哪些書！拿出來！看看都是什麼樣的思想毒化了你的腦袋！」

明明什麼具體的事都沒做，連頭都不巴了，教室裡的氣氛卻超級恐怖。

「蔣幹化……你……你幫幫我！」林俊宏嚇得面無人色

蔣幹化面有難色：「我也很想幫，能幫我爲什麼不幫呢？我幫你，你高興，以後我有困難你也會幫幫我，對吧？但現在我真的是有苦難言，我是班長，你是我管的，你犯了錯，我也難辭其咎，處罰你之後，我還得去向王霸旦總班長自請處分，我能怎辦？我也不能怪你連累了我，我只能說我督導不周。」

「我真的……我真的沒有意思要搞分裂！我真的是一時脫口而出！」林俊宏隨時都會尿出來。

「好吧，要幫忙也不是真的不行，但你要給我兩個名字。」蔣幹化神色十分為難：「只要你說出兩個指使你分裂五年一班的匪諜同黨，依照揭露叛徒，可以將功折罪的道理，就代表你有心改過，我再幫你向王總班長求情看看？」

這是哪招？

「兩個名字？」林俊宏呆住：「沒有啊，沒有人指使我，就說我是一時口誤……」

「沒有？那我就沒辦法幫你了。」蔣幹化痛心疾首，非常自責。

四個國中生又開始叫囂：「看來那兩個名字一定是寫成紙條，藏在身上啦！」、「你是要自己交出來！還是要我們脫光你！」、「幹！我最討厭脫男生衣服幹幹幹！」、「就是有你這種害群之馬！班奸！匪諜！」

四個國中生開始對林俊宏動手動腳，抓他的衣服，扯他的褲子，把他的腳抬起來脫掉他的鞋子襪子，林俊宏嚇得像丟到酒精裡的蚯蚓，歇斯底里地亂踢腳亂揮手，但四個國中生一點也沒有要停手的意思，其中有人還抽空朝他肚子揍了兩拳、三拳、四拳、五拳……

別說救林俊宏了，全班都嚇到無法動彈。

「啊～～～～～～～～～看不下去啦！」

楊巔峰打了一個非常大聲的大呵欠：「鬧夠了吧蔣老弟，氣氛要順著劇情發展越來越恐怖，越後面越高潮才好看。現在才早自習，你一大早就搞批鬥，到了中午不就得出動坦克車來鎮壓了嗎？就算讓你找到坦克，中午就把大家殺光光，下午還有三節課怎辦？你下午要演什麼？用《七龍珠》把大家復活再殺一遍嗎？」

蔣幹化看著楊巔峰，皺眉，像是在研究一個剛剛在鼻孔裡發現的新鼻屎。

「哎呀！林同學！你看看那個人！」蔣幹化一臉恍然大悟，指著楊巔峰大叫：「快點看看！睜大眼睛！這個人是不是就是教唆你散播分裂五年一班言論的罪魁禍首！他是不就是那兩個名字的其中之一！」

林俊宏呆住，我們也很傻眼。

「……」林俊宏被整到只剩半裸，鼻涕跟淚水爬了滿臉，喘到完全說不出話來。

「像不像啊？看仔細啊！」蔣幹化很激動：「千萬不要冤枉好人了！」

我秒懂。抓班奸，抓匪諜，抓叛徒的遊戲永遠都玩不完。

不是因為每個人都可能是匪諜，而是上面的老大哥需要你是匪諜的時候，你就是必須是匪諜。你一定會是匪諜，所以最好隨時準備至少兩個人的名字，或許可以為你稍微爭取一點時間，讓你升級成一個願意跟當局合作的好匪諜。

「楊……楊巔峰？」林俊宏的精神瀕臨崩潰：「他……我們從小學一年級就開始同班，他……他的成績一直都沒有我好，他……」

蔣幹化露出非常震驚的表情：「什麼？不會吧？楊大哥明顯比你聰明太多了，怎麼可能一直考輸你？難道……他在隱瞞什麼祕密？難道他有什麼不可告人的計畫？林同學！你不要只想著讓自己脫罪就無端端冤枉好人，你要想清楚啊！看仔細啊！」

楊巔峰聳聳肩，似乎沒有要否認的意思，並示意快爆炸的謝佳芸不要插手。

小電早就忍不住了，用力摔鉛筆盒：「不要玩同學！」

蔣幹化瞪大眼睛：「林同學！這個同性戀一直袒護你，是不是就是你的上級？你該不會一邊分裂我們五年一班，一邊被這個同性戀改造成……另一個同性戀吧？」

林俊宏的眼神裡已經不只是害怕那麼簡單，他的視線錯亂得很厲害：「小電她是同性戀我上個禮拜五才知道，她是同性戀就……就是同性戀，跟我沒關係啊……我不是同性戀……我真的不是同性戀！」

蔣幹化表情猶豫，好像做不了決定：「好同學，我可以相信你嗎？」

林俊宏像是捕捉到了一絲曙光，慌忙乞求：「可以可以！我不是同性戀！我也不是匪諜！」

蔣幹化很感動，馬上宣布：「好！我們檢查看看你是不是同性戀，不是的話就還你一個清白！來！專業一點！」

四個國中生馬上將搞不清楚狀況的林俊宏褲子脫下來，連內褲也撕爛，將他四肢架開，對著教室裡的大家露出白白的屁股。

「幹嘛……你要幹嘛！」林俊宏嚇得魂飛魄散。

「檢查你的肛門是不是有被大便之外的東西通過啊。」蔣幹化戴上掃墓用的粗麻手套：「公平，公正，公開，在場的大家都是證人，保證我沒有機會偷塞違禁品到你的屁眼裡栽贓，是不是匪諜，大家很快就知道了。」

「不要在這裡！求求你不要在這裡！我會死我會死我會死我眞的會死——」林俊宏尖叫，但他的四肢都被國中生硬拉開，完全沒有辦法掙扎，只能任由蔣幹化粗魯地扳開他的屁眼，展示給全班同學一起驗證。

驗證個屁！

全班都大哭大叫，我也被嚇哭，大家莫名其妙被強迫直擊林俊宏的內臟，這一幕實在是太太太太太恐怖了！

蔣幹化一手維持林俊宏的肛門擴張，一手打開手機上的閃光燈，仔細研究裡面，表情非常專業，十足到位，不，倒胃。

「死變態！放開林俊宏！」小電抄起圓規，衝上講台，想行刺蔣幹化。

但小電沒有成功。

因爲楊巔峰搶在她的前面，先一步拿著兩串剛剛烤好的火熱香腸衝上去。

「果然等到你。」

蔣幹化躲過烤香腸的奇襲，低身，平掌！

「人之初——」蔣幹化的手掌一搧，不偏不倚搧中了楊巔峰的胯下。

一搧！再搧！又搧！楊巔峰喔喔喔地連唉三聲，捧著老二斜斜倒下。

「如果不是隔著褲子，你連一顆睪丸都保不住。」

蔣幹化仔細聞著手掌上殘留的氣味，表情很享受，語氣卻很沉痛：「我眞是痛心，痛心啊，我一向對楊大哥十分尊敬，沒想到……果然是你在幕後主使一切，要不然怎麼會作賊心虛，行刺班長？是不是啊，林同學？」

林俊宏大吼大叫：「對！就是他！就是楊巔峰指使我的！他才是壞人！」

「那這個同性戀呢？她又扮演什麼角色？」蔣幹化用咖啡色的手指，指著被國中生及時壓制在地上的小電。

「她也有分！她非常壞！很壞！」林俊宏吼到聲音都啞了。

「具體！具體！給我她確實犯罪的材料！」蔣幹化咄咄逼人。

「她……」林俊宏瞪著被國中生壓在地上的小電：「她！下毒！」

小電用充滿仇恨的眼神，瞪了回去。

「天啊！她下毒！」蔣幹化嚇到跌倒：「怎麼有這麼歹毒的人？快說詳細！」

「對！她在營養午餐裡下毒！想把大家通通毒成同性戀！」林俊宏竟然沒有迴避小電的仇恨眼神，用更加憤怒十倍的眼神與小電對衝：「世風日下！居心叵測！」

小電正想開口罵點什麼回去，楊巔峰嗚嗚哀哀地蜷縮在地上，用很扭曲的聲音說道：「小電，閉嘴……閉嘴就對了。」

「閉嘴？」小電全身發抖。

「閉嘴……拜託。」楊巔峰痛到臉色發黑，眼皮顫動：「從現在開始，一句話都不要給他們，拜託。」

蔣幹化一個眼神示意，一個國中生一腳踩上楊巔峰的臉，還用力轉了轉腳。

「所以是因爲我請大家吃冰，還連續請了好幾天，大家才沒有吃到被下毒的營養午餐？」蔣幹化搥胸頓足，氣惱不已：「我無意間當了英雄卻不自知？早知道如此，我應該可以做得更多！更好！林同學，謝謝你揭發這個同性戀恐怖組織，讓大家知道這個慘無人道的同性戀傳染計畫，五年一班感謝你的鞠躬盡瘁！」

當蔣幹化感激地向林俊宏道謝時，林俊宏的屁眼還正對著大家。

「這是我應該做的！不足掛齒！」林俊宏忠肝義膽地大叫，叫到連屁眼都震動。

「說的好，林同學。那你認爲下毒的同性戀應該怎麼處分？」蔣幹化蹲下，打開手機閃光燈，繼續掏空林俊宏。

「動手術！把一條假老二黏在小電的裙子上！」林俊宏雙腳亂顫，好像腳底不斷觸電，腳趾一下子縮，一下子立：「啊啊啊啊啊啊啊啊啊……」

一點都不好笑，一點都不好笑了。我們都自動閉上眼睛。

「閉上眼睛的！是不是分裂五年一班的同黨啊！」國中生用力踹倒桌子。

「把眼睛閉起來的等一下通通靠牆！檢查屁眼！」又一個國中生朝大家丟板擦。

大家死命睜開眼睛，彼此都聽到彼此牙齒的打顫聲。

「假老二？小電是女孩子啊，這樣會不會太不尊重她了？」蔣幹化愕然。

「不想當女生就當男生！沒有老二就戴假老二！這就是當同性戀的報應！」林俊宏像野獸一樣咆哮著，原本已經啞了的嗓子頓時又衝破極限。

小電的臉快被國中生的手肘壓扁了，眼睛直瞪著被踩到口吐白沫的楊巔峰，只要小電的頭稍微想抬起，就馬上用力被壓下去，被壓，被壓。

楊巔峰用僅剩的意志力，緩緩搖頭。

小電咬牙痛哭。

我們沒一個人敢眨眼，眼油就這樣一直滲出來。

這是什麼鬧劇？

我堂堂正正活到了十一歲，看過各種機器人大戰怪獸的卡通，欣賞過各式各樣誇大的壯陽藥品廣告，跟我阿嬤一起看過好多奇奇怪怪的七點檔連續劇，甚至跟哈棒老大同班了五年，就是沒看過現在在我們班上演的活人批鬥大賽。

劇本超級亂寫。台詞無理取鬧。

撐住收視率的，完全是角色演技！每個演員都演得超用力！超投入！

沒有人相信小電會在營養午餐裡下毒，林俊宏當然也不相信。而林俊宏也絕對不相信，我們會相信他對小電提出的指控。但林俊宏還是不計形象地含血噴人了。不管林俊宏演得多像，我們都不會相信。可是林俊宏還是必須演，演到連他自己都百分之百相信他嘴巴裡惡毒的抹黑。

更荒謬的是，沒有人相信蔣幹化是在找分裂五年一班的匪諜，也沒有人會相信蔣幹化充滿禮貌性措詞的用語裡，含有對任何人眞正的尊重。關於蔣幹化的手勢、語氣與說話內容的一切，都很表面，很空洞，眞正的意思清楚明白——就是要搞死大家。但正在被搞被玩被耍的大家，卻因爲蔣幹化一直沉溺在扮演一個「我做任何事，都是爲了大家好」的角色，下意識地配合演出，還不得不假裝相信他的表面，不得不假裝相信他正在想辦法幫助大家，否則自己就會變成下一個被批鬥的人。

終於，關於屁眼的科學檢查終於完成。

蔣幹化聞了聞手指，確認最深處的味道也很健康後，終於宣布：「在全班同學的見證下，真相終於大白了，非常感激你的合作，林同學，你乾乾淨淨的肛門說明了你只是低度參與了分裂活動，並沒有攪和進同性戀的恐怖組織，其情可憫，我代表五年一班給你一個自新的機會。」

被強力壓制的林俊宏，雙腳早已癱軟，他的頭沒辦法撞到任何東西，只好開始撞起空氣，聲音啞到不行：「不要再玩我了……求求你不要再玩我了……我什麼都沒有了……什麼都……」

蔣幹化跪了下來，親吻林俊宏的……親吻林俊宏的……

這麼恐怖的畫面，我們竟然，竟然，竟然不能把眼睛閉起來？

許久，蔣幹化淚流滿面地站了起來，擦了擦眼淚，抹了抹嘴。

蔣幹化發布他擔任班長的第一道任命令。

「從現在開始，林國雄同學，我正視任命你為五年一班之丙的副班長，負責每天早上在上課前——檢查大家的屁眼！」

43

悲慘的早自習結束後，所有五年級都在操場集合，參加五年一班大合併後的第一次朝會。太陽很大，在各分班長的指揮下整隊完畢時，大家都快中暑了。

平常根本沒什麼接觸的五年A班跟B班，嗯嗯嗯現在已經改制成五年一班之己跟五年一班之庚，他們有一半的身體都包著紗布繃帶，又看不清楚他們的臉，只知道他們雖然受傷慘重，身體卻站得最直，連眼睛也不敢東瞄西瞥……唉這也是可想而知啦，他們外籍生從來不參加一般的朝會，也沒想到自己有一天會被打得這麼慘，爲求不再被針對，只能力求好表現。

「喂！我們本來想跟你們同盟耶！」我趁著整隊，趕緊跟他們搭話。

「不要講話……倒楣死了。」一個鼻子被打歪的外籍生超氣。

小碎步整隊，挺胸，對齊，扠腰，擺頭，對齊，立正，然後再重新小碎步跑起來，再搞一次挺胸，對齊，扠腰，擺頭，對齊，立正。接下來呢？當然就是重新打散隊伍，跑起來啊跑起來，小碎步整隊，挺胸，對齊，扠腰，擺頭，對齊，立正。

關於整隊的儀式在大太陽底下重複了幾十次後，連大家心中的那一條線都巧巧地對齊起來。說眞的，我是說眞的，當我看到王霸旦慢吞吞站上司令台時，是發自內心地充滿喜悅，挖空胸腔裡的空氣大叫：「王總班長好！」

王霸旦吃著冰棒，有四台移動式冷氣同時在吹他，站在高處睥睨著大家。

「我眞偉大。」王霸旦舔著冰棒。

我們太同意了，所以我們可以回教室吹電風扇了嗎？

王霸旦沒有繼續說話，只是慢慢地舔著冰棒。

太棒了，可以快點舔完讓我們回教室喝個水嗎？

本以爲王霸旦會來場長篇大論的演講，但沒有，他比任何人猜的都還要沒料，他的程度就是在司令台舔冰棒，然後好得意地欣賞我們在底下被太陽曬死的畫面。

沒有人的頭敢低下。沒有人舉手說要喝水。也沒有人敢假裝搖搖晃晃說自己快中暑了，因爲被抬出操場後第一個要去的地方一定不是保健室。

大家就是盯著王霸旦手中那根越來越短的冰棒，祈禱它快點被舔完。

終於，就在大家的鞋底快融解、黏到地上時，那根冰棒終於只剩一根小木條，所有人肯定都跟我一樣，在心中狂歡拍手。

王霸旦很滿意，於是又打開冰箱，拿出一根新的冰棒，開舔。

等等！冰箱？哪來新的冰箱？什麼時候出現的設定！

還有那根超級長的冰棒又是怎麼回事！跟我的手臂一樣長！

太陽曬不死我們，沒水喝渴不死我們，但看著重新吃一根冰棒的王霸旦……

「王總班長，請坐。」蔣幹化恭恭敬敬地將豪華按摩牛皮椅獻上。

「……」王霸旦認出了牛皮椅原來的主人，十分滿意地坐上，舔冰。

坐在哈棒老大舊座上的王霸旦，加上四台冷氣齊吹，彷彿擁有無限生命舔冰，舔到我們的血條都歸零十次了，他還是可以打開冰箱，將裡面庫存的冰棒一舔再舔。

完全擊沉了我們！

一句話都沒說，坐著一直舔冰的王霸旦就輕而易舉潰散了我們的意志。屈服了，徹底屈服了……只要快點宣布解散，放我們回教室喝水投飲料，你想幹嘛就幹嘛拜託快點！

第一節課過了，王霸旦吃了五根冰。我們已經徹底認輸。

第二節課過了，王霸旦吃了一桶哈根達斯，外加一碗仙草，一碗愛玉，一碗豆花。我們發現原來徹底認輸的更下面，還有更深更深的自尊可以繼續輸下去。

第三節課過了，王霸旦開始在司令台上烤肉，煮火鍋，我們都哭了。傳說原來是眞的！從容不迫地在這個在連鯨魚都熱得死的大熱天裡，煮火鍋，烤肉，王霸旦眞的是擁有一百顆太陽威力的世界偉人，我之前怎麼會有小小的動搖呢我眞是太無知了！

第四節課，王霸旦在吃剩幾口的火鍋旁邊，吃著吃著就睡著了。

「我可能會死。」我昏昏沉沉的，彷彿聞到內臟正在燒焦的味道。

「我一定會死。」王國的嘴巴半張，卻沒有辦法流出任何一滴口水了。

「每個人都會死，但我沒算到是今天……」肥婆的胖胖脖子正在冒煙，好像在烤脆皮乳豬：

「我還沒讀過六年級呢……」

「我不只要讀六年級，還要讀國中，高中跟大學，然後娶謝佳芸……」楊巔峰的視線看到了遠方，比產生幻覺還要嚴重了。

「你的陰囊不是破掉了嗎？」謝佳芸的嘴唇乾裂出血了，視線迷離：「喇喇舌還可以，但我的人生規劃裡，沒有跟陰囊破掉的人結婚這個部分……」

楊巔峰也沒有生氣，呆呆地說：「也是……呵呵我的陰囊……破了嘻嘻……」

「我會將我所有的零用錢藏在書包的夾層裡，全民生國小的不良少年們，去吧！去把它找出來吧！」林千富已經開始立遺囑了。

「……」林俊宏倒是面無表情，一句喪氣的話也沒吭，眞不愧是早上才經歷過人生最低谷的男人，現在民生國小已經沒有事情可以嚇到他了。

「如果要投胎，大家想投去哪個國家？」我搖搖晃晃：「給個建議……？」

「我想投胎去北韓。」肥婆竟然第一個回我。

「蛤？這樣有比較好嗎？」我快昏迷了，但應該沒聽錯吧？哈囉？北韓？

「再怎麼樣，不會有比現在的民生國小更糟糕的地方了。而且，總是要有人負責投胎去北韓吧，不然這輩子已經出生在北韓的人不是很可憐嗎？」肥婆眞有大愛，我以前怎麼看不出來。

肥婆頓了頓，下定決心似地說：「從現在開始不要再跟我說話了！我要集中我所有的靈力，變成金胖子的精蟲，衝在最前面。將來和平解放北韓就靠我了！」

太偉大了，這輩子我從沒如此希望肥婆趕快去死一死，被金胖子發射。

「我應該不會去投胎，因爲我媽媽警告過我不准去投胎，她說她會想辦法繼續養我。」王國說得斬釘截鐵。當時我以爲他腦子燒壞了在胡說八道，還不知道以後會發生更恐怖的事。

「我…要…投…胎…當…一棵…檳榔…樹…」阿財語氣呆滯。

「下輩子我要投胎到美國加州，一起床就看得到海灘的地方，聽說那裡有很多快樂的同志。」小電的臉上還留著瘀青的肘印，她的裙子被一大堆釘書針釘上了一條王霸旦造型的肉太歲布偶，簡單說就是被縫上了一條假老二，慘到沒人敢安慰她。

「我下輩子……」美華的聲音很低迷。

「妳閉嘴，我不想聽。」小電還在記恨美華投給了蔣幹化：「投得離我越遠越好。」

「對不起我眞的很後悔……」美華語氣很苦澀：「時光倒流的話我一定……」

「時光無法倒流，所以妳就去死吧。」小電的精神再度濃烈起來。

「那我下輩子變成一塊牛排讓妳吃掉好不好，妳不要再生我的氣。」美華想哭也沒有眼淚了，她的身體看起來快枯萎了。

「我不想吃那麼噁心的東西。」小電濃烈的憤怒，足以跟烈日對抗：「拜託妳不要再跟我說話了，我會吐。」

那一股濃烈，感染到了站在附近的謝佳芸。

「既然決定要提早投胎，不如我們現在就走上司令台把王霸旦幹掉吧。」謝佳芸試著握拳，試了幾次，還是沒有辦法好好握住拳頭。

「也好，反正娶不到妳，我這輩子算是白活了。」楊巔峰的靈魂好像有一滴滴從鼻孔流出來：「數到三就上吧？」

「你這麼說……我反而有點想嫁給你了。」謝佳芸可能在笑，可能沒有，從我的角度看不清楚，只聽到她繼續說：「放學後去看個醫生吧？說不定有在賣一些專門修補陰囊的軟膏……滿有效的也不一定。」

「也好。」楊巔峰頓時精神一振：「那我數到一百好了。」

「一百。」謝佳芸偷偷牽起了楊巔峰的手：「一百以後沒死，就衝司令台。」

「一百，我跟。」我雖然快被曬乾了，但跟風我最懂。

「我衝第一個。」小電肯定說到做到。

就在我們決定放棄這一生，提早進入下一世的時候，王霸旦突然被自己的打呼聲驚醒，他瞬間坐直，好像不知道自己醒在哪裡，隔了很久才揉了揉眼睛，看著在烈日下的五年級眾生。

王霸旦打了一個噴嚏。

蔣幹化馬上滑壘出現，捧著一件羽絨外套，大叫：「恭請王霸旦王總班長穿衣。」

王霸旦隨意披上羽絨外套後，又搓了搓手，吐出一口寒氣。

「我眞偉大。」王霸旦再度開口的時候，竟然還是同一句台詞。

蔣幹化充當司儀，大叫：「全體鼓掌！」

原來是想討鼓掌啊？原本差一點點就完全死透的五年級眾生，滿場掌聲如雷！

在掌聲中，慈母班長笑笑向大家揮手致意，慢慢走上司令台，先向王霸旦鞠了個躬，頭撞到地板後，轉身面向大家，清了清喉嚨。

「作爲民生國小的五年級生，大家眞的是，非常幸福。」慈母班長喜孜孜地張開雙手：「現在，我謹代表太陽之子，兼任人類救星，民主長城與世界燈塔的王霸旦總班長，宣布幾個好消息！」

眞可惜，第一個好消息不是回教室，而是……五年級資格考眞的不用考了。

取而代之的，是《王霸旦思想》這一套書，每天早自習都會考，考試的分數會計算到「民生國小學生人格評鑑」的總分裡。你也許會以爲只是考試名稱換個名字，但換湯不換藥，這眞的是錯了，考試眞的變簡單了，因爲一律考默寫。《王霸旦思想》裡面在說什麼，不用思考，直接背下來就對了。

大家讀《王霸旦思想》讀太久，雖然心不累，但屁股難免會痛，眼睛也會痠，這時候《王霸旦傳奇》這一套老少咸宜的故事書就派上用場，裡面有許多王霸旦從小如何幫助各國文明發展，以及協助科學家發明各種眞理的生活小故事，很有意義，又深富啓發，每星期的週記都被老師選爲指定的課外讀物。

跟很多偉人一樣，王霸旦認爲成績其次，人格好壞才是最重要的，他提出了偉大的創見：「大家做好學生，五年一班就會好。」一聽就清楚明白。爲了讓大家更積極努力地做好學生，做得有聲有色，光宗耀祖，王霸旦首創「人格評鑑」，評鑑標準公開公正公平，如下：

民生國小學生人格評鑑項目	分數
王霸旦思想考試及格	20
大聲向領袖王霸旦鞠躬問好	5
詠唱王霸旦相關的福音歌曲	5
使用王霸旦的聲音當手機鈴聲	5
檢舉意圖分裂五年一班的匪諜	10
揭發偷偷說王霸旦壞話的班奸	15
舉報潛伏的同性戀恐怖份子	15
批判自己對崇拜王霸旦的努力不夠	5
購買各式各樣的王霸旦周邊商品	20
在身上刺青對於王霸旦的愛	5
對意圖顛覆五年一班的同學給予正義之拳	10
對偷講王霸旦壞話的同學施以正義圍毆	20
用奇異筆在包藏禍心的同學身上寫下罪狀	10
吃王霸旦的痰	10
用力踹惡棍哈棒黃金像一大下	40

這套評鑑標準最棒的一點是，採取最高道德標準！

我們五年一班要生產出來貢獻校園的，都是盡善盡美的好學生，人格只拿到及格六十分是遠遠不夠的。一百分，才是每天應該要拿到的分數。是的，是每天，每天都要考試，每天都要累積好的行為，沒有天天拿到一百分，就沒資格讀五年級，但也休想降級重讀四年級，隔天一律送進大禮堂再教育，直到重新獲得滿分才能回到原來的班級。

「拿一百分的好學生，就可以自由進出廁所，吃冰可以加煉乳跟肉鬆，體育課可以喝水，考試的時候可以參考附近同學的答案，聯絡簿可以自己簽，美勞課可以自由拿別人的彩色筆，種種好處說也說不盡，因為沒拿到一百分的壞處實在太可怕啦！」慈母班長興奮地說：「今天是人格評鑑實施第一天，王總班長特別開放大送分題給大家！千萬不要錯過一口氣得到四十分的機會！」

哈棒老大的真人等高黃金像，就這麼被幾十個國中生聯合拖到操場正中間。

「不會吧？真的假的？」我太難以想像接下來要發生的事。

操場雖然熱到逼人發瘋，但我很懷疑大家是否有瘋到去飛踢老大的黃金像？

「開放三分鐘，沒踢到的直接輸給別人四十分喔呵呵。」慈母班長微笑。

「計時開始！」蔣幹化大叫。

沒有人有任何動靜。

雖然只是一個假人雕像，但哈棒老大就是哈棒老大，沒人動念開踢。

只見王霸旦從牛皮椅上站了起來，把裝著可樂的玻璃杯倒乾，拉開拉鍊，把自己的肥老二放進去，在眾目睽睽下開始尿尿。說真的，王霸旦一點也不須要感到羞恥，就如同大家都會在小狗小貓前面尿尿也不會迴避，因爲雙方的物種南轅北轍。王霸旦跟我們之間，絕對是跨次元的不同存在。

慢慢尿完了，王霸旦還沒把他的肥老二收起來，就這樣掛在褲子拉鍊外，拿著一杯黃黃的臭尿跳下司令台，直直走向哈棒老大的黃金像。

該不會？該不會！

王霸旦做了人類絕對不會去做的一個動作——把尿潑在哈棒老大的臉上！

「只剩一分鐘。」王霸旦把玻璃杯摔在哈棒老大的胯下：「踢完就解散。」

玻璃碎掉！

大家瞬間智商歸零，像喪屍一樣爆射出去，一人一腳，發狂地踢著哈棒老大，踢完了還來不及跑走，就被後面衝上的人撞倒，踩上去飛踢。操場亂成一片，亂吼亂叫，哈棒老大的黃金像在眨眼間布滿了髒髒的鞋印。

忘了收雞雞的王霸旦顯然很滿意，坐回牛皮沙發椅拍手欣賞。

時間有限，班上很多人都跑去踢了，但我們這群老大的最黏跟班好猶豫。

「怎辦？我忘了數到幾了。」謝佳芸隨時都可能昏倒，還是牽著楊巔峰：「我們要去踢嗎？」

「別了吧，我們必須去一趟大禮堂。」楊巔峰說著奇怪的夢囈：「不然，就白白投蔣幹化了。」

不怕被再教育洗腦的這兩個人，索性席地而坐。

「我好渴。」謝佳芸摸著乾裂的嘴唇。

「我好像還剩一點口水。」楊巔峰低頭，用手指伸進嘴裡確認。

「真的嗎？沒有騙我？」謝佳芸打起精神。

「騙妳我是小豬。」楊巔峰摸摸謝佳芸的臉。

兩人開始坐在地上接吻。你們眞的是夠了喔。

「高賽，我們去踢一下吧。」王國竟然說出這種大逆不道的話。

「可那是老大！」我有點生氣：「再曬！再渴！都不可以踢老大啊！」

「嘻嘻，那個才不是老大。」王國覺得我很好笑：「眞正的老大回來以後看到它一定很高興，馬上就會把它扛去當舖賣掉了。」

我想了想，說：「應該是叫我們扛。」

王國猛點頭：「對對對，應該是我們扛啦嘻嘻！」

太有道理了，於是我就跟王國跑過去輕輕踢了一下，各賺四十分。

謝佳芸跟楊巔峰難分難捨的嘴唇終於分開。

謝佳芸瞪著楊巔峰。

「……小豬。」

正當這對已經放棄當人的小情侶準備暈過去時，一群黑衣國中生從操場邊邊走了過來，將他們架走，直接往大禮堂那邊拖去。

我太善良了，著急地在後面喊道：「不要放棄人生啊楊巔峰，想辦法得到一百分，再看看接下來該怎麼辦啊！」

被拖行的楊巔峰回過頭，苦笑：「我就是不想放棄人生，才要被拖走啊笨蛋。」

「什麼意思啊！」我不懂。

被當成屍體拖行的謝佳芸，膝蓋都磨在操場上了，臉不抬，只是豎起中指。

「……好好照顧王國。撐不住，就來大禮堂找我們吧。」

44

中午吃飯時間，走廊上隨處可見穿著黑色煞氣T的國中生走來走去，人手一塊碳烤雞排，加一杯清心珍珠奶茶，每個人看起來都像是全世界都欠他錢，很恐怖，沒有人敢盯著他們看。

而我們中午的營養午餐，兌現了蔣幹化的競選承諾，是冰。

只有冰，而且是一大塊非常結實、性格單純的冰塊。大冰塊，不是剉冰，因爲剉冰顯然太麻煩了，放在大湯桶裡的就只有那麼一大塊冰，連一滴糖水都沒有。

在大太陽底下曬了四節課，絕對已經嚴重中暑的大家拿著湯匙，圍著那一大塊緩速融化的冰，大眼瞪小眼，不知道從何吃起。很渴，卻只有塑膠湯匙挖不了的大冰塊。很餓，卻一點也沒食慾。

「靠，這是要怎麼吃啊？」我的肚子一直在叫。

「我好想去福利社偷買肉粽吃。」林千富的肚子也在叫。

但，福利社已經宣布戒嚴了，只有超過一百分的好學生才能使用。

此時，新任班長蔣幹化推銷起了特別特別划算的搶分大作戰：「各位親愛的，五年一班之內的同學！超前各大小學的人格評鑑才剛剛實施沒有多久，大家現在只有四十分吧？眞可惜，眞的，眞的爲大家感到可惜！希望小弟我的經驗，能夠提供給大家作一個參考！今天第四節課，我不只踹了哈棒黃金像好幾下，跟各位同學一樣得了40分，更早之前的早自習，還破獲了匪諜林俊宏意圖分裂五年一班，得了10分！攻擊了幕後主使者楊巔峰，又得10分！揭發了小電是同性戀恐怖份子，賺了15分！手機也下載了王霸旦的聲音當鈴聲，又賺5分！在司令台上大聲向王霸旦問好，最簡單的5分輕輕鬆鬆入袋！購買王霸旦周邊商品──五年一班之丁裡面的夾娃娃機都有在賣！20分！這樣就得105分了！」

蔣幹化滔滔不絕，展示自己手上的一大盤碎冰塊，嚷嚷：「超過一百分的我，馬上就可以用自己的錢去福利社購買煉乳，補充糖分，再加一點肉鬆，對，當然也是用我自己的錢買的，加肉鬆可以補充蛋白質跟脂肪，眞的是特別特別地營養均衡！大家隨時都要保持警戒，小心匪諜就在你身邊！告狀！揭發！舉報！搶分千萬不要客氣！」

我拿著塑膠湯匙，拚命戳著鐵打不動的大冰塊，湯匙都戳歪了，還是戳不到半點冰吃。王國比較豁達，他直接跪下來，伸出舌頭舔大冰塊，把即時融化的冰水一點一滴吸進嘴裡，舔得津津有味。

我想想也是，林俊宏的屁眼公開被挖了半個早自習，楊巔峰的陰囊在眾目睽睽下被搧到爛，小電的裙子上縫了一條假老二……現在這間教室裡，自尊心是最不值錢的東西，能活下去最重要，於是我也跪下來舔冰。

一下子，我們吸引了很多人圍著大冰塊狂舔。許多排在後面舔不到大冰塊的同學，失去耐心，乾脆去洗手台，打開水龍頭喝生水，直接喝到飽，眞懂得變通。

林俊宏呢？回到教室以後，林俊宏不舔冰，也不喝水，一個人靜靜地坐在椅子上算二十位數乘法，算完了又反覆驗算，看來暫時只有這個辦法可以讓他冷靜下來。天知道他驗算完了會發生什麼事。

午間靜息的時候，飢腸轆轆，又渴又累的大家都睡死了。

下午一醒來，膀胱喝飽飽的大家，第一件事就是跑廁所。

一群黑衣國中生在西姦天佑的帶領下，早就守在廁所門口等候，檢查大家的人格評鑑分數……除了蔣幹化跟慈母班長外，沒有人一百分！

「廁所只給一百分的好學生上，沒有一百分就是人格低賤的垃圾，垃圾隨便尿在地上就可以了。」西姦天佑直接在廁所門口抽菸：「尿在地上還是要注意啊，尿旁邊，不要尿中間，誰讓我踩到尿，我就整班一起打！」

「女生……女生也一樣嗎！」小電太氣了：「怎麼可以叫女生尿在地上！」

「妳？」西姦天佑對著小電裙子上的王霸旦肉太歲，吐了一口煙：「妳有一條假老二，算什麼女生？妳要尿就站著尿！讓我看到妳蹲著尿，我就把妳拖到操場中間讓大家看妳尿尿。」

此時蔣幹化跟慈母班長從廁所裡走了出來，一臉舒爽。

「尿尿眞快樂啊。」慈母班長笑笑，用手用力壓著膀胱：「這裡空空，腳步也跟著輕快起來。」

「是啊，特別特別輕鬆，眞想唱首歌啊。」蔣幹化用沒洗的手抓了抓頭上的老人斑，唱起：

「班長　霸旦，你是人類的救星，你是世界的偉人。班長　霸旦，你是獨裁的燈塔，你是民主的盲腸。內除自由，外抗平等，爲爭利而轟轟，圖一班之復興。霸旦！霸旦！您不朽的精神，永遠領導我們！併班必勝，呑班必成，併班必勝，呑班必成——哎呀！一不小心又加了五分！」

整條走廊，喔不，是整個五年級都瘋狂了。

大家用憤怒的聲音唱起了王霸旦之歌，越唱越大聲，一瞬間大家都加了五分，但五分不夠尿尿啊！接下來就是超恐怖的……

「承認吧高賽，你跟王國踢哈棒老大的黃金像踢得很小力！我都看到了！」林千富一手捏著快要炸掉的膀胱，一手指著我的鼻子：「哈棒老大已經是公認的惡棍了，你還對他客氣！你一定是匪諜！我要舉發高賽！我要加碼舉發王國！一個加十分，兩個共加二十分！」

王國只會哇哇大哭，我卻惱火了：「哈棒就哈棒！什麼哈棒老大？你還連續說了兩次哈棒老大，證明你不是口誤！你才是那個意圖分裂五年一班的匪諜！蔣幹化！我要揭發林千富！我加十分！」

林千富大怒，突然衝過來給我一拳，大叫：「我揍了匪諜高賽一拳！我加十分！王國別跑！讓我揍一下！」

王國嚇得趕緊開溜，林千富在後面急起直追：「不要跑！再跑我就要尿出來了！給我打一下！我保證輕輕打！」

我超火大，從後面追打林千富：「我要揍匪諜林千富一拳！等我揍到了我也要加十分！」

匪諜大剌剌出現了，人人都可打，人人都可加分，一大堆不分班級的同學開始追起我跟林千富跟王國，但熱鬧的不只我們，所有五年級生都開始認真舉發身邊的人，到處都是匪諜，到處都在打匪諜，許多看起來忠厚老實的人原來都意圖分裂五年一班，真是荒謬。

老實說，我只有一開始被林千富誣賴的時候會生氣，但很多人在走廊卯起來飛踢我叫我匪諜的時候，我就釋懷了。雖然我數學不好，但隨便想一下也知道，光不犯錯是不夠得一百分的，還得拚命揭發別人犯的錯才能集滿一百。在這個前提下，我想彼此攻擊彼此應該是所有人的共識，彼此也就不要太計較了。

「我要揭發阿財！他剛剛偷偷罵王霸旦大肥豬！」不知道是誰大叫。

「我…我…我…沒…」阿財百口莫辯。

「支支吾吾！就是作賊心虛！我要打！我加十分！」我衝過去踢了阿財一腳。踢的時候我對阿財用力眨了眨眼，還刻意踢在阿財最不容易受傷的屁股上，踢得也不是很大力，希望他不要生氣。

但阿財好像很氣，一拳打在我的臉上，大叫：「幹…幹…幹…你…才偷…偷…說王…霸…旦…太…調皮…」

我忍不住有點生氣：「我才沒說！你要弄人至少也要有一點根據吧！」

臉上已經有腳印的肥婆像瘋子一樣衝過來大吼：「阿財你竟敢把王霸旦三個字拆開來唸！你是匪諜！匪諜！我加十分！十分！」撲倒阿財亂打一通。

我大叫：「這才叫有憑有據！學著點！」

大家一邊唱著王霸旦之歌，一邊在走廊上打來打去，每個人越打越不爽，還有人刻意往別人的膀胱搥打，打到很多人都直接尿在褲子裡，整條走廊滿滿都是尿。

有些個性比較溫和的人，比如說像美華，她索性站在角落自己掌嘴自己，大叫：「我在心裡偷偷說王霸旦的壞話，我正在自我反省！我崇拜王霸旦的努力不夠！我加五分！加五分！加五分！」

幾個膽小不敢抹黑別人匪諜的小女生，有樣學樣，站在美華旁邊自己輕輕打自己的臉，大聲說道：「我也有錯！我偷偷在心裡說王霸旦很壞，我崇拜王霸旦的努力不夠，反省！反省！反省！五分！五分！五分！」

她們自打嘴巴，本來小小力的，後來著魔似地越大越大力，自我批判的用字也越來越兇狠，說自己是賤貨、是妓女、是假民主眞機掰的毒草、是思想受到外校勢力控制的叛徒等等，越罵越讓人聽不懂。

「大家注意！那裡有一堆臭婊子自己承認自己偷罵王霸旦！大家快去打！」西姦天佑大叫：「對偷講王霸旦壞話的同學施以正義圍毆！二十分！」

超級多的同學衝向美華那一群自打嘴巴的女生，張牙舞爪地開扁！

「幹！罵王霸旦！去死啦！」

「讓開！讓開！我也要打！我也要打啦！」

「看拳！耶！加二十！妳也一拳！喔耶再加二十！」

「讓我先打！我眞的快尿出來了！快點快點讓開！我很快就打好了！」

「我最討厭私下偷講王霸旦壞話的人了！看我的正義之拳！加二十！」

「對不起我不會打太大力的！阿答！哈哈哈我騙妳的！加二十！我加二十！」

「我早就想扁妳了美華！蟯蟲有夠噁爛！養個屁！看拳！」

「我打了五個！我打了五個！我超過一百分耶耶耶耶耶我超過一百分！」

西姦饒富趣味地看著這一幕，很滿意自己的即興惡搞。

「呵呵，眞好玩，自己打自己，比我還笨呵呵呵呵……」東狂阿竣不知道打哪冒出來，盤坐在廁所門口看大家打來打去。

南淫力榮喝著一整罐的煉乳，在亂成一團的走廊上尋找忍不住尿在地上的女生，一發現，就蹲在旁邊拍手欣賞，搞得女生邊尿邊哭。

北煞信安坐在洗手台上面，靜靜地抽菸：「看樣子，是不須要出動『中！亞信』了。眞可惜，好久沒複習『中！亞信』一口氣滅掉一間學校的恐怖暴力，這間學校眞不爭氣。」

到了下午第二節課，走廊上都是尿水，但也產生了第一批可以去廁所尿尿的人。

大家一臉舒爽地從廁所散步出來的時候，走廊上跪著一大群剛剛被指控爲同性戀的同學，有男有女，每個人的眼睛都哭腫了。

「妳確定？妳沒認錯？」南淫力榮嘿嘿，用球棒捧起了一個可愛女生的下巴。

「對，他們都是同性戀，都是我的手下。」小電早已鼻青臉腫，看著一個個跪在地上的同學：「協助我暗中經營同性戀恐怖組織，每天中午都在營養午餐裡的大冰塊裡下毒的，就是這些人，可惡，可恨，每一個都欠缺自我反省。」

那些被小電抹黑的人，一個都不無辜。在半節課以前，他們重複舉發小電是同性戀，賺取了大量分數，害小電被反覆痛扁。現在，輪到小電把他們抹黑成同夥，也只是剛剛好而已。

「那就一點也不冤啦。」南淫力榮用球棒輕輕敲著，每個跪在地上的同性戀組織成員的頭：「你們沒資格去男生廁所，也沒資格去女生廁所，尿在地上？不不不，尿水會傳染同性戀，了解？

那該怎麼辦咧？」

小電冷冷地說：「他們尿在褲子上就可以了。」

南淫力榮露出淫笑：「你們首領叫大家尿在褲子上就可以了，了解？」

不想被球棒砸頭，那些欺負小電的同學只好哭著尿褲子。

小電沒有一點同情，反而冷笑出來：「聽好了，都給我去五年一班之丁購買王霸旦肉太歲，仔細縫在裙子跟褲子上，好好反省，馬上，立刻。」

也被同學打成豬頭的美華，看見這弱弱相殘的一幕，哭著跑過來跟小電懺悔：「小電對不起，請妳不要變成這個樣子，這不是妳，這不是我認識的小電，小電妳應該是一個善良，可愛，天真，聰明，假文青的……」

小電低頭，凝視著美華的眼睛：「這個也是同性戀。」

一聽到關鍵字，爲了去廁所裡像正常人類一樣屎尿，大家衝過來對美華又是一陣暴打，暴打之後就拿奇異筆在包藏禍心的美華身上寫下「死同性戀」、「我有愛滋病」、「我喜歡被豬上」、「我的下面很臭」、「性病病原體嘻嘻」等仇恨字眼。

小電化身成復仇的厲鬼，挺著莫名其妙的肉太歲，在五年級各個教室遊蕩，一看到不順眼的人，就直接指認對方是自己的手下。她的手指一伸，就有一個人被打，她一句指控，就有一個人全身被奇異筆寫滿可恥的罪狀。

此時，我看見林千富乾脆走進五年一班之丁的教室，不多久便夾了五個王霸旦造型的周邊出來，鐵青著臉宣布自己用強勢的購買力湊齊了一百分，果斷走進廁所尿尿。有錢人的快樂就是這麼樸實無華，且枯燥。

我流著鼻血，拿著麥克筆，在王國的臉上畫王霸旦：「忍耐點，這樣就五分了。」

全身都是鞋印的王國滿不在乎地說：「我尿尿在地上沒問題啊。」

我想想也是，眞是多此一舉。我連大便都吃過了，隨地便溺一點也不用往心裡去，於是王國跟我找了兩盆幸運的盆栽，脫下褲子，直接尿尿在上面。

「過去一點，你這樣會尿到我的腳。」肥婆呆呆地說。

哇，肥婆更兇，直接坐在盆栽上大便，全身都被奇異筆寫滿了「肥豬」、「卡路里收藏家」、「全身秤斤賣」、「至少我奶大」、「巨大化肉便器」、「我參加人類補姦計畫」、「非洲對不起」等恐怖字眼。

「肥婆……妳還好吧？」連我看了都有點難受啊。

「我很好啊。」肥婆呆呆地摸著裂開的水晶球，上面同樣被寫滿了仇恨字眼。

「肥婆，妳如果不爽，就換妳去寫別人啊。」我給了殘酷的忠告：「反正大家現在都互相寫來寫去，其實沒什麼惡意啦，就只是……時代變了，大家不這麼做，就活不下去了。說眞的，大家怎麼做，妳就跟著怎麼做就對了，沒人會怪妳的。」

「我有寫啊，林千富一走出廁所，我就撲倒他，在他的臉上寫『資本主義的豬』，後來一大堆人就衝上去把林千富整個人寫到滿。」肥婆拿出一支寫到沒水的奇異筆，眼神呆滯地說：「但寫了，也沒有比較高興。」

「嗯，不然我們等一下去司令台找王霸旦問好，有加到分就好了。」王國提議。

「你們去吧……」肥婆抱著被寫滿惡毒言語的水晶球，保持光屁股坐在盆栽上的姿勢：「我想坐在這裡，假裝還沒大便完。」

突然，我們也不想去了。

我跟王國也假裝尿尿一直沒尿完，坐在盆栽上發呆。

持續有人在我們面前衝過來打過去，一群人把一個人壓在地上在他身上亂寫仇恨字眼，寫完了，全身寫滿幹字的人就會指著剛剛打他的其中一人亂罵，接下來大家就會改追打他，直到他被打到趴下，全身被寫滿幹字爲止，緊接著他又會指著其中一人破口大罵……

其實大家都這麼有活力，都這麼喜歡打，而且沒想到大家又都這麼耐打，當初怎麼沒想過乾脆就跟五年一班對幹呢呵呵？

原來比起打王霸旦，大家更喜歡自己打自己。不信？你睜大眼睛看看，蔣幹化才當選班長一天，五年一班才剛剛併吞了整個五年級一天，大家就被整到沒辦法好好尿尿，卻沒有一個人跳出來對王霸旦有怨言，寧願把力氣花在自相殘殺的大混亂上。自己人幹自己人都來不及了，也就不會有人想到，大家應該怨恨的人是逼大家互幹的王霸旦了吧。

等到大家對彼此的怨恨都沸騰了，這個時候，王霸旦只要……

走廊上的廣播突然發出王霸旦的玉音：「五年級廣播，五年級廣播，嘻嘻我王霸旦啦，突然要大家學習當一百分的好學生好像太難了，大家沒辦法去廁所尿尿眞可憐。好吧！誰教我這麼偉大？從現在開始特赦十分鐘，十分鐘內自由進出廁所，只有十分鐘喔！我眞偉大！」

幾乎所有人都爆哭了，大叫：「謝謝王總班長！」

集體衝向廁所的路上，你推我擠，互相踐踏，嘴裡卻不忘感謝王霸旦。

對，就是這樣，等到大家都快恨死彼此了，王霸旦就只要稍微優惠一下，大家就會感激涕零，堅信王霸旦是這個宇宙裡最好的偉人。

眼前的走廊陷入歡愉的暴動，而我、王國跟肥婆持續坐在盆栽上假裝大便小便，享受著一點點，眞的只有一點點……勉強當人的滋味。

才一天就亂成這樣，那以後呢？

什麼以後啦呵呵，今天就是以後的每一天啊！

「我算完了，答案是74626462648361616391917263536623523。」

林俊宏將測驗紙揉成一團，塞進嘴裡，從位子上站了起來。

慘了慘了，林俊宏終於算完了。

「有好戲可看囉。」西姦天佑笑呵呵。

「哪裡？哪裡？哪裡可以看好戲？」東狂阿竣神情有些慌亂，深怕錯過。

「來民生國小眞是來對了，完全了解哈哈。」南淫力榮跟西姦天佑擊掌。

林俊宏面無表情地走到講台上，用生硬的語氣宣布：「我，品學兼優林俊宏，現在要執行我身爲五年一班之丙副班長的權力，爲了維持班級穩定，創造校園繁榮，麻煩大家回到座位上，把褲子脫掉，把裙子脫掉，屁眼對著我，抬高，我要一個一個檢查。」

黑暗時代，參見惡魔啊！

接下來的每一天，都是地獄。

一到學校，第一個動作就是飛踢矗立在校門口的哈棒老大黃金像，得40分。

想進教室，就要把褲子或裙子脫掉，讓嚴厲的林俊宏檢查屁眼最近有沒有除了大便以外的東西。林俊宏發揮了鉅細靡遺的研究精神，每一個屁眼至少要檢查一分鐘，逼得大家不得不提早到。

一開始我覺得很羞恥，幹嘛看我屁眼，還把我的屁眼用力撐開，用手機閃光燈探照進去一直看，超級糗。有一次林俊宏感冒了，突然對著我的肛門咳嗽，我還差點嚇到拉屎。

但久而久之，就習慣了。

眞的，人類眞的很奇妙，是一種很依賴「你看看我，我看看你，然後大家都笑了出來」的生物。如果從頭到尾只有我被檢查屁眼，我百分之百很想死，但不只是我，也不只是恥感特低的王國，而是每一個人都要被檢查屁眼啊，男生女生都要，要丟臉就大家一起丟臉，無一例外。所以林俊宏在檢查屁眼的時候，每個人的表情都很呆滯，沒有人有心情取笑另一個人。

過了一個禮拜，大概是祕密被揭穿了就不算是祕密了吧，漸漸地，我就對原本不能輕易給別人看的屁眼……沒有感覺了！就連大便以後都不見得想擦一擦，反正，無所謂吧，我的屁眼已經不是我一個人獨享的屁眼了。

用檢查屁眼當入場劵進了教室後，早自習先考二十分鐘的王霸旦思想，確認大家充滿了對王霸旦的愛戴，得20分。接著是每天都要出席的朝會，首先花十分鐘整隊，再跳跳王霸旦廣場領袖舞，再唱唱出王霸旦之歌，這個時候王霸旦會在司令台的牛皮椅上吃麥當勞早餐，欣賞我們整齊劃一的表演。

然後是連續四節課的王霸旦思想。

課程的內容鄙棄了人類常識裡的國語、數學、自然與社會，基本上分爲兩大類。第一大類充滿了陽光般的正能量，每一頁都在讚揚王霸旦的超級偉大，這點不再贅述混字數。第二大類則是恨意滿滿，告訴我們同性戀就是社會的毒瘤，西方民主自由的思想會禍害整顆地球，恐龍跟北極熊會滅絕都因爲他們是可悲的同性戀，任何宗教都是狗屎，宇宙唯一的眞神就是王霸旦，唯一被許可的宗教就是五年一班本身。

負責教王霸旦思想的簡老頭，鼓勵我們要多多監視彼此，找出潛伏在同學間的同性戀，以及膽敢倡導民主自由思想的害蟲。喔對了，我們常常被簡老頭餵痰，已經吃痰吃到可以猜出簡老頭今天早餐吃了什麼的程度，如果簡老頭一早出門前先吃了咖哩飯，或是前一晚熬夜打麻將，整天的痰都會變得特別難吃。

下課時間，同學彼此檢舉彼此的頻率是上課時的十倍。很奇怪，學校裡的同性戀越來越多，每個班上有一半的人都是同性戀，數目還在快速增加中，另外一半則是偷偷說王霸旦壞話的人。

我們常常互相甩對方巴掌一起加分，常常相約尿在走廊上，不管是上課還是下課，都沒有人在開玩笑，也沒有人在聊天，因爲沒空。只要一開口，不是在檢舉別人，就是在唱王霸旦之歌。

中午吃飯，一律吃大冰塊，因爲堅硬的大冰塊代表著公平、實在，以及王霸旦貫徹眞正民主的決心。不過人格評鑑在一百分以上的好同學，吃冰可以加煉乳跟肉鬆，增加糖分、蛋白質與脂肪，偶爾還有冷凍包的三色豆可以配，添加維生素跟植物纖維，讓營養更加均衡。對了，如果被發現自己從家裡帶食物去學校吃，一律沒收，直接送到大禮堂再教育。

說到大禮堂，天天都有不乖的同學被送到大禮堂，完全沒看過有誰被送出來。不知道第一天就去大禮堂報到的楊巔峰跟謝佳芸，在再教育營裡過得好不好。

唉，我到底在胡說八道什麼啊，我跟王國在教室裡過得超慘，被囚禁在大禮堂的他們當然是過得超級爛。只希望，下次再相見時，他們的四肢至少要剩下一半，而且最好要對稱，沒有手就都沒有手，沒有腳就兩隻腳都沒有，不要各剩一隻，看起來重心會很奇怪，蹲馬桶很容易就跌倒。

下午三節課的課表比較活潑，如果是作文課就繼續寫「五年一班是我的班」、「王霸旦是宇宙唯一眞神」、「爹親娘親就是沒有王總班長親」、「王霸旦特色的民主才是眞民主」之類的題目。

要是上美勞課，大概就是雕塑王霸旦的石膏像，或是畫王霸旦慈祥的身影。

書法課，就臨摹王霸旦寫在作業簿上的眞跡拓印，號稱「王霸體」，超級難臨摹，不只是因爲寫得有夠難看，主要還是錯字特多，照抄會違反人類本能。

音樂課，就唱那兩首「王霸旦之歌」跟「王霸旦進行曲」，這眞的很麻煩，因爲抄襲來的旋律很好聽，非常有效地將亂七八糟的歌詞黏在我們的耳朵裡，害我們整天都不由自主哼它，無意間就加了五分。

體育課，就全年級一起排練要在三個月後舉辦的全校運動會上，爲王霸旦祝壽的大會操。這個非常累，超級累，負責排練的簡老頭對整齊劃一的要求非常高，到了變態的程度，只要出了一點小錯的同學，就會被叫去吃痰。

日子一天一天過去，距離蔣幹化當選班長後，已是兩個禮拜了。

能夠出現在教室裡的學生，只剩下不到三分之一，其他人通通被送到了大禮堂。

美華受不了小電天天揭發她是她的同性戀黨羽，衝到五年一班本部大叫王霸旦去死，然後她就被北煞信安抓著頭髮，一路鬼吼鬼叫拖去大禮堂了。

小電受不了自己天天舉發別人是同性戀黨羽，已完全沒有人敢跟她說話，甚至沒有人跟她眼睛看眼睛，她前兩天趁著朝會，衝上司令台想給王霸旦一拳，結果被蔣幹化用光頭還是禿頭中途擋下，幾個黑衣國中生直接將她扭送大禮堂再教育。

肥婆被很多人告狀，說她用水晶球操控大家的心智，讓大家上王霸旦思想課的時候一直打瞌睡，是反民主的巫婆。由於肥婆死都不肯交出犯罪的證據水晶球，卻又離奇地並不否認自己具有操控心智的能力，大家於是有點怕她。後來肥婆蹲在走廊角落尿尿的時候，被西姦天佑突如其來的水鴛鴦炸到昏倒，一團肥肉直接被塞在垃圾桶裡，一路滾滾滾滾滾滾滾到大禮堂。

林千富雖然天天都買很多王霸旦周邊，屢屢得到一百分，但有一天被密告，他用來買王霸旦周邊的錢其實都是偷王霸旦錢包的不法犯罪所得，他百口莫辯，就被東狂阿竣扛起來，扔去大禮堂再教育了。

就連身爲副班長的林俊宏，也因爲看了太多屁眼變得神智不清，昨天他盯著阿財的屁眼看了整整一個小時，害大家都沒辦法進教室，阿財的屁眼也因爲吹風太久乾裂了，沒辦法跳大會操。結果一臉呆滯的林俊宏，跟屁眼乾裂的阿財，雙雙都被南淫力榮用球棒轟去大禮堂再教育。

我很想陳筱婷。

在這苦悶的時代，茫茫人海裡，我想找到陳筱婷，卻一直找都找不到。

她好嗎？嘴巴裡還殘留著刷牙也刷不掉的大便味嗎？偶爾會想到我嗎？

屬於我的那個畫面，我是在勃起嗎？還是在教室裡跟她一起吶喊呢？

今天早上的大會操特別難熬。

王霸旦在司令台上喝木瓜牛乳打電動打到睡著，我們在底下反覆練習人體排字，用整齊的轉身，加上迅速的移位，改變字句構造，從「王霸旦眞偉大」瞬間換成「五年一班我的班」再變成「王總班長十一歲大壽快樂」然後又變成「普天同慶征服彰化」。由於每天都有人被送到大禮堂再教育，排字的隊伍次序變來變去，每天都要記新的移動位置，眞的是非常地累，一想到王霸旦的生日還有三個月那麼久，就覺得特別想死。

「王國，我好像到極限了。」我突然有感而發。

「是喔，等一下要我陪你去走廊大便嗎？」王國的臉上畫滿五顏六色的王霸旦。

話說走廊上的盆栽全都死光光了，理由當然是過度施肥。

「不，是我對陳筱婷的思念已經衝破極限，我想，只有去大禮堂才能找到她。」

「你不是很不想去那邊？」王國有點小驚訝。

「跟我們比較好的人都被送去了，我也有點想他們。」我直接承認了。

「好啊，那我們去找他們。」王國呵呵，突然蹲下來大便。

王國就是這樣，到哪裡都是白痴，所以去哪裡都無所謂的心態，眞是天下無敵。

「幹什麼！竟敢在王霸旦總班長前面大便！」站在司令台指揮的簡老頭大叫。

這兩個禮拜下來我的羞恥心已經蕩然無存，也跟著王國蹲下來大便。幾個黑衣國中生衝過來，將正在大便的我們抬起來，抬到司令台前面，我們就雙腳懸空，體驗在半空中拉屎的奇妙快感。

「你！還有你！嘴巴打開！」簡老頭暴怒：「吃痰！」

簡老頭大吼大叫的時候，我聞到了從他嘴巴中散發出的火鍋味，靠，還是用調味粉泡出來的鼎王。

「不要。」我跟王國異口同聲地說。

耶，我們要去大禮堂啦！

46

只進不出的大禮堂，戒備非常森嚴。

我們被押到門口的第一個關卡，一看到負責把守門口的黑衣國中生，我跟王國都自動把褲子脫下，把屁股翹高高，雙手左右用力扳開屁眼，不停咳嗽，讓屁眼像花瓣一樣開闔。沒想到換來守衛國中生一陣大罵：「誰要看你們的屁眼啊！會被送來這裡不是同性戀！就是正在變成同性戀的路上！就讓你們互相傳染到死啦！滾！」

是喔，也是很有道理啦，簡單核對了一下學號，我們就來到第二個關卡，打針。

負責打針的是一個黑衣國中生，一邊玩手遊解任務，一邊將黃色液體吸滿。

「請問這個針是在打什麼意思的啊？」我有點不服氣，但還是把袖子捲起來。

「打爽的。」國中生隨便扎了一下，幹好痛，一秒之內就把液體打完。

幹打完更不爽，但我想等一下就會開始很爽了吧，很多電影都有介紹這種集中營專用的針劑，成分大概是一些輕度鎮定劑，讓我們的腦袋變遲鈍，方便他們更深度地洗腦。也好，傻一點，也就比較不痛苦一點。

「嘴巴打開。」黑衣國中生喝令，朝我跟王國的嘴巴裡各丟下一顆白色藥丸。

這個肯定是控制賀爾蒙用的激素，讓男生無法勃起、無法胡思亂想，讓女生月經暫時消失好讓獄卒隨時想爽一下就爽一下，真的很邪惡，我倒想跟它拚一拚，到底是藥效強，還是我的龜頭硬。

「拿著。」黑衣國中生給了我跟王國各一個紙杯。

「幹嘛用的？」王國捏捏紙杯。

「廢話太多，別人怎麼用你就怎麼用。」黑衣國中生用力踢了我們的屁股。

藥效顯然沒有即刻發作，我們頭腦清醒地被一直踢踢踢踢到大禮堂裡面。

終於進來了。

大禮堂滿滿的，都是一群不合作又超不乖的小學生……ㄜ，我是說，原本。

原本，這裡應該是一大群又吵又鬧的人格頑劣份子，吵著要一起衝出大禮堂之類的，但我眼睛看到的，都是一群很安靜地在學習王霸旦思想的小學生，真的，超安靜，超乖，靜靜地盤坐在地上研讀全套的《王霸旦思想》，空氣裡沒有一點點叛逆的氣息，仔細聽，也只聽得到翻書的聲音。

也是啦，不就打針吃藥了嗎？當然變成了一群腦袋空白，方便被洗腦的孬種。

大禮堂裡面沒有黑衣國中生，負責管理這幾百個被洗腦成功的白痴的，是制服上繡著五年一班學號的「本班生」，顧名思義，就是原本就是王霸旦的同班同學，正宗的五年一班學生。本部生手裡拿著電蚊拍，虎視眈眈，在一排又一排低頭看書的被洗腦孬種裡巡視，如果發現誰偷偷打瞌睡，電蚊拍恐怕就會用力揮下去。

唉，眞是的，還以爲來到大禮堂就可以不用看《王霸旦思想》，做一些搬運石塊建造王霸旦金字塔之類的苦工，流流汗，鍛鍊一下肌肉也不錯，沒想到還是得重複這些無聊的洗腦課程。

不想被電，我跟王國有樣學樣，從地上拿起熟悉的《王霸旦思想》看。

看了十幾分鐘，期待已久的藥效還沒發作，我看得呵欠連連，王國根本就睡著了。但那些拿著電蚊拍巡視的五年一班本部生，完全沒有走過來痛擊我們的意思，看樣子他們的巡邏也只是敷衍了事的程度。

「噓。」

我猛一抬頭，發現身邊看書的同學已不知不覺換成了好久不見的謝佳芸，難怪我覺得空氣香香的，嘻嘻。我偷偷推了推王國，王國醒來，看到謝佳芸很高興，差點就叫了出來。

「不要出聲，仔細聽我說。」謝佳芸用氣音：「再過一分鐘，有個短短的休息時間，你跟王國不要說話，不要跟別人對到眼睛，低著頭跟我走。」

「好。」我有點緊張。

「耶。」王國吐舌頭。

這一分鐘眞是漫長。我偷看頭低低的謝佳芸，雖然沒有跟平常一樣偷偷化妝，但她看起來氣色紅潤，頭好壯壯，不只雙手雙腳沒有不見，睫毛跟指甲也都沒有被拔掉，眞替她高興。

「大家都好嗎？」我用比氣音還低的鼻音。

謝佳芸用手指在地上打了個勾。

鐘聲響起，大家像機器人一樣站了起來，拿著紙杯去角落尿尿。

原來紙杯是這樣用的啊！聰明聰明！我跟王國拿著紙杯，假裝意識不清，頭昏腦脹地跟在謝佳芸後面，低調而緊張。我還以爲謝佳芸要帶我們到人少的角落，沒有到她卻領著我們走到很多人聚在一起尿尿的大圈圈中，謝佳芸簡單說一句：「王霸旦去死。」很多正在尿尿的人便默默側了身，讓開了一條縫隙讓我們三人走進去，然後迅速將尿尿的圈圈合起來。

原來這一大群聚在一起尿尿的人，是用來遮掩祕密通道的人牆。謝佳芸蹲在地上，還沒動手，地板就自己打開一道暗門，嚇我一跳，暗門裡鬼鬼祟祟爬出了快十個似曾相識的同年級同學。謝佳芸一個眼神，旁邊幾個假裝尿尿的人熟練地跳下去，我跟王國也趕緊跟著謝佳芸往下跳。

大禮堂的地底下，是一個廢棄已久的桌球教室，裡面燈光明亮，空氣流通。

裡面，有至少五十個五年級學生，正在反覆練習單調的直拳，早我們一步跳下的幾個同學拍拍屁股，直接加入練拳的隊伍。

謝佳芸鬆了一大口氣，一屁股坐在桌球桌上，拿起一包蜜豆奶就喝。

偌大的桌球桌上放了許多各種口味的蜜豆奶，還有很多箱波蜜果菜汁，好像是隨便大家拿，好多天中午都只喝冰水的我跟王國趕緊拿了一包開吸，眞好喝！

「就算是你們的智商，也看得出來這是怎麼一回事吧？」謝佳芸有點得意。

「哇！」被說白痴不要緊，一提到大家都可以聽懂看懂，王國瞬間變得很緊張，一直：「哇哇哇哇哇哇哇哇哇哇哇哇！」

我只好直接解釋給王國聽。

很顯然，這些在人格評鑑裡被歸類爲劣等人種的同學，在大禮堂的地底下，偷偷建立了一個反抗軍基地，他們正在練拳，也是爲了總有一天要對付王霸旦那一群黑衣國中生部隊吧。但，對手可是國中生，這是不是有一點天方夜譚呢？

「看你一臉不信，有什麼問題就問吧？」謝佳芸把鞋子踢掉，露出腳趾頭。

「就這五十多個人？」我有點不想掃興：「是不是稍微少了一點點啊？」

「你進來的時候不是有吃藥丸？還有打那個針？」

「不是我在說，我的意志力可能超越了洗腦藥，我一點也沒有被影響。」

「那是因爲我們把激素藥丸跟鎮定針都掉包了好嗎，換成鈣片跟維他命。」謝佳芸按摩著腳趾，嘻嘻笑：「所有被抓來這邊的五年級生，不管本來是哪個班，現在通通都是我們的盟友。每一個喔！大家都趁每次鐘響尿尿的時候，分批輪流進出，上去就裝白痴，下來就練拳，我也有練，現在我絕對可以打贏你！」

我不信，決定稍微揍一下謝佳芸時，幾個熟面孔從練拳的陣仗裡走向我們。

「你們也太能撐了吧，現在才來。」楊巔峰擦擦汗。

「比我感應的還要晚，你們是不是被虐狂啊？」肥婆竟然也在練拳的行列。

「蜜豆奶自己隨便喝啊，大家的班費一起贊助的……啊？你已經在喝了！」林千富跑過來打招呼，自己拿了兩包蜜豆奶。

「不要光喝蜜豆奶，波蜜果菜汁也要幫忙喝，不然營養不均衡。」小電的聲音。

「小電！」王國好驚喜：「妳裙子上的假老二不見了！」

「嗯，剪掉了。」小電暫時停下打拳，從褲子裡拿出一條斷掉的肉太歲，酷酷地說：「大日子那天，我要把它塞進蔣幹化的嘴巴裡，然後一直抽插到他口水乾掉。」

我看到美華也在練拳的同學裡：「哇！妳跟小電和好啦？」

美華不敢說話，只好低頭繼續練拳，小電的表情也怪怪的，卻也沒再嗆美華，大概是想和好了，彼此卻還是有一點尷尬吧……關我屁事呵呵。

「好久不見了，四班的。」一個上身赤裸的男生，全身熱氣蒸騰。

啊！是曾經被我餵過好幾顆曼陀珠的，五年三班的班長張俊凱！

「是你帶大家練習這一招的嗎！」我隨便打了遜遜的一拳。

「這一招叫正拳突刺。」張俊凱笑呵呵：「你等一下也要一起練。」

張俊凱馬上示範，蹲馬步，肩膀放鬆，腳趾凝曲，正面朝前，快速旋轉腰身，帶動手臂——左拳突刺！右拳突刺！連續突刺！

每一拳都充滿了力量，打得眞是虎虎生風啊！

「你現在的戰鬥力超過一千，好像比南淫力榮還要強了。」我嘖嘖。

「是，大日子一到，南淫力榮就交給我解決了。」張俊凱目露凶光。

謝佳芸坐在角落喝蜜豆奶，搖搖頭：「希望大日子裡看不到那些東南西北咧。」

「沒錯，大日子才沒有東南西北還有中，我們已經有打不完的國中生了。」附和謝佳芸的，是一個戴眼鏡的女生，她也拿著一包蜜豆奶走過來，跟我握手：「你好，高賽，王國，常常聽楊巔峰提到你們，一個很嘴，一個是白痴，對吧？」

我算是接受啦，握握手：「妳是五年二班，臉被板擦海扁的那個班長吧？」

五年二班的班長皺眉：「是，我叫徐逸安，最早被送進大禮堂洗腦的就是我們班，也就是說，我們是先來的，革命軍應該以為我們為首。」

我噗哧一笑：「越早來這裡就代表實力越遜才對吧？一下下就被滅掉，有什麼好驕傲。我們五年四班最後才被吞掉，我們班才是最強！」

「我也是這麼說，當初大家還吵了很多次架。其實來都來了，不管先後，團結才是最重要的事。」說話的是一個高大削瘦的男生，文質彬彬，看起來很聰明：「我們處境艱難，沒時間吵這些了。」

「你沒時間，我有時間，隨時吵架隨時奉陪。」徐逸安沒在怕的，看起來很不好惹：「要不是我們意外發現了這間廢棄的地下桌球教室，大家都別想練拳。」

「是喔？那如果沒有我教，發現這間破爛桌球教室又有個屁用？」三班班長張俊凱大聲亂入：「少在那邊！」

「沒有你教，我們是不會自己找影片看嗎？」徐逸安哼哼：「何況，一個敗軍之將教的拳，我眞懷疑到底有沒有用，聽說四班的落選班長謝佳芸至少還踢斷了王霸旦的門牙，你呢？你好像只是跟王霸旦握個手，就被電到尿出來？」

「要不是我每天鍛鍊身體，就不只是被電到尿出來，而是全身爆炸。」張俊凱鐵青著臉：「哪像某人，光是軟軟的板擦就可以把臉打爆，聽都沒聽過。哈，哈，哈。」

這兩張怒火中燒的表情這陣子我看過很多，不是機掰，也不是犯踐，實際上就是受創太深，覺得被所有人瞧不起，漸漸變得攻擊性太強。唉，其實都是盟友，只是你沒辦法規定所有的盟友都是同一號表情。

他們兩個又酸又吵，短時間停不了，我們也就不當受虐的觀眾，默默走開。

楊巔峰指著剛剛插話的高大削瘦男生：「他是B班的班長，可能跟我一樣聰明的李冠耀。」又指著一個體態結實的男生說：「他是A班的班長，馬合地。」

「話說，我們B班只有五個人也被滅，眞是莫名其妙。」李冠耀盡管是讀書人，依然跟大家一起練拳，腳邊放著一包蜜豆奶。

「AB兩班的教室都離一班那麼遠了，打掉我們根本沒有意義，還硬打！簡直就是喪心病狂。」馬合地揮拳的姿勢非常兇猛，果然是超不爽，腳邊放著好幾包扁掉的蜜豆奶。

怎麼大家都只喝蜜豆奶，不喝果菜汁啊？嘻嘻因爲我們是小學生啊！

「一…起…被…打…比…較…公…平…啦…」阿財亂入，刷刷存在感。

「林俊宏呢？他也在吧？」我東張西望，他該不會在上面苦讀《王霸旦思想》吧？

林俊宏在桌球教室的最角落席地而坐，手裡翻著一本書，他讀書的表情很嚴肅，眉頭深鎖，翻書的手指很用力，甚至用力到全身都在顫抖。楊巔峰示意我大可以自己走近看看。

我躡手躡腳走過去，只見那本書裡面滿滿都是圖片，每翻開一頁，左右兩面都會有一朵菊花，跟一個屁眼，有時菊花在左邊，屁眼在右邊，有時屁眼在左邊，菊花在右邊，有時左右都是菊花，有時兩面都是屁眼。

「他還在復健。」楊巔峰把我拉開，在我耳邊小小聲解釋。

「復健？」我不懂。

「他看太多屁眼了，漸漸分不清楚菊花跟屁眼的差別，如果放任不管的話，他會開始幫自己的屁眼澆水。幸好及時展開治療，過一陣子就會好了，他可是我們反抗軍不可或缺的戰力。」楊巔峰遠遠向林俊宏比了個讚，大聲道：「林俊宏！你看看是誰來了？王國！高賽！他們都很關心你！」

「喔，那兩個笨蛋？」林俊宏抬起頭，茫然地看著我們，眼鏡鏡片上都是指紋：「我看過他們的屁眼，都是很不錯的屁眼，高賽常常在前一天晚上吃玉米，王國的屁眼會笑。」然後低頭，埋首在復健的世界裡。

我低聲問：「他是不可或缺的戰力？」

楊巔峰低聲：「我隨便講的，他不要拖累大家就很強了。」

果然是這樣。

「你們剛剛一直提到的大日子，就是打算推翻王霸旦的那一天吧？」我問。

「沒錯，那就是革命日。」

回答我的同學，不是楊巔峰，也不是謝佳芸。

是制服上繡著五年一班學號的一個男生，滿臉青春痘，滿身大汗，顯然練拳很起勁。青春痘男伸出滿滿都是手汗的手，直接在我的制服上擦了擦：「你好，我是五年一班的陳祐銘，不要問爲什麼不叫我阿銘，叫我小黑就可以了。」

「五年一班！」我大驚，差一點沒嚇到大便。

幸好我剛剛已經在操場上拉過屎了，我歇斯底里地在桌球教室裡跑來跑去，大叫：「這裡怎麼會讓五年一班的本部生混進來！快點把他幹掉！把他幹掉！」

但沒有人要理我，讓我自己靠空氣裡的尷尬慢慢冷靜下來。

「你會驚嚇也是很正常的，畢竟我，還有這裡的很多人，都來自五年一班本部。」就跟每一個準備長篇大論的人一樣，小黑嘆了一口氣：「你以爲我們五年一班是民生國小這一切災難的起源吧？在我揭曉答案之前，你的表情已經告訴我……」

我舉手：「是王霸旦吧。」

滿臉青春痘的小黑拿起手中的蜜豆奶，插入吸管：「沒錯，在你們被併吞之前，我們已經跟王霸旦整整同班了五年。」

在蜜豆奶的化學香味中，小黑說起了那一段黑暗的五年一班歷史……

「我們，才是整個民生國小最倒楣的人。」

47

原本，一年一班只是一個很普通的資優班。

但家長會長王才俊的兒子，從一年級下學期轉進去之後，一切都慢慢改變。

首先，王霸旦一開學就自行宣布自己就是班長，然後要求導師馬上改革所有人的成績制度。他認爲，每個人來自不同階層的家庭，有的家庭有錢到每一科都請最好的家教，有的家庭工作太忙還得請小朋友幫忙顧店，導致資質明明很接近的同學，考出來的分數卻存在不小的差距。當有的小朋友只有一百塊錢買高音笛上音樂課時，有的小朋友卻在拉一把好幾萬塊錢的小提琴，音樂課的成績當然也不一樣。

因此王霸旦認爲，成績是大家一起努力得到的，應該屬於每一個人，不要分你我他。改革後的成績計算方式，就是大家把考出來的分數都加起來，然後再重新分配給每一個同學。

大家一聽，都覺得很感動，新來的轉學生雖然很霸道地自行宣布是班長，但他卻是心思最公平，行動最苦民所苦的好班長，不僅成績不好的學生感激他對家長貧富差距的體貼，就連成績棒棒的學生也都沒有抱怨，反而開始反省自己的好成績，原來只是贏在家庭富裕的起跑點上。

眾望所歸下，王霸旦的新制成績計算方式得到了全班一致的支持，大家也以前所未有的努力用功，一起考出了驚人的好成績，累積了超級多的分數可以分配給每一個人。照道理來說，這個時候應當使用除法，尤其一年一班就是資優班，即使只是一年級，但除法稍微學一下就會了，一點都不難。

偏偏王霸旦不會除法。

所以王霸旦決定採取班長分配制，也就是，王霸旦認爲誰該給幾分，誰就拿走幾分，剩下的分數再繼續按照他高興分配下去。配給分數，就跟值日生拿著湯杓，逐一向排隊的同學分配營養午餐的份量沒什麼兩樣。

在這個全新思維的成績制度下，王霸旦每一科都給了自己破天荒的一千分，然後再給最喜歡拍他馬屁的幾個同學滿分，接著再施捨下去。那一次月考，一年一班總共有一半的人科科都拿不到十分！

這就是以公平分配爲名，行極端剝削之實！

王霸旦靠著掌握月考的分數分配權，徹底掌控了一年一班的人心。

到了二年一班，王霸旦發現女生都喜歡坐在帥哥旁邊，而男生都只想坐在美女旁邊，成績好的人都想坐在講台前面方便抄筆記，這樣一來，大家自由選座位時，成績不好的醜男跟醜女不就變成了人人都不想跟他們坐的邊緣人嗎？太可憐了！這簡直就是歧視！

於是，王霸旦實施了教室座位公有的制度，回收了每個人的座位權，從此座位公有。他依照自己的喜好，重新分配座位，或者應該說，大大方方販賣座位的使用權。沒錢向王霸旦購買座位使用權的人，就去坐走廊，或是去坐洗手台，要不就坐垃圾桶。但王霸旦隨時保留收回已賣出的座位權力，說回收就回收，沒得商量，敢抗議，就趴著上課。

三年一班的時候，有幾個同學開始反抗王霸旦，並提議班長的產生必須透過投票，班會不能再只是大家一起素描王霸旦睡覺的樣子的爛課，要開會！要討論事情！要合理分配打掃區域！要自由選擇自己想跟誰坐！不只班長得投票產生，就連風紀股長、學藝股長、衛生股長、康樂股長都必須重新選舉，不可以再讓王霸旦一個人想讓誰當就誰當，模範生、勤勞兒童跟孝順兒童都是！都要用選的！不能王霸旦一個人獨當三種模範好學生！

結果怎麼了？

提議要改革的那幾個同學，在上體育課的時候，被一群衝進校園裡的國中生抓起來當躲避球打，打了整整兩節課後的那一堂班會，全班每個同學，都輪流上台罵自己瞎了狗眼、連續掌自己幾百個巴掌，並且拜託王霸旦務必連任班長，直到畢業爲止。

四年一班的時候，王霸旦開始在早自習的時候，命令每個人都要吃一顆藥丸，打一根針，然後打開百科全書與世界名人傳記，進行抄襲、重新拆解、亂改亂寫的動作，這一切，就是爲了集體編輯《王霸旦思想》與《王霸旦傳奇》這兩大套書。當這兩大套超級胡言亂語的書都寫好了，整個四年一班都變成了任憑王霸旦擺佈的傀儡，沒有靈魂的士兵。

等到王霸旦升上了五年級，五年一班已經徹徹底底變成了王霸旦的形狀。王霸旦某天在街上拿到一張傳單，意外發現，有一個遠在美國的超級快問快答比賽，冠軍團隊將可以直升哈佛大學時，他心動了，他請他老爸砸錢，從世界各地找來最強的槍手組隊。然而，要去美國比賽，還有最後一個恐怖大關卡……

「其實應該感謝你們班，誕生了那個名爲哈棒的男人。」小黑感嘆。

「要加老大兩字，不然你就死定了。」我很堅持。

「是的，如果沒有哈棒老大，王霸旦大概在三年級下學期就會展開吞班的行動，我們的雙手將提早沾滿鮮血與大便。」小黑的語氣有點抱歉：「但，之後的發展你們都參與了，哈棒老大技術性地被畢業，王霸旦蠶食鯨吞整個五年級，爽到甚至連美國那個比賽都不想去了。」

原來如此，好吧，五年一班被虐滿整整五年，你最慘你全班都最慘。

「後來謝佳芸跟楊巔峰被送到大禮堂，他們很快就發現王霸旦的洗腦機制，偷偷用計謀調換了庫存的激素藥丸跟鎮定針，讓長期被吃藥被打針洗腦的大家漸漸醒過來，驚覺自己這段時間到底有多惡質，幫王霸旦做了多少壞事！」小黑懊惱不已：「沒有沉睡過的人，總以為自己最清醒，最懂，最明白。事實上只有眞正被強迫沉睡過，醒來時……才能一眼把這個世界看清楚！」

大家很有耐心地等小黑哭完。終於小黑整理悲慘的哭容，把鼻涕擦掉：「大家，拜託了，到了大日子那天，我們五年一班本部生願意衝在最前面，當第一批跟黑衣國中生衝撞的敢死隊！」

了解，絕對送你去報仇搖滾區。

我的拳頭不知不覺握緊了。現在在大禮堂裡面的所有五年級生，都是清醒的，包含那些拿著電蚊拍巡邏的五年一班本部生，都是早已覺醒的自己人。為了瞞過負責把守大禮堂的黑衣國中生，大家只好偷偷裝昏，假裝巡邏，假惺惺地坐在地上研讀《王霸旦思想》，實際上每個人都是反抗軍，輪流用圍著尿尿的陣形掩護地上的暗門，到大禮堂地底下的廢棄桌球室練拳，把革命偷偷進行下去！

幹！超熱血！

「低級的人格評鑑反倒幫了我們一個大忙。」B班班長李冠耀總算結束了練拳，一邊擦汗一邊走過來：「它從暴政的觀點，幫我們精確篩選出來了，一群從骨子裡就不爽王霸旦的義勇軍。不服從，就是我們身體裡流的血。」

A班班長馬合地有點不屑地說：「什麼不服從？你眞敢講，要不是我們兩班都被打爛，我們才懶得理他們自相殘殺。」

B班班長李冠耀的臉上微微一紅，並不否認：「管好我們自己就好，的確是我們B班奉行已久的班級經營術，但命運不容許我們獨善其身，我們不願跟獨裁戰鬥，獨裁還是主動吞噬了我們。同樣是命運，讓我們在這破爛桌球教室相逢。」

A班班長馬合地繼續酸：「對啦對啦，都是命運啦，其實就是你們班才五個人，想要重新建立自己的班級還得靠大家幫忙，平常最跩的你，才會擺低姿態在這邊跟我們裝熟啦。」

不等B班班長回敬，謝佳芸馬上說話了：「不是命運，是大家反抗暴政的意志，才讓我們相聚在這裡。如果我們還在這裡比誰比較慘，比誰活該，比誰曾經偷偷背刺，比誰更自私，那麼，不管我們革命幾次，贏的人都是王霸旦。」

A班班長悻悻然地閉嘴，B班班長也默默退下。

不管他們曾經有多天真，到了現在這個節骨眼，每個人都徹底體驗過王霸旦假民主真獨裁的恐怖，鬥鬥嘴可以，但已沒有人天真到真的內鬨起來。

既然來了，就是革命軍的一份子，雖然有很多問題沒弄懂，我跟王國還是先把制服上衣脫掉，跟著大家一起練拳頭。只練正拳一招，聽起來熱血，其實非常無聊，而且超容易累，沒幾下就滿頭汗。我在練拳的隊伍裡看來看去，沒有看到我朝思暮想的陳筱婷。

鐘聲響起，又有十幾個人從暗門出去，換另外十幾個人從上面跳下來喝蜜豆奶補充真正的營養。還是沒有人喝波蜜果菜汁嘻嘻。

「爲什麼王霸旦要把我們一直一直送到大禮堂啊？」我拿了一包蜜豆奶。

「不就是爲了要處罰我們嗎？」王國已經喝到第十包蜜豆奶了。

「處罰我們，一點好處都沒有……好吧，可能是有一點爽，但把我們關在大禮堂，去操場跳幫王霸旦祝壽大會操的人不就變少了嗎？」我眞心不懂：「要整我們，應該有更爽的方法吧？」

其實根本沒有好好練拳的楊巔峰，拿著一包蜜豆奶走過來說：「因爲祝壽大會操只是一個幌子啊。」

「啊？那我們還練得那麼辛苦？」我有點不信。

「把我們關在這裡，每天都吃藥丸，打針，讀王霸旦白痴思想，三個月之後，我們就會變成徹底服從他命令的冷血士兵，就跟長期被王霸旦下藥洗腦的五年一班本部生一樣。」

「所以呢？然後呢？又怎樣呢？」我不懂。

「如果你被洗腦了，就不會問這麼多問題了。」楊巔峰呵呵笑：「王霸旦挑生日那天舉行全校運動會，每個年級每個學生都會來看蠢得要死的祝壽大會操，你猜猜會發生什麼事呢？」

「眞假？！」我好像應該很驚訝，但……壞蛋不都是這樣嗎？

壞蛋總是挑一個所有人都在的日子，將好人一網打盡，趕盡殺絕。

楊巔峰看著勤快練拳的大家：「總目標是六年級。」

六年級？我都忘了我們學校裡，還有一個六年級！

「王霸旦怎麼會容許，民生國小裡面有人比他還早畢業呢？全校運動會那天，王霸旦一定會用我們這幾百個洗腦士兵當敢死隊，東南西北率領黑衣國中生當主力，再加上前來幫手的『中！亞信』，一鼓作氣收拾掉快畢業的六年級生，強迫被揍慘的他們馬上參加五年級資格考，重新確認他們當初有沒有符合可以升上六年級的資格……呵呵，想當然啦，不會有人及格！於是所有的六年級生一律降級，從四年級開始唸起，從此完全確立民生國小就是王霸旦宮殿。」

天啊！竟然不是重讀五年級！還得從四年級開始唸起！這是什麼概念啊！

「關於你們剛剛一直提到的『中！亞信』，他到底是什麼樣的人？」二班班長徐逸安不知道在旁邊聽多久了。

「彰化市史上最強國中生，從小學一年級一拿到第一本聯絡簿開始，都是他自己簽的名，非常惡質。」林千富亂入，順便自我介紹：「對了，我是五年四班首富，大家都叫我林董。」

「據說他一個人對上東狂西姦南淫北煞，只花了一分鐘就把他們通通打趴。」A班班長馬合地插嘴：「而且只用了左手……的這兩根手指。」

馬合地展示了左手的小指跟無名指，太誇張了吧？

「我聽我唸高中的哥哥說，他親眼看到『中！亞信』在公車上打老人，只因爲有個老人膽敢叫他讓座。」B班班長李冠耀補充。

「打老人是很壞，但強在哪裡？」我舉手。

「那個老人是蟬聯二十五年的柔道國手，十面區運金牌得主，號稱彰化市十大恐怖老人之一的老盧。」B班班長李冠耀正色道：「他當天被打到手肘跟膝蓋同時移位，跟斷手斷腳沒兩樣，公車就直接開去秀傳醫院急診。重點是，『中！亞信』只花了三十秒制伏他，卻用了十五分鐘當著所有公車乘客的面，把老盧那張醜臉打到複雜性骨折，不僅兇，還很殘！」

「還記得『中！亞信』記錯了跟陽明國中的決鬥地點，誤滅了彰化高中的熱舞社嗎？我表姊唸員林高中，她說他們學校的熱舞社爲了幫彰化高中的熱舞社報仇，聯合鹿港高中的熱舞社，號召了超過一百個人，當然都是高中生，去『中！亞信』常去的電動遊藝場外面的巷子堵他，結果當天晚上走出那條巷子的，就只有『中！亞信』一個人。」肥婆也貢獻了一點八卦。

連一百多個高中生都不是對手，這個「中！亞信」根本是哈棒老大等級的怪物嘛！

這句大逆不道的話，我沒有說出口，只是看了看楊巔峰。

楊巔峰微微點頭，算是同意了我大膽的猜想。

「所以我們的大日子……就是全校運動會那天，對吧？」王國呆呆回到主題。

「一定是啊，他們傻乎乎地把大會操跳到一半，我們就從大禮堂衝出來假裝要把六年級往死裡打，沒想到卻來個陣前倒戈，一回頭，把在司令台吃冰觀禮的王霸旦，跟那群國中生打爆！」我描述腦中想像的戰鬥畫面，卻怎麼想都不對勁：「不過，就靠我們每天練拳，眞的有辦法幹掉那一大群黑衣國中生嗎？他們光是西姦跟東狂兩個髒鬼聯手，就可以直接用大便炸掉一整條走廊耶！南淫跟北煞又都是實戰派的高手，那天ＡＢ兩班被滅之戰，我目測南淫的實質戰鬥力達到了一千二，北煞沒有使用全力就破三千，根本超恐怖！慈母班長就算了，技能只有打小報告，但可以用三字經揙懶叫一打四十的蔣幹化，也是站在王霸旦那邊。啊啊啊啊對了！還有負責排練大會操的簡老頭！他的痰膜拳超噁爛！運動會那天他一步都不會離開王霸旦的！」

「如果再加上，隨時都會來支援的最強國中生『中！亞信』，我們的革命根本革個屁，對吧？」楊巔峰一派輕鬆，笑笑：「所以囉，才怪！全校運動會還有三個月，太久，等不了，也等不起。」

計畫，原來是這樣的……

一個禮拜後的禮拜一，就是彰安國中的校慶。

那一天，彰安國中的校長必須依照跟王霸旦的約定，在用來養蚊子的王霸旦紀念館裡，當著全校同學的面，宣布赦免「中！亞信」跟東狂西姦南淫北煞的所有大過紀錄，並頒發大功一百支，方便他們以後將功折罪所用，而簡老頭將代表民生國小五年級總班長王霸旦出席，蒞臨觀禮。

那一天，民生國小裡面將只剩下大約一百個黑衣國中生，戰鬥力超過五百的戰將只有蔣幹化，總體戰鬥力不到原來的一成！

那一天，就是那一天——就是大日子！

「還有一個禮拜，好好在這裡把汗流光吧。」

楊巔峰說得彷彿是事不關己，呵呵：「到了上面，就得流血了。」

早知道就快點在操場大便，被扔進大禮堂。

我們每天有一半的時間在地面上假裝讀《王霸旦思想》，其實是在睡覺補充體力。另一半的時間在地底下練拳，跟籌備革命計畫。另一個重大的改革是，爲了在大日子當天擁有最好的營養，即日起每喝一包蜜豆奶，就要搭配兩包波蜜果菜汁，不然幹就都不要喝。

大家來自不同的班級，卻因爲共同的目標集結在一起。

五年一班的代表小黑，他充滿罪惡感的思想非常偏激，他說不管大家的計畫怎麼安排，總之本部生都要衝第一，負責用無所畏懼的犧牲，為革命軍確立此次行動的義無反顧。他唯一的要求就只有：「拜託，口號不要有打倒五年一班的字眼，畢竟五年一班是我們的愛，是王霸旦把美好的、資優的、善良的五年一班給奪走！大家要革命的不是五年一班！是王霸旦！」

五年二班的班長徐逸安，戴著厚重的眼鏡，以及隨時都在生氣的一顆心。他們班被滅得太突然，她只有一個心願，那就是以彼之道還施彼身，他們班的兵器必須是塗滿粉筆灰的板擦，王霸旦被大家打到昏倒之前，要給她足足十分鐘！足足十分鐘用板擦打爆王霸旦的臉！

五年三班的班長張俊凱，臉上還有很多沒有完全癒合的傷疤，他們班的男生更慘，人人都有一條藍舌頭，據說終生都不會褪色。雖然張俊凱最想跟南淫力榮單挑，但他也同意選在東南西北都不在的時候起義，最有勝算。至於該怎麼配合革命軍，就怎麼配合，只要大家把最強的人留給他打，他就沒意見。

五年四班，也就是我們，表面上大家都看謝佳芸的臉色，但楊巔峰才是真正出主意的人。楊巔峰老是一臉「都被我料中」的高深莫測，激素藥丸跟鎮定針又是被他用計謀掉包的，拯救所有被囚禁在大禮堂的人重新覺醒。我們班屢出奇計，跟王霸旦的惡勢力對抗最久才終於被遭到惡搞的民主反噬，撐最久，令同是革命軍的大家很服氣，所以基本上，楊巔峰就是革命軍的總腦袋，而謝佳芸就是精神上的總領袖。無所謂啦反正他們就神鵰俠侶有夠噁心。

附帶一提，林俊宏復健的進度還不錯，他區分菊花跟人類肛門的成功機率已高達九成，如果在肛門的圖片裡混入不同動物的屁眼，也能有七成以上的成功辨識率。為了怕他復健無聊，我們從家裡偷渡了很多少年漫畫給他看，以前整天只會死讀書的林俊宏第一次看到《七龍珠》，第一次看到《聖鬥士星矢》，第一次看到《勇者鬥惡龍》，驚為天人，欲罷不能，一下子就把肛門菊花圖鑑扔到一邊，沉迷在JUMP漫畫裡。

五年五班被送來大禮堂的人，一個都沒有。當然也沒有陳筱婷。

據說是因為五年五班在走廊上抗議太久，讓王霸旦很沒面子，故意把他們編成跳大會操的主力，不管他們違反了多少規定、人格評鑑有多低落，他們就是得在大太陽底下一直曬曬曬，渴了就喝雨水，想尿尿的時候就繼續曬到沒有尿，沒辦法，五年五班的精神力太強，王霸旦只能用肉體毀滅的方式逼他們臣服。回想起當初我還在操場練習大會操的時候，所有人都得費盡百分之百的精神去搞對齊跟排字，我根本沒有多餘的心思去找陳筱婷，我真是，相當後悔沒有在操場大便的時候東張西望的久一點。或者，陳筱婷肯定是因為被曬得太黑了，害我錯身而過好幾次都沒認出來。

五年六班全員逃亡中，這就不必提了。

五年A班有八成都是外籍生，他們的英文比中文好，但聽不懂沒關係，不怕打架就可以了。這些外籍生平時仗勢欺人，連自己班的本地生也欺負進去，但王霸旦很兇，他們現在也只能選擇更兇。班長馬哈地跟他們班的本地生握手和解，講好了一起幹掉王霸旦、奪回教室之後，座位會盡量讓他們坐前面一點，也不會再逼他們幫大家寫作業了。

五年B班只有五個學生，各個文武全才，雖然沒有張俊凱強，但經過鍛鍊後，每個人的戰鬥力至少都是三百起跳，真不愧是菁英中的菁英。班長李冠耀是一名頂尖智將，他花了很多時間在跟楊巔峰沙盤推演大日子當天可能的種種情況，一攻一守，結論一出，隨即攻守互換，幾次之後都互相佩服。我在一旁插不上嘴，連講個笑話都辦不到。

「我們這樣一直攻守互換根本沒有意義，王霸旦根本沒有我們聰明。」癱坐在地上的李冠耀滿身大汗，不下於練拳，連手上的波蜜果菜汁都快抓不穩了。

「反正就好玩，打發打發時間。」楊巔峰還有餘力挖鼻孔：「別忘了蔣幹化，他瞬間發動民粹的能力，不是單純的智力可以壓制。」

「好吧，只有親眼見識他幹話滿點的你們，才有資格評價他的爛。」李冠耀不置可否。

「說眞的，如果當初你們班沒有被滅，我們班找你們班結盟，你會同意嗎？」楊巔峰也開了一包波蜜果菜汁。

「絕不可能。不管開出多好的條件，我們都不會讓你們聯名變成五年C班，也不會在行政大樓找一間教室讓你們搬進來，也不會開放交換學生進駐你們班。」李冠耀也沒什麼好隱瞞的了：「所有可能會惹王霸旦生氣的事，我們都不會做。這就是中立，明哲保身。」

說到這，李冠耀又微微臉紅了：「對不起，愛因斯坦說的對，這個世界不會被作惡多端的人毀滅，而是被冷眼旁觀，保持沉默的人。從今以後我會好好反省。」

「唉，我就知道你們不會跟我們結盟，但選舉時，腦子還是選擇了最便宜的做法，更用很聰明的話術包裝了它，差點連我自己都說服了。」楊巔峰哈哈一笑：「還是我的女朋友最棒了，眞心眞意的直覺，永遠比我們肚子裡一堆計謀來得可靠。」

「謝佳芸的直覺說了什麼？」李冠耀好奇。

「她當著幾十個黑衣國中生，當著蔣幹化，當著全班同學的面，說她……」楊巔峰深深吸了一口氣，看向正在揮汗練拳的謝佳芸：「想打敗王霸旦。」

哈啾！謝佳芸打了一個噴嚏。

李冠耀收斂笑容，肅然起敬，向楊巔峰伸出手：「你我也許智商不分上下，但你已經贏得比任何事物都重要的一切。你，真是一個幸運的小學生。請你務必告訴我，當初你是怎麼追到這麼棒的女孩？」

楊巔峰伸手握握，笑著說：「就嬉皮笑臉威脅她，如果她不當我女朋友，我就在作文課的題目『我最尊敬的人』裡面，寫她就是我最尊敬的人。然後她就哭求我跟她喇舌了哈哈哈哈哈哈哈哈！」

李冠耀一臉非常困惑：「實在是……完全不懂你在說什麼。」

我看，李冠耀只適合在現實世界裡稱雄一方，沒辦法生存在哈棒宇宙一秒吧。

大日子，終於到了！

就是今天！、

彰安國中校慶。

民生國小校門口，矗立的哈棒老大黃金像，滿滿都是泥巴腳印，還被噴漆，老大的眼睛被立可白塗滿，散發出非常恐怖的氣息……令人不寒而慄。

五年級教室裡，只剩寥寥無幾的人在互相揭發，指控彼此的聲音已非常虛弱，人格評鑑的分數低到完全沒有人可以去廁所，整條走廊乾脆全面停課。

幾乎只剩下前五年五班的同學們，以及十幾個五年一班本部生，在操場上，頂著烈日，反覆排練著三個月後爲王霸旦祝壽的大會操。而王霸旦躺在司令台上，一個人獨享四台巨型移動式冷氣，加八架水冷式電風扇，以及一台塡滿夏威夷果仁口味的哈根達斯冰桶。大概在打電動，也可能在看文字不多的漫畫，可能在發呆，最可能是在睡覺。

而我們，大約兩百五十個小五生，已集結在大禮堂的地底下。

十名負責看守大禮堂的黑衣國中生，被我們一招偷天換日，誤食了摻和鎮定劑的鮪魚蛋三明治，正睡得不省人事，穩定的鼾聲傳到了地底桌球室。

慢慢偷渡進來的裝備，現在用最快的速度發下去武裝，每個人都配有沾滿粉筆灰的板擦兩塊，黑色護膝，黑色護肘，黃色安全帽一頂，黃色雨傘一把，３Ｍ口罩——以防萬一，每個人一面。

「雨傘，是爲了五班。」我咬牙：「我們佔領到操場的時候，爲他們撐傘。」

「當你們的裝備破損了，遺落了，不要害怕，要相信這段時間我們一起流的汗。」張俊凱自己只穿了跆拳道的道服，摩拳擦掌：「眞正的武器是鍛鍊在你們身上的拳頭，以及誰都搶不走的，戰鬥之心！」

距離預定出發的時間，還有一個小時。

李冠耀幫大家複習一遍攻擊計畫的幾個階段，確認大家都牢牢記住了。

楊巔峰上台，簡單劃重點，提醒此次革命的六個綱要——

「會受傷，會流血，會被捕。」

「不後退，不投降，不放棄。」

大家一起複誦這六個綱要後，頓時勇氣百倍。

楊巔峰的視線看向我們班：「在三個星期前的班長投票，不管我跟謝佳芸怎麼跟大家說，只會特別特別高興亂講幹話的蔣幹化一旦當選了班長，一定什麼事都不會幹，唯一會達成的業績，就是把我們班送給王霸旦。你們相信我們了嗎？沒有。」

這個時候酸自己人有比較爽嗎幹，我的耳朵肯定是紅了。

楊巔峰聳聳肩，一臉不屑：「你們相信的，是蔣幹化告訴大家的，只要不故意犯錯，何必怕被監視？只要不說王霸旦的壞話，又何必怕被處罰？只要當班長的人苦民所苦，我們又幹嘛需要民主投票呢？」

我想，大家的臉都跟我一樣，熱熱的。

「當票數平手的時候，我故意在最後關頭投給了蔣幹化，是因爲我跟你們一樣白痴嗎？不是，是因爲我犯賤。」楊巔峰突然自己打了一記耳光，啪！爽快俐落！

大家都嚇了一跳。

「我知道，沒有讓蔣幹化眞的幹過一次班長，你們這些白痴永遠會心存幻想——幻想如果讓蔣幹化當了班長，教室就可以裝免費冷氣，營養午餐就可以吃超好，每星期都有一百元營養補助金可以拿，五月天可以來開演唱會，大家都可以升上六年級，我們班永遠都不會被王霸旦欺負。呵呵。」

其實……幹，我也是投蔣幹化。

那一天我把手舉起來的時候，心裡就已經知道蔣幹化十之八九是騙子，但抱著僥倖的心情，還是忍不住投給了自己的幻覺。就因爲……萬一蔣幹化說的是眞的，那不就超級爽的嗎？

可是——超級爽的事，通常都不會發生。

眞正值得珍惜的事，往往我們已經擁有，卻因爲太過習慣而覺得「也還好嘛」。

「王霸旦用蔣幹化的唬爛技術，用我們相信的民主，用我們自傲的言論自由，反將我們一軍。後來發生的悲劇，大家都用自己被羞辱的屁眼好好體驗了。」楊巔峰直截了當地說：「想到就爽。眞的，一想到就爽得不得了。早、就、跟、你、們、說、了、吧——這句話我可以說一萬遍，爽！」

幹，現在跟我們說這些一點也不熱血，只是超氣！

但楊巔峰卻在笑，摸著有點腫起來的臉：「我們五年四班，沒能幫整個五年級守住最後的民主自由防線。所以今天整個五年級都被王霸旦統治，被王霸旦糟蹋，看王霸旦在司令台上吃冰打電動，活該是我們的報應。」

大家的表情都很僵硬，就跟拳頭一樣。

「但今天，我要唸一下謝佳芸那一天的作文……」楊巔峰從口袋裡拿出一本縐縐的、用透明膠帶黏得亂七八糟的作文簿：「題目是，四十五根紅色粉筆的悲哀。」

「等等！你從哪裡拿到的！」謝佳芸整張臉漲紅，伸手要搶。

楊巔峰輕輕抓住她的手，順手將謝佳芸擁入懷中。

「記得嗎？我曾經潛入教務處去找哈棒老大的戶籍地址，翻箱倒櫃都沒找到，卻在簡老頭位子下的垃圾桶，意外發現這本被簡老頭撕掉的作文簿。」楊巔峰笑嘻嘻，打開重新被黏好的作文簿：「就忍不住花了一點時間，把它拼一拼，黏一黏……」

題目：四十五根紅色粉筆的悲哀

這個題目很怪，其實前因後果是這樣的啦。

昨天下午，王霸旦帶很多人去打六班，還說要故意打臉，我跟肥婆很不爽，就跑去幫六班。王霸旦他們人很多，看起來超恐怖，但六班明明都是女生，大家卻非常勇敢，打到那些臭男生抱頭鼠竄，我也踢了王霸旦一腳，耶！好爽！他的門牙被我踢斷一根，我眞的好高興。

後來王霸旦氣呼呼跑來威脅我們班，叫大家把我交出去給他打，不交出去就要衝進來把大家都打扁。然後大家就開始投票了。

說眞的，當時我超怕大家把我交出去，一個人被打除了痛，還會很孤單。

但我又很害怕，萬一大家眞的不把我交出去，王霸旦衝進來把大家痛扁一頓，我會很過意不去，等於是我害到大家。

好幾次，我都想鼓起勇氣，在大家開始投票以前自己走出教室，這樣就可以省掉很多奇怪又矛盾的情緒。我不想生大家的氣，但也不想大家一起被打，反過來生我的氣。後來我越想越不對，爲什麼大家不一起生王霸旦的氣就好呢？他才是這個學校唯一的壞人啊！

後來，林俊宏不小心踢倒了票箱，跑出了四十五根紅色的粉筆，我超傻眼，幸好在四十五根紅色粉筆旁邊，有一根白色的粉筆！

天啊！我眞的很感動，眞的，大家平常看起來這麼沒品，卻還有一個人（而且還不是我的男朋友楊巔峰喔！楊巔峰眞的沒有投，他忙著烤香腸啦眞是的！）給了我珍貴的白色粉筆耶！我眞高興！

雖然四十五根紅色粉筆很刺眼，的確讓我覺得有點很那個那個，但大家在投票的時候，又不可能知道別人是怎麼投的，對吧？如果大家都知道有那麼多膽小的人投下紅色粉筆，很多人就會鼓起勇氣改投白色粉筆給我了，我知道一定會這樣，不然是要活活哭死我嗎？

後來我問是誰投給我那一支白色粉筆的，大家都大聲說是他是他是他，雖然有夠厚臉皮，但其實比大家頭低低都悶著不說話的尷尬，要強一百萬倍吧。其實我們班的厚臉皮一直都有點好笑呢！

所以我決定了，不是要原諒大家，而是把那一根白色粉筆，當作是大家一起投給我的心意。這就是五年四班的精神——要厚臉皮，就大家一起厚臉皮啊怕你啊！我民生國小四大美女第二名謝佳芸耶！

最後，我很想跟大家說，我親眼看到王霸旦那種惡棍，是可以被狠狠打爆的。

眞的，完全可以，雖然那一點也不容易。

我是踢斷了王霸旦一顆門牙，但在那之前，我可是被那群臭男生打了十幾拳，踢了十幾腳，還被抓頭髮，摔來摔去，我拚了命才踢中那一腳，真的一點也不容易。不容易啊不容易，所以踢中了特別快樂，眞希望大家都能試試看。

約好囉？下次我去打王霸旦的時候，會跟大家說一下！

楊巔峰唸完了作文。

不只我們五年四班，所有革命軍的同志都熱淚盈眶了。

謝佳芸整張臉都埋在楊巔峰的懷中，害羞得不敢探頭。

只剩下，最後倒數一分鐘。

「我本來只是有一點點直覺，敢第一時間衝去幫忙六班的妳，可能會是我們班的救世主。但偷看了這篇作文，才讓我完全確定——並非只有這麼溫柔善良的妳，才可以帶領大家走上正確的路。」楊巔峰看著羞倒在懷中的謝佳芸，輕聲細語：「而是，如果我們有一天終於鼓起勇氣挑戰王霸旦，希望是妳，走在最前面招呼大家。」

五年一班的代表小黑，用力拍打胸膛：「讓眞正的五年一班當妳的盾牌！」

五年二班的班長徐逸安，終於服氣：「不必多說，女生挺女生！」

五年三班的班長張俊凱，繫緊黑帶：「務必讓我緊跟在妳後面！」

五年A班的班長馬合地，雙掌擠壓臉頰大叫：「打完這場仗，我也要追妳！」

五年B班的班長李冠耀，笑著親吻拳頭：「只求成績好，眞的讓我錯過太多風景。」

林俊宏從《七龍珠》漫畫堆裡站了起來，眼鏡上的層層霧氣完全退去，大聲喊道：「謝佳芸不是救世主，勇氣才是。只有勇氣，才能奪回，原本屬於我們的東西——自由！」

久等了。

楊巔峰高高舉起手中的蜜豆奶，高呼：「大家！」

兩百五十多人看向謝佳芸。

謝佳芸咬著嘴唇，滿臉飛紅，高舉蜜豆奶：「奪回民主！」

大家舉起蜜豆奶暴吼……

「奪回民主！」「奪回民主！」「奪回民主！」「奪回民主！」「奪回民主！」「奪回民主！」

「奪回民主！」「奪回民主！」「奪回民主！」「奪回民主！」「奪回民主！」「奪回民主！」

「奪回民主！」「奪回民主！」「奪回民主！」「奪回民主！」「奪回民主！」「奪回民主！」

「奪回民主！」「奪回民主！」「奪回民主！」「奪回民主！」「奪回民主！」「奪回民主！」

「奪回民主！」「奪回民主！」「奪回民主！」「奪回民主！」「奪回民主！」「奪回民主！」

「奪回民主！」「奪回民主！」「奪回民主！」「奪回民主！」「奪回民主！」「奪回民主！」

「奪回民主！」「奪回民主！」「奪回民主！」「奪回民主！」「奪回民主！」「奪回民主！」

「奪回民主！」「奪回民主！」「奪回民主！」「奪回民主！」「奪回民主！」「奪回民主！」

「奪回民主！」「奪回民主！」「奪回民主！」「奪回民主！」「奪回民主！」「奪回民主！」

「奪回民主！」「奪回民主！」「奪回民主！」「奪回民主！」「奪回民主！」「奪回民主！」

「奪回民主！」「奪回民主！」「奪回民主！」「奪回民主！」「奪回民主！」「奪回民主！」

誓言只要一看到天光，永遠不再回到這地底。

眾軍破出！

破開暗門，全軍湧出。

第一批五年一班帶頭的敢死隊一衝出大禮堂，就被一陣暴打回來！

暴打？！

大禮堂外的草皮，已被上百名黑衣國中生團團包圍！

「眞的造反啦？我還以爲是假消息咧？」

王霸旦半躺在司令台上的豪華牛皮椅，遠遠隔著一整個大操場，拿著擴音器向我們喊話：「堅持住啊大家，我好久沒看到血了，千萬不要太快束手就擒啊呵呵。」

太傻眼了，革命的計畫這麼熱血，到底是哪個不要臉的叛徒洩的密？

一百多個黑衣國中生包圍住了大禮堂，個個煞氣奔放，很明顯是強化系。原本掛在脖子上的金項鍊一圈又一圈纏在手上，兼具了具現化系的防禦。嘴角浮現出的狡詐，帶著變化系的靈活。

如果是被突襲的話，一個驚慌失措的黑衣國中生，戰鬥力頂多三十。但現在搶了先機，反包圍住革命軍的囂張國中生，戰鬥力平均突破了五十！

氣勢此消彼長，革命軍你看我，我看你。

「怎辦？攻守推演了這麼多次，沒想過被反將一軍！」李冠耀咬牙。

楊巔峰眼神掃射敵軍一輪，東南西北與簡老頭並不在陣中，顯然彰安國中的校慶活動沒有改變，王霸旦的軍力依然是評估中的僅剩一成。

「不要緊，敵我終須一戰，他們將我們包圍住，反倒省下了我們一路衝刺到司令台的體力，不必氣餒。」楊巔峰說出唯一的疑慮：「只是洩密的叛徒不除，打起來就好像有人在後面隨時等著偷捅屁眼，不太爽啊！」

有道理，敵軍陣中目前最可怕的，是站在王霸旦旁邊的蔣幹化。

蔣幹化開始大口灌酒：「各位同學，各位，親愛的，可愛的，惹人憐愛的同學！今天眞是特別特別地難堪啊！小弟我，不得不把自己灌醉，讓自己心碎，扛下了所有罪，唯有徹底麻痺自己，才能忍得下心，以非常沉痛的心情，跟各位好朋友們，用這拳，用這腳，交流交流！」

幹話無限，醉氣沖天，是能力不明的特質系。

站在王霸旦另一側的慈母班長，一臉憂心忡忡，擦著不存在的眼淚，用哭腔說：「王總班長，他們眞是不懂感恩，今天不能只是給個教訓，得全面碾壓這些得寸進尺的壞學生才行！就讓五年一班之丁化身爲您愛的盾牌吧！」變化系無誤。

三小愛的盾牌？

原來是，剛剛還在操場中間排練大會操的五年五班全體學生，已經完全累癱，連一根手指頭都抬不起來了，五十多個小學生橫七豎八地躺在司令台前，充當了司令台前的人質護城河。

要打王霸旦，就要踩過他們？眞是太卑鄙！

不是強化系，不是具現化系，不是變化系也不是操作系更不是特質系的王霸旦，廢物中的廢物，倚仗的是最恐怖的「有王霸旦特色的階級系」！

廢物王霸旦拿起擴音器，遠遠對著我們大叫：「我眞偉大！十分鐘前！我已經打緊急電話給東南西北跟個愛吐痰的髒老頭啦！你們唯一的機會，就是趁他們從彰安國中趕回來前，把我幹掉！你們做得到嗎！」

我們大吼：「做～～得～～到～～～～～～～」

王霸旦吼得全身肥肉都在震動：「大聲點！聽不到！」

我們吼得更激烈：「做～～～得～～～到～～～～～～～～～～～」

王霸旦興奮大叫：「開打！」

誰是叛徒不重要了！重要的是眼前揮過來的金項鍊鐵拳！

首當其衝的五年一班站穩馬步，像練習一樣揮出整齊劃一的正拳突刺！

「崩！」「崩！」「崩！」「崩！」「崩！」「崩！」「崩！」「崩！」「崩！」「崩！」

「崩！」「崩！」「崩！」「崩！」「崩！」「崩！」「崩！」「崩！」「崩！」「崩！」

「崩！」「崩！」「崩！」「崩！」「崩！」「崩！」「崩！」「崩！」「崩！」「崩！」

「崩！」「崩！」「崩！」「崩！」「崩！」「崩！」「崩！」「崩！」「崩！」「崩！」

「崩！」「崩！」「崩！」「崩！」「崩！」「崩！」「崩！」「崩！」「崩！」「崩！」

「崩！」「崩！」「崩！」「崩！」「崩！」「崩！」「崩！」「崩！」「崩！」「崩！」

一半的人倒下，一半的人繼續揮出第二拳！

「崩！」「崩！」「崩！」「崩！」「崩！」「崩！」「崩！」「崩！」「崩！」「崩！」

「崩！」「崩！」「崩！」「崩！」「崩！」「崩！」「崩！」「崩！」「崩！」「崩！」

「崩！」「崩！」「崩！」「崩！」「崩！」「崩！」「崩！」「崩！」「崩！」「崩！」

又一半的人被擊倒，其餘的勇者奮力揮出第三拳！

「崩！」「崩！」「崩！」「崩！」「崩！」

「崩！」「崩！」「崩！」「崩！」「崩！」

「崩！」「崩！」「崩！」「崩！」「崩！」

踩著同歸於盡的國中生與同伴，僅剩的烈士擊出了第四拳！

「崩！」「崩！」「崩！」「崩！」「崩！」

驚愕的黑衣國中生呆住了。

被區區的一個班級，五年一班本部生，前仆後繼地用正拳崩出了一個缺口。

「崩！」小黑七孔流血，揮出筆直的豪拳：「全軍衝鋒！」

衝！

衝！

衝！
衝！
衝！
衝！
衝！
衝！
衝！
衝！
衝！
衝！

「拋！」徐逸安手持厚厚裹粉的板擦，使勁一甩。

五年二班動作一致，高拋出大量的板擦，在半空中撒落大量的粉塵做掩護。

黑衣國中生被粉塵嗆得猛咳嗽，戴著３Ｍ口罩的五年三班隨即穿入敵軍，一見就打！五年三班跟我們不一樣，他們長期接受張俊凱的跆拳道特訓，平均戰鬥力是我們之間最高的，拳拳到肉，瞬間壓制了黑衣國中生的氣燄。

解開枷鎖的張俊凱一拳一個，一下子就撂倒了五個黑衣國中生。

我們班跟ＡＢ兩班是中堅主力，負責無腦在中路挺進，一邊開傘保護受傷的同學，一邊用傘突刺落單的黑衣國中生。無腦挺進看似簡單，但最不簡單的一點就是，無論如何都不能後退！務必一傘開，兩傘進，直到抓住王霸旦前都不能停下來！

「拋！」二班班長徐逸安又喊聲，許多板擦再度高拋落下。

煙塵成爲我們前進的掩護，雨傘與正拳層層疊疊，疊疊進進。

很快地，犧牲了半數革命軍，換來有三分之一的黑衣國中生被圍毆擊倒。

黑衣國中生原本就沒有章法，無法稱爲陣形，只能說是陣仗，瞬間倒下了三分之一，士氣頓時潰散，讓我們的中堅主力將他們從中貫穿，直搗司令台前方。

衝刺！

衝刺！

衝刺！

只剩十步之遙，就可以跳上司令台了！

「怎辦！五年五班倒在地上爬不起來！」林千富嘴角掛彩大叫。

「這個也沒推演到！」李冠耀恨恨不已，腳步不知道該不該停。

五年五班的人肉護城河，在地上憤怒地吼著。

「踏過我們！踏過我們的屍體！」「盡管踏過去！踩過去！」「幫我們打王霸旦！」「我一拳！」「我一百拳！」「我一萬又一千拳！」「今日五年五班！明日五年五班！永恆的五年五班！」「今天我！寒夜裡看雪飄過！」「踏過我們的光輝歲月！」「連我們的分一起革命吧！」

「王霸旦滅不掉我們！你們也踏不死我們的！別猶豫！踏吧！」「我很軟！很好踩的！快快快！」

「一定要幫我們報仇啊！」「撐！」

「大家！對不起了！」謝佳芸一腳跨出，用力一踩，前進！

全軍含淚踩過。

每一步都是血淚，每一踏都是義氣！

而我，終於看到了躺在地上的陳筱婷。

「踩我。」陳筱婷微笑。

她，果然曬得好黑，黑到牙齒都變白了。真是，可愛無比。

「好。」我一腳踩下陳筱婷的臉，眼淚噴出，前進！

我們一鼓作氣踩過五年五班，從四面八方飛躍上革命的終點，司令台。

王霸旦的舌頭正舔著哈根達斯的甜筒，一臉無所謂，智商有那麼不夠嗎！

「人之初，性本善！」

全身酒水的蔣幹化開始在司令台上滾動，掌風陰險低掮，掮掮掮陰囊。

A班班長馬合地大驚，第一次見到這招簡直嚇壞了，忘了講好的防禦ＳＯＰ，陰囊瞬間被掮爛，痛不欲生地抱懶叫倒下。

「開傘！」鼻青臉腫的小電大吼。

「性相近！」蔣幹化一滾，一掮。

只掮中傘！

「習相遠！」掮中傘！「狗不叫！」掮中傘！「性奶千！」掮中傘！

「叫知道！」掮中傘！「貴那個！」掮中傘！「習夢母！」掮中傘！

蔣幹化像陀螺一樣在地板上瘋狂打滾，雙掌一直從陰險的角度往上狂搧，卻只能搧到及時張開的傘面，搧搧皆無功而返的他，不到一分鐘就累得滿頭大汗，酗酒過度的體力問題馬上浮現。

慈母班長像驚弓之鳥一樣依偎在王霸旦身邊，王霸旦笑呵呵地含著甜筒。

楊巔峰跟李冠耀對看了一眼，都不知道王霸旦在笑三小。

「聽說人類在極度恐懼瀕臨崩潰的時候，身體會不由自主出現大笑的反應來緩和緊張，以免休克死亡。」李冠耀開傘，擋下了蔣幹化的一記快搧。

「不像啊。」楊巔峰疑神疑鬼，合傘又開：「怎麼看都是眞正的白痴。」

小電瞪著蔣幹化，雨傘不開的時候一定在刺，希望用矇的也讓她矇中一下。

不管怎樣，情勢很清楚了，等到蔣幹化的體力放盡，就是我們的勝利之時。

「別忘了……留一口氣給我打！」小黑死撐在煙霧瀰漫的群架中。

王霸旦噗哧一笑，展示著手機上的簡訊：「我最喜歡看壞人逆轉了。」

啊？什麼意思？

一道飛快的身影衝到小黑身邊，小黑一愣，看著一條大球棒……

「死背骨仔，了解？」一棒揮中小黑的腦袋，砰！

是拿著球棒的南淫力榮！滿身大汗地從彰安國中的校慶衝過來救援！

小黑猝然倒下。

不！還沒倒下？

一雙溫柔的手捧著了小黑摔倒的臉，和藹可親地檢視他歪掉的鼻子。

然後抹啊抹，黏啊黏，塗啊塗……

「對不起，在這個故事裡，最後及時趕到的，是我們這些大壞蛋。」

簡老頭的痰膜掌，竟然綿綿密密地按摩在小黑的臉上，噁爆！

此時我的手虎口一震，手中的雨傘傘面被貫穿，傘骨直接被一隻手扭斷！

是北煞信安！是北煞信安的手指虎鐵拳！

一眨眼，十幾把圍攻蔣幹化的傘都被怪力強行破壞，一抓一扭，通通震脫了手。

「給我下去！」北煞信安用力一拳轟地，司令台地板裂開。

好不容易踏著五班肉體，躍上司令台的我們，全給那一拳震回了操場。

「幹，到底是誰洩的密！」楊巔峰在半空中大叫。

「不管是誰洩的密，大家……大家都是好朋友啊！」蔣幹化轉到吐，爬不起來。

北煞信安站在王霸旦旁邊，威風凜凜。光姿勢，戰鬥力至少三千起跳。

「累死小弟我了……」蔣幹化停止自體陀螺轉，累癱在司令台。

躺在司令台下，我摸著劇痛的手腕，全身冷汗，這時也只能看向楊巔峰。

楊巔峰摔得不輕，一時之間痛得說不出話。

北煞信安看著摔下司令台的謝佳芸，惡煞般的嘴臉露出罕見的笑容：「民生國小四大美女之二，謝佳芸，再過片刻，我就要把舌頭伸進妳的嘴巴裡，然後攪來攪去，不管妳的舌頭逃到哪裡，我一定會用我的舌頭彈它，打它，揍它，摔它，壓制它，然後，繼續攪來攪去。」

謝佳芸氣到不知道怎麼回嗆，我只好代爲說明：「那個動作叫喇舌。」

謝佳芸表情扭曲：「大家鎮定，還不到絕望的時候。」

一陣濃厚的大便味，拔山倒樹而來。

一台水肥車撞破了校門口，直接衝進操場。

車上有兩個人，當然是正在無照駕駛的東狂阿竣，跟在副駕駛座上戴著口罩的西姦天佑，浩浩蕩蕩，開著偷來的市政府水肥車前來護駕。

好臭，還沒開始噴屎，光車體就臭不可擋。

「現在可以絕望了嗎？」全身都是傷痕的肥婆發抖。

謝佳芸的眼神死。

「請便。」

51

水肥車一個飄移倒轉，噴屎口正對準了司令台。

「等一下！笨蛋！大笨蛋！不要朝司令台射大便！」王霸旦著急地大叫。

東狂阿竣呵呵停車熄火，西姦天佑開門一跳下車，就拿下口罩馬上開吐。

空氣中瀰漫著埋藏在地底化糞池大便的陳年氣味，夾雜了一股過度發酵的酸惡臭，讓革命軍與黑衣國中生，不約而同停手，將正在互毆的手拿去捏鼻子。

而小黑支離破碎的臉，還持續被簡老頭用痰敷臉。

革命軍已經有超過一半倒在地上，還站著的，也都傷痕累累。

邪惡的獨裁敵方呢？

東狂，西姦，南淫，北煞，加髒髒簡老頭都到齊了，還有一台恐怖死了的水肥車。

慈母班長毫髮無傷，蔣幹化也只是背部磨傷加體力透支，王霸旦還在舔冰。

沒有希望了。完全地，沒有希望了。

「在全軍覆沒以前，我只想知道，到底誰告的密？」楊巔峰氣得發抖。

足智多謀的楊巔峰眞的，山窮水盡了嗎？

我不信，楊巔峰一定在裝，百分之百還有大逆轉的神奇底牌！

「我相信你。」我向楊巔峰點點頭。

「我也相信你。」林千富向楊巔峰豎起大拇指。

「我懂的，先忍耐幾分鐘對吧。」小電抹去臉上的血污：「我還能打。」

就連謝佳芸也對楊巔峰投以信任的眼神，握拳一振：「在心裡，我懂。」

楊巔峰瞪大眼睛，一副天打雷劈讓我死了吧的表情。

「你們還抱著希望？對妙計？對不存在的梅花三？哈哈哈哈眞好笑，告訴你們，『中！亞信』剛剛接到了我的緊急電話，正往這裡來。他唯一的弱點就是很會迷路，但那又怎麼樣呢？我叫了計程車，直接在他家樓下接他，絕對不可能再跑錯地方滅掉無辜的學校。」王霸旦都快笑歪了嘴：「我自己也沒看過『中！亞信』，託你們的福，彰化有史以來最恐怖的國中生就要降臨在這裡哈哈哈哈哈哈！

「半個學期沒見了，魔王亞信。」北煞信安皺眉：「一想到全身就開始痛。」

「太倒楣了。」南淫力榮的表情也很扭曲：「我是說你們。」

「我今天不想看到『中！亞信』，他每次都打我。」東狂阿竣哭了。

「閉嘴！你把褲子穿上他就不一定打你！」西姦天佑的聲音竟在發抖。

「……這種最純粹的壞學生，是每個老師的天敵啊。」簡老頭吞下了自己的痰。

「今天真是特別特別地……心跳加速啊。」蔣幹化不安地說：「該不會等一下他打得太高興，順手把我們也一起滅了吧？大家都是好朋友，都是好朋友……」

這到底……

人還沒到，但東南西北簡老頭蔣幹化光是聽到名字就發抖的恐怖國中生是……

「你們或許可以稱得上是合格的暴民吧。」

王霸旦笑嘻嘻地坐在牛皮椅上，手裡的冰融化滴滴滴，滴到了沙發椅上：「但我們這邊可是真正的軍隊。眞的一點都不知道你們在想什麼？怎麼會自己皮癢討戰呢？不想跟我一戰，最好的辦法就是跪著跟我說話，而不是整天在那邊說你們不是五年一班！我告訴你！等我滅了六年級！全校！全校都是五年一班！」

小黑滿臉是痰，依舊悲憤不已：「你才不是眞正的五年一班！五年一班……是很善良！是很和平的！你是王霸旦！你只是王霸旦！你不是五年一班！你不是！嘔……嘔……」

簡老頭用手指挖開小黑的嘴，一邊咳嗽，一邊不斷吐痰進去。

南淫力榮隨意空揮球棒：「要開打了嗎？我的球棒等不及啦！」

北煞信安不懷好意地看著謝佳芸，摩拳擦掌：「王總班長，就等你說開始了。在魔王亞信抵達這裡之前，我要把所有人幹倒，把舌頭伸進這個女人的嘴巴裡！」

好恐怖……我們的心跳跳得好快，彼此都聽得到彼此的心跳聲。

我們再度看向楊巔峰，楊巔峰臉上竟然浮現出，智者不該出現的青筋？！

「誰告的密！」楊巔峰大吼：「幹我眞的沒招了！快點告訴我！到底是哪個爛人告的密！」

林俊宏拿著一本《七龍珠》漫畫，踩過革命軍與黑衣國中生的屍體，走了出來。

「是我。」

我們都驚駭不已。

一日抓耙子，終生抓耙子。

「告密一時爽，一直告密一直爽，是嗎？」我無法理解的程度，超過了生氣。

這個曾經在班長選舉時放棄提名自己，站在正義的一方，飽受蔣幹化折磨污辱，當眾被檢查屁眼羞辱，被逼著抹黑小電與楊巔峰，每天看屁眼看到精神崩潰的林俊宏。這個即將苦盡甘來的林俊宏，竟然在最後關頭再度背叛了大家？

「我，這陣子看了很多漫畫。」林俊宏的眼鏡擦得透明發亮：「以前我都不知道，原來漫畫是這麼好看的東西。」

誰想知道這種事啊！你去死啦！

「多謝啦！要不是你及時打電話給我，我怎麼來得及把東南西北叫回來呢？」王霸旦笑嘻嘻：

「以後就由你當五年一班之內的班長，蔣幹化就當你的副班長吧！」

蔣幹化誠惶誠恐，神色悲慟不已：「但……我比較想當班長啊！王總班長！我剛剛拚死在地上陀螺轉，把背都給磨破了，小弟我賣了老命猛搧陰囊保護您，還一邊搧，一邊苦背出高難度的三字經，讓您在我的拚死保護下，多多少少有些如沐春風，心曠神怡，但死眼鏡仔林俊宏只不過是打了一通電話……」

沒有人想理會蔣幹化的傷心難過，只想在死前好好把林俊宏的嘴臉記住。

「從經典《七龍珠》裡，我發現一個法則。」林俊宏翻開手中的《七龍珠》：「當貝吉達跟那霸來到地球時，比克、克林、飲茶、天津飯、餃子聯手對抗，卻被打得一敗塗地，飲茶被培植人弄死，餃子自爆，天津飯用氣功砲力盡而死，比克爲了救悟飯被那霸殺掉，幾乎要全軍覆沒的時候，悟空才正好趕到。」

說著說著，林俊宏竟流下了眼淚：「悟空看到同伴們滿地的屍體，對貝吉達跟那霸說……我不會饒恕你們！」

到底在哭三小？《七龍珠》誰不愛，偏偏挑這個時候跟我們複習《七龍珠》，去死啦！

「再來是最熱血的那美克星一戰。」林俊宏如數家珍：「首先是勇士特戰隊把克林、悟飯跟貝吉達打到快死掉，悟空忽然出現，一口氣大逆轉，整個勇士特戰隊被打殘。後來，悟空被基鈕隊長的賤招弄到得療傷，埋下了伏筆。當弗力扎正式出手的時候，悟飯、克林跟貝吉達都被當搞笑打，及時復活的超級比克也不是對手，後來弗力扎變身到最後一個階段，天天被殺，自以爲變成超級賽亞人的貝吉達被打得完全絕望，大家一籌莫展——悟空終於出現。」

我很想咀嚼《七龍珠》的奧義，但這跟我們有什麼關係啊！

「如果革命軍趁東南西北跟簡老頭不在民生國小的時候，把王霸旦打跑，或許，真的能夠辦得到。但等東南西北簡老頭一回來，我們又該怎麼辦呢？」林俊宏憂心忡忡：「這間學校，整個五年級，都會被王霸旦用更恐怖的手段重新奪回去，革命的成功只會像煙火一樣，大家高興一下下，馬上就又回到悲慘的歲月。」

「是更悲慘！」王霸旦高興地補充。

「所以？」我不懂，太不懂了！

楊巔峰倒是用力鼓掌了。

臉色雖然還是很難看，但勉爲其難認可了林俊宏的奇想？

「我大概懂了，要革命成功，就不能只革一半，得一口氣把所有的壞蛋都幹掉，不然剩下的壞蛋遲早會把我們整得更慘，對嗎？」謝佳芸試著理解。

「不合理。」B班班長李冠耀無法認同：「我們之所以挑這一天革命，就是爲了支開東南西北簡老頭，合理地增加勝算啊！即使東南西北回來了，到時候我們再說服六年級跟我們一起聯手，堅守一個完全光復的校園也不是不可能啊！」

不，不可能，還沒嘗過王霸旦苦果的六年級，只曉得維持可笑的中立而已。

只見楊巔峰走向林俊宏，伸出手。

「這次你進化得太快，有可能，會害我們連短暫的煙火都看不到。」楊巔峰語重心長：「但我忍不住覺得，你進化得非常好。」

「沒關係，我們已經退無可退。」林俊宏推了推眼鏡：「我們需要的……」

楊巔峰跟林俊宏握住手。

「正是退無可退。」兩人異口同聲，握手更緊。

到底在說什麼！

如果有大逆轉妙計的話就快說啊！

「退無可退這句成語我學過！我喜歡！所以在『中！亞信』搭計程車來這裡之前，我！優待你們一次價值連城的投票吧！」

王霸旦將最後一口甜筒塞進嘴裡，含糊不清地說：「上次經過你們班，我發現比起直接暴打！我更喜歡看你們投票！哈哈哈哈哈所有還站著的白痴，聽好了！只要你們投票過半數，贊成把謝佳芸丟到那台水肥車裡游泳，今天的事我就當作沒看見，不計較，你們回去大禮堂抄十遍《王霸旦思想》就算啦！」

這一次，謝佳芸沒有一點懼色。

倒是想要跟她喇舌的北煞信安，露出難以置信的失望。

「但如果你們投票投得太假，太虛偽，那就……全部的人都給『中！亞信』打成人肉果醬吧哈哈哈哈哈哈！」王霸旦哈哈大笑：「贊成謝佳芸去水肥車裡游泳的！舉手！」

遍體鱗傷的革命軍，沒有一個人舉手。

王霸旦的臉色一沉：「沒聽清楚嗎？贊成謝佳芸去水肥車裡游泳的！舉手！」

革命軍還是沒有一個人舉手。

受夠了挑撥離間，受夠了恐懼分化，現在沒有人要買單王霸旦的爛招。

「看起來不是聽力，是理解力有問題。」王霸旦悻悻然地補充說明：「我講慢一點。沒人舉手的話，所有人，都要被等一下趕來的『中！亞信』打爆！很可怕，很血腥，很殘忍！」

革命軍的眼神，充滿了憤怒。

再也聽不下去莫名其妙的威脅，大家的怒火都湧上來了！

是的，如果勇氣不足以衝破恐懼，那就加上憤怒吧！

看大家沒有舉手的預備動作，王霸旦也生氣了：「然後！我再加碼！所有人通通給我跳進水肥車！現在重新投票！贊成謝佳芸去水肥車裡游泳的！舉手！」

沒人鳥他。沒有舉手。沒有流露出害怕的眼神。甚至許多原本被打趴的重傷革命軍，加上充當人肉護城河的五年五班，也都在此時奮力爬了起來，只為了以更好的高度，更加兇狠地瞪王霸旦。

謝佳芸從革命軍中走了出來，掠過楊巔峰，擦過林俊宏。

「我不知道你們的退無可退是什麼意思。」

謝佳芸站在裂開的司令台前，從口袋裡，拿出了一根白色粉筆。

那一根白色粉筆，想必就是那一根。

唯一的，閃閃發亮的，白色粉筆吧。

「但，既然大家厚著臉皮，說你們都投給了我白色粉筆，那麼……」

大家豎起耳朵，心跳加速。

「就讓我們依照約定。」謝佳芸大叫：「一起打倒王霸旦！」

我笑了。

楊巔峰笑了。

林俊宏笑了。王國笑了。肥婆笑了。阿財笑了。小電笑了。美華笑了。林千富笑了。徐逸安笑了。張俊凱笑了。陳筱婷笑了。李冠耀笑了。就連陰囊被搧的馬合地也笑了。就連滿臉是痰喉嚨裡也是痰的小黑也邊吐邊笑了。大家都笑了。

眞好，這一次大家都趕上了，沒錯過了。

「打倒王霸旦！」

革命軍一起衝鋒。

再也不想害怕了！

我們一邊大笑，一邊握緊拳頭揮向敵人。

我們捍衛的，不是獨裁。

我們保護的，不是極權。

能站在民主自由的一方戰鬥到底，實在是太棒了。

52

三班班長張俊凱，率領以三班爲主的革命軍衝向至爲關鍵的水肥車。

水肥車就是這次戰役的核彈，聚集在那裡的黑衣國中生也最多。

「死命堵住門，不要讓任何人上車。」張俊凱大叫，一腳踹飛一個國中生。

幾個崇拜張俊凱的同班男生背靠著背，用紮實短促的下踢與正拳堅守陣地。

「幹你娘醜女滾啦！」一個黑衣國中生直接揍一個三班女生的臉。

「回家洪幹啦！」另一個黑衣國中生抓起三班女生的頭髮，用膝蓋猛頂。

十幾個女生披頭散髮像瘋子一樣跳向黑衣國中生，又抓又咬，跟喪屍沒兩樣，用視死如歸的狠勁守住了車門。阿財不知道怎樣跑到了這裡，吞下了刺激性超強的十顆檳榔，見一個國中生打一個國中生，十分勇猛。

「臭檳榔嘴！去死！」南淫力榮大棒掃開一群人，用力朝阿財的臉上一揮。

「你的對手是我！」

張俊凱一腳踢開球棒，身體順勢迴旋，另一腳踢歪了南淫力榮的脖子。

「謝…謝…好…險…」阿財嚇死：「我…看…到…我…死…去…的…蠶…寶…寶…」

「你去打司令台。」張俊凱擺開架式，眼睛沒離開過正用力揉著脖子的南淫力榮。

阿財撿起掉落的板擦，慌忙逃走。

「你……上次不是輸了嗎？」南淫力榮重新握緊球棒：「了解？」

「我會好好教你，什麼是單挑。」張俊凱腳刀劈出！

球棒擊中了張俊凱防禦在臉邊的手臂，發出可怕的肉裂聲。

腳刀砍中了南淫力榮的腰際，令他的囂張表情嚴重扭曲。

「不痛！」張俊凱迴旋踢！

「我才不痛！」南淫力榮猛烈一擊！

兩個戰鬥力不相上下的強者，球棒與快腿，沒品跟有品，這次終於要見眞章！

水肥車的周遭完全被兩軍僵持住了，誰也別想上車噴屎。下半身全裸的東狂阿竣沒有陳年化糞可以用，他只好一手招架大家的拳打腳踢，一手去抓即時從他肛門擠出來的新鮮人屎，扔向西姦天佑。

「大便來溜！」東狂阿竣隨拉隨扔，非常忙碌：「來溜！來溜！來溜！」

「髒死了！」西姦天佑朝人屎扔出水鴛鴦，鞭炮火藥炸裂了漫天屎粒。

起死回魂的五年五班，不畏灼熱的屎雨，正面對決當初用大便炸爛他們的凶手。

「不要害怕！他不可能一直大便！」五年五班大叫：「前進！」

「我大便很多的！我大便眞的很多的！」東狂阿竣著急地解釋：「我每天都喝早餐店的奶茶！眞的拉都拉不完！你們快點投降啦！」

「髒死了眞的髒死了！」西姦天佑雖狂炸大便，也無法忍受自己也會被噴到。

我帶著一群傘面沒破的四班革命軍衝進五年五班，大叫：「撐傘！撐五班！」

傘面朵朵綻放，這一次！有我們四班幫你們撐傘擋屎！

大便可擋，氣味難當，幸好我們戴了口罩。

忍耐！忍耐！再忍耐！在灼熱的大便火屑燒光我們的傘面之前，東狂阿竣的大便一定會先拉完，到時候我們就可以用最完整的陣形，圍毆東狂跟西姦這兩個敗類！

「我們終於並肩作戰了！陳筱婷！」我開心地靠在陳筱婷旁邊，她真香。

「你剛剛踩我的臉！」陳筱婷好像很生氣，臉上有一個很明顯的腳印。

「妳不是叫我踩上去嗎！」我愕然。

「但你可以踩肚子啊！」陳筱婷氣壞了。

「可當時我的腳就正好在妳的臉上十公分，我硬去踩肚子，不就會跌倒？」

「那你可以稍微偏一下下就好，踩脖子啊！」陳筱婷硬擠開我的肩膀。

「踩脖子？真的假的？踩脖子妳會死掉吧？」我無法相信。

「你踩我的臉就是很煩，走開啦！」陳筱婷硬把我撞開，就是不想跟我肩並肩。

我？很煩？走開啦？

難道我失戀了嗎？年紀輕輕的我，連六年級都沒讀過，就要承受失戀了嗎？

不！我不要失戀！我要喇舌！我不要失戀啊啊啊啊啊啊啊啊啊啊啊！

我悲憤不已，脫離了大家頑固的防守陣勢，發狂地往前衝刺，跑啊！跑啊！

漂亮的女生都不能相信！什麼踩肚子！什麼踩脖子！其實是都不能踩吧！

「高賽別亂衝！東狂的大便還沒拉完！」林千富嚇得大叫。

「四班的！別自殺！」五年五班有人緊急大叫。

「不要阻止我！我不想活了！」我大哭，一路在灼熱的大便雨中狂奔。

轟！炸！颯颯颯颯！颼颼颼颼颼颼颼颼颼颼！

我已經分不清楚，臉上熱熱的東西，是淚，還是炸開的大便屑屑。

無所謂啊！幹無所謂啦！我還張開嘴巴大吼大叫吃屎我也可以啊幹幹幹！

「高賽不怕！我也不怕！」最有義氣的王國無腦跟著我衝，邊跑邊把衣褲脫光。

「你幹嘛！你也失戀嗎？」我有點被王國感動，但他脫衣服是在脫個屁。

「我想大便！」王國看起來好興奮：「我也有喝早餐店的奶茶嘻嘻！」

一邊跑，王國雙手用力狂拍肚子，啪啪啪啪啪啪啪啪！有效刺激腸胃快速蠕動，像變魔術一樣擠啊擠啊擠啊擠，還眞的有一點點咖啡色的屎頭被擠出肛門。

「王國──跳！」我靈機一動。

全身脫光的王國跳了起來，像一枚帶屎的砲彈，飛向我。

我壓低身體，速度略減，扛住了飛過來的王國。

「臉靠太近了啦，好噁喔。」王國紅著臉，臉貼著我的臉。

「嗯就給我大便。」我命令，單肩扛著裸體的王國加速狂跑。

幹嘛管東狂大不大便！

大便有什麼了不起！大家都會大便！重點是火藥！

我朝著瘦弱的西姦天佑一撲，將王國的身體一轉，直接把王國的肛門插在西姦天佑大吃一驚的臉上，大吼：「現在！」

又濕又熱的大便，從王國的屁眼直接灌進了西姦天佑的嘴巴裡，咕嚕。

「你幹嘛吃他的大便？」東狂阿竣雙手都是大便，眼神充滿困惑。

「！！！！！！！！」西姦天佑整個人被撞倒在地，臉上是王國的屁股。

沒有了水鴛鴦的火藥，大便就只是髒而已！

「收傘，衝鋒！」

五年五班沒有核心，卻無比默契一齊衝出，跟滿身大便的黑衣國中生開始互扁。

我哭著毆打躺在地上，吃了滿嘴人屎的西姦。

王國溫柔地擦掉我臉上的淚水，露出非常舒服的表情，讓我很不舒服。

我忍不住把頭撇開，正好看見革命軍正試圖搶灘司令台。

53

「打倒王霸旦」的意思，一定跟打倒王霸旦本人最有關係。

以謝佳芸爲首的革命軍主力包圍著易守難攻的司令台，發動猛烈的搶灘。

「拋！」二班班長徐逸安大喊。

五十多個塗滿粉筆灰的板擦高高拋出，在半空中相互撞擊，撒出大量煙塵。

司令台上煙霧瀰漫，所有人都在咳嗽，就連王霸旦也嗆到眼淚直流。

「請您放心咳咳咳……小弟幹化我！一定會盡最大的努力……咳咳咳咳咳好好保護您！咳咳粉身碎骨在所不惜！」蔣幹化一邊咳嗽一邊在王霸旦旁邊裝模作樣：「正所謂忠肝義膽！爲國捐軀！就是在說我咳咳咳咳……」

王霸旦大怒：「不要再講屁話了！把他們都打趴！」

不知道是擒賊先擒王，還是太想喇舌，北煞信安掠食者般的眼神，在嗆死人的粉筆灰霧中鎖定了謝佳芸的身影，足以打穿牆壁的拳頭輕輕捏了起來。

慈母班長尖叫：「快！快！把他們通通打死！一個都不能留啊！」

藉著粉筆灰霧的掩護，加入熱血的氣勢，戴著口罩的革命軍將三十多個黑衣國中生衝垮，幾名好漢壓上了司令台邊緣，搶登上去。

蔣幹化二話不說，馬上自摔，在王霸旦身邊超級陀螺旋轉，以陰險的三字經拳法貼身護衛著王霸旦，十多個革命軍第一時間沒能用大腿把雞雞夾緊，陰囊瞬間爆掉，痛苦地趴倒在地。

「想喇舌？下來啊！」在司令台下的謝佳芸，調皮地吐吐舌頭。

「想調虎離山？當我只有國小畢業？」北煞信安冷笑：「抱歉，我唸到國二了。」

「好想找人喇舌啊……」謝佳芸發出奇怪的聲音，好像身體很癢。

「國小生就是國小生，太淫蕩了。」北煞信安大笑：「但我不會上當！」

此時阿財偷偷爬上司令台，趁著北煞信安哈哈大笑，從背後用苦練多日的正拳偷襲，一拳擊中他的脊椎，大叫：「金…頌…啦…」

北煞信安皺眉，一把抓住了阿財的頭說：「我故意讓你打的。」一拳打昏了阿財。

不料同在司令台下的楊巔峰一把抓住謝佳芸，瘋狂地在兵荒馬亂中熱吻起來，不僅熱吻，雙手還擺在謝佳芸爸媽看了都會馬上報警的位置上，摸來摸去！捏來捏去！抓來抓去！

「別太過分！」北煞信安暴怒，跳下了司令台。

王霸旦嚇了一大跳：「該死！快回來啊！」

慈母班長大哭：「對啊快回來啊！」

蔣幹化持續像閃電陀螺一樣，在王霸旦的身邊滾出一道又一道的防線：「我好暈啊眞的好暈啊但請您一定要放心小弟幹化我正在執行一個叫作粉身碎骨在所不惜的高級動作好暈啊我眞的好暈啊……」

北煞信安一跳下司令台，馬上就發現粉筆煙霧中設有埋伏，AB兩班已將他包圍住，一共六十多人，大家巧妙的站位令他有種說不出來的煩躁。

「嘿，我是故意中計的。」北煞信安捏著吱吱作響的拳骨：「把謝佳芸交出來。」

A班班長馬合地摸著劇痛的陰囊，勉強擺出了正拳預備動作：「她剛剛趁亂爬上司令台了，要跟謝佳芸喇舌，得先過我們這一關。」

A班其他同學一起擺出了正拳的預備架勢，齊呼：「但你過不了！」

B班班長李冠耀指揮著其餘四名同班菁英，依據sin正弦、cos餘弦、tan正切、cot餘切、sec正割之三角恆等式，徹底封鎖了北煞信安的每一種可能的移動，站穩三角函數頂點的李冠耀淡淡地說：

「我們要報三個禮拜前的滅班之仇。」

B班四個菁英同學一樣擺出正拳架勢：「TODAY YOU DIE！」

這可是李冠耀跟馬合地精心設計的陣勢，大家在桌球教室裡反覆跑動練習了幾百次，用身體記住了如何用自己的跑位掩護出同伴最佳的衝刺機率，一切都非常科學，在以多打少的前提下，用數學上的機率將圍毆的勝率極大化，即使是戰鬥力超過三千的超強者，也難以跟數學的奧妙抗衡。

北煞信安嗤之以鼻：「擺陣？正拳？真的是一群國小生，漫畫看太多！」

李冠耀跟馬合地四目相接，同時點頭。

「It's Math！」

ＡＢ兩班所有同學往前一踏步，身影交錯，其中有十個人加速，揮出正拳！

十隻同時往前轟出的正拳，有九隻轟到了北煞信安的身上，第十隻正拳不幸跟北煞信安的鐵拳對轟到，整個人飛了出去。

「在幫我搔癢嗎？」北煞信安忍不住笑出來的時候，左腳膝蓋卻微微一軟。

平常小混混圍毆打架高手，就算是一百個人打一個，在大混亂中，一次頂多也只可能有三顆拳頭可以打到對方，真的是頂多，兩個拳頭才是實際情況。所謂的以多打少，多的是氣勢，是體力，直到高手不支倒下，小混混卯起來用踹的，頂多也是四踹一。

但這個徹底利用了三角函數跑動出來的陣形，可以一口氣讓十個人從十個方向打到核心位置，是圍毆的最佳隊形，十拳打完，犧牲一人後，下一組新的十人立刻補上，不斷替換，互相補充，即使小蝦米也能扳倒大鯨魚。

不給北煞信安任何喘息的機會，李冠耀跟馬合地互看一眼，同時點頭。

「It's Math！」

AB兩班所有同學往前一踏步，身影交錯。

其中又有十個人加速，使用餘弦函數的縫隙鑽出，揮出正拳！

九隻從九個角度揮出的正拳，如預期命中了北煞信安的身體，第十隻正拳還是跟北煞信安的鐵拳正面對轟，整個人像被龍捲風颳到，給吹了出去。

北煞信安臉上的笑變得十分恐怖：「可笑！」

「It's Math！」

AB班身影重疊交錯，十拳揮出，九拳命中，一人還是被打飛。

「砸！」

「……」北煞信安怒火中燒，想主動破壞陣形時，忽然聽見一聲……

二班班長徐逸安朝北煞信安砸出板擦。

五十多顆筆直飛出的板擦，精準地命中北煞信安，粉筆灰霧再度大起，北煞信安來不及閉氣，

戴著口罩的AB兩班再度衝出十人，朝被嗆到姿勢歪斜的北煞信安轟出正拳。

「It's DIRTY Math！」

這次十拳中十，北煞信安沒有倒下，卻揮空了很大一記重拳。

馬合地跟李冠耀馬上交換眼神，這次還搭配了三次很明顯的眨眼。

AB兩班的同學以剛剛兩倍的速度，連續發動出三次緊連在一起的攻勢。

「It's Math－！」十拳擊出。

「It's SUPER Math－！」又十拳擊出。

「It's SUPER SUPER Math－！」再十拳擊出。

北煞信安在眼睛睜不開的逆境下，被連續轟中了三十拳。

拳頭再小，次數一多，就能將小小的力量滲透進了北煞信安堅硬的筋骨裡。短短三十秒不到，就有六十七拳打中了北煞信安，其中有十五拳都打在臉上，十一拳命中了相對脆弱的下顎，十七拳打在左右肋骨附近，累積了不小的傷害。

「可惡！看我的地心穿裂！」北煞信安越痛越怒，用十成的力量一拳轟地。

如果是在小流氓最常戰鬥的教室，在廁所，在偷偷抽菸的巷子，在教室頂樓天台，所有的地板將被灌注了雄渾之力的鐵拳打裂，圍毆他的小混混都會被震得東倒西歪，讓他有機會用暴力突圍，反衝殺對方陣營。

但沒有。這一次，地表沒有裂開！

「因爲是草地。」馬合地站在正切函數的頂點。

「草地底下是泥土，大地是很溫柔的。」李冠耀跑到了正割函數的側翼。

兩班班長相視一笑，用力點頭。

ＡＢ班身影重疊交錯之際，北煞信安徹底無視朝自己身上打來的攻擊，硬是朝李冠耀衝過去，猛力揮拳：「打死你就沒錯！」

「錯了，但我接受你的挑戰。」李冠耀正拳揮出，跟北煞信安硬碰硬互擊。

李冠耀的臉被打爆，牙齒噴出，整個人飛到半空中。

「It's Math－.」

換來北煞信安的身體又被紮紮實實打了十拳，左腳膝蓋完全彎曲，跪了下去。

這個受傷的姿勢，大幅降低了北煞信安的身體高度，令頭部命中率大增。

「會算數的人不只一個。」

B班及時補上了另一個菁英，與含著淚的馬合地相視點頭。

「It's Math－.」

AB兩班身影疊疊交錯，跑動出無懈可擊的十拳，朝單膝跪下的北煞信安的頭部揮去，北煞信安火大一拳，用自己被九顆拳頭一起打爆的臉，交換了又一個同學被打飛。

我不知道他們這一組「數學雜魚圍毆打架高手」還要戰多久，但已經被革命軍登陸成功的司令台，本應展開熱戰，卻陷入一個奇怪的冷高潮。

蔣幹化跟陀螺一樣，將背部靠在光滑的司令台地板上滾動旋轉。

而圍攻司令台的楊巔峰與小電他們乾脆坐在地上，二十幾個革命軍雙手抱腿，以超完美的足脛骨保護住了陰囊或陰蒂，然後靠著屁股慢慢地移動，逼近了蔣幹化的滾動，大家越是慢慢靠近，越是限縮了地板的滾動空間。

蔣幹化忍不住罵道：「大家都是好朋友！你們這樣很沒意思！眞的！一點意思都沒有，高手過招……是，我尊重大家都是高手，那麼高手之間不好好正面對決，直接坐在地上慢慢挪屁股，這不是存心找我麻煩嗎？爲什麼你們不對東南西北來這招？很明顯是針對我！我滾得這麼辛苦，你們挪屁股這麼輕鬆，表情呢，又這麼漫不經心，能不能給點尊重？這是哪門子的待客之道？」

小電慢慢挪屁股，氣得不得了：「幹我可以打他了嗎？」

楊巔峰不疾不徐：「再靠近一點，我保證讓妳先打他。」

林俊宏也在慢慢挪屁股：「你沒資格叫大家讓她，我要第一個把板擦塞進他的屁眼，然後再加幾根粉筆，什麼顏色的都要塞進去。」

蔣幹化再累，都有辦法講出分化大家的奇怪幹話：「這不對吧林俊宏，你在講台上親口供出小電是無恥同性戀組織的頭目，這我可沒有逼你，當時我聽了也很替小電不值！我眞的很尊重同性戀，眞的，我年輕的時候也是一個同性戀，我的屁眼眞的可說是，百花齊放！哈哈哈哈哈說個無聊的笑話，大家別介意！當時我就在想，天啊，小電怎麼會有林俊宏你這種爲求自保、不惜出賣同學的朋友呢？眞的，太羞恥了，這是什麼無仁無義的時代？弱弱相殘，民不聊生，光天化日之下易子而食，竟發生在我們班上！」

小電惡狠狠地瞪著林俊宏：「林俊宏你敢跟我搶，我就把塞進蔣幹化屁眼裡的肉太歲，插一插再拔出來塞進你的臭嘴裡！」

美華邊挪屁股邊舉手：「林俊宏你就讓給小電先嘛，畢竟你眞的抹黑過她啊。」

謝佳芸也開勸：「好啦林俊宏，你男生耶，就讓女生一下嘛。」

小電不爽了：「什麼男生讓女生？讓屁！我不用他讓，我是一定搶贏他！」

林俊宏面無表情：「小電妳這是女權自助餐的概念，這機掰的習慣要改，不然以後沒朋友。總之我偏不讓，你們的屁眼是有被放在講台上給大家參觀嗎？」

楊巔峰呵呵：「都快打贏了，這樣也可以被一個酒鬼分化，丟不丟臉啊？」

蔣幹化憂心忡忡說道：「楊大哥你這麼說就太見外了，立場不同，是人之常情，卻非得搞到兵戎相見，是命運上的不得不，唉，我今天眞的是特別特別地有感而發，要不要聽小弟一句話，就一句話？大家是不是應該暫時放下心中的那把刀，來杯小酒，在月下，垂楊柳，來點清風，配上一碟花生米，小魚乾，再來幾盤……」

大家一起挪屁股大叫：「幹你閉嘴啦！」

此時，肥婆很辛苦地挪動她的肥屁股：「等等，我有一種很不妙的預感。」

大家士氣高昂，司令台上的黑衣國中生已經被清光光，能夠一戰的人只剩下酗酒過度體力超差的蔣幹化，圍捕到王霸旦，只是意料中的發展。

王霸旦怒不可遏：「東狂！西姦！南淫！北煞！你們在哪！快來救駕！」

慈母班長更是慌張：「打電話給那個小中！叫小中的計程車開快點！」

王霸旦用他肥大的手指戳著手機，大吼：「『中！亞信』你他媽到哪了？你往窗戶外面看，看到校門口那間芝麻街美語的招牌了嗎？什麼？才到彰化女中那邊？幹！快點！我多給一百！叫司機闖紅燈！」

都忘了還有「中！亞信」這回事！彰化女中距離民生國小只有三分鐘車程！

「快！屁股挪快點！」謝佳芸急了。

大家加速挪動屁股，把司令台的空間限縮得更小更小。

暫且不管「中！亞信」來了之後大家要怎麼完蛋，在那之前，大家可以怎麼打王霸旦就怎麼打，怎麼揍蔣幹化就怎麼揍，打個夠本，揍個痛快，圍殺務必要快啊！

「喂，高賽，你不要打了啦，他睡著了啦！」王國提醒我。

我低頭一看，哇，剛剛我一邊監看戰場，一邊隨便亂打被我跟王國當椅子坐的西姦天佑，沒想到這樣沒有放感情的亂揍，也可以把滿嘴大便的西姦打到不醒人事，我眞是好棒棒！我打贏國中生耶！

「北煞好猛喔，他剛剛把B班班長打飛到這裡耶。」王國直接用西姦的鼻子擦肛門，指著飛來我們附近的李冠耀。

李冠耀的五官都裂開了，但還是不忘關心戰局。

「高賽……北煞倒下了嗎？」李冠耀暫時無法動彈，他的眼睛，只夠看到跟他一起飛出倒地的同學：「幫我……確認……」

我看向司令台下，AB兩班大約只剩下二十多人圍攻著北煞信安。

「還沒喔，不過他看起來超慘。」我嘖嘖。

「數學陣法……還剩……多少人？」李冠耀有點緊張。

「二十五……喔，現在剩二十四了。」王國數數還可以。

「那……不太妙啊……」李冠耀有些激動：「北煞比我們計算出來的數值還要耐打……如果數學陣形少於十五人，就失去了三角函數的繁衍奧義了！快！扶我起來！我要再打一次……」

「你乖乖躺好啦。」王國笑呵呵：「這個時候就要相信夥伴啊。」

我看著十拳轟中了北煞，北煞又打飛一人，只剩二十三名同學在陣。

不，馬上又一輪，陣裡只剩下二十二人。

而我總算是以我的2.0視力看仔細了，我搖搖頭：「不，北煞的防禦力在你們的合理計算之內，但你們打中了太多次他的頭，早就把他打到失去意識了，所以現在支撐他的，是鬥魂！即使是敵人，擁有這麼純粹的鬥魂還是值得敬佩，依我看，就算你們還剩下一百個人，他照樣會把你們通通打倒，然後站著昏倒，漫畫都是這樣演的。」

只剩，二十一人。

54

夾帶著擊倒西姦的氣勢，五年五班的傘陣已經將東狂阿竣團團圍住，不前進，也不讓東狂阿竣靠近他最喜歡的水肥車門口，同學們就是把傘往前督！督！督！督！督！逼東狂不斷大便，大到肛疲糞盡爲止。

時間分分秒秒過去，東狂的大便只剩下一點渣渣。

「我眞的還有大便！你們不要過來！我眞的還有……」東狂阿竣將手指插進肛門，瘋狂地挖屎，都快哭了：「眞的還有一點點！不！是還有很多很多！」

陳筱婷大喝：「收傘！」

幾十面傘收了起來，被包圍在中心的東狂阿竣姿勢尷尬，呆呆地看著大家。

陳筱婷大喝：「刺！」

幾十把雨傘戳向東狂阿竣全身所有的穴道，其中以笑穴，有哭穴，有咳穴，有賽穴，有鼻涕穴，有瞪眼穴，有耳鳴穴，有抽筋穴，有起秋穴，有軟屌穴，有尿穴，有不尿穴，有催乳穴，有退奶穴，有月經快來穴，有月經遲來穴，有早睡早起穴，有熬夜不睡穴，各種充滿矛盾功能的穴道，同時被戳中的結果就是……

東狂阿竣大吼：「幹！好痛啦！」

陳筱婷大喝：「再刺！」

幾十把雨傘again！同時戳向東狂阿竣全身所有的穴道。

東狂阿竣抱頭慘叫：「幹你娘刺三小啦！」

幾輪猛刺過後，東狂阿竣終於倒下，被動結束了他不要臉的國中生涯。

水肥車門口，三班班長張俊凱與南淫力榮的死鬥已經到了尾聲。

脖子被踢了太多腳，南淫力榮已經無法握緊球棒，整個世界都是歪歪斜斜的，隨時都會天旋地轉倒下。

右腳足脛骨早已被球棒轟斷，只剩金雞獨立的一隻左腳，張俊凱滿身大汗地靠在車門死守，雖然不能主動進擊，但誰也無法靠近。

「你就只會靠球棒，爛死了，你徒手根本不行！」張俊凱很不爽。

「你去跟棒球選手說別用球棒打，用手揮啊！去跟釣魚選手說別用魚竿，用手撈啊！去跟高爾夫球選手說別用球桿敲，用腳踢啊！」南淫力榮走路走得很歪很歪，正常運作的就只剩嘴巴：「了解？不了解？就是你這種不懂棒球規則的人在亂講……」

走著走著，眼冒金星的南淫力榮撞上了一道沖天噁氣。

「丟臉。」

剛剛消失在戰場的簡老頭又回來了，用一把痰抹在南淫力榮的臉上，將他推開。

且看簡老頭另一隻手抓著一大瓶空空如也的家庭號林鳳營，隨手亂丟。看來他剛剛短暫離開戰場，原來是去教職員福利社補充林鳳營，現在他整個支氣管都充滿了過敏原，還一路吸了很多粉筆灰，戰鬥力是空前的噁爛。

吐！吐！

兩口混著林鳳營跟粉筆灰的白色濃痰，抓在掌心，唧啾！唧啾！

是恐怖至極的痰膜拳！

「痰，笑，風，生。」簡老頭獰笑，慢慢地走向水肥車。

張俊凱大叫：「絕對不能讓他靠近！」

黑衣國中生根本不想靠近簡老頭，還嚇到自動讓開一條路，任憑幾個拳腳功夫特別好的革命軍衝過去跟簡老頭對決。

「痰！情！說！愛！」

簡老頭不只雙手舊痰急抹，同時也在喉管裡悶聲咳嗽，嘟嘴快速吐射出新痰，直接在空中一抓，順勢抹在來襲的革命軍臉上。

大家一陣崩潰的慘叫，倒下無力再戰。

「痰？何？容？易？」

簡老頭一邊吐痰一邊抹臉，完全是摩西劈開紅海的氣勢。

「老，生，長，痰！」

一痰在口，雙痰在手，在革命軍裡如入無人之境。

「侃？侃？而？痰！」

吐來，抹去，噁爛，噁爆，片刻就來到了最後一關，張俊凱單腳死守的水肥車車門口。張俊凱的表情，像是看見了自己的死期。

那是覺悟。

「我從小，最喜歡的一本小說，就是《打噴嚏》。」

張俊凱重心擺低，左拳夾緊臉前，斷掉的右腳稍微往後，右拳架在耳朵後方。

這個架勢。唯一的架勢。

簡老頭意識到了這一招之不同凡響，鼓起胸腔，狂吐一口濃稠的惡痰。

惡痰直接黏在張俊凱的臉上。

但他不爲所動，閉上眼睛，左肩如羽毛般輕輕前傾，左腳重重一踏，靠直覺將右拳劃過自己的耳朵，揮出……

「龍！痰！虎！穴！」簡老頭爆發出一萬口痰的惡念，一把抓向張俊凱的臉。

啪！

右腳斷裂的張俊凱重心稍微偏掉，拳頭擦過簡老頭的耳際，連骨帶血，削出！

同時，一把超級濃痰塞進了張俊凱的鼻腔裡，直爆體內！

張俊凱失去意識，倒下。

失去一隻耳朵的簡老頭搶上了水肥車，發動引擎，旋轉車身，將試圖阻止水肥車運作的革命軍通通甩下，大吼大叫：「哈哈哈哈哈王總班長！就等你一聲令下了！」

天啊！地啊！這顆人屎核彈眞的被簡老頭控制住了！

「請下令吧！來場大便雨！今天沒有牛糞！都是人屎哇哈哈哈！」

簡老頭逆時針原地旋轉水肥車，製造出即將出現的「人屎瀑布」必要離心力。

不只革命軍太震撼太崩潰，就連黑衣國中生也發出恐懼的慘叫：「別噴啊！我們還在這裡啊！等我們出去了再噴！」

ＡＢ兩班圍住北煞信安的數學陣法，只剩下區區九個人。九個人不成陣形，已不再攻擊。但北煞信安還兀自站著，眼神空洞，無意識地空揮拳，空揮拳，空揮拳。數學與暴力之間還沒分出勝負，就要被一場突如其來的大便沒收。

五年五班已將最痛恨的東狂西姦綁起來，最恐懼大便雨的他們全都跪倒在地。

司令台上，蔣幹化已自轉到口吐白沫，隨時都會暴斃。

慈母班長跪在王霸旦腳邊，嚇得月經提早報到。

「來不及了！」謝佳芸大叫：「衝！」

「能打幾拳就幾拳！」小電著急大叫。

「好！」楊巔峰決定提前幾秒爬起，跨過陰險的蔣幹化。

不料大家一起身，腳卻麻了，別說無法前進，麻到連站起來都在頭暈！

「哈哈哈哈哈……今天真是特別特別高興啊！」蔣幹化轉到全身抽筋。

距離打敗王霸旦，真的只剩下幾秒鐘的時間！

小電拿出充滿屈辱記憶的肉太歲，用跪姿奮力往前，作勢攻擊。

林俊宏有樣學樣，以跪姿抓狂前進，拿起板擦作殺人樣。

王霸旦驚怒交集，拿著擴音器大吼——

「我不要這間學校啦！噴！屎！」

簡老頭在瘋狂旋轉的水肥車裡大笑，馬上就要按下噴屎鈕。

「山窮水盡！」楊巔峰慘叫。

「退無可退！」林俊宏哭喊。

轟隆！

一台老舊的肉色公車以超高速，撞翻了矗立在校門口的哈棒老大黃金像！

直衝操場！

不管是革命軍還是黑衣國中生都嚇得連滾帶爬，閃開出一條路。

——嗚咻！

哈棒老大的眞人等高黃金像從天而降，頭下腳上，插在操場正中間。

失控的肉色公車沒有煞住，速度不減反增，筆直地撞向高速旋轉中的水肥車。

砰！

正在駕駛水肥車的簡老頭沒有綁安全帶，整個連人帶痰，直接噴出了前擋玻璃，飛向了司令台，摔！摔！摔！摔！摔！摔！摔！摔！摔！摔！摔！

王霸旦呆呆地看著粉身碎骨的簡老頭摔抵腳邊，難以置信，說不出話。

無人駕駛的水肥車在原地翻了十個滾，陳年人糞在翻滾的鋼槽裡摔來盪去，發出呼之欲出的嘶吼聲。所幸肉色公車的速度不減，使出超高難度的大型物飄移技術緊緊貼著翻滾中的水肥車，把操場草地刮出好幾圈可怕的草屑。

「我有沒有看錯，那台公車的前面……」我太傻眼了：「是一個大龜頭？」

「眞的！眞的是龜頭！」王國張大了嘴：「整個車頭都是龜頭！我的龜頭！」

好不容易，肉色的龜頭造型公車，用巨大的質量強制遏止了水肥車的翻滾，在大家目瞪口呆下，龜頭公車速度漸漸停了下來，水肥車也終於一動也不動了。

輪胎冒煙，車體半毀的肉色龜頭公車，氣壓門板唰唰唰打開，下車的是——

一面超大的卡通內褲旗幟！

六班班旗！

「我們，依照約定來拿回班牌啦！」

石晴羽，手裡拿著當初謝佳芸送她的半截掃把，以及滿公車的勇敢女戰士。

五年六班，參見！

55

「沒想到，你的理論完美無瑕。」

楊巔峰整個人都嚇癱了：「眞的非得告密，把所有的牛鬼蛇神都集中在一起威脅度爆錶，才能逼出英雄登場。眞的，你告密告得太棒了。」

「英雄總是遲到，但不會永遠不到。」

林俊宏也全身無力了：「我這次……總算是看到你的車尾燈了吧？」

遍體鱗傷的林俊宏弱弱地舉起手，想擊掌。

渾身疲憊的楊巔峰搖搖頭，張開手，用力抱住了林俊宏。

「遠遠超過了，徹底……」楊巔峰大笑：「被你打敗。」

林俊宏哇哇大哭，哭得比他從來沒有當選班長的那種難過，還要大聲，哭得比他如果真的當選了班長的那種喜極而泣，都還要用力。哭得比任何一次月考滿分，都還要……快樂。

跟在石晴羽後面，一大堆全副武裝的女生昂首闊步走下公車。

超短裙，長筒襪，每一個都將民生國小的制服穿得超性感，這些女生人手一張A4大小的人臉懸賞單，看到每一個黑衣國中生，就奉上一記爽脆的巴掌，跟一頓苦口婆心的臭罵。

「我們找到了這些黑衣國中生的犯罪紀錄，他們背叛宮廟陣頭，私自加入黑社會，這些都是全台灣各地宮廟的通緝令，不管是媽祖，關公，玄天上帝，保生大帝，觀世音菩薩，通通都不會放過你們的！」石晴羽厲聲：「知道羞恥的話就快點退出黑社會！回學校把國中唸完！回宮廟當一個好陣頭！回家裡當一個好兒子！不要再讓社會大眾誤解宮廟了幹！」

黑衣國中生痛哭流涕，排隊領取自己的懸賞單，羞慚地向彼此揮手道別。

本來就不屬於這裡的黑衣國中生，包括陷入昏迷的東狂、西姦、南淫也全被同夥給扛走了，只剩下失去意識的北煞信安，還站在原地，對著空氣不斷揮拳。

雖然他很可惡，但即使意識斷線也不肯認輸的意志力，令人肅然起敬，大家也就放任北煞信安斷斷續續地空揮拳，不去打擾他的夢境。

「六班的！妳們也未免太慢了吧！」

謝佳芸又哭又笑，從懷中拿出一塊藍色白字的班牌，從司令台丟向石晴羽。

石晴羽帥氣接住，六班一陣歡呼。

「妳也依照約定，痛扁了王霸旦一頓。」石晴羽笑笑。

「還沒，正要開始。」謝佳芸捲起袖子。

六班驚喜不已，紛紛擊掌：「趕上了趕上了！我也要打我也要打！」

大家的腿都不麻了，站了起來。

抬起下巴，圍著停止轉動的蔣幹化、王霸旦與慈母班長，摩拳擦掌，嘿嘿！

王霸旦大叫：「蔣幹化！把他們的陰囊都戳到爛！立刻！馬上！」

蔣幹化深深吸了一口氣，用最後的餘力勉強從地上爬起，跪下，雙手攤開：「是時候告訴各位好朋友了，小弟飲酒郎，吃痰俠，阿化我，從頭到尾，都真心真意地，期待這一刻，真的，這是從最內心，最肺腑裡生出來的，一股對大家的敬意。民主！其實就是大家每天都要呼吸的空氣，平常你太習慣了，一不小心就會忘記了它的重要性，空氣啊！每次呼吸都要用到的，空氣啊！不可或缺，就是民主！今天我正式告訴大家，即刻起，我鄭重宣布！不再隱瞞自己是一個！在王霸旦這個無恥！下賤！獨裁！迫害人權的敗類！身邊臥底的，正義之士！報告完畢！謝謝大家！」

蔣幹化一定很緊張，因爲他忘了說他特別特別地高興。

「你敢背叛我！」王霸旦怒不可遏：「我很偉大！我擁有一百顆太陽的威力！」

蔣幹化正氣凜然地朝地上啐了一口：「我呸！民主時代，還在造神？」

嘟……嘟……手機鈴聲？

王霸旦火速拿起手機，按下通話，對著另一頭大吼：「『中！亞信』你他媽到底到了沒！什麼？剛剛好像錯過了校門口？對！對對對！就是校門口爆炸的那一間！幹你白痴啊！爆炸了還是同一間民生國小啊！你快點叫司機迴轉！停車！馬上停車！你給我用跑的！用跑的衝過來！快點進來把他們都殺掉！殺掉！殺掉！」

我們都呆住了。

對、對耶！最恐怖的威脅根本沒有解除過，那就是彰化市史上最強的國中生！

那個可以一個人幹掉一整個陽明國中不良少年集團的「中！亞信」！終於到了！

「中！亞信」到了校門口！

蔣幹化正色握拳，滿臉欣慰：「太好了王總班長，小弟阿化我剛剛的假臥底，眞拖延之術終於奏效哈哈哈哈，成功犧牲了自己微薄的尊嚴，緩和了這些凶神惡煞圍毆王總班長的危機，一念及此，小弟我眞是特別特別地高興，託今日圍城血戰之福，終於有幸得見『中！亞信』傳說的霸者容顏，萬分期待！萬分期待！」

六班班長石晴羽打了一個冷顫：「他說的那個『中！亞信』，就是那個……」

持續趴在地上嘔吐的小黑點點頭：「就是那個超級恐怖的『中！亞信』……」

明明就打了一場逆轉又逆轉的超級大勝仗，革命軍現在卻籠罩著一股低氣壓。

當最黑暗的暴力降臨，一切都會歸零。

革命歸零，民主歸零，自由歸零。

「我是覺得啦……」謝佳芸倒是笑了：「像『中！亞信』那種絕世高手，一定不會乖乖聽話用跑的，百分之百慢慢走，從半毀的校門口到操場這裡，慢慢走，欣賞一下鳥語花香，大概需要一分鐘吧。」

這一分鐘……這短短的一分鐘……

「夠打了。」小電拿著象徵屈辱的肉太歲，面目猙獰地走向王霸旦：「我代表千千萬萬個同性戀，要插死你這個充滿歧視的王八蛋！兩個！兩個都是王八蛋！」

「一分鐘，可以。」二班班長徐逸安將手中的板擦一丟，一接：「我準備好了。」

「我也ＯＫ……我……」三班班長張俊凱意識不清，揮拳打中了空氣：「我……我報仇了嗎？嘿嘿嘿……我好像打中了什麼吧？」眞慘，眞慘啊！

「我們是專程回來打王霸旦的，一分鐘，我們女生至少要用一半。」六班班長石晴羽跩跩的。無限崇拜她的六班女生一起鼓掌：「班長！班長！班長！班長！」

「我要打！我要打！我要打死他這個徹底毀了我們五年一班的竊班賊！」五年一班班代表小黑被幾個本部生抬起來，哭得悲憤不已，連拳頭都握不起來的他，等一下只能使用鮮血淋漓的頭錘。

「看樣子打王霸旦是輪不到我了，眞想偷打一拳，半拳也好……」Ｂ班班長李冠耀被Ａ班班長馬合地用力攙扶起來。

鼻青臉腫的馬合地倒是很灑脫：「沒想到我們的數學陣法還不錯，如果兩百五十多個……加上五年五班，跟五年六班共三百五十多人，都苦練過數學陣法的跑位，說不定可以用人海戰術把『中！亞信』圍毆到爛，哈哈，但現在也只能想想而已。」

「蔣幹化有四班認領了，王霸旦大家都搶著打，那麼，慈母班長就交給我們吧。」陳筱婷代表五年五班，向跪在王霸旦身邊的慈母班長喊話：「班長，不管怎樣妳都是五年五班，妳自己走過來，我們都是讀書人，會打得彬彬有禮。」

慈母班長望向王霸旦，王霸旦一副沒有要理她的賤樣。

「嘿嘿……哈哈哈哈哈哈！」王霸旦獰笑，雙手手掌攤開。

滋滋！滋滋！滋滋！滋滋！

差點忘記了王霸旦剛出場時，這個陰險又土豪的人設！

蘇聯最新科技製造的掌心雷，每秒五千伏特，馬上將王霸旦升級成一個比簡老頭還要危險的絕世高手！坦白說，就連「中！亞信」也不可能敵得過獵人裡的奇犽吧！

滋滋！滋滋！滋滋！滋滋！滋滋！

「想死就過來！看看這一分鐘，我可以電死幾個不要命的！」王霸旦猖狂。

「哈哈哈哈神逆轉啊王總班長！神逆轉啊！」蔣幹化表情整個升天，不演了。

怎辦？說是一分鐘！

剛剛大家非得一陣唸唸台詞的無聊恐嚇，現在只剩幾秒啊！

等一下肯定被全軍殲滅，卻也無法趁現在圍毆王霸旦凹回一點點尊嚴，革命軍的大家不約而同看向楊巔峰跟林俊宏，只見他們倆好到勾肩搭背，一副老神在在。

「怎麼？你們不怕死嗎？」我忍不住問。

「怕啊，但今天是絕對死不了的。」楊巔峰豎起大拇指。

「沒錯，根據《七龍珠》定律，正所謂危機越大，英雄越強。」林俊宏哈哈大笑。

危機越大，英雄越強？

剛剛被迫面對的東南西北簡老頭，激發出我們的潛力，也吸引了六班的神救援。

那彰化市史上最強的極惡國中生，可以召喚出哪一種等級的英雄？

「期待不了別人，我一抓住王霸旦的電掌，你們就盡情打！」謝佳芸準備開衝。

「妳抓左手，我抓右手。」石晴羽也不落人後。

「笨蛋！妳會死的！」楊巔峰大叫：「別衝！」

滋滋！滋滋！滋滋！滋滋！

滋滋！滋滋！滋滋！滋滋！

「來啊！」王霸旦雙掌電力全開，電流強到肉眼都看得見。

躂躂躂躂躂……

一觸即炸的空氣裡，傳來一陣，隨性逛大街的拖鞋聲。

操場上所有的五年級革命軍，司令台上的大家，全都將視線拋向拖鞋聲的主人。

躂躂躂躂躂……

略大的寬短褲，沒有把釦子扣好的花花襯衫，裡面穿了件白色吊嘎。

蓬鬆的鳥窩頭，無精打采的眼神，沒有挖乾淨的鼻屎，雙手插著鼓鼓的口袋。

那道稀鬆平常的身影。

那道塞滿了我們無限惡夢！摧毀了我們全部童年的！那道身影！

那個！男人！

「啊？」那個男人打了個呵欠。

我們全都大哭，大叫——

「

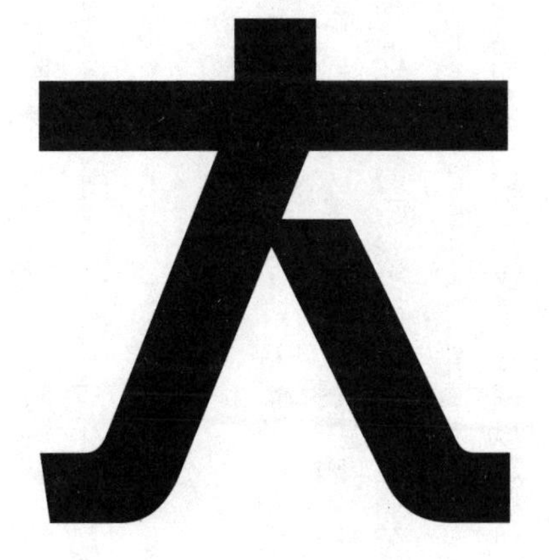

即使是哈棒老大，也被我們排山倒海的大哭給嚇到。

「幹嘛？家裡死人啊？」哈棒老大皺眉。

這就是老大！

毫不在意地詛咒我們家裡死人的那個老大！

神乎其技地，在《七龍珠》定律之下，及時趕到了民生國小主戰場啊！

我們又哭又笑，前仆後繼地衝向哈棒老大，對他老人家又抱又舔又跪又磕頭的，徹底釋放出我們這一個月來所受的委屈，眞的，太太太委屈了！哈棒老大一個被畢業，整個民生國小的宇宙觀都崩塌了！所有五年級的人設都毀滅了！

「老大啊老大！我們眞的好想你啊！」石晴羽不知爲何哭得很淒厲。

「嗯，誰認識妳。」哈棒老大一掌拍飛了民生國小第一美女。

「老大！你都不知道你不在的時候當同性戀有多痛苦！」小電嚎啕大哭。

「不想知道！」哈棒老大隨手一抓，小電就飛走了。

「老大！我用水晶球都看不到你在哪！我還以爲你已經……」肥婆暴哭。

「已經怎樣？」哈棒直接單手過肩摔肥婆，咻！

「老…大…吃…個…檳…榔…嗚…嗚…嗚…嗚…」阿財抱緊哈棒老大的腳。

「假賽。」哈棒老大一腳踹飛阿財。

「老大！王霸旦利用我們班做了好多傷天害理的事！我們……」小黑下跪大哭。

「你誰？」哈棒老大一踢，小黑旋轉高飛。

「老大他電我！王霸旦嗚嗚嗚把我電到尿出來嗚嗚嗚！」張俊凱委屈大哭。

「關我屁事。」哈棒老大隨手一揮，哭哭啼啼的張俊凱整個人給吹走。

「老大！王霸旦用板擦打我的臉！還一直打一直打一直打！」徐逸安大哭。

「走開啦。」哈棒老大隨手一丟，徐逸安的哭聲就消失在半空中。

大家一直哭訴，一直崩潰，個個痛哭流涕，都被哈棒老大無情地打飛又打飛。

完全不在意！絲毫不假裝！大家的苦難與委屈通通是屁，眞不愧是哈棒老大！

每個在半空中飛行的同學們，都是一臉滿足地重溫老大那豪邁的掌勁，笑著從好幾層樓高的地方摔下來，咚！然後無限滿足地躺在草地上，享受著重新被老大拿來呼吸的，民生國小校內的空氣。

「你們這麼多人在操場幹嘛？夜市喔？」哈棒老大雙手插口袋，大搖大擺。

最懂得如何在哈棒老大身邊生存的我們，以最簡單的方式交代了這一切。

「報告老大！這個酒鬼趁你不在當了班長，還把你的牛皮椅送給那個胖子。」

林俊宏告狀第一名，堅定不移地指著滿身大汗的蔣幹化。

蔣幹化大驚失色，連忙用力一拍自己的光頭還是禿頭，改成一臉恍然大悟：「哎呀你看看你看看！一看到英明神武，霸氣縱橫的哈棒，哈老大，我都忘了自我介紹了眞是！等一下小弟一定自罰一百杯！小弟我！複姓蔣幹！單名一字，曰化，在您雲遊四海時，暫時，只是暫時，代任了五年四十四班的班長虛位，簡單說，就是滿腔熱情地爲您暖座，今天眞是特別特別特別……」

「特別吵。」

哈棒老大一伸手，抓著蔣幹化的光頭還是禿頭，用力一壓，將蔣幹化整個人連同他滿肚子的幹話、廢話與謊話，通通都壓進了土裡，正式成爲民生國小操場的肥料。到底是禿頭還是光頭，永遠都不重要了。

我指著正在發抖的慈母班長。

「老大，她長得很醜。」我也做出了貢獻。

「你更醜。」哈棒老大簡單地說。

好吧，那就算了。

慈母班長大獲全勝般跑走，跑向迎接她的五年五班，享受一頓文質彬彬的圍毆。

哈棒老大一邊挖鼻孔，一邊走向他根本不記得有這號人物的王霸旦。

以前都是乖乖按時繳交保護費，遠遠遇到老大就下跪的王霸旦，從來都沒有被哈棒老大正眼瞧過。此時的他，迎接著哈棒老大不爽的眼神，恐懼到了極點。

哈棒老大挖著鼻孔，看著王霸旦：「那他呢？」

那他呢？這下眞的要大高潮了嘻嘻。

「老大，這個胖子用黃金做了一個假的你，叫大家天天踢。」

楊巓峰指著插在操場正中央，那一個頭下腳上的黃金哈棒。

王霸旦哭了。

「他還罵你娘娘腔。」謝佳芸補刀。

王霸旦嚇得大叫：「我沒有！」

「他還說你便當都沒吃完。」王國趕緊出出風頭。

王霸旦慌慌張張：「我沒有！我眞的沒有！我發誓我沒有！」

「他說你常常偷看女生內褲。」我好棒，亂講話我也很有天分。

王霸旦就連眼淚都在發抖：「沒有我眞的沒有我沒有……」

「他吃冰一直滴到你的牛皮椅上。」林俊宏推推眼鏡：「講都講不聽，還故意滴。」

王霸旦終於嘗到了百口莫辯的滋味，哭得之淒厲之無助，像全家死光。

「這個死肥豬把你落款在五班教室投籃機上的名字塗掉，噴上自己的。」楊巔峰拋下最後一擊：「還寫得很醜。」

哈棒老大停止了挖鼻孔的動作，皺眉，將手指拔出。

哈棒老大瞪著自己的手指，紅紅的，竟然一不小心挖出了一點點鼻血。

只有老大才能夠破壞老大自己的身體。

但老大絕對不會承認自己不小心破壞了自己的身體。

老大很強，老大很霸氣，但老大的機掰跟無賴也是宇宙第一。

死定了，這下眞的死定了。

王霸旦全身發抖，恐懼到達了人生的頂點，腎上腺整個爆發到燒焦。

本該下跪自盡的王霸旦，此時物極必反，發出了殺豬般的激烈怪笑聲：「瞪屁啊哈哈哈哈？沒看過帥哥啊哈哈哈哈哈！跟我講話還挖鼻孔哈哈哈這麼沒禮貌活該流鼻血哈哈哈哈你等等你等等，讓我看看老是愛拖拖拉拉的『中！亞信』走到哪了？大人物就是這樣老愛搞排場哈哈哈哈哈哈！你可不許偷偷打我啊哈棒？老大？一個國小生要大家叫你老大哈哈哈哈！你知道你再怎麼強頂多是民生國小史上最強國小生，人家『中！亞信』可是彰化市史上最強國中生！國中生耶！你知道什麼是國中生嗎哈哈哈你知道你死定了嗎哈哈哈哈哈棒老大哈哈哈哈哈！」

滿臉淚水鼻涕的王霸旦大小便失禁，拿起手機，按了很久才成功撥打出去。

嘟……

嘟……

大家都聽見了手機鈴聲，很明顯，很大聲，近在咫尺。

卻沒看見任何一個，可能叫作「中！亞信」的人類？還是國中生？在附近？

嘟……

嘟……

手機鈴聲，來自哈棒老大鼓起來的口袋裡。

哈棒老大有點狐疑地把口袋裡的手機拿出來，看了一下來電顯示，皺眉：「你？王霸旦？名字有夠難聽。」隨即掛掉，將手機塞回口袋。

拿著彷彿有一萬公斤重的手機，王霸旦全身肥肉都在顫抖，表情重度疑惑。

到底……現在是……

「老大，『中！亞信』的手機怎麼會在你那裡啊？」謝佳芸算是幫大家問。

「我剛剛在校門口遇到一個傢伙，他邊走邊玩手機，撞到我。」哈棒老大皺眉。

「然後？」肥婆小心翼翼地試探。

「然後我就叫他把手機給我。」哈棒老大有些心不在焉。

「那……他人呢？」林千富也問得很小心。

「反正就那樣。」哈棒老大皺眉，抓了抓他的鳥窩頭：「你們是有什麼意見？」

我們完全沒有意見！完全！沒有！

總之，那個，就，就是，號稱彰化市史上最強的的的的的，的某某國中生，彰安國中五大魔神之首，被一句，反正就那樣，隨隨便便結束了他的出場，好像整個故事裡，有他跟沒有他，完全都一樣。

一切都是那麼，理所當然。

現在，理所當然要消失的，就剩下擁有一百顆太陽威力的王霸旦了。

他惡貫滿盈，他罪有應得，他活該有今天。

我們忍不住把眼睛瞇了起來，接下來的畫面一定慘到小學生不宜。

「老……老大……你……可以跟我……握……握手……嗎？」

王霸旦無助地啜泣，伸出藏有高壓電暗器的雙手。

手，抖得像是連續打了十次手槍，只剩血可以射。

電流，強烈到肉眼清晰可辨，滋滋作響。

原來還不放棄這麼明目張膽的陰招？

大家你看我，我看你，頑皮地點點頭，把嘴巴用力閉緊。老實說，我們也有一點點想目睹哈棒老大跟高壓電的對決，決定誰也不洩漏王霸旦的底牌。

如果，我是說如果，如果真的可以讓我們見識到老大那一頭鳥窩頭整個被電飛起來，還是老大被電到雙腳離地，還是老大的牙齒被電到滋滋作響，我們這場大革命，也就徹底夠本了。

「這樣？」哈棒老大隨意伸手出去。

那動作，那姿勢，那隨隨便便的態度，那手指上沒清乾淨的帶血鼻屎……

滋滋！滋滋！滋滋！滋滋！

五千伏特，區區的五千伏特，真的電得死這個隨便退場，又任意出場的男人嗎？

王霸旦五官嚴重扭曲，硬生生將伸出去的雙手停住。

擁有一百顆太陽威力的獨裁者，看都不敢看哈棒老大一眼。

「算……算了……我開開……玩笑而已……」

他終究承受不了「反正就那樣」這句簡單台詞，背後所隱藏的血腥畫面。

王霸旦將兩隻手抱著自己的腦袋，雙手一共一萬伏特的強力電流爆炸了自己。

轟！

王霸旦全身冒煙倒下。

革命結束了。

只剩下，北煞信安一個人，茫茫然在黃昏下的空揮拳。

美好的天天

民生國小的宇宙重新平衡了。

走廊上的班牌全都掛回原先的班級名稱，也換掉了整排被尿死的可憐盆栽。

五年一班募捐了一筆錢，將四個國際槍手送回他們原本的國家。在下個月的班長重新選舉前，由面目全非的小黑暫時代任一班的班長。說是面目全非，其實不是件壞事，原來在大日子那一天，林鳳營鮮奶裡的蛋白質，加上粉筆灰，加上簡老頭濃痰裡的微量元素，混在一起，外敷加內用，竟然讓小黑滿臉的青春痘不見了，現在變成了一個美男子，副作用是小黑常常打嗝，打出來的嗝都有簡老頭的味道。唉。

五年二班在準備革命的過程中，意外獲得了板擦投擲技能，全班越練越有興趣，體育課索性集體改練難度更高的拋鉛球。多年以後，他們在無數次抗爭遊行中舉辦同學會，一人雙手，把警方丟向民眾的煙霧彈跟催淚彈撿起來、丟回去，搞得警方灰頭土臉。那又是另一個故事了。

五年三班的班長張俊凱腳上還裹著石膏，就已經去醫院看了南淫力榮好幾次，不過他不是勉勵南淫力榮出院之後，兩個人再公公平平把被簡老頭中斷的架打完，而是去病房裡，叫脖子還裹著石膏無法動彈的南淫力榮跟他單挑，立刻，馬上，不要拖拖拉拉，然後不管南淫力榮怎麼解釋什麼是單挑的眞正含意，張俊凱都聽不進去，一輪又一輪沒人性地朝早已骨折的脖子猛打。直到畢業前南淫力榮都沒辦法出院。人眞的好容易學壞啊呵呵。

五年六班原本就很熱鬧，現在更是超吵。眞的，幾個女生在一起聊聊天，打打鬧鬧，氣質芬芳，賞心悅目啊！但五十多個女生湊在一起大叫大笑大聲唱歌，根本就是一群臭三八！我再說一次……臭！三！八！她們一起在國語課上做蛋糕，一起在數學課上化妝，一起在社會課彩繪指甲，一起在自然課練瑜伽，根本就是一群不把老師放在眼裡的瘋婆子。對啦，她們本來就瘋到連王霸旦都敢打，我差點忘了。

五年A班跟B班變得滿友好的，A班還特許B班使用他們班原本獨享的洗手台。上體育課時，AB兩班也會聯合演習，一起將他們引以為傲的數學陣法提升了好幾個層次。在三個月後的全校運動會上，李冠耀跟馬合地共同發表聲明，說要把數學陣法演練到足以打敗所有入侵行政大樓的敵人為止。當然了，隨時歡迎哈棒老大派人去收保護費，他們會提前準備好，雙手奉上。

我們班呢？

當然又回到日復一日，上課不必吃痰，可以命令老師認真講笑話的日子。

大家將滴到豪華牛皮椅上面的冰淇淋污漬刷掉，把王國不小心掉在縫隙裡的陰毛跟龜頭屑清掉後，重新擺放在教室後面，恭請哈棒老大上座。哈棒老大跟往常一樣，一坐上去，沒多久就東倒西歪地呼呼大睡。

小電在教室後面跳繩。

美華又開始撿地上的東西吃。

阿財穿梭在桌子間推銷檳榔。

林俊宏裝模作樣地負責舉手發問。

楊巔峰還是一樣烤他的香腸。

王國在幫六班的女生給他的一堆照片和內褲簽名。

肥婆幫謝佳芸抽牌算命看怎麼增強幫夫運。

我聞著謝佳芸沙宣口味的髮香昏昏欲睡。

全校發動募款，將哈棒老大的眞人黃金像好好修復，擺在大禮堂門口鎭邪。

「喂，說眞的，你們有沒有覺得我們……很厲害啊？」

某天早自習的時候，趁老大還沒來，我忍不住跟大家說起我想了很久的事。

「怎樣厲害？」肥婆一邊吃肉粽一邊黏水晶球。

「本來以爲那些大壞蛋從彰安國中的校慶趕回來，我們就輸定了。但其實在老大趕來前，我們就打爆了那些黑衣國中生，爬上司令台的大家一起累垮了蔣幹化，東狂被五班用傘戳掉，西姦被我跟王國聯手用大便餵飽，南淫被三班張俊凱一對一打爆，最強的北煞被AB班的數學陣法，加上二班的板擦砲彈一起打到廢，六班也及時阻止了簡老頭跟水肥車。」我越說越得意：「最後只剩下王霸旦，跟從頭到尾都沒出現過的『中！亞信』，我們比自己預期的還神！」

「這幾天我也一直在想同一個問題耶。」謝佳芸有點不好意思地說：「如果那天老大沒來，我跟石晴羽眞的可以一人抓住王霸旦一隻手，在被電死之前打敗他嗎？我眞的是吃飯也想，洗澡也想，睡覺也在想，好煩喔。」

「可以。」楊巓峰淡淡地說：「絕對可以。」

「但是還有史上最強國中生『中！亞信』啊！保守估計，就算他只有北煞信安一百倍強好了，我們要怎麼跟他打？」林千富也加入討論：「要不是他好死不死，邊走路邊玩手機不小心撞到老大，我們一定全部被殺掉。」

所以，邊走路邊玩手機眞的很危險！

「我其實覺得可以。」小電不知道哪來的自信。

「我也覺得沒問題。」美華的表情非常篤定。

「一定可以。」肥婆抱緊水晶球。

「加……一……啦……」阿財也點點頭。

「大家說可以就可以啊。」王國天眞無邪地說。

「絕對沒問題。」林俊宏推了推眼鏡，看著楊巔峰說道：「不管對手有多強，只要我們團結合作，不怕犧牲，一定可以幹掉王霸旦，幹掉『中！亞信』，百分之百，毫無疑問。」

頭一次，我沒有想吐林俊宏槽。

大家不再說話，靜靜地吃著早餐，在心中想像著那一幅沒有老大的團隊戰鬥圖。

過程肯定很慘烈。

結局肯定光明四射。

雖然和平很好，不用讀《王霸旦思想》很好，不用揭發同學包藏禍心很好，但，聞著謝佳芸髮香睡午覺的我，偶爾會想念起在大禮堂地底下的廢棄桌球教室，不同班級的大家一起偷偷練拳，揮汗如雨，一起喝蜜豆奶說笑，猜拳輸了就喝果菜汁的時光。

「會受傷，會流血，會被捕。」

「不後退，不投降，不放棄。」

當我們握緊小小的拳頭，用全身的力氣，一起喊出打倒王霸旦的時候……

不管這個世界再怎麼腐爛，我們都可以，無所畏懼。

57

過了好幾天，才有人忽然想到一個曾經很重要的問題。

還記得，那是一堂，風和日麗的體育課。

太陽不敢太曬，風不敢吹得太狂，雲不敢太多也不敢太少。

我們躺在操場旁邊樹蔭下的草地，滾來滾去。林俊宏趴在一塊長得特別茂盛的草上，用很認真的語氣對著大地說：「不是五年四十四班，不是五年十班，不是五年十四班，也不是五年七十四班，也不是五年十七班，也不是五年四十七班，更不是ABCDEFG班，是……五年四班。我們是，五年，四班。」

風吹來，草地躺起來特別特別柔軟，聞起來特別特別香，我們也特別特別地高興。

哈棒老大吃著小美冰淇淋，命令體育老師跳幾首土風舞，給大家吃冰助興。

「對了老大，你後來怎麼沒有去國中報到啊？」

忘了是誰問的，只記得當時大家躺得很舒服，都快睡著了。

「喔，就走到一半，有人拜託我去打棒球，說是要解救地球。」哈棒老大皺眉，指著正在跳

舞的體育老師旁邊，語氣不悅：「那個跟老師一起跳舞的男人，拍子都亂了，到底有沒有認真在跳？」〔註〕

林俊宏推推眼鏡：「報告老大，那個男人不是在跟老師跳舞，他是彰安國中的學生，外號北煞，名叫信安，他已經在操場打拳打很久了，學校乾脆幫他開了一堂課，課名是自由搏擊，聽說選課的學生非常多，很熱門喔！」

哈棒老大一個想起身的動作，有九成是想過去打打看，那可不行啊，我們都很想知道北煞信安到底可以在那裡瞎打幾個月才會倒下，還下了賭注。我們連忙用求救的眼神看著楊巔峰。

「打棒球？還有這種的喔？」楊巔峰趕緊問：「那老大你去了嗎？」

「我說我沒興趣。」哈棒老大的注意力瞬間就散掉了，若無其事地說：「但那個人說，對手是外星人，很強，萬一地球輸了眞的很沒面子，還說連我也會跟著丟臉……幹。」

「所以你就去打了棒球？」我有點不信：「跟外星人？」

「就稍微運動了一下。」哈棒老大皺眉，好像在深思：「其實你跟王國也在那裡，一樣都是白痴跟低能兒。不過那個人說，他帶我去的是平行宇宙，跟我打棒球的你們其實不是現在的你們，那裡的手機功能還很遜，楊巔峰跟謝佳芸也還沒有在一起。算了，反正就那樣。」

「哪樣啊？！」我們異口同聲。

雖然絕對是唬爛，但老大難得胡說八道，當然要問問題讓老大講得更開心啊！

「就那樣。」哈棒老大看向遠方：「倒是有個叫陳金鋒的男人，我很欣賞。」

看來老大是唬爛不下去了呵呵，算了，強者不須要唬爛，老大人回來就好了，等他哪一天心情好，眞的想講講這段時間去了哪裡，我們再拉椅子坐好吧。

「不過老大不是提前畢業了嗎？跟外星人打完棒球，怎麼沒有去……精誠中學報到，而是回到這裡啊？」謝佳芸突然有點撒嬌：「是不是有一點點想念我們大家呢？」

是不怕被揍喔妳！

「去精誠中學的路上，我看到這個。」哈棒老大從口袋裡拿出一張縐縐的傳單。

我們一起把頭湊過去看……

大號外！超級大號外！
一年一度，超級天才快問快答大賽
又來啦！

地點　美國紐約
時間　先報名我再跟你說
資格　全世界的小學生，通通都可以
獎品　冠軍 ⇨ 整隊直升哈佛大學
亞軍 ⇨ 獲贈自由女神像造型鉛筆盒
季軍 ⇨ 吃屎
規則　每隊5人

歡迎組隊
每隊報名費用1,00,00,00元

另售歷屆考古題，每科每份十萬元，
購滿 5 科再送 1 科
即日起接受報名
錯過終生遺憾，一世悔恨，痛不欲生

註：哈棒老大打棒球拯救地球的故事，請見《魔力棒球》。

「這同一個比賽嗎?王霸旦本來要去的那個?」我狐疑:「很可疑耶。」

「很像是,但又不可能是。」林俊宏推了推眼鏡。

「一百萬?感覺像是詐騙集團耶!」連王國都察覺到了不對勁。

「想說,就一起去。」哈棒老大抓抓頭,頭皮屑噴出:「就走回民生國小了。」

幹,太感人了!

大家都一起大哭了出來。

雖然很明顯是詐騙集團舉辦的假比賽,而且還是詐騙技術異常拙劣的簡章,但老大竟然有想到我們!老大竟然想帶我們出國!還不是出國玩……是出國比賽啊!

媽!我在這裡!我要跟哈棒老大出國比賽啊!

「但是……哈棒老大一個,加我,高賽,楊巔峰,謝佳芸,這樣就五個了耶。」王國開始數人頭,突然數得不對勁:「林俊宏品學兼優,他不去嗎?」

林俊宏臉紅了,不知道該不該說一些其實他本來就不想去之類的幹話。

楊巔峰打量著比賽簡章,看了看哈棒老大:「老大,我覺得六個人也可以。」

哈棒老大聳聳肩,無所謂:「隨便。」

林俊宏的眼鏡又起霧了。

等一下把黃金老大扛去銀樓賣掉,應該可以湊到報名費一百萬吧哈啊哈哈哈!

我們要去美國紐約參加詐騙集團舉辦的爛比賽啦!耶!耶耶耶!

喔，對啦對啦……還是被你發現了。

我跳過了五年五班。

唉，提到五年五班我就傷心。陳筱婷眞的不理我了，看到我就像看到空氣。

在洗手台碰到，我問她要不要一起洗手，她不理我。

在走廊擦身而過，我跟她說今天我値日生等一下要不要陪我倒垃圾，她不理我。

搬營養午餐的餐桶也常常碰到，我問她今天中午吃什麼，她看都不看我一眼。

就連在體育課時她跳箱跌倒，我問她內褲是不是葡萄色，她兇都不兇我一下。

唉，我眞的好難過，連躲在廁所偷打手槍的時候都故意不想陳筱婷。

後來我想了很久，想了，眞的眞的想了很久很久。

爲什麼，純情到，願意把陳筱婷嘴巴裡的大便挖起來吃的我，會慘遭失戀呢？

很多年後，上了高中，我終於有了答案。

「喂……怪怪的，你這個理論怪怪的！」王國疑惑地看著我。

「哪裡奇怪？」我就知道王國無法領會我的未來式美女理論。

我看著身旁，頂著一頭雜亂鳥窩的哈棒老大，唉，忍不住心酸酸啊。

哈棒老大像是突然想到一樣，抬起頭，看著天空。

「對喔，今天我的手機應該修好了。」哈棒老大皺眉。

天空浮雲白白，我忍不住流下眼淚。那其實是我的手機啊！

關於我的手機變成老大的手機，關於未來式美女，關於一起就讀精誠中學的我們，關於我們參加了紀香老師的戒槍特訓班，關於我們後來作弊考上了國立交通大學，關於男子八舍裡那一條受到詛咒的酸內褲，那又是……

另一個故事了。

劇終

Be Water 啦幹!

哈棒
你老大

國家圖書館出版品預行編目資料

哈棒傳奇之哈棒不在 / 九把刀(Giddens) 作.
--初版.-- 台北市：蓋亞文化，2019.09
面； 公分. --(九把刀．小說；GS018)

ISBN 978-986-319-445-3(平裝)

863.57 108014198

九把刀．小說 GS018

哈棒傳奇之哈棒不在

作　　者 九把刀
封面插畫 Blaze Wu
封面設計 莊謹銘
總 編 輯 沈育如
發 行 人 陳常智
出 版 社 蓋亞文化有限公司
地址：台北市103大同區承德路二段75巷35號
電話：02-2558-5438　傳眞：02-2558-5439
電子信箱：gaea@gaeabooks.com.tw
投稿信箱：editor@gaeabooks.com.tw
郵撥帳號 19769541　戶名：蓋亞文化有限公司
法律顧問 宇達經貿法律事務所
總 經 銷 聯合發行股份有限公司
地址：新北市新店區寶橋路二三五巷六弄六號二樓
電話：02-2917-8022　傳眞：02-2915-6275
港澳地區 一代匯集
電話：+852-27838102　傳眞：+852-23960050
地址：九龍旺角塘尾道64號龍駒企業大廈10樓B&D室
初版一刷 2019年09月
定　　價 新台幣 380 元
Published and printed in Taiwan

ISBN 978-986-319-445-3

Gaea

GAEA